ア

（下）

シャーロット・ブロンテ作
河 島 弘 美 訳

岩 波 書 店

Charlotte Brontë

JANE EYRE

1847

目次

第21章……七
第22章……五一
第23章……六五
第24章……八六
第25章……一二五
第26章……一五〇
第27章……一七二
第28章……二三四
第29章……二五七
第30章……二八〇
第31章……二九九
第32章……三一四
第33章……三三六
第34章……三六三
第35章……四〇八
第36章……四三〇
第37章……四五〇
第38章……四九一
解説……四九九

ジェイン・エア（下）

第21章

予感とは不思議なものである。交感や前兆もまた不思議で、この三つが組み合わさるとき、人間がまだ解く術《すべ》を知らない謎が生まれる。これまでわたしは予感というものをばかにしたことがないが、それは不思議な予感を何回か実際に体験したことがあるからだ。交感というものも存在すると信じているが、そのはたらきは人間の理解を超えている。（たとえば長い間遠くに離れて暮らし、すっかり疎遠になっている親類同士の間にも、出自をたどると帰属するところは同じだという絆の意識が存在したりするのが、その例だ。）そして前兆は、自然と人間との間の交感にすぎないのかもしれない。

わたしがまだ六歳ほどの子どもだった頃のある晩、ベッシーが小間使いのマーサ・アボットに夢の話をしているのを聞いたことがある——わたし、小さい子どもの夢を見たのよ、子どもの夢を見るのは自分か身内にきっと何か悪いことが起きる前兆なのよね、と。記憶に残る出来事がそのあとに起きていなかったら、この言葉は頭から消えていたかもしれない。実はベッシーは翌日、実家からの知らせを受けて、妹の臨終に立ち会うことになったのである。

この頃のわたしは、ベッシーの話とそのあとの出来事をよく思い出していた。なぜかというと、一週間もの間、子どもの夢が毎晩必ずわたしのベッドを訪れていたからだ。あるときには腕に抱いて寝かしつけようとしていたり、膝であやしていたり、またあるときには芝生でデイジーの花を手に遊んでいる姿や、流れる小川で水遊びする姿を見守っていたりする夢だった。子どもは泣いていることもあれば、笑っていることもあり、わたしに寄り添っていることもあれば、走って逃げて行くこともあった。どんな様子であっても、子どもはわたしが眠りの国に入ったとたんに、七晩続けて姿を現した。

子どもの夢をこうして繰り返し見ること――一つのイメージが奇妙に反復されることはいやなもので、またあの夢を見るときが来るのだと思うと、休む時刻が近づくだけで不安な気持ちになった。あの月の夜、叫び声を聞いて目が覚めたときにも、わたしは子どもの夢を見ていたのだった。そしてその翌日の午後のこと、わたしに会いたいという人がミセス・フェアファクスのお部屋でお待ちです、という知らせを受けて、わたしは下に降りた。待っていたのは立派な家の使用人という様子で、正式の喪服を着て、帽子にも喪章を巻いた人だった。

私が部屋に入って行くと、その人は立ち上がって言った。

「ミス・エア、わたしを覚えてはおられないでしょうが、レヴェンと申します。もう

八、九年前になりますか、お嬢さんがゲイツヘッドにいらした頃、ミセス・リードの馭《ぎょ》者《しゃ》をしていた者で、今もお屋敷におります」

「ああ、ロバートね。お久しぶり！　よく覚えていますとも。ときどきジョージアナの鹿毛のポニーに乗せてくれたわね。ベッシーは元気？　ベッシーと結婚したんでしょう？」

「はい、おかげさまで達者です。ふた月ほど前にまた子どもが生まれまして、これで三人目です。母子ともに順調でして」

「お屋敷の皆さんもお元気なの？」

「それが残念なことに、あまりよいお知らせがございません。今、とても具合の悪い状態――とても困ったことになっております」

「どなたか亡くなったのじゃないでしょうね」わたしはロバートの喪服をちらっと見てそう聞いた。ロバートも帽子に巻いた喪章を見下ろして答えた。

「ジョン様が一週間前に亡くなりました――ロンドンのアパートで」

「ジョンが？」

「はい」

「伯母様はどんなにかお嘆きでしょう」

「いやはや、ミス・エア、ご不幸も普通じゃありませんでしてね。ジョン様はずっと放埒《ほうらつ》なお暮らしで、この三年間はひどいもの、そして亡くなり方も衝撃的でした」

「順調でないことは、ベッシーから聞いていたけれど」

「順調でないどころか、これ以上はないほどのひどさでしたよ。悪い男や女とつきあって、身体は壊すし、財産はなくすし。借金で牢屋にも入れられました。奥様が二回も出してあげられたものの、出るとたんに悪い仲間と悪い習慣に逆戻り。おつむも弱いので、仲間の悪党にさんざんだまされていたんです。三週間くらい前にゲイツヘッドに舞い戻ってきて、財産をすべて自分にくれと奥様におっしゃいましたが、奥様はだめだと断られました。ジョン様の浪費のせいで、もうずいぶん減ってしまっているのです。それで帰って行かれて、次に届いたのが亡くなられたという知らせ。どんな亡くなり方だったのか、誰にもわかりません。自殺だという噂もあります」

わたしは何も言えなかった。恐ろしい知らせだった。ロバート・レヴェンは続けた。

「奥様もそれまでしばらく、体調がすぐれませんでした。恰幅《かっぷく》はよくてもお丈夫ではないですし、お金を失って貧乏になるのではないかという心配で弱ってしまわれたのです。ジョン様がそんなふうに亡くなられたという知らせがあまりに突然でしたので、卒中の発作を起こされました。三日間ほどは何もおっしゃいませんでしたが、この前の火曜日、少しよくなられたご様子で、何かおっしゃりたそうに口をもぐもぐさせたり、家内に合図したりなさいました。そして、やっと昨日の朝のことです――お嬢さんの名前だと、ベッシーにわかりましたのが。「ジェインを――ジェイン・エアを連れてきて。話がしたいのよ」と奥様がおっしゃいました。しっかりした頭でおっしゃっているのかどうか、本気でそう言われるのか、ベッシーにもわからなかったようですが、イライザ様とジョージアナ様にそのことをお話しし、お迎えを出してはいかがでしょうかと申したようです。初めお二人は気が進まなかったようですが、奥様がいらいらなさって「ジェイン、ジェイン」とあまりに何度もおっしゃるものですから、ついに承知なさいました。わたしはゲイツヘッドを昨日発ってきています。お支度ができましたら、明日の朝早く、お連れしたいと存じますが」

「わかりました、ロバート。支度をします。行かなくてはならないようですものね」

「はい、わたしもそう思います。お嬢さんは行かないとはおっしゃるまいと、ベッシーも申しておりました。ただし、お発ちになる前に、お許しをいただく必要がありますね」

「そうです。今すぐお願いしてきます」わたしはロバートを召使部屋に行かせてジョンのおかみさんに世話を頼み、よろしくとジョンにも頼んでから、ロチェスター様を探しに行った。

下の部屋にも中庭にもいなければ、厩舎《きゅうしゃ》にも庭にも姿が見えなかった。お見かけしませんでしたか、とフェアファクス夫人に訊ねると、ええ、ミス・イングラムとご一緒にビリヤードをなさっていると思います、という返事だった。急いで撞球室《どうきゅうしつ》にむかうと、ボールがかちりと当たる音や、がやがや言う声が響いてきた。ロチェスター様、ミス・イングラム、エシュトン家の姉妹とその崇拝者たちがゲームに熱中していて、そんなところを邪魔するには勇気が必要だった。でもわたしの用件も、あとに延ばすわけにはいかない。ロチェスター様のほうに近づいて行くと、そのそばに立っていたミス・イングラムが振りむいて、傲慢な目でわたしを見た。「虫けらが、いったい何の用?」と言っているようだった。そしてわたしが「ロチェスター様」と小声で言ったときには、あっちに行け、とでも言いたそうな身振りをした。そのときのミス・イングラムの姿はよく覚えている。空色のクレープ地の朝のドレス、髪には青色の薄いスカーフが編みこまれていて、優雅で印象的だった。ビリヤードで活気づいた様子だったが、いつもの高慢な表情は苛立《いらだ》ちによっても変わってはいなかった。

「あの人、あなたに用があるのかしら?」そう言ったので、誰のことかと、ロチェスター様が振りむいた。そして、独特のあいまいな意思表示の一つである奇妙なしかめつらをして、キューを投げ出し、わたしについて部屋を出てきた。

「ジェイン、何だい？」ロチェスター様は勉強部屋のドアを閉めて、そこに寄りかかって訊ねた。

「できましたら、一週間か二週間のお暇をいただきたいのです」

「何のためだ？　どこに行くの？」

「わたくしに迎えをよこした、病気の婦人に会いに行きます」

「病気の婦人？　どこに住んでいる人？」

「――州のゲイツヘッドです」

「――州だって？　ここから百マイルも離れているじゃないか！　そんなに遠くから呼びつけるとは、どういう人なんだね？」

「名前はリード――ミセス・リードと申します」

「ゲイツヘッドのリード？　治安判事でゲイツヘッドのリードという男がいたが」

「その方の未亡人です」

「それで、君とはどういう関係なの？　どうして未亡人を知っているんだい？」

「リード判事はわたくしの母の兄で、伯父にあたるんです」

「君の伯父だって？　驚いたな。今まで一度も聞いていないし、親類は一人もいないと、いつも言っていたじゃないか」

「わたくしを親戚だと思ってくれる人は、まったくいないのです。伯父は亡くなり、未亡人になった伯母はわたくしを追い出しました」

「どうして？」

「貧しい子どもが厄介になったのでしょう。わたくしのことが嫌いでしたし」

「しかし、リードには子どもがいたのでは？　君にはいとこがいるはずだ。ゲイツヘッドのリードという男の話を、昨日ジョージ・リンがしていたばかりだ。それによると、ロンドンでも名うての悪党らしい。それからイングラムが、やはりゲイツヘッドのジョージアナ・リードのことを言っていた。一、二年前にロンドン社交界に現れて、美貌でずいぶんもてはやされたという話だ」

「そのジョン・リードも亡くなったのです。自分で自分の身を滅ぼし、家族も破滅させるところでした。自殺だったとも言われます。それを聞いた伯母は、ショックで卒中の発作を起こしたのです」

「その人のために、君が何の役に立つんだね？　意味がないよ、ジェイン！　着くまでに死んでしまっているかもしれないおばあさんに会いに百マイルも旅をして行くなんてこと、わたしなら絶対に考えないな。しかも、君を追い出した人だと言ったね？」

「はい、でもそれはずっと昔のことです。事情が変わった今、願いを無視しては、心安らかではいられそうもないのです」

「どのくらい向こうにいるつもり？」

「できるだけ早く切り上げたいと思います」

「一週間だけにすると約束してくれないか」

「お約束はしないほうがいいと思います。どうしても守れないかもしれませんから」

「ともかく戻ってくること。どんなに言われようと、ずっと向こうに住んでくれなどという頼みに応じてはだめだ」

「まあ、もちろんですとも！　すべてがおさまれば必ず戻ってまいります」

「誰が付き添うのかね？　百マイルもあるのに、一人では行かれまい」

「はい、馭者をよこしてくれました」

「それは信頼できる人間か？」

「はい、お屋敷に十年も働いている者です」

ロチェスター様は黙って考えた。「いつ出発したいの？」

「明日の朝早くに」

「それでは金が必要だな。金なしでは旅に出られないし、君には大して持ち合わせがないだろう。まだ給料も支払っていないのだから。いったい、いくら持っているの?」

ロチェスター様は、微笑しながら聞いた。

わたしは粗末な財布を取り出した。「五シリングです」ロチェスター様は財布を手に取り、わたしの財産を手のひらに載せて、あまりにちょっぴりでおかしい、と言うかのようにくすくす笑った。そしてすぐに自分の札入れを取り出し、「これを」と言いながら紙幣を一枚差し出した。それは五十ポンド札だった。わたしがもらうはずの額は十五ポンドだったので、わたしは「お釣りがありません」と言った。

「釣りはいらない。わかっているだろう。給料を受け取りなさい」

決まった額以上いただくわけにはいきません、とわたしが言うと、最初ロチェスター様は眉を寄せていたが、やがて何か思いついたようにこう言った。

「わかった、わかった。今全部渡さないほうがいい。五十ポンドも持たせたら、向こうに三か月も滞在してしまうかもしれないから。十ポンド渡しておこう。これで足りるね?」

「はい。そうすると、わたくしは五ポンドの貸しになりますわね」

「それを取り戻しに帰ってくればいい。四十ポンドはわたしが預かっておくから」

「ロチェスター様、それとは別に、この機会に仕事のお話をしておきたいのですが」

「仕事の話？　聞きたいものだね」

「まもなく結婚なさるというお話ですね？」

「そうだが、それが何か？」

「そうなりましたら、アデルは学校に行かなくてはなりませんね。その必要は、きっとお認めになるでしょう？」

「花嫁の邪魔にならないように――あの子を踏みつけにしかねない人だからというわけ？　もっともな忠告だね。実にもっともだ。君の言う通り、アデルは学校へ、そして君はまっすぐに――悪魔のところへ？」

「いえ、それは避けたいものです。でも、他の勤め口を探さなくてはなりません」

「やがてはね」ロチェスター様は、鼻にかかった声でそう言った。滑稽《こっけい》で風変わりな表情を見せて顔を歪《ゆが》め、わたしをしばらく見つめた。

「そして、リード老婦人か、その娘さんたちに勤め口を探してもらうということになるのか？」

「いいえ、そんなお願いができるような間柄の親戚ではありません。自分で広告を出します」

「エジプトのピラミッドにも歩いてのぼって行きそうだね」とロチェスター様は怒っ

たように言った。「広告など出したら、どうなっても知らないからな。十ポンドでなく、一ポンドだけ渡せばよかった。九ポンド返してくれないか、ジェイン。他に使いたいことがある」

「わたくしにもあります」そう答えてわたしは、財布を持った両手を背中に隠した。「絶対にこのお金はお渡しできません」

「なんてけちなんだ！　金のことでわたしの頼みをはねつけるとは！　では、ジェイン、五ポンドだけ返してくれ」

「五シリングでも——いえ、五ペンスでもさしあげられません」

「出して見せるだけでいい」

「だめです。信用できませんもの」

「ジェイン！」

「なんでしょう？」

「一つだけ約束してほしい」

「何なりとお約束いたします——守れそうだと思えることならば」

「広告を出さないことだ。勤め口のことはわたしに任せなさい。いずれ見つけるから」

「喜んでそういたします。代わりにわたくしにもお約束なさってくださいますか——

お屋敷に花嫁がお入りになる前に、アデルとわたくしを間違いなくここから出してくださると」

「わかった、わかった。必ずそうしよう。では、明日出立《しゅったつ》だね？」

「はい、朝早くに」

「今日の夕食のあと、客間に降りてくるかな？」

「いいえ、旅の支度がありますので」

「では、これでしばらくの別れというわけか」

「はい、そうです」

「別れの儀式は、普通どうするものだろうか、ジェイン。よく知らないので教えてほしい」

「ご機嫌よう、と言います。または好きなように言えばよろしいのです」

「じゃ、挨拶してみなさい」

「ご機嫌よう、ロチェスター様、またお会いするまで」

「わたしは何と言えばいい？」

「よろしければ同じご挨拶を」

「ご機嫌よう、ミス・エア、また会うまで。これだけなのか？」

「はい」

「わたしの印象では、ずいぶん簡単だな。それにそっけなくて、よそよそしい。何か他に——普通の儀式にもう少し、何か加えたいところだ。たとえば握手するとか、いや、それでも満足というわけにはいかない。それでジェイン、君はご機嫌ようと言うだけのつもりか?」

「それで十分なのです。ひと言でも心をこめて言えば、気持ちは相手に伝わるものですから」

「そうかもしれない。しかし、うつろで冷たいな、その「ご機嫌よう」って言葉は」

わたしは心の中で「ドアにいつまで寄りかかっているつもりかしら。荷造りを始めたいのに」と思っていた。そのとき晩餐のベルが鳴り、ロチェスター様はそのあと一言も言わずに、いきなり立ち去ってしまった。そしてその日はもう会うこともなく、翌朝わたしはロチェスター様の起床前に出発した。

ゲイツヘッドに到着したのは、五月一日の午後五時ごろだった。玄関にむかう前に、わたしは門番小屋を訪ねた。部屋は清潔に整っていて、窓には白いカーテンが掛かり、床にはしみ一つなかった。暖炉の火格子も、火かき棒などの道具も、すべてぴかぴかに磨き上げられ、火が気持ちよく燃えていた。ベッシーが炉辺に座って生まれたばかりの赤ちゃんにお乳をやっているところで、ロバート坊やと妹は隅でおとなしく遊んでいる。「あらまあ、いらっしゃると思ってましたよ！」今はレヴェン夫人になったベッシーが声を上げた。

わたしはベッシーにキスをしてから言った。「ええ、ベッシー。それでわたし、間に合ったでしょうね？　ミセス・リードのお加減はいかが？　まだ大丈夫ね？」

「はい、大丈夫です。前よりも落ち着いて、頭がはっきりされています。あと一、二週間はもつだろうと、お医者様はおっしゃってますが、回復の見込みはほとんどないと」

「わたしのことを、最近何か言われた？」

「ちょうど今朝もおっしゃいましたよ、来てくれるといいって。でも、今は眠っておいでです――少なくとも、わたしが十分前に伺ったときには眠っていらっしゃいました。たいてい午後はずっとお休みで、六時か七時ごろにお目覚めになります。ここで一時間ほど休まれてはいかがです？　それから私がご一緒にお連れしましょう」

そこへロバートが入ってきた。ベッシーは眠った赤ん坊を揺り籠に寝かせて、夫を出迎えた。それからわたしにむかって、お帽子を取ってお茶を召し上がらなくてはいけませんよ、疲れていらっしゃるでしょう、お顔も青いし、と言った。喜んでいただくわ、とわたしは答え、子どもの頃と同じくおとなしくベッシーに任せて旅装を解いてもらった。

ベッシーがまめまめしく立ち働く様子を見ていると、昔のことがどっとよみがえってきた。一番上等の茶器をお盆に載せ、バター付きパンを分け、スコーンを温めたりしながら、その合間にロバート坊ややジェインの肩をぽんとたたいたり、小突いたり——ちょうど昔、わたしにしていたのと同じではないか。器量のよさ、身軽な動き、そして気の短さも変わっていないようだった。

お茶の支度が整ったので、わたしはテーブルにつこうとしたが、ベッシーが昔と同じ有無を言わせない口調で、そこに座っていらっしゃいとわたしに命じた。炉辺でおあがりなさいと言いながら、わたしの前に小さな丸いテーブルを出してきて、カップとパンのお皿を置いてくれるのだった。昔、子ども用の椅子に座って、ベッシーがこっそり持ってきてくれたご馳走《ちそう》を前にしたときが思い出され、わたしは微笑して昔のように素直に従った。

ベッシーは、わたしがソーンフィールド邸で幸せかどうか、奥様はどんな人なのかを知りたがった。ご主人しかいないとわたしが言うと、その方は立派な紳士か、そしてわたしはその方が好きかどうかを訊ねた。器量はよくないけれどとても立派な紳士で、親切にしてくださるから満足しているのよ、とわたしは答え、さらに、今お屋敷に滞在中の華やかなお客様の様子も話して聞かせた。細部にわたる描写を、ベッシーは興味深そうに聞いていた。まさにベッシーの大好きな話題なのだ。

そんな話をしていると、一時間があっというまに過ぎた。ベッシーはわたしに帽子をかぶせ、服装に目を配ってくれてから、一緒にそこを出てお屋敷にむかった。いま上がっていくその道をおよそ九年前に下ってきたとき、付き添ってくれたのはやはりベッシーだった。霧の立ちこめる、暗くて寒い一月の朝、追放されたような、神さまにも見放されたような気持ちで、辛く絶望的な心を抱いて敵意に満ちた屋敷をあとにし、はるか遠く離れた未知の避難所、寒々としたローウッドをめざそうとしていた。今、あのときと同じ、敵意に満ちた屋敷が目の前にある。先の見通しはまだはっきりせず、痛む心を今も抱えて地上をさまよい続けているような感じはするが、自分自身と自分の力に昔より自信が持てるようになったし、抑圧を恐れる気持ちも昔ほどではなくなった。不当な扱いでできた大きな傷口も癒《い》えて、怒りの炎も消えていた。

「まず、朝食室に行くのです。お嬢さん方がいらっしゃいますから」先に立って玄関を歩きながら、ベッシーが言った。

次の瞬間、わたしはそこにいた。部屋の家具はすべて、ブロックルハースト氏に初めて引き合わされた朝とまったく同じように見えた。あの人の立っていた敷物も炉辺に敷かれている。本棚に目をやると、ビューイックの『英国鳥類図誌』二巻が昔と同じ三段目に、『ガリヴァー旅行記』と『アラビアン・ナイト』がその上に並んでいるのがわかった。生命を持たないものたちは不変なのに、生きているものは、見分けがつかないほどの変化を遂げていた。

二人の女性が現れた。一人は長身で、ほとんどミス・イングラムと同じくらい背が高かった。やせていて顔は青白く、厳しい表情をしていた。どこか修道的なところがあり、スカートにフレアもない、まるで飾り気のない黒い毛織のドレス、糊《のり》をつけた亜麻布の襟、こめかみから梳《と》かしつけた髪、そして黒檀《こくたん》のビーズに十字架のついた、まるで修道女のような首飾りなどが、その印象を強めていた。きっとイライザだと思ったが、面長になって青ざめた顔に、以前の面影はほとんどなかった。

もう一人はジョージアナのはず――しかし、わたしの覚えているジョージアナ、妖精のようにほっそりした十一歳の少女ではなかった。ここにいるのは、すっかり年頃になったふくよかな娘で、ろうのように白い肌、整った目鼻立ちの美しい顔、物憂げな青い目に黄色の巻き毛をしていた。ドレスの色は同じ黒でも、姉とはまったく異なり、ずっと優美で魅力的だった。

二人はそれぞれ一つずつだが、母親の特徴を受け継いでいた。やせて青ざめた姉娘は、堅苦しい姉の服装に対して、こちらは当世風だった。

黒水晶のような目を母から譲り受けていた。若々しく華やかな妹娘のほうは、顎《あご》の輪郭が母似だった。母親より少し和らげられていたかもしれないが、それでも名状しがたい厳しさを表情に与えていて、もしこれがなければ豊満であだっぽく見えたことだろう。

近づいて行くと、二人は立ち上がってわたしを迎え、「ミス・エア」とわたしを呼んだ。イライザはにこりともせずに、不愛想に短い挨拶をすると、また腰をおろして暖炉の火を見つめ、わたしのことなど忘れたような様子だった。ジョージアナは「お元気？」と言ってから、旅やお天気といった平凡な事柄を、まだるっこしい口調で話題にした。そしてそうしながら横目でちらちらとわたしを見て、頭のてっぺんから爪先まで吟味するのだった――その視線は、あるときはさえないメリノ織りの外套の襞《ひだ》のあたりをうろうろし、またあるときは帽子の質素な縁《ふち》どりのあたりをさまようという具合だった。若い女性というものは、もし相手を「変な人」だと思えば、それを口に出さずに相手に伝えるための驚くべきやり方を身につけている。あえて失礼な言葉や行為に出なくとも、小ばかにしたような表情、冷ややかな物腰、無頓着な口調などで、十分に伝えられるのだ。

けれども今や、冷笑は隠れていようが公然たるものであろうが、以前のような影響をわたしに与えることはなくなった。二人のいとこの間に座って、一方からは完全に無視され、もう一方からは皮肉な視線を向けられながら、自分が穏やかな気持ちでいるのに気づいてわたしは驚いた。イライザから侮辱されたとも感じなかったし、ジョージアナに怒りを覚えることもなかった。実際わたしには、他に考えることがあったからだ。この数か月間というもの、わたしの感情はこの二人には不可能なほどの強さで揺り動かされており、苦痛と喜びもまた、二人がこれまで与えたためしのないほど強く激しく呼び覚まされていたので、いま目にする二人の態度など、良いにしろ悪いにしろ、わたしの関心をひかなかったのだ。

「ミセス・リードのお加減はいかがですか?」わたしはまもなくそう訊ねて、穏やかにジョージアナを見た。その質問を非礼なものとして、つんとして見せるのがふさわしいと考えたのか、ジョージアナはこう答えた。

「ミセス・リード? ああ、ママのことね? ママはとても具合が悪いの。今夜、あなたに会えるかどうか、わからないわね」

「ちょっと上にいらして、わたしが来ていることを伝えていただけたら嬉しいのですが」

ジョージアナはびくっと驚いて、青い目を大きく見開いた。わたしはつけ加えて言った。「ぜひともわたしに会いたいとおっしゃっていると聞いているんです。それがお望みであれば、早くかなえてさしあげたいと思います」

「ママは夜には静かになさりたいのよ」とイライザが言った。そこでわたしは立ち上がると、自分から帽子と手袋を静かに取った。たぶんベッシーは台所にいるでしょうね、ミセス・リードが今夜わたしにお会いになりたいかどうかたしかめてほしいと、ベッシーに頼んできます、とわたしは言い、その通りに部屋から出て行って、ベッシーを見つけてそのことを頼んだ。そしてさらに次の手段を講じることを考えていた。それまでのわたしなら、尊大な態度に出会えばひるんでしまったものだ。一年前のわたしがこの日のような扱いを受けていたら、翌朝にはゲイツヘッドを立ち去ることに決めていたことだろう。けれども今では、そんな行動をとるのは愚かしい、とすぐに判断できた。伯母に会うために百マイルも旅をしてきたのではないか。伯母が快方にむかうか亡くなるかするまでここにとどまらなくてはならないのであって、その娘たちの自尊心や愚かさなどは、それに影響されることがないよう放っておくべき事柄なのである。そこでわたしは屋敷の女中頭に会い、一、二週間ほど泊まることになると伝えた。部屋への案内を頼み、トランクも部屋に運ばせて、わたしもついて上がって行ったところ、踊り場でベッシーに会った。

「奥様は目を覚ましていらっしゃいます。いらしたことをお伝えしました。おわかりになるかどうか、一緒に行ってみましょう」とベッシーは言った。

よく知っている部屋なので、案内してもらう必要はなかった。お仕置きやお叱りを受けるために、昔よく呼びつけられた部屋だったからだ。ベッシーの先に立って急ぎ足で歩き、静かに部屋のドアを開けた。暗くなりはじめていたので、テーブルにはかさをつけたろうそくが置かれていた。昔のままの琥珀色《こはくいろ》のカーテンのついた、四柱式の大きなベッド、見覚えのある化粧台、肘掛け椅子、足台――この足台の前でわたしは、自分がした覚えもない罪の許しをひざまずいて乞えと、何度も何度も命じられたものだ。恐怖の的だった細い鞭《むち》がいつも置かれていた隅を、今でもそこにあるかもしれない、と思いながらのぞいてみた。その小枝の鞭は昔そこにひそんでおり、子鬼のように飛び出してきて、わたしの震える手のひらや縮み上がる首すじを打つときが来るのを待ちかまえていたのだ。わたしはベッドに近づき、カーテンを開けて、高く重ねた枕のほうに上体を寄せた。

リード夫人の顔はよく覚えていたので、見慣れた面影があるかと真剣に探した。強い復讐心を鎮め、湧き上がる憤怒や嫌悪を抑える、時の力の作用はありがたい。昔この人のもとを去ったときのわたしは苦しみと憎しみでいっぱいだったが、こうして戻ってきた今では、この人の背負った大きな苦難に一種の同情を感じ、わたしが受けた不当な扱いはすべて許して忘れたい――和解して、和睦《わぼく》のしるしに手を握りたい、という強い願いを感じていた。

見慣れた顔があった。相変わらず厳しく無慈悲な表情、どんなことがあっても和らぐことのないあの独特の目、いくらか吊り上がった、傲慢で威圧的な眉――幾度その目が、威嚇と憎しみをこめてわたしに向けられたことか！　その眉の描く線を見ているうちに、子ども時代の恐怖と悲しみの思い出が、なんとまざまざとよみがえってきたことか！しかしわたしは身をかがめて、伯母にキスをした。伯母はわたしを見た。

「ジェイン・エアなの？」

「はい、リード伯母様。お加減はいかがですか、伯母様」

二度と伯母とは呼ばないと誓ったわたしだったが、その誓いを忘れて破ったことを罪だとはまったく思わなかった。シーツの上に出ていた伯母の手を、わたしは指で握った。もし伯母が優しく握り返してくれていたら、心から嬉しかったに違いない。だが、冷たい性格が容易に和らぐわけはなく、生来の反感がそう簡単に消えるはずもない。伯母は手を引っ込め、顔を背《そむ》けるようにして、今夜は暖かいわ、と言った。そして再びわたしを見たが、伯母のわたしへの見方――わたしに対する気持ち――に変わりがないこと、そして変えようもないことが、その冷たい目を見た瞬間、わたしには感じられた。どこまでもわたしを邪悪な子と考えようとする決意が、その頑固な目――優しさに動かされず、涙でもとけない、石のようなその目を見ればわかった。わたしを良い子だと思ったところで、伯母はただ屈辱を感じるだけで、寛容な喜びを感じることはないのだ。

わたしは心に苦痛を、そして怒りを覚えた。次に感じたのは、この人を服従させたい――その性格と意思に逆らっても言うことを聞かせたい、という決意だった。子どもの頃のように思わず涙がこみ上げたが、その涙に引っ込めと命じ、ベッドの枕元に椅子を運ぶと、座って枕の上に身をかがめた。

「わたしに迎えをよこされましたね。それで、こうして参りました。快方にむかわれるのを見届けるまで、こちらにいるつもりです」

「ああ、そうだね。娘たちには会ったの？」

「はい」

「あんたがここに泊まることをわたしが望んでいると、あの子たちに言うといいよ。話そうと思っていることを、話せるようになるまでいてほしいの。今夜はもう遅いし、何が言いたかったのか、思い出せないわ。何か言いたいことがあった――ええと、何だったか」

さまよう視線や変わってしまった話し方には、かつて精力的だったその身体がどれほどの打撃を受けたかが表れていた。落ち着きなく寝返りを打って掛け布団を引き寄せたが、布団の隅に置いたわたしの肘が布団を押さえつけているとわかると、とたんに伯母は癇癪《かんしゃく》を起こした。

「身体を起こしなさい！　いらいらするじゃないの、布団を押さえつけたりして！ジェイン・エアなのかい？」

「ジェイン・エアです」

「あの子には、誰にも信じてもらえないほど、苦労してきたのよ。あんな重荷を残されて迷惑だったわ。わけのわからない性格でいきなり癇癪を起こすし、人の動きを始終見張っている、異常なところもあって、もう毎日が大変でね。いつかはわたしにむかって、狂ったような、悪魔みたいな口をきいたことがあった。あんな様子であんなしゃべり方をする子どもなんていやしないよ。ここから追い払ったときは嬉しかったね。ローウッドでは、あの子をどうしたかしら。あの学校では熱病が流行って、生徒がたくさん死んだけど、あの子は死ななかった。でも、わたし、死んだと言ってしまったわ。死んでいればいいと思ったのよ」

「変わった望みですね、ミセス・リード。どうしてそんなにその子を憎まれるのですか？」

「あの子の母親をずっと嫌っていたの。主人のたった一人の妹で、主人にとても可愛がられていたから。身分違いの相手との結婚で身内から縁を切ると言われたときにも、主人はそれに反対したし、死んだという知らせがあったときには、ばかみたいに泣いていたのよ。赤ん坊を引きとると言い出したから、里子に出して費用を負担することにしてほしいと、あんなに頼んだのに。その赤ん坊、ひと目見たときから全然気に入らなかったわね。やせて青白くて、ひいひい泣いてばかりの子！　揺り籠で一晩中泣いていたものよ――それも、他の子どもみたいに元気な泣き声じゃなくて、弱々しくぐずぐずとね。主人はそれを哀れんで、ミルクを飲ませたりして、自分の子みたいに面倒を見ていたわ。自分の子どもがあのくらいのときにはしなかったくせに。あんな一文なしを、うちの子どもたちと仲よくさせようとしたけど、わたしの坊やたちには耐えられず――で、いやな顔を見せると、あの人、怒っていたわね。最後の病気のときには、赤ん坊をたびたび枕元に連れてこさせたし、亡くなる一時間前には、赤ん坊を育てることをわたしに誓わせたんだから。救貧院の一文無しのちびを押しつけられるほうが、まだましだったよ。でも主人は、もともと気が弱い人だったわね。生まれつきの気の弱さ。ジョンは主人にちっとも似ていなくて、わたしは嬉しいの。ジョンは、わたしやわたしの兄弟似――まさにギブソン家の人間ね。ああ、あの子、お金をよこせと言う手紙でわたしを苦しめるのをやめてほしい！　あの子にやるお金はもうないんだもの。今じゃ、うちは貧乏――召使を半分に減らして、屋敷の一部は閉めてしまうか、貸すかしなければならないほどよ。そんなことは絶対にできないけど、じゃ、どうしてやっていけばいいのかしら。入ってくるお金の三分の二が、借金の利子に回ってしまうのよ。ジョンは賭け事にのめり込んで、負けてばかり。かわいそうに！　いかさま賭博師《とばくし》につかまっているんだよ。げっそりやつれてしまって、ぞっとするような様子で、あの子を見るといやになるわ」

かなり興奮してきたようだった。わたしはベッドの向こう側に立っているベッシーにむかって、「このくらいで失礼したほうがいいわね」と言った。

「そうかもしれません。でも、奥様は夕方から夜にかけて、よくこんなふうに話をなさるんです。で、朝には落ち着いてこられます」

わたしは立ち上がった。するとリード夫人が「待って」と大きな声で言った。「言いたかったことが、もう一つあるから。あの子はわたしを脅す――おれが死ぬか、あんたが死ぬかだ、なんて言って、しきりに脅すのよ。喉に大きな傷を負って横たわるあの子の姿や、黒くふくれ上がった顔を、ときどき夢で見ることがある。わたし、すっかり妙な羽目に陥ってしまって、大変な苦労を抱えているのよ。どうしたらいいのかしら。どうやってお金をこしらえたらいいのかしら」

ベッシーは病人に鎮静剤を飲ませようと説得にかかり、何とかそれに成功した。伯母はまもなく落ち着いて、うとうとしはじめた。わたしはそこで部屋から出た。

次に伯母と話ができるまでに、十日以上かかった。うわ言のようなことを言うか昏睡《こんすい》状態《じょうたい》か、そのどちらかの繰り返しで、病人をあまり興奮させることは厳禁、と医者が言ったのだ。その間わたしは、ジョージアナ、イライザ姉妹と、できるだけうまくおつきあいしていた。初めは二人ともとても冷淡だった。イライザは一日の半分は座って縫い物か読書か書き物をしていて、わたしにも妹にもほとんどひと言も話しかけなかった。ジョージアナのほうは、カナリアとは何時間でもくだらないおしゃべりをする一方で、わたしには目もくれなかった。けれどもわたしは、することも楽しみもないと思われるのはいやだった。幸い、持参してきたスケッチ道具が楽しい仕事をわたしに与えてくれた。

一そろいの鉛筆と紙を何枚か用意すると、わたしは二人から離れて窓の近くに座り、次々と変化する万華鏡のような想像力が生み出す光景を、それぞれ幻想的なカットにして描くためにせっせと手を動かした。たとえば、二つの岩の間にちらりとのぞく海、昇りゆく満月とそれを横切る一艘《いっそう》の船、葦《あし》と菖蒲《しょうぶ》の茂みから顔をのぞかせる、蓮《はす》の花冠をつけた水の精、輪になったサンザシの花のもと、イワヒバリの巣に座る妖精など。

ある朝、わたしは何となく顔を描きはじめた。どんな顔になるのかは特に気にせず、決めてもいなかった。芯の柔らかい黒鉛筆の先を平らにしてせっせと描いていくと、広く秀でた額《ひたい》と、顔の輪郭の角ばった下半分が紙の上に現れた。その輪郭は好ましいものに思われ、わたしの指はそこに顔の造作をどんどん描き込んでいった。額の下には、横一文字の力強い眉が必要で、次には当然、ふっくらした鼻孔があって鼻筋の通った、きりっとした鼻が来る。その下には、薄くはなく柔らかな唇、中央にはっきりくぼみのある顎がある。黒い頰髭《ほおひげ》が欠かせないのはいうまでもない。こめかみから額にかけては、真っ黒な髪が波打っている。そして目だが、描くには細心の注意が必要なので、わたしはこれを最後に残しておいた。大きく形よく描き、まつ毛は長く、憂いを帯びたように、瞳は大きくつややかに描いた。出来をたしかめてわたしは、「うまくできた！　でも完全じゃないわ。もっと生気と気迫がないと」と思い、光がもっと輝くように陰影を濃くしてみた。するとこのちょっとした加筆が功を奏し、うまくいった。そんなふうにして、友人の顔ができ上がった。あの姉妹に無視されたからといって、それが何だというのだ――絵を眺めていると、あまりにそっくりに描けているので、思わず微笑が浮かんできた。わたしはすっかり心を奪われ、満足していた。

「どなたか、知っている人の絵?」イライザの声がした。わたしが気づかないうちにそばまで来ていたのだ。いいえ、ただの想像で描いた顔よ、と答えて、わたしはあわててその絵を他の紙の下に隠した。もちろんそれは嘘で、本当はロチェスター様を忠実に描いたものだったが、イライザにとって、いや、わたし以外の誰にとっても、それがどんな意味を持つだろうか。ジョージアナも絵を見に近づいてきた。他の絵は気に入ったようだったが、問題の絵は「醜い人」だと言った。そして二人とも、わたしの腕前に驚いたようだった。あなた方も描いてあげましょう、と申し出ると、姉妹は鉛筆でのスケッチのために交代でポーズをとった。自分の画帳を持ってきたジョージアナに、水彩画を一枚あげるわね、とわたしが言うと、ジョージアナはすぐに機嫌がよくなって庭への散歩に誘ってくれた。そして一緒に二時間も歩かないうちに、わたしたちはいろいろの打ち明け話をしていたのだった。ジョージアナの話は、二年前の冬の、華やかなロンドン社交界での体験についてで、自分が賞賛を浴び、紳士たちの注目を集めたこと、さらにある貴族からも好意を寄せられたことがほのめかされた。これについては午後から夜にかけてさらに詳しく語られ、甘い言葉のやりとり、感傷的な場面など、つまりは上流社会を扱った小説の一編が、その日わたしのために即興で創作されたようなものだった。ジョージアナとその恋、そして悲嘆というのもいつも同じ主題で、話は毎日続いていった。

母親の病気、兄の死、一家が現在置かれている苦境などについては一度も触れられないのが奇妙だった。過去の華やかな思い出と、これからの気晴らしへの夢でジョージアナの頭はいっぱいだったのだ。母の病室で過ごすのは一日に五分程度で、決してそれ以上にはならなかった。

イライザは相変わらずほとんど口をきかなかった。話をする時間もないようで、あれほど忙しそうな人は見たことがなかった。だが、何をしているかと聞かれれば答えに困る――というより、勤勉さの結果が見えてこない、と表現すべきかもしれない。朝は目覚まし時計をかけて早く起き、朝食まで何をしているのか知らないが、食事のあとは決まった日課があり、時間ごとに決まった務めがあった。小さな本を一日に三回読んでおり、のぞいてみるとそれは祈禱書だった。その本の中で一番好きな箇所はどこかと訊ねると、イライザは礼典法規《ルブリカ》だと答えた。一日に三時間は刺繡《ししゅう》に充《あ》て、絨毯《じゅうたん》ほどの大きさの四角い深紅の布の縁を金色の糸でかがっていた。使い道を聞くと、ゲイツヘッドの近くに最近建てられた教会の祭壇に掛けるものだとのことだった。日記に二時間、自分の野菜畑の世話に二時間、そして収支の計算に一時間かける。仲間も会話も必要としていないようで、自分の日課に満足しており、彼女なりに幸せだったのだろうと思う。何か出来事が起きて、時計のように規則正しい日課を変えなければならない事態ほど不快なことはないようだった。

　ある晩、イライザは普段より人と話をしたい気分になったらしく、ジョンの素行や一家の経済的破綻の恐れなどが深い悩みの種だったことを、わたしに語った。でも今では落ち着いて、心も決まったわ、とイライザは言った。自分の財産はちゃんと確保してあるし、母が死んだら――だって治る見込みはないし、もう長くないでしょう、と、ここでイライザは平然と言い放ったのだが――長いこと温めてきた計画を実行に移すつもりなの。つまり、規則正しい毎日が永久に乱されることのない隠棲場所に身を寄せて、軽薄な世間との間にしっかりした障壁を築くのよ、と言うのだった。ジョージアナも一緒にですか、とわたしは訊ねた。

「一緒なもんですか。ジョージアナとわたしには、共通点が何もない――今まで一度だってあったためしがないのよ。何があっても、あの人とつきあうのはいやだわ。ジョージアナはジョージアナの道を行けばいい。わたしはわたしの道を行くから」

　そのジョージアナは、わたしに打ち明け話をしているときを除けば、ほとんどの時間をソファで横になって過ごし、なんて退屈な家なの、ギブソン伯母様がロンドンに招いてくださるといいんだけど、と繰り返していた。「全部片付くまで、一か月か二か月、どこかに行っていられたら、わたし、そのほうがずっといい」――「全部片付く」とはどういう意味かわたしは聞かなかったが、予想される母親の死とそれに続く沈鬱な葬儀のことであろうと見当がついた。そんな姿がまったく目に入らないかのように、イライザは妹の不平や怠惰にいつも無関心でいたが、ある日のこと、帳簿を片付けて刺繡を広げながらこんなことを言いはじめた。

「ジョージアナ、あなたみたいに虚栄心が強くて愚かな生き物が、この地上に存在するなんて許されないわね。生まれてくるべきじゃなかったのよ。人生を無駄にしているんですもの。分別のある人間なら、自分を見つめ、自尊心を持って、一人で生きていくのが当たり前なのに、あなたときたら自分は弱いまま、他人の強さにすがろうとするのね。意志薄弱で役立たずの、その太った身体を喜んで背負ってくれる相手が見つからないとなると、ひどい目にあわされた、無視された、不幸だと言って泣きわめくばかり。人生はあなたにとって、いつも変化と興奮の連続でなくてはいけなくて、そうでなければこの世は地下牢みたい、というわけね。人から褒《ほ》められ、おだてられ、求愛されなくてはだめ、音楽とダンスと社交生活がなくてはだめ、さもないとあなたは萎《しお》れて倒れてしまうのよね。自分の努力と意志だけの力で、他人に頼らずに生きる手立てを講じるつもりはないの？　まず、一日をいくつかに分けて、区分の一つ一つにそれぞれ務めを課してみてごらんなさい。十五分であろうと、いえ、十分、五分であろうと、何もしない無目的な時間を残さないで、一日全部を区分けすること。そして、与えられた仕事をきちんと規則正しくすませていけば、一日は始まったと思ったとたんに終わっているでしょう。こうすれば、誰にも助けてもらわずに、一瞬の無駄な時間もなくすことができるの。一緒に過ごす相手も会話も、共感も寛容さも、何も探す必要はないのよ。つまりこれで、独立した、あるべき生き方ができるというわけ。この忠告を聞きなさいね——これが最初で最後だから。わたしの言うことを聞いておけば、これから先何が起ころうと、わたしの助けも誰の助けもなしでやっていけるでしょう。忠告を無視して、今までみたいに人を頼って、泣き言を言ったり怠けたりしていると、自分の愚かさの結果を思い知らされることになるわよ。どんなに耐えがたい結果になるか知らないけれどね。はっきり言っておくから、よく聞きなさい。これから言うことは二度と繰り返さないけど、確実に実行するつもりだから。お母様が亡くなったら、あなたとは縁を切るわ。柩《ひつぎ》がゲイツヘッド教会の埋葬所に運ばれる日から、あなたとわたしは何の関係もなくなるんだからね。たまたま同じ親から生まれたからって、そんな些細なことを理由にわたしを頼ろうなんて、夢にも考えないで。これだけは言えるわ——たとえ他の全人類が消えて、二人だけがこの地上に残されたとしても、わたしはあなたを古い世界に残して新しい世界にはばたくでしょう、ってね」

ここでイライザは口を閉じた。

「そんなに長々とお説教してくれなくてもよかったのよ」とジョージアナが答えて言った。「あなたが世界で一番自分勝手で冷たい人だってことは、誰でも知ってるんだから。それに、わたしに悪意を持って憎んでいることも、このわたしが一番わかっているもの。エドウィン・ヴィア卿のことでわたしをだましたのが、その証拠だわ。わたしの身分が上になって、称号を与えられたり、あなたが顔も出せない社交界に迎えられたりするのが我慢できなかったのよね。だからあなたは、こっそり監視したり告げ口をしたりして、わたしの将来を、どうしようもないほどめちゃくちゃにしたんだわ」ジョージアナはハンカチを取り出し、そのあと一時間もの間鼻をぐずぐずさせていた。イライザは冷ややかに座ったまま動じる様子も見せずに、せっせと手を動かしていた。

寛大さは軽視されることがあるものだが、それが欠けていたために耐えがたく辛辣《しんらつ》になった人と、どうしようもなく味気なくなった人、その二人の例がここにあった。思慮分別を欠いた感情は、まるで薄めたビールのようなものだが、感情で和らげられていない思慮分別は、あまりにも苦く乾燥していて、とても飲めたものではないのだ。

雨まじりの風の吹く午後のことだった。ソファで小説を読んでいたジョージアナは眠ってしまい、イライザは新しい教会での、ある聖人記念日の礼拝に出かけていた。宗教となると妥協を知らない形式主義者で、宗教上の義務だと考えればどんな天候であっても時間通りに実行するのが常だった。晴れであろうと嵐であろうと、日曜日には教会に三回行き、平日でも礼拝があれば必ず行くのが習慣だった。

わたしは、誰にもかまわれずに死にかけている二階の重病人を見舞いに行こうと思いついた。召使たちもたまにしか行かず、付き添いに頼んだ看護婦は監督の目があまりないのをいいことに、隙《すき》さえあれば病室から抜け出していた。ベッシーは忠実だが、自分の家族の世話もしなくてはならないので、時折顔を出すのが精いっぱいだった。思った通り、わたしが行ってみると、病室には他に誰もいなかった。看護婦の姿もなく、病人はじっと横になっていた。青黒い顔が枕に埋まったように見え、昏睡状態に近いようだった。暖炉の火が消えかかっていたので、わたしは石炭を足し、掛け布団を直した。そして、今はわたしを凝視することもできない人をしばらく見つめてから、窓のそばに行った。

窓ガラスに雨が激しく打ちつけ、風は嵐のようだった。「地上での諸々の戦いとはまもなく無縁になろうとする人が、ここに横たわっている。肉体という住みかを離れるにあたって苦しんでいる魂は、ついに解き放たれたときにはどこに飛び去るのだろうか」とわたしは考えていた。

そのような大きな謎について考えていると、ヘレン・バーンズのことが思い出され、その最期の言葉、信仰、肉体から離れた魂は平等だという信条などの記憶がよみがえってきた。死の床にあっても穏やかに、天の神さまのもとに召されていくときを待っているのよ、とささやいたときの、やつれて青ざめた気高い表情と神々しいまなざしを思い浮かべ、今も耳に残るその声に心の耳を澄ませていると、背後のベッドから弱々しいつぶやきが聞こえてきた。

「そこにいるのは誰？」

リード夫人が何日も口をきいていないことは知っていた。意識が戻ったのかしら――わたしは近くへ行った。

「わたしです、リード伯母様」

「わたしって、誰なの？」と伯母は言った。驚きと不安の目でわたしを見たが、まだ驚愕するというほどではなく、「あなたは誰？　全然知らない人ね。ベッシーはどこ？」と聞いた。

「ベッシーなら門番小屋です、伯母様」

「伯母様だって！　わたしをそう呼ぶのは誰？　ギブソン家の娘じゃないわね。でも、あんたは知っている。その顔、それに目も額も、見慣れたところがあるもの。誰かに

――そうだ、ジェイン・エアに似ているね、あんたは！」

わたしは何も言わなかった。そうです、本人です、と名乗って衝撃を与えるのを恐れたのだ。

「でもやはり、わたしの間違いね。思い違いだわ。ジェイン・エアに会いたいと願っていたもんだから、似てもいないのにそうだと思ってしまった。それに八年もたてば、すっかり変わっているに違いない」と伯母は言った。そこでわたしは、伯母様が会いたいと思われ、そうかもしれないと思われたのは、このわたしに間違いありません、と優しく説明した。そして、わたしの言ったことがわかり、意識もはっきりしているのを見てとったので、ベッシーが夫をソーンフィールドまで迎えによこしてくれたんです、と話した。

「病気が重いのはわかっているのよ。さっきも寝返りを打とうとしたけど、手足が動かせないんだから。死ぬ前に気持ちを楽にしておきたいと思ってね。元気なときには何でもないことが、こんなときになると重荷になるものだよ。看護婦はいるの？　それとも部屋にいるのはあんただけ？」

伯母様とわたしだけです、とわたしは答えた。

「あんたには悪いことを二回した――それを今悔やんでいるの。その一つは、自分の子どもとしてあんたを育てると主人に約束したのに、それを破ったこと。あとの一つは――」そこで伯母は言葉を切り、独り言のように、こうつぶやいた。「結局は、そんなに大したことじゃないかもしれないわ。それに、病気はよくなるかもしれない。ここで頭を下げるのは辛いわ」

伯母は姿勢を変えようとしたが、うまくいかず、表情が変わった。胸の内で何か騒ぐものがあったように見えた。ひょっとすると、最期の苦しみの前触れなのかもしれなかった。

「ああ、やはりすませておかなくては。永遠の眠りがそこまで来ているんだから。あの子に話したほうがいい。化粧箱のところに行って箱を開けて、そこに入っている手紙を出してきて」

わたしが言われた通りにすると、「手紙を読んでごらん」と伯母は言った。

手紙は短く、こう書かれていた。

謹啓

私の姪ジェイン・エアの所在、および消息をお知らせいただければ幸いに存じます。マデイラの私のもとに来るよう、近く手紙を書きたいと思っております。

神さまの思し召《おぼしめ》しのおかげで私の努力が実り、少々の資産ができました。妻子はおりませんので、存命中にジェインを養子とし、遺産を寄贈したく思っております。

謹白

マデイラより　ジョン・エア

日付は三年前のものだった。

「どうしてわたしに、何も知らせてくださらなかったのですか？」とわたしは訊ねた。

「あんたがとても憎かったから、金持ちになるのに手なんか貸したくなかったの。あんたのしたことが忘れられなかったのよ、ジェイン。わたしに食ってかかってきたときの激しさ、世界の誰よりもわたしが憎いと言いきった、あの口調、わたしのことを考えただけでむかむかする、ひどい仕打ちをした、と言ったときの子どもとは思えない声や様子が、わたしは忘れられなかった。あんたがああやっていきり立って、心の毒をぶちまけたとき、わたしがどんな気持ちだったか忘れられなかったのよ。まるで、ぶったり小突いたりした動物が人間の目でわたしを見上げて、人間の声で悪態をついているみたいで、恐ろしかった。水を持ってきて。ああ、早く！」

わたしは水を渡しながら言った。「ミセス・リード、もうこのことを考えるのはやめてください。頭からすっかり消しましょう。わたしが興奮して言ったことを許してください。あの頃はまだ子どもでした。あれから八年か九年もたつんですから」

伯母はわたしの言うことを気にもとめない様子で、水を飲んで一息つくと、こう続けた。

「本当に忘れられなかった、だから復讐したわけ。あんたが叔父さんの養子になって何不自由なく暮らすなんて、我慢できなかったからね。そこでわたしは手紙を書いて、お気の毒ですがジェイン・エアは死にました、ローウッドで発疹チフスにかかったのです、って知らせたの。さあ、あとは好きなようにすればいい。わたしの書いたことを否定する手紙を書くもよし、すぐにでもわたしの嘘を暴露するもよし。あんたって子は、わたしを苦しめるために生まれてきたんだね。こうやって、自分のしたことを思い出して最後まで苦しめられるなんて。あんたさえいなかったら、絶対にしなかったことなのに」

「伯母様、もうそのことを考えるのをやめて、わたしのことを優しく許してくだされば――」

「あんたは本当に性格が悪いね。今になっても、わたしにはどうしても理解できないよ。九年の間、うちでの扱いをおとなしく受け入れていながら、十年目にいきなり火でもついたように爆発するなんて――どういうわけだか、まったくわからない」

「伯母様が思うほど悪い性格ではありません。激しいところはありますが、執念深くはありません。伯母様さえその気になってくだされば、喜んで伯母様を愛したいのに、と子どものわたしは何度も思ったものでした。今こそ伯母様との仲直りを、心から願っています。キスしてくださいな、伯母様」

わたしはそう言って、伯母の唇に頰を近づけたが、伯母は触れようとしなかった。そして、そんなに寄りかかられると重いじゃないの、それよりまた水をちょうだい、と言った。伯母が上体を起こすのを助け、飲む間支えていて再び寝かせると、氷のように冷たく湿った手をわたしの手で包んだ。伯母はその弱々しい指を引こうとし、どんよりした目をわたしの視線に合わせるのを拒んだ。とうとう私は、

「では、わたしを愛するのも憎むのも、どうぞお好きなように。わたしは伯母様をすっかり許しています。あとは神さまのお許しを願って、心を安らかになさいますように」と言った。

なんと不幸で哀れな人だろう。身についた考え方を変えようとしても、今ではもう遅い。これまでわたしを憎んで生きてきた――だから、わたしを憎んだままで死なくて

はならないのだ。

看護婦が入ってきて、ベッシーも続いてきた。何か和解のしるしを見せてもらえるかと、わたしはそれから三十分ほど部屋にとどまったが、そんな様子は見えなかった。伯母は再び昏睡状態に陥り、意識を取り戻すこともないまま、その夜十二時に亡くなった。わたしも伯母の娘たちも臨終に立ち会うことなく、すべて終わったとわたしたちが知らされたのは翌朝になってからだった。すでにそのときには納棺のための支度ができていた伯母に、イライザとわたしは対面に行ったが、ジョージアナはわっと泣き出して、自分はとても行けないと言った。かつては強健で活発だったサラ・リードの身体が、硬くこわばって静かに横たわっていた。冷酷な目は冷たい瞼《まぶた》に覆われていたが、額や厳しい顔立ちには、無情な精神の痕跡が残っていた。その亡骸《なきがら》は厳粛で不思議なものに思われ、わたしは悲しく暗い気持ちでそれを見つめた。そこからは、穏やかさ、優しさ、哀れみ、希望、気持ちの和らぎなどといったものは、何一つ与えられなかった。わたしの心に呼び起こされたのは、伯母の不幸に対する――わたしの受難に対してではない――悲痛の思いと、このような形の死の恐ろしさについての、暗く、涙も出ない不安だった。

イライザは平然と母親を眺め、しばらく沈黙していたあとにこう言った。

「母の体質ならもっとずっと長生きできたはずなのに、心労が命を縮めたのよ」そして、その口元が一瞬だけ痙攣《けいれん》したが、それが消えるとすぐにイライザは部屋を出て行き、わたしもあとに続いた。どちらも一滴の涙もこぼさなかった。

第22章

ロチェスター様に許された期間は一週間だけだったのに、ゲイツヘッドを去るまでに一か月もかかってしまった。葬儀がすむとすぐに帰りたかったが、ロンドンに発つまでここにいて、とジョージアナに懇願されてしまったのだ。ロンドンから出向いてきて妹の埋葬を取り仕切り、いろいろな問題の整理もつけてくれた伯父のギブソン氏から、ついにジョージアナはロンドンに招いてもらったのだが、イライザと二人きりになるのは怖いと言う。気落ちしていても同情してくれないし、不安な心を慰めてもくれない、支度だって手伝ってくれる人じゃないから、と言うのだ。それでわたしは、愚かしい泣き言や自分勝手な愚痴などをできるだけ我慢しながら、裁縫や服の荷造りを手伝った。わたしが仕事に励んでいる間、本人が怠けているのは事実で、わたしは心の中で思った。「ねえ、いとこのジョージアナ。もしわたしたち二人がずっと一緒に暮らさなくてはならないとしたら、今とは別のやり方にするところよ。わたしだって、おとなしく辛抱ばかりする役におさまっていないわ。あなたにも仕事を割り当てて、それをきちんとやってもらい、もしあなたがやらなければ、それはそのまま、わたしは手を貸しません。それから、そのだらだらした、ほとんど不真面目な不平不満も、少しは自分の胸にしまっておくように言わせてもらうでしょう。わたしが我慢して言いなりになっているのも、一緒にいるのが今だけで、伯母様が亡くなったばかりの特別の時だと思うからなのよ」

こうしてようやくジョージアナを送り出したと思ったら、今度はイライザがわたしにもう一週間いてほしいと言い出す番だった。自分の計画にはすべての時間をそそいで集中せねばならないのだと言う。どこか未知の目的地にむかおうとしているのだ。自分の部屋に内側から閂《かんぬき》をかけて一日中閉じこもり、トランクを詰めたり、引き出しの中身をからにしたり、書類を焼いたりして、誰とも口をきかない。屋敷の監督をして訪問客に会い、お悔やみの手紙に返事を書くことが、わたしへの頼みだった。

ある朝、イライザはわたしにむかって、もう自由にしていいわ、と言った。「いろいろなお手伝いと配慮に感謝もしています。あなたみたいな人と一緒に暮らすのは、ジョージアナとの場合とは違うわね。あなたはちゃんと自分の役割を果たして、誰にも負担をかけないから。わたしは明日、大陸に出発します。リールの近くにある修道院で暮らすつもり。女子修道院というのかしら。何にも煩《わずら》わされることのない、静かな生活ができるでしょう。しばらくはローマ・カトリック教会の教義の研究に専念して、その体系もよく学んでみようと思うの。それでもし、わたしの推測通り、それが物事すべてをきちんと正しく行うための最上のものだとわかったら、わたしはローマの教義を受け入れて修道女になるでしょう」

わたしはその決意を聞いて驚いたとは言わず、考え直したらとも言わなかった。「ぴったり合った仕事だわ。あなたのためになりますように！」と心で思った。

別れ際にイライザは言った。「さよなら、いとこのジェイン・エア。元気でね。あなたは道理をわきまえた人だわ」

わたしは答えて言った。「あなたもわきまえていないわけじゃないわね、いとこのイライザ。でも、一年もたてばあなたに具わった資質のすべてが、フランスの修道院の壁の中に、生きたまま閉じ込められてしまうのね。もっともわたしには関係のないことだし、それがあなたにふさわしいのでしょう。わたしが心配することじゃないわ」

「その通りよ」とイライザが言い、わたしたちはこれで別れて、別々の道を行った。二人のいとこについて、この先触れる機会もないと思われるのでここで述べておくと、ジョージアナは、社交界に疲れ果てたような裕福な男とうまく結婚した。一方イライザは本当に修道女になり、今ではその見習い期を過ごした修道院の院長になっている。財産もそこに寄付したということだ。

留守にしていたわが家に帰るときの気持ちというものを――それが長い不在であれ短

い不在であれ——わたしは知らなかった。そういう経験がなかったからだ。子どもの頃に長い散歩から帰るときの、寒そうな顔をして、とか、陰気な顔をして、などの言葉でとがめられる気持ちなら知っていた。あるいはあとになって教会からローウッドに帰るときの、たっぷりの食事と暖かい火を期待しながらどちらも得られない気持ちなら知っていた。そのどちらも、楽しくも好ましくもないものだった。近づくにつれて力を増して引き寄せる、磁石のような力もなかった。ソーンフィールドに帰るときの気持ちは、これから経験しなくてはわからないものだった。

旅は退屈に思われた。一日に五十マイル行って宿に泊まり、翌日はまた五十マイル——実に退屈なものだった。初めの十二時間は、リード夫人の最期が浮かんできて仕方なかった。色の変わった醜い顔が目に浮かび、奇妙に様変わりした声が耳に聞こえた。葬儀の日のこと、柩《ひつぎ》、霊柩馬車《れいきゅうばしゃ》、借地人や召使たちの黒い列——親戚の数は少なかった——大きく口を開けた地下の埋葬室、しんとした教会、厳粛な儀式などを思い、それからイライザとジョージアナのことを思った。一人は舞踏会の注目を浴び、一人は修道院の独居房にいる姿が目に浮かび、それぞれの性格や特性を分析して考えてみずにはいられなかった。しかし、夕刻になってある大きな町に着くと、そんな思いは追い散らされてしまった。夜がすっかり変化をもたらし、旅の宿に横になったわたしの思いは、追想から将来へと向きを変えたのだ。

わたしはソーンフィールドに戻ろうとしている。しかし、その先いつまでいられるのだろうか。長くいられないのはたしかだった。留守にしている間、フェアファクス夫人から手紙を受け取っていたが、それによるとお客様は帰られ、ロチェスター様は二週間滞在の予定で三週間前にロンドンに出かけられたとのこと。新しい馬車を買うと伺ったので、どうやらご結婚のお支度のためと思われます、というのが夫人の推測だった。ミス・イングラムと結婚なさるというお話にわたしはまだなじめないのですが、皆様のお話と自分自身の目にしたことを合わせれば、まもなく結婚式があることは疑いようもないのでしょうね、と書かれているのを読んで、「いまだに信じないなんて、ずいぶん疑い深い方ですね」とわたしは心の中で言った。「わたしは疑っていませんもの」

疑問はまだ続いた。「わたしはどこへ行けばいいのだろう」——一晩中ミス・イングラムの夢を見ていたが、朝方のはっきりした夢で、ミス・イングラムはわたしの目の前でソーンフィールドの門を閉め、別の道を行けと指差していた。ロチェスター様は腕組みをして皮肉な笑みを浮かべ、二人を傍観しているだけだった。

帰るのがいつになるか、フェアファクス夫人にはっきりとは知らせていなかった。ミルコートからお屋敷まで一人で静かに歩いて行きたかったので、迎えの馬車をよこしてもらいたくないと思ったのだ。そこで荷物を宿の馬丁に頼むと、ジョージ・インをひっそりと出て歩きはじめた。六月の夕方六時ごろだった。ソーンフィールドに通じるいつもの道で、主に野原の中を行くのだが、ほとんど人影はなかった。

すばらしく輝くような夏の宵、というわけではなかったが、穏やかに晴れていた。干し草を作る人の姿が道沿いに見えた。雲ひとつないとはいえなかったが、明日の晴天は十分に期待できそうだった。青空の見えるところは穏やかで落ち着いた色、雲は空高く薄くかかっていた。西の空も暖かい色で、寒気をもたらす湿っぽい光もなかった。まるで大理石模様の霞《かすみ》の幕の後ろに祭壇の明かりがともされたようで、金色を帯びた赤い光が雲の隙間から輝いて見えた。

屋敷までの距離が縮まるのが嬉しく思われた。あまりに嬉しいので、わたしは一度足を止めて考えてみた——いったい、この喜びはどういうことなのか。帰る先はわが家でも、永遠の住みかでもなく、また優しい身内が到着を待ちかねている場所でもないのだ、と自分に言い聞かせた。「きっとミセス・フェアファクスが微笑して、穏やかに迎えてくれるし、アデルはあなたの姿を見れば、飛び上がって手をたたくでしょう。でも、その二人とは別の人のことを考えていることを、あなたは自分でわかっている。その人があなたのことを考えていないこともね」

けれども、若さは人を向こう見ずにし、未熟さは人を盲目にするものだ。おかげでそのときのわたしは、ロチェスター様がわたしに目をとめようととめまいと、また会えるのはそれだけで嬉しい、と思い、「急いで、急いで！　できるだけあの方のそばにいるのよ――それがあと数日であっても、数週間であっても。長くてもそれだけで、あとは永久にお別れになるけれど」と思った。そして新たに生まれた一つの苦悩――自分の中で育《はぐく》むなどとてもできない醜いものを押し殺して、道を急いだ。

ソーンフィールドでも干し草作りをしている――というより、もうその時刻には仕事を終え、熊手をかついで家に帰るところだ。牧草地をあと一つ二つ横切って道を渡れば、もう門。生垣の薔薇が、なんてたくさん！　でも摘んでいる暇はないわ。早くお屋敷まで帰りたい。花と葉をつけた枝を小道の上に差し伸べている、背の高い野薔薇の脇を過ぎると、石段のついた小さい踏み越し段が見える。そしてそこに――そこにロチェスター様が。鉛筆とノートを手に、座って何か書いているところだ。

もちろん、幻ではない。でも、わたしの神経のすべてが、がくりとゆるみ、一瞬の間、自分自身をコントロールできなかった。これはどういうこと？　彼を見たとたんに、こんなに震えたりするとは思わなかった――その姿を前にして、声も出ず、動くこともできないとは。身体が動くようになったらすぐに引き返そう。ばかなまねをして笑われることはない。お屋敷へは他の道だってある――しかし、二十の道を知っていたとしても意味はない。彼がわたしの姿を見てしまったから。

「おーい！」ロチェスター様はそう言うと、ノートと鉛筆をしまった。「帰ってきたんだね。さあ、こっちへ」

もちろん近づいたはずだが、どんなふうにしてだったかわからない。自分の動作をほとんど認識できないまま、平静に見えることだけを願って、特に顔の筋肉の動きをコントロールしようと努力していた。顔は生意気にもわたしの意志に逆らって、隠そうと決めていることを表に出そうとしているのだ。でもわたしはヴェールを下ろしていたから、落ち着いたふりをして何とかこの場を凌《しの》げるだろう。

「さあ、これはジェイン・エアかな？　ミルコートから歩いてきたの？　そうか、君らしいやり方だな。馬車を頼んで、道を車輪でガタガタいわせて帰ってくるような普通の人間のやり方ではなく、夕闇に紛れてこっそりと家の近くまで忍び寄ってくるなんて。まるで夢か亡霊みたいだ。このひと月、いったい何をしていたんだね？」

「伯母のところにいました。伯母は亡くなりました」

「実にジェイン的な答えじゃないか！　天使たちよ、わたしを守りたまえ！　この人はあの世から来た。死者の住む世界からだ。黄昏時《たそがれどき》にここで二人だけで会って、そう言うんだから間違いない。ちゃんとした人間なのか幻影なのか、勇気さえあれば触ってたしかめてみるのだが！　この妖精め！　沼地の青い鬼火をつかもうとするほうがましなくらいだ。このさぼり屋！　さぼり屋！」そして、いったん言葉を切ってからこう言った。

「一か月もわたしの前から姿を消して。わたしのことなど、すっかり忘れていたに違いない！」

雇い主ロチェスター様に再び会うのが嬉しいであろうことはわかっていた。まもなく雇い主ではなくなるかもしれないという恐れと、自分が相手にとって何者でもないという事実とが嬉しさに影を落とすとしても。だが、ロチェスター様には、幸せを伝えることれほど豊かな能力が具わっていた（と、少なくともわたしには思われたのだ）――振りまかれたそのかけらを味わうだけでも、迷い鳥のようなわたしにとってはすばらしいご馳《ち》走《そう》だった。最後の言葉は香油のようで、わたしに忘れられたのではないかと案じていた気持ちがそこにこもっているように思われた。それに、ソーンフィールドがわたしの家であるかのように言ってくれた。そうだったらいいのに！

ロチェスター様は踏み越し段のところから離れないし、通してほしいとも言い出せなかった。そこでわたしは、ロンドンにいらっしゃったのではなかったのですか、と訊ねた。

「行ったよ。千里眼でわかったんだね」

「ミセス・フェアファクスのお手紙にありました」

「何をしに行ったかも書いてあった？」

「ええ、ええ。どんなご用か、誰でも知っております」

「馬車を見てもらわなくてはならないな、ジェイン。ロチェスター夫人にふさわしいかどうか、言ってもらいたい。その紫色のクッションにもたれて座ったら、古《いにしえ》のボアディケア女王のように見えるかどうか。夫人に釣り合うように、わたしの外見がもう少し良ければと思うよ、ジェイン。君は妖精だから、呪文とか魔法の薬とか何かで、わたしをハンサムに変えられないかな」

「それは魔法の力の限界を超えています」とわたしは答えた。それから心の中でつけ加えた。「恋をしている目さえあれば、魔法にはそれで十分です。恋する者の目には、十分にハンサムでいらっしゃいますもの。いえ、その厳《いか》めしさには、美しさ以上の力がありおます」

ロチェスター様は、わたしには理解できない洞察力で、言葉に出さなかったわたしの思いまで読みとってしまうことがときどきあった。このときも、わたしが口にした愛想のない答えにはまったく注意を払わず、独特の微笑みを浮かべてわたしを見た。それはまれにしか見せない微笑で、普段にはもったいないと思っているかのようだった。気持ちのこもった、陽光のようなその微笑が、今わたしに降りそそいでいた。

「ここを越えて行きなさい、ジャネット」わたしが通る場所を空けてくれながらロチェスター様が言った。「うちに帰るんだ。歩き疲れた小さな足を、友の家で休めるといい」

わたしは何も言わずにその言葉に従えばよく、それ以上何か言う必要はなかった。黙って段を越えると、そのまま静かに歩いて行くつもりだった。だがそのとき、ある衝動に駆られて振り返り、こう言った。というよりも、わたしの中の何かが、わたしに代わって勝手に言い出したのだ。

「ご親切にありがとうございます、ロチェスター様。ここに戻ってこられたことが不思議に嬉しく思われます。ロチェスター様のいらっしゃるところがわが家です。わたくしの唯一のわが家です」

それからわたしは、たとえロチェスター様が追いつこうとしたとしても、とても追いつけないほどのスピードで歩き続けた。アデルはわたしを見つけると、嬉しさで興奮して手がつけられないほどだったし、フェアファクス夫人はいつもの気どりのない親しさで迎えてくれた。リーアはにっこりし、ソフィーでさえ「ボン・ソワール」と嬉しげに挨拶した。本当に嬉しいことだった。まわりの人たちから愛され、自分の存在がその人たちの心を癒《いや》す一助になっていると感じることほど幸せなことはない。

その晩、わたしは未来について断固目をつぶることに決めた。近く別れの時が来て、悲しみが訪れるのだぞ、とささやき続ける声にも耳をふさいだ。お茶が終わって、フェアファクス夫人が編み物を取り上げ、わたしはその近くの低い椅子に座って、絨毯《じゅうたん》にひざまずいたアデルがわたしにぴったりと寄り添っている――お互いの愛情が、平穏な金色の環のようにわたしたちを囲んでいるように思えるひととき、みんなが遠くに離れ離れになる時があまり早く訪れませんように、とわたしは心の中で祈った。するとそこに、前触れもなくロチェスター様が入ってきて、こんなふうに和《なご》やかに座っているわたしたちを眺め、嬉しそうな顔で声をかけた。養女が戻ってきて夫人もこれで安心だね、とか、イギリス人の小さなママンをアデルは食べてしまいそうだね、とかいう言葉を聞いていると、もしかするとロチェスター様は結婚後も、わたしたちを一緒にその庇護のもとに置いてくれるのではないだろうか、太陽のような存在のもとから追放されなくてすむのではないだろうか、という望みを持ちたくもなるのだった。

ソーンフィールド邸に戻ってからの二週間は、先の見えない穏やかさのうちに過ぎた。

旦那様の結婚の話は全く出ず、ご婚礼の支度が行われている様子もなかった。何か決まったというお話をお聞きではありませんか、とわたしは毎日のようにフェアファクス夫人に訊ねてみたが、返ってくる答えはいつも「いいえ」だった。花嫁をいつお屋敷にお迎えになるご予定ですかと、わたしは実際ロチェスター様にお聞きしたことがあるんですよ、でも旦那様は冗談をおっしゃって、いつもみたいに変なお顔をなさるだけだったから、どう受け取ればいいのかわからなかったのよ、とも言った。

特に不思議に思ったのは、二人の間の行き来がなく、イングラム・パークへのロチェスター様のお出かけもないことだった。たしかにここからは二十マイルほど離れていて、隣州との境にあるお屋敷だったが、熱烈な恋人にとっては何でもない距離だった。ましてロチェスター様のように乗馬に熟練した、疲れを知らない乗り手であれば、朝の一走りにすぎないだろう。わたしは、抱いてはいけない希望を持ちはじめていた。縁組はとりやめになったのでは？　噂は間違いだったのかも？　どちらか、あるいは両方が心変わりしたのか？　ロチェスター様のお顔に悲しさや激しさの跡はないかと、探るように見たものだ。けれども、この頃ほど晴れやかで一点の暗い影もない、快晴の空のような表情が続くのは見たことがないほどだった。アデルとわたしと三人でいるときに、わたしが元気をなくして意気消沈していたりすると、ロチェスター様は陽気にさえなった。

わたしが呼ばれることもそれまでになく多くなり、それまでになく親切になり、そして
わたしは――それまでにないほどロチェスター様が好きになってしまった。

第23章

すばらしい真夏の太陽がイギリスの空に輝いていた。あんなに澄みきった空やあんなに輝かしい太陽は、わが島国ではその片方でさえ珍しいのに、この頃は両方そろって長く続いていた。まるでイタリアの日々が、鳥の大群のように群れをなして南から渡ってきて、白い断崖アルビオンなるこのイギリスに羽を休めているかのようだった。干し草の取り入れが終わり、ソーンフィールドのまわりの牧草地は刈り込まれて青々としていた。道は白く乾き、木々はまさに深緑のさかり――生垣や森の木立は濃い緑の滴《したた》る葉を茂らせていて、その間に見える牧草地の明るい色と美しい対照をなしていた。

ヨハネ祭の前夜、半日ヘイの小道で野いちご摘みをして疲れたアデルは、お日様が沈むのと一緒にベッドに入ってしまった。眠りに落ちるのを見届けて、わたしは庭の散策に出た。

一日のうちで、一番心地よい時間だった。「日はその熱い火を燃やしつくし」(トマス・キャンベルの詩「トルコの貴婦人」)、熱にあえぐ草原や焼けつくような頂《いただき》に、ひんやりした露が降りた。太陽が気どりなく、華やかな雲もまとわずに沈んだあとには、荘厳な紫が広がった。一つの山の頂に、炉の炎さながら赤く輝く宝石のような一点を残して、その色はずっと高くはるかに、いっそう淡くなって中空《ちゅうくう》まで広がっていた。一方、東は東の魅力を示し、深く澄んだ青色の空に星が一つ、つつましい宝石として昇っていた。やがて誇らしげに登場するはずの月は、まだ地平線の下にあった。

わたしはしばらく敷石の道の上を歩いて行った。するとなじみのある香り――葉巻の香りが、どこかの窓からかすかに漂ってきた。書斎の窓が少しだけ開いているのが見える。そこから姿を見られるかもしれないと思い、わたしは道を離れて果樹園に入って行った。屋敷の地所の中でも、この隅ほど安心できるエデンの園のような隠れ場所はなかった。果樹がたくさんあって、ちょうど花ざかりなのだ。高い石の塀で中庭からは完全に隔てられ、もう一方の側は、ブナの並木が芝生との間の衝立《ついたて》の役目を果たしていた。果樹園の奥には、溝を掘って造った沈め垣があり、牧草地との間を仕切るのはその垣根だけだった。月桂樹の並木に縁《ふち》どられた道が、曲がりくねって垣根のところまで続いている。並木のかなたには大きなマロニエの木が一本立っていた。ここなら、人に見られずに歩き回ることができた。樹液の甘い香りのする、静かな黄昏時《たそがれどき》の木々の下なら、いつまでも歩いていられる気がした。昇ってきた月に誘われて、月光に照らされている開けた区画に進んでいき、花と果樹を配した庭園の間を縫うように歩いていたわたしは、足を止めた。何かを見たり聞いたりしたためではない。警戒すべき香りが再び流れてきたためだ。

野薔薇、キダチヨモギ、ジャスミン、ナデシコ、薔薇などのかぐわしい香りは、すでに夕刻の庭に漂っていたが、この新しい香りは灌木《かんぼく》や花のものではない。わたしのよく知っている、ロチェスター様の葉巻の香りだ。わたしはまわりを見回し、耳を澄ませる。熟した果実をたわわにつけた木々が見え、半マイルほど先の森でさえずるナイチンゲールの声が聞こえるだけで、動くものは見えず、近づいてくる足音も聞こえない。けれども、その香りは強くなってくる――逃げなくては。低木の生垣に続く小門にむかって急いでいると、ロチェスター様がそこから入ってくるのが見えた。わたしはすぐ脇の、ツタの茂る隅に隠れた。きっと長くはいらっしゃらず、来た道をすぐに引き返されるわ。ここにじっとしゃがんでいれば、わたしの姿は絶対に見えないはず。

ああ、だめだ。夕暮れが快いのはロチェスター様も同じで、この古風な庭に、やはり魅力を感じていらっしゃるのね――ロチェスター様はぶらぶらと歩きながらスグリの枝を持ち上げて、プラムほどに大きくなったその実を眺めるかと思うと、塀の桜の木からさくらんぼを取る。あるいは群れて咲く花にかがみこんで、香りを嗅《か》いだり花弁に宿った玉のような露を感嘆して眺めたりしている様子だ。わたしの脇を飛んで行った一匹の大きな蛾がロチェスター様の足元の草に止まった。ロチェスター様はそれをもっとよく見ようとかがみこんだ。

「今だわ。こちらに背を向けて、しかも他に気をとられていらっしゃる。こっそり歩けば、気づかれずに逃げ出せるかも」

道の砂利《じゃり》で音を立てないよう、わたしは芝生の縁《へり》を歩いて行った。ロチェスター様は、わたしが通って行かなくてはならないところから一、二ヤード離れた花壇の間にいた。蛾の観察に没頭しているようだった。うまく切り抜けられそうだわ——まだ中空まで昇っていない月の光で庭に長く伸びたその影を横切った瞬間、振りむきもしないでロチェスター様は、静かにこう言った。

「ジェイン、こいつを見にきてごらん」

わたしは音を立てなかったし、ロチェスター様の背中に目はない——とすると、影に触覚があるのだろうか。わたしは一瞬びくっとしたが、そちらに近づいた。

「この羽をごらん。西インド諸島の昆虫を思い出すよ。こんなに大きくて華やかな色をした夜行性の虫は、イギリスではあまり見かけないからね。ほら、飛んだ」

蛾はどこへともなく飛んで行き、わたしもおずおずと後ずさりしはじめた。でも、ロチェスター様はついてきた。そして一緒に小門のところまで来ると、こう言った。

「まわれ右、だよ。こんな美しい夜に家の中にいるなんて、もったいない話だ。それに、日没が月の出と出会うこんなときに、ベッドに入りたいなんて思う人はいないよ」

わたしの舌は、当意即妙の答えのできることがあるにもかかわらず、いざ何か口実を言わなくてはならないときになると不幸にも役に立たないという欠点がある。そしてその欠陥は、重大な局面――窮境から逃れるために、もっともらしい口実や言葉をすらすら言わなければならない特別な時に必ず現れてくるのだ。こんな時間にロチェスター様と二人きりで、暮れかかった果樹園を歩くのは気が進まなかったが、逃げ出す口実がどうしても浮かばなかった。のろのろした足どりであとについて歩きながら、何とかして脱出のきっかけを見つけたいという思いで頭がいっぱいだった。けれども、ロチェスター様は落ち着いて真剣な様子なので、当惑を感じている自分が恥ずかしくなった。邪心は――それがあったとして、あるいはこの先あるとしたら――わたしにだけあるようで、ロチェスター様には特別な意識はなく、心穏やかなのだった。

「ジェイン」ロチェスター様が再び口を切ったのは、わたしたちが月桂樹の並木に入り、沈め垣とマロニエのほうへむかっているときだった。「ソーンフィールドも、夏は快適なところではないかな?」

「はい」

「きっと君も、屋敷にいくらか愛着を覚えるようになったに違いない。自然の美しさのわかる目と、愛着というものを知る心を持っているのだから」

「はい、本当に愛着を感じています」

「それに、わたしにはなぜだかわからないが、あの頭の弱いアデルにも、また実直なミセス・フェアファクスにも、いくらか好意を持つに至っているようだね」

「はい、それぞれ違ったふうにですが、どちらにも好意を持っております」

「二人と別れるとなれば、悲しいだろうね」

「はい」

「気の毒に！」ロチェスター様はそう言うとため息をつき、少し間を置いた。「この世は常にそういうものなのだよ。心地よい休息所に着いたと思うと、立って進め、安息の時間は終わった、という声がするんだ」

「わたくしは進まなくてはなりませんか？　ソーンフィールドを去って？」

「そうしなくてはなるまいね、ジェイン。残念だが、どうしてもそうしなくてはなるまい、ジャネット」

衝撃だった。でも私は、それに屈してはいられなかった。

「では、進めという命令がかかるときに備えておきます」

「もう命令がかかる。今夜、その命令をくださなければならない」

「では、結婚なさるのですね」

「そう、まさにその通り！　いつもの鋭さで、図星をついた」

「まもなくでしょうか？」

「ああ、すぐだとも、わたしの――いや、ミス・エア。覚えているだろう、ジェイン、わたしが――あるいは噂が、だったかもしれないが――長い独身生活に終止符を打って神聖なる結婚生活に入ることにしたと、君に最初にはっきり告げたときのことを。要するにミス・イングラムをこの胸に抱くということで、しかし彼女は抱えきれるかどうか――まあ、それはともかくとしても、ブランシュのような美しい人を持て余すなんていうことは考えられないわけだがね。ともかくわたしの言おうとしていたのは、だね――聞いているのかい、ジェイン！　もっと蛾がいないかと探すために、そんなによそ見をしているわけ？　今のは「うちに飛んで帰る」と詩にもある、ただのてんとう虫だよ。で、あのときのことだが、わたしとミス・イングラムが結婚する場合、君とアデルはすぐにここから出て行くほうがいいと最初に言ったのは君だ、ということを思い出してもらいたいのだ。わたしが尊敬してやまないその思慮分別と、雇われの身ながら責任のある家庭教師という立場にふさわしい、洞察力、賢明さ、謙虚さをもってね。わたしの最愛の人について、そのときに君が言った中傷めいた言葉は大目に見るとしよう。それに、ジャネット、君が遠くに行ってしまったら、そんなことは忘れようと思う。そこにこめられていた見識だけを覚えておくよ。立派なもので、以来、わたしの行動の規範にもしているくらいだからね。アデルは学校へ、そしてミス・エア、君は新しい勤め口を探さなくてはならない」

「はい、すぐに広告を出します。そして、その間のことですが――」わたしはそのあとに続けて「新しい居場所が見つかるまで、ここに置いていただけますでしょうか」と言いたかった。けれども、そんな長い文章を言おうとするのはまずいと思ってやめた。声が乱れそうだったからだ。

「一か月後には花婿になりたいと思っている。それまでに君の勤め口と住みかは、わたしが探してあげよう」

「ありがとうございます。申し訳ありません、お手間を――」

「いやいや、謝ることはない！　君くらいきちんと役目を果たすものには、雇い主ができる限りの、ささやかな援助を当然受ける資格があるというものだ。実はもうわたしの耳には、将来義母になる人から、君にふさわしいと思われる勤め口の話が入っている。アイルランドのコンノートにある、ビターナッツ・ロッジの、ダイニュシオス・オゴール夫人の五人のお嬢さんを教えてほしいとのことだった。きっとアイルランドは気に入ると思うよ。みんなとても親切だと聞いているから」

「遠いところですわね」

「かまわないさ。君のように道理をわきまえた人なら、船旅も距離もいやとは言わないだろう」

「問題は船旅ではなく、距離です――それに海で隔てられるわけで」

「隔てられるとは、ジェイン、何から?」

「イングランドから、ソーンフィールドから、そして――」

「そして?」

「あなたからです」

思わずそう言ってしまい、泣くつもりもないのに涙が流れ出した。けれどもすすり泣きになるのは防ぐことができたので、声を出して泣きはしなかった。オゴール夫人とビターナッツ・ロッジのことを考えると、胸が冷たくなった。いま並んで歩いている人と自分との間に流れ込んでくるであろう白波の大洋を思うといっそう冷たくなり、さらに、わたしがどうしても愛さずにはいられないものとわたしとの間を隔てる、もっと広い海――富、階級、習慣など――の存在をあらためて思うと、いよいよ冷たく冷えきってしまった。

「遠いところですわね」わたしはもう一度そう言った。

「たしかに遠い。君がアイルランドのコンノート、ビターナッツ・ロッジに行ってしまったら、ジェイン、君には二度と会えないだろう。それはまず間違いない。わたしはアイルランドがあまり好きではないから、行くことはない。ジェイン、君とはよい友達だったね？」

「はい」

「友達同士の別れの前夜は、残されたわずかな時間を惜しんで、ともに親しく過ごすもの。さあ、わたしたちも船旅や別れについて、半時間ほど静かに語り合おう。星もその間に、天空に昇って輝こうというものだ。ここにマロニエの木と、古い根方にベンチもある。さあ、今夜はここに静かに座ろう。一緒に座ることは二度とないだろうけれど」そう言ってロチェスター様はわたしを座らせ、自分も座った。

「アイルランドは遠いね、ジャネット。わたしの可愛い友達をそんな長旅に出すのは残念だが、できることがそれ以上ないとなれば、どうしようもないことだ。ジェイン、君はどこかわたしに似ているところがある、そう思わないかい？」

何も答えられなくなっていた。胸がいっぱいだったのだ。

「どうしてかと言うと、君には奇妙な感覚を覚えることがあるからなんだ――特に今のように、そばにいるときに。まるでわたしの左の肋骨《あばらぼね》の下のどこかに紐が一本ついていて、君の小さな身体の同じところについている、同じような紐と、固くしっかりと結び合わされているように感じる。もしもあの荒れ狂う海峡と、二百マイルほどある陸地とが二人の間を隔てることになったら、その紐がぷつりと切れるのではないかと思うんだ。そうなったらわたしは、心に深い痛手を負うだろうと思うと不安でたまらない。君のほうは――君はわたしを忘れるだろうね」

「忘れるなんて、そんなことは絶対にありません。だって――」わたしはその先が続けられなかった。

「ジェイン、森でナイチンゲールが鳴いているのが聞こえる？　耳を澄ませてごらん」

聞いているうちに、むせび泣きがこみ上げてきた。それまで抑えてきたものが、もう抑えきれなくなったのだ。激しい悲しみに頭のてっぺんから爪先まで揺さぶられて、わたしは涙にむせぶしかなかった。ようやく口がきけるようになったときに出てきたのは、生まれてこなければよかった、ソーンフィールドになど来なければよかった、という激しい言葉だった。

「それは、君がここを離れるのが悲しいから？」

心の中の悲しみと愛とに揺り動かされて、強い感情が支配を、それも完全な支配権を得ようとしてもがいていた。他のすべてに勝《まさ》る権利――すべてを征圧し、命を得、立ち上がり、ついには主権を握る――そう、自ら語るという権利を主張して、わたしの口を開かせたのだ。

「ソーンフィールドを離れるのがとても悲しいです。ソーンフィールドを愛していますもの。なぜかといえば、ここでわたくしは、充実した幸せな生活を送ってきたからです――ほんの短い間ではありましたけれども。踏みつけにされることも、縮み上がることもありませんでした。卑しい心の人と一緒にされたり、輝かしく力強く高尚な方との交流の機会を許されなかったりすることもありませんでした。喜びを与えてくださる、尊敬できる方――独創的で、活発で、広い心を持つ方と直接向き合ってお話もできました。ロチェスター様、あなたという方を知ってしまった今、永久に離れ離れになるかと思うと、恐怖と苦痛でいっぱいです。お別れが避けられないのはよくわかっていますが、それは死という、やはり避けられない運命を見るようなものです」

「避けられない理由がどこにあると思っているんだい？」突然、ロチェスター様がそう言った。

「どこに、ですって？　ロチェスター様、あなたがそれをわたくしの前に置かれたではありませんか」

「どんな形で？」

「ミス・イングラムという形です——身分の高い、美しい女性、あなたの花嫁の」

「わたしの花嫁？　どの花嫁のことだ？　わたしには花嫁などいないぞ！」

「でも、お迎えになりますでしょう」

「ああ、もちろん、迎えるとも！」ロチェスター様は歯を食いしばって言った。

「それならわたくしは去って行かなくてはなりません。ご自分でそうおっしゃいました」

「いや、ここにいなくてはだめだ！　誓って言う。そして誓いは守る」

「本当に去らなくてはならないんです！」怒りに似た感情に駆られて、わたしはそう言い返した。「あなたにとって意味のないものになって、それでもとどまれるとお思いですか？　わたくしを自動人形だと、それとも感情を持たない機械だと思っていらっしゃるの？　口に運ぼうとした一切れのパンをもぎとられ、カップから飲もうとした一滴の命の水さえ奪われて、耐えられるとお思いですか？　貧しくて身分が低くて、不器量でちっぽけだからといって、魂も心もないと？　それは違います。わたくしにだって、あなたと同じように、魂も心もあるんです。もし神さまがわたくしをいくらか美人でお金持ちにしてくださっていたら、今あなたのもとを離れるわたくしの辛さを、あなたも感じたことでしょう。今わたくしは、慣習やしきたりを介してお話ししているのではありません。肉体さえ介していません。魂が、あなたの魂に呼びかけているのです——ちょうど、二人が墓所を経て神さまの前に立ったときのように対等に。そうです、わたくしたちは対等です！」

「そう、対等だ」ロチェスター様は繰り返し、「このように」と言って両腕でわたしを抱くと、胸に引き寄せて唇を重ねた。「このようにね、ジェイン」

「はい、でも、そうではないのです。あなたは結婚なさっている、あるいはそれも同然の立場です。しかもご自分より劣った方——共感を少しも持てず、本当に愛していらっしゃるとは思えない方と結婚なさいます。だって、あの方を冷笑なさるのを見ましたし、そのようなお言葉も聞きましたもの。そんな結婚は軽蔑いたしますし、わたくしのほうが上等な人間といえましょう。行かせてください！」

「どこへ行くの、ジェイン？　アイルランドへ？」

「はい、アイルランドへ。わたくしの気持ちはお話ししましたから、もうどこへでも行けます」

「ジェイン、じっとしなさい。そんなにもがかないで。まるで自分の羽を死に物狂いで引き裂こうとする小鳥みたいだよ」

「わたくしは小鳥ではありません。どんな網でもわたくしを捕らえることはできません。自分の意志を持つ、自由な人間です。その意志によって、あなたのもとを去ろうとしているのです」

わたしはさらにもがいて自由になると、ロチェスター様に向き合い、姿勢を正して立った。

「では、君の意志で運命を決めるといい。わたしは誓いの手を、わたしの心を、そして全財産のうちの一部を君に差し出そう」

「茶番劇を演じていらっしゃるのね。笑ってしまいます」

「わたしのそばで人生を過ごしてほしい――わたしの半身、この世で最上の伴侶になってほしいと頼んでいるのだ」

「そのお相手なら、もうお選びになりました。それをお守りにならなくては」

「ジェイン、少し静かにしていなさい。気が立っているようだね。わたしも静かにしているから」

月桂樹の道をそよ風がふんわりと吹いてきて、マロニエの枝を揺らして過ぎ、遠くはるかかなたに去って消えた。聞こえるのはナイチンゲールのさえずりだけになり、それを聞くうちにわたしはまた泣いてしまった。ロチェスター様は何も言わずに座って、優しく真剣にわたしを見つめていたが、しばらくたって、ついにこう言った。

「ジェイン、わたしのそばにおいで。よく話し合って、理解し合おうじゃないか」

「二度とおそばには行きません。もう引き離された身です。もとには戻れません」

「でも、ジェイン、妻として来てほしいというのだよ。わたしが結婚したいのは君だけなのだから」

わたしは沈黙を守っていた。からかわれていると思ったのだ。

「おいで、ジェイン。ここへ」

「あなたの花嫁が、わたくしたちの間に立っています」

ロチェスター様は立ち上がり、大きな一歩でわたしのそばに来ると、

「わたしの花嫁なら、ここだ」と言って、再びわたしを引き寄せた。「わたしと対等で、わたしとよく似た人がここにいるのだからね。ジェイン、結婚してくれないか？」

わたしはまだ返事をしなかった。まだ信じられず、身をよじって彼の腕から逃れようとした。

「わたしを疑っているの？」

「完全に」

「わたしを信じないのか？」

「少しも信じません」

「わたしが嘘つきだと、君の目には映るのか？」ロチェスター様は、怒ったように言った。「疑い深いやつだな。しかし、納得させるからな。わたしがミス・イングラムに、どんな愛情を抱いているだろうか？　そんなものは何もない。君もわかっていることじゃないか。あの人がわたしに、どんな愛情を抱いているだろうか？　何もない。わたしは骨折って、それをはっきりさせたよ。わたしの財産が、世間で思われているものの三分の一以下だという噂が耳に届くようにしておいて、その結果をたしかめに行ってみた。するとあの人も母親も冷たい態度だった。ミス・イングラムと結婚するつもりはないし、できるわけがない。ほとんど地上のものとは思えない、不思議な人——そんな君を、自分の一部のように思って愛しているんだ。貧しくて身分が低くて、不器量で小さいと言ったね、ジェイン、そのままの君に、わたしを夫にすると言ってほしい」

「ああ、わたくしに！」わたしは叫ぶように言った。彼の真剣さ、とりわけ礼を失するほどの言い方に、誠実さを認めはじめていたのだ。「この世にあなたしか友のいない——それも、あなたを友と数えてよければのことですが——そして、あなたにいただいたものの他には一シリングもない、このわたくしに？」

「そうだ、ジェイン、君をわたしのものに、わたしだけのものにしたい。そうなってくれないか？　はい、と答えなさい、さあ、今すぐに」

「お顔を見せてください、ロチェスター様。月の光のほうにむいて」

「どうして？」

「表情からお心を読みとりたいのです。さあ！」

「ほうら。皺《しわ》くちゃの紙の走り書きみたいに読みにくいだろうが、読むといい。ただし急いで。苦しいから」

それは紅潮した顔で、表情が揺れ動き、ひきつっていた。目には異様な輝きがあった。

「ああ、ジェイン、ひどく苦しめるね。その探るような、しかし誠実で寛大な視線で、わたしを苦しめる！」とロチェスター様は声を上げた。

「そんなはずはありません。あなたが誠実で、おっしゃったことが真実なら、わたくしは感謝と献身でお答えするだけです。それがあなたを苦しめるはずはありません」

「感謝だって！」叫ぶようにそう言うと、荒々しく続けた。「ジェイン、早く承諾してくれ。エドワードと名前を呼んで――エドワード、あなたと結婚します、と言うんだ」

「本気ですか？　本当に愛していてくださるの？　妻になれと、心から望んでいらっしゃいますか？」

「そうだ。心配を鎮めるのに必要なら、誓ってもいい」

「それでは、あなたと結婚いたします」

「エドワードと呼んでおくれ、可愛い妻よ！」

「大事なエドワード！」

「そばにおいで。今は本当にすぐそばに」ロチェスター様はそう言い、わたしの頬に頬を寄せて、低い声で耳元にささやいた。「わたしを幸せにしてほしい。わたしは君を幸せにする」

そしてややあって「神よ、許したまえ。人には邪魔させない。この人を得たからには離さない」と言った。

「邪魔する人はおりません。干渉するような親戚は、一人もいませんから」

「ああ、それは何よりのことだ」もしわたしの愛があれほど深くなかったら、その口調や喜びの様子に、どこか荒々しさがひそんでいるのを感じただろう。けれども、別離という悪夢から目覚め、結婚という幸福の世界に招かれて、ロチェスター様と並んで座っていたそのときのわたしには、好きなだけお飲み、というかのように豊かに流れてくる至福の水のことしか考えられなかったのだ。「ジェイン、幸せ？」とロチェスター様は何度も訊ね、わたしは「はい」と何度も答えた。そのあと、彼はつぶやいた。「罪は償われる。罪は償われる。この人が友もなく、寒い思いをし、慰めも持たないでいるのを、わたしは見つけ出し、これからは守り、慈《いつく》しみ、慰めようというのだ。わたしの心には愛があり、決意はいつまでも変わらぬものではないか？　神の裁きの場で、罪は償われるだろう。わたしのすることを造り主が認めてくださるのはわかっている。世間の批判など、どうだっていい。人の意見など、ものともしないからな」

それにしても、あの晩は何が起きていたのだろう。月はまだ沈んでいなかったのに、わたしたちは闇に包まれていて、そばにいるロチェスター様の顔さえほとんど見えなかった。それに、何に苦しむのか、マロニエの木がミシミシと音を立てて身をよじらせていた。月桂樹の並木では風がうなり、わたしたちの上を渡って行った。

「中に入らないと。雲行きが変わりそうだ。君と一緒に朝まででもここに座っていられたのにね、ジェイン」

「ええ、わたくしもです」と答えたかったが、見上げていた雲から青白い強烈な光が走り、バリバリとすさまじい音がして、近くでガラガラという雷の音が轟《とどろ》いた。わたしは何も考えられず、目がくらんだままロチェスター様の肩に顔を伏せるしかなかった。

雨がどっと降りだした。ロチェスター様はわたしを急がせて、小道から庭へ、そして屋敷へと走った。それでも中に入るまでに、二人ともずぶ濡れになってしまった。玄関でロチェスター様がわたしのショールを取ったり、乱れた髪にかかった雨を振るい落としてくれたりしていると、フェアファクス夫人が部屋から出てきた。最初、わたしはそれに気づかず、ロチェスター様も気づかなかった。ランプはついており、時計がちょうど十二時を打った。

「濡れたものを急いで脱ぐんだよ。そして、行く前に――お休み、お休み、愛しい人」

ロチェスター様は何度もキスをした。その腕を離れてわたしが目を上げると、そこに夫人が、驚きと憂慮の混じった、青い顔で立っていた。わたしは夫人に微笑んだだけで、階段を駆け上がった。説明は今度でいい、と思ったが、部屋に着いたとき、夫人が今見たことを少しの間であれ誤解するかもしれないと思って胸が痛んだ。しかし喜びが、すぐに他のすべての感情を消し去った。その後、嵐は二時間続いた。しかし激しく風が吹き荒れ、遠く近くで雷が轟き、恐ろしい稲妻が休みなく光り、滝のような雨が降ったその間じゅう、わたしはほとんど恐れを感じず、心配もしなかった。ロチェスター様は三度もわたしの部屋の前まで足を運んで、大丈夫か、落ち着いているかとたしかめてくれた。それが何よりもわたしを励まし、力づけてくれたのだ。

翌朝、わたしがまだベッドにいる時間にアデルが部屋に駆け込んできた。果樹園の奥にあるあのマロニエの大木が、ゆうべ雷で半分に裂けてしまったと言いに来たのだった。

第24章

起きて着替えながら、昨夜のことを思い出してみた。あれは夢だったかもしれない、もう一度ロチェスター様に会って、愛の言葉と約束を聞くまでは現実とは信じられない、と思った。

髪を整えながら鏡を見ると、自分の顔がもう不器量ではないように感じられた。表情に希望があり、顔色が生き生きとして見えた。目はまるで、満ち足りた泉を見つめた結果、きらめくさざなみの輝きを宿したかのようだった。以前はよく、ロチェスター様に会うのが気の進まないことがあった。わたしの容貌では好感を与えられないだろうと思ったためだ。でももう、まっすぐに顔を上げても愛情を冷ますことはないと確信が持てた。わたしは引き出しから、地味ではあるが清潔で軽やかな夏のドレスを出し、それを着た。服がこれほど似合うことはなかったような気がした。こんなに幸せあふれる気持ちで身につけたのは初めてだったからだろう。

玄関に駆け降りると、夜の嵐の去ったあとに輝くような六月の朝が来ていたが、それを知ってもわたしは驚かなかった。開いたガラスのドアから、すがすがしくかぐわしいそよ風が吹き込むのを感じても、わたしは驚かなかった。わたしがこんなに幸せなのだから、自然も嬉々《きき》としているに違いないと思えたのだ。小さな男の子を連れた物乞いの女が道を上がってくるのが見えた。二人とも青白く、みすぼらしい身なりだ。わたしは走って行って、財布の中身——三、四シリングだったが——を全部与えた。善《よ》かれ悪《あ》しかれ、わたしと喜びをともにしてもらうのだ。ミヤマガラスがカアカアと鳴き、陽気な小鳥たちもさえずっていたが、喜びでいっぱいのわたしの心ほど陽気に音楽を奏でているものはなかった。

フェアファクス夫人が悲しそうな表情で窓から顔を出し、「ミス・エア、朝食にいらっしゃいませんか?」と重々しく言ったので、これには驚いた。食事の間、夫人は口数少なく、冷たく感じられたが、わたしは誤解を解くような説明をするわけにはいかなかった。ロチェスター様からの説明を待たなくてはならないし、それまで夫人にも待ってもらうしかない。できるだけ食べて何とか食事をすませると、わたしは二階に急いだ。すると、アデルが勉強部屋から出て行くところだった。

「どこへ行くの?　もうお勉強の時間でしょう」

「ロチェスターのおじ様が、子ども部屋に行きなさいって」

「どこにいらっしゃるの?」

「あのお部屋に」アデルが指差したのは、いま出てきた勉強部屋だった。入って行くと、ロチェスター様が立っていた。

「さあ、朝の挨拶をしてくれないか」その言葉に、わたしは喜んで近づいた。そして受けたのは、もう冷たい言葉や握手ではなく、抱擁とキスだった。それはごく自然なことに思われた。こんなに愛され、優しくされるのは嬉しいものだった。

「ジェイン、生き生きしていて、にこやかで、綺麗だ。今朝の君は本当に綺麗だよ。これがわたしの、小さな青白い妖精? 芥子菜《からしな》の種の妖精? えくぼの浮かぶ頬と薔薇色の唇をした、明るい顔の娘——サテンのようになめらかな薄茶色の髪と、きらきらした薄茶色の目をした、この娘が本当に?」(実はわたしの目は緑色なのだが、読者の皆さんにはこの間違いを大目に見ていただきたい。きっと彼の目には、染め変えたように見えたのだろう)

「ジェイン・エアです」

「もうじきジェイン・ロチェスターになるよ。四週間以内にだ、ジャネット。それ以上は一日も延ばさないからね。聞こえている?」

聞こえてはいた。が、理解できなかった。めまいがするようだったのである。この言葉を聞いたときの気持ちは、喜びより強い何か——強烈な衝撃だった。今思うと、それはほとんど恐怖に近いものだった。

「さっきは薔薇色だったのに、青くなったね、ジェイン。どうしたんだい？」

「新しい名前をおっしゃったからです。ジェイン・ロチェスター――とても不思議な感じがして」

「そう、ロチェスター夫人――若きロチェスター夫人、そしてフェアファクス・ロチェスターの可愛らしい花嫁」

「とてもありえないこと、とても考えられないことです。人間がこの世で、完全な幸福を味わうことは決してありません。わたくしだけ、他の人と違う星の下に生まれたわけではないのですから、こんな幸福がわたくしに降りかかるなんて、おとぎ話か夢想の世界です」

「わたしならそれを現実にできるし、するつもりだ。今日から開始する。今朝ロンドンの銀行に手紙を書いて、預けてある宝石を送るように頼んである。ソーンフィールドの奥方に代々伝わる家宝だから、一日か二日後には君の膝の上にざっとあけてあげたい。貴族の令嬢と結婚するとしたら授けるはずの特権と配慮を、すべて君のものにしたいと思っているのでね」

「ああ、宝石のことなど、心配しないでください。そんなお話は聞きたくありません。

だって、ジェイン・エアに宝石は不自然ですもの。いただかないほうがいいのですが」

「ダイヤモンドの首飾りを、わたしの手で君の首にかけてあげる。頭飾りもその額《ひたい》に。よく似合うはずだ。少なくとも自然は、君のこの額に高貴のしるしを押したのだからね、ジェイン。このほっそりした手首には腕輪をとめ、妖精のようなこの指には指輪をどっさりはめてあげよう」

「いいえ、他のことを考えて、他のことを話してください。そんな口調もやめて。わたくしが美人であるかのようにおっしゃるのもやめていただきたいのです。わたくしはここの、クエーカー教徒のようにつましい、不器量な家庭教師なんですから」

「わたしの目には美人だ。わたしの心が願う通りの美人――優美で霊妙で」

「ちっぽけで、卑しい身分だとおっしゃりたいのでしょう。夢を見ていらっしゃるか、さもなければ冷笑していらっしゃるんだわ。お願いですから、皮肉はやめてくださ い！」

「君が美人だということを、世間にもわからせてやるんだ」とロチェスター様は続けたが、その口調を聞いていて、わたしはとても不安な気持ちになっていた。自分を欺《あざむ》こうとしているか、わたしを欺こうとしているか、そのどちらかのように感じられたのだ。

「わたしのジェインをサテンとレースの衣装で包んで、髪には薔薇。そして一番愛する頭にはすばらしいヴェールをつけるんだ」

「そんなことをしたら、わたくしだとわからなくなってしまいますわ。それはもうあなたのジェイン・エアではなくて、道化の服を着た猿、借り物の羽で着飾ったカケスです。宮廷婦人の衣装を着たわたくしを見るくらいなら、舞台衣装で着飾ったあなたを見るほうがましなくらいです。わたくしはあなたをハンサムだとは申しません──心からあなたを愛していますけれども。とても愛しているからこそ、お世辞で褒《ほ》めたりはできないのです。わたくしのことも、むやみに褒めちぎったりなさらないでくださいね」

わたしの抗議の言葉にも気づかない様子で、ロチェスター様は話を続けていた。「今日にも馬車で、君をミルコートに連れて行くつもりだ。自分でドレスを選ぶんだよ。四週間以内に結婚すると言っておいたね？　結婚式は向こうの教会で静かに挙げて、それからすぐ、君をロンドンまでそうっと運んでしまう。少し滞在したら、大事な君をもっと太陽に近いところに連れて行こう──フランスの葡萄畑《ぶどうばたけ》やイタリアの平原へ。今昔の物語や記録に記された有名な場所は、どこでも見せてあげられる。町の暮らしも味わわせよう。他と比べれば、自分の価値がわかるというものだからね」

「旅を？　わたくしもあなたと一緒に？」

「パリやローマやナポリに逗留しよう──フィレンツェ、ヴェニス、ウィーンにも。

わたしがさまよったすべての土地を、君にも踏んでもらうために。わたしがひづめのようなこの足で足跡をつけたところを、空気の精のような君の足で、もう一度ね。十年前のわたしは、ヨーロッパ中を半分狂ったように飛び回っていた――嫌悪と憎しみと怒りを旅の道連れに。今度は心癒《こころいや》され、清められて、癒しの天使と一緒に再訪することになるんだ」

これを聞いてわたしは笑い、はっきり言った。「わたくし、天使じゃありません。死ぬまでは天使にはなりませんよ。このわたくしのままです。天上のものを、わたくしに期待したり求めたりなさってはいけません、ロチェスター様、無理なことですもの。あなたからわたくしがそれを得るのが無理なように。わたくしはそんなことを期待したりいたしません」

「では、何を期待する?」

「しばらくはこのまま、今のあなたでいらっしゃるかもしれません――ほんのしばらくの間だけ。そのあとは冷静になり、それから気が変わり、そして厳しくなられるでしょう。ご機嫌をよくしていただくのに、わたくしはだいぶ苦労しそうです。でもわたくしに慣れてくだされば、また好意を持ってくださるかもしれません。愛情でなく、好意とあえて申します。たぶん、あなたの愛情が熱烈に続くのはせいぜい六か月――男の人が書いた本でしたが、それらの中に、夫の愛情が続くのはせいぜいそのくらいだと書いてありました。それでもわたくしは、友人であり伴侶である者として、大事なあなたから嫌われないでいたいと願っています」

「嫌われないように、だって？　また好意を持つ、だって？　何度でも繰り返し繰り返し、君に好意とやらを持つだろうよ。好意どころか、愛情を――誠実に、熱烈に、いつまでも変わらない愛をわたしが捧げていることを、君が認めずにはいられないようにしてみせよう」

「気が変わる人間ではないとおっしゃるのですね？」

「惹《ひ》かれるのは顔だけという女の場合に――相手に魂も心もないとわかったときや、退屈で軽薄、加えて愚かで粗野で気難しい人間だとわかったときには、わたしは悪魔そのものになるよ。しかし、澄んだ目と雄弁な舌、火のような魂の持ち主、しなっても折れはしない、つまり、しなやかでしっかりした性格の持ち主、素直であると同時に一貫した性質の人に対しては、わたしはいつまでも優しく忠実なのだ」

「そういう人にお会いになったことはありますか？　そんな人を愛したことは？」

「いま愛している」

「わたくしより前に、です。その厳しい基準を、実際にわたくしが満たしているとしてのことですけれど」

「君のような人には、今まで会ったことがないよ、ジェイン。わたしを喜ばせ、支配する――それでいて、従順でもあるようだ。そんな柔軟さが好きだ。わたしの指に、その柔らかい絹の枷《かせ》を巻きつけていると、戦慄がそこから腕を伝わって心臓まで響く。感化され、征服される――その感化は、言葉に表せないほど喜ばしいものだし、征服される経験は、このわたしが得るどんな勝利よりも魅惑的だ。なぜ微笑んでいるの、ジェイン？　その神秘的で不可解な表情には、どんな意味があるんだろう」

「何気なく浮かんでしまったことなので許していただきたいのですが、考えていたのは、女に誘惑されたヘラクレスとサムソンの逸話のことなのです」

「何とそんなことを！　この可愛い、妖精めいた――」

「おやめください。今のあなたのおっしゃることは、あまり思慮深くありませんもの。神話の英雄二人のふるまいと変わりません。でも、彼ら二人ももし結婚していたら、きっと求婚時代に優しくした分を、夫になってからの厳しさで取り戻していたでしょう。あなたもそうなさるのでは？　わたくしが一年後に、何かあなたに都合の悪いこと、気に入らないことをお願いしたら、いったいどんなお返事が返ってくることか」

「いま何か言ってみなさい、ジャネット、小さなことを。願い事をされてみたい」

「では申します。お願いしたいことはあるのです」

「言ってごらん！　でも、そんな微笑で見上げられたら、中身も聞かないうちに承知してしまいそうだよ。それではばかみたいだな」

「そんなことにはなりません。お願い事はこれだけ――宝石をこちらに送らせるのをやめていただくことと、わたくしに薔薇の冠を載せたりしないことです。そこにお持ちになっている普段使いのハンカチに金モールの縁《ふち》どりをするようなものですから」

「余計な飾りでもとの美しさを損なうような仕業になるというわけだね。よし、頼みを聞くことにしよう――さしあたりは。銀行に出した指示は撤回する。でも君は、まだ何も頼んではいないよ。送ろうとしたものを引っ込めるように言っただけだからね。さあ、別のお願い事を言ってごらん」

「では、わたくしの好奇心を満たしていただけますか？　知りたいことが一つあるのです」

ロチェスター様は動揺した様子で、「何だ？　何だ？」とせわしなく聞いた。「好奇心から出る願い事は危険だぞ。どんなことでも願いを聞くと約束しなくてよかった」

「でも、わたくしのは、まったく危険のないお願いなんです」

「言ってみなさい、ジェイン。しかし、たとえばその、秘密を話せと言われるくらいなら、財産を半分くれと言われるほうがいいと思うくらいだ」

「まあ、古代ペルシアのアハシュエロス王（クセルクセス王とも。旧約聖書「エステル記」）の台詞みたい！　わたくしが財産の半分をいただいて、いったいどうしましょう。投資にいい土地はないかと探している、ユダヤ人の高利貸でもあるまいし！　それよりも、あなたの秘密を全部いただくほうがずっといいです。わたくしを本当に愛してくださるなら、どんなことも打ち明けてくださるでしょう？」

「話す価値のあることなら、どんなことでも喜んで打ち明けよう。だが、ジェイン、頼むから余計な重荷を背負い込むのはやめてくれ。毒をほしがってはいけない。わたしの手に余るようなイヴにならないでほしい」

「どうしていけないのでしょう？　征服されるのがどんなにお好きか、説得されるのがどんなに喜ばしいか、今おっしゃったばかりではありませんか。そのお言葉に乗じて、説きつけたりお願いしたり、必要なら泣いたり拗《す》ねたりして、わたくしの力を試してもいいとお思いになりませんか？」

「そんな企てができるものなら、やってみるといい。人の心につけ入るような、おこがましいまねをしたら、すべてそれまでだよ」

「そうですか、簡単に降参なさいますよ。その厳しいお顔！　眉がわたしの指ほどの太さになって、額は、詩にあった「青く重なる雷雲」みたい。結婚したら、このお顔になるのでしょうね？」

「君だって、もしそれが結婚してからの顔になるのなら、キリスト教徒のわたしとしては、意地悪な火の精とおつきあいするなんていう考えは、さっさと捨ててしまおう。で、何が聞きたいんだ、こいつ。白状しろ！」

「ほら、乱暴になってきましたね。お世辞よりも乱暴な言い方のほうがずっと好きです。天使と呼ばれるより、「こいつ」のほうがいいですから。わたくしがお聞きしたかったのは、ミス・イングラムとの結婚を望んでいるとわたくしに信じ込ませるためにあんなに骨を折ったのはどうしてですか、ということです」

「それだけか？　よかった。助かった」ロチェスター様は、寄せていた黒い眉を広げ、微笑みながらわたしの髪を撫《な》でた。危険が避けられたのを喜んでいるようだった。「では言おう。君を少々憤慨させるかもしれないけれどね、ジェイン。それに、怒ると君がものすごい火の精になるのもわかっているけれど。ゆうべ君が、運命に抗って、わたしと対等だとはっきり言ったとき、君はあの涼しい月の光の中で輝いていた。ちなみに言うと、ジャネット、申し込みをさせたのは君だよ」

「そうでしょうとも。でもよろしければ、肝心のところに戻っていただけますか？

ミス・イングラムのことに」

「そうだね。わたしはミス・イングラムに求婚中のふりをした――それは、君に熱烈な恋心を抱いてほしかったからだ。わたしが君に抱いていたのと同じような、熱烈な恋心を。その目的を達するには、嫉妬が一番の助けになるということがわかっていたからね」

「お見事ですわね！　あなたって小さい――わたしの小指の先ほどの小さい人です。そんななさり方は、とても不名誉な、恥ずべきことです。ミス・イングラムのお気持ちをお考えにならなかったのでしょうか？」

「あの人の感情は、すべて一点に集約される――自尊心に。そんなものは、くじく必要があるんだ。ジェイン、君は嫉妬した？」

「大きなお世話ですわ、ロチェスター様。そんなことをお聞きになっても、あなたにはおもしろくありませんでしょう。もう一度正直に答えてください。あなたの不誠実な思わせぶりに傷つくとは思われませんか？　捨てられた、見放されてしまったと感じることはないと？」

「ありえないよ！　話した通り、反対にあの人がわたしを見放したのだよ。破産同然だと聞いて、一瞬にしてあの人の熱は冷えた、いや、消えてしまったんだ」

「妙に企みのある方ですわね、ロチェスター様は。ある点で、あなたの道徳観念は普通でないと思います」

「これまでわたしの道徳観念はちゃんとした教育を受けていないからね、ジェイン。監督不足で、ちょっと歪《ゆが》んで育ったかもしれない」

「もう一度、真剣に答えてください。あなたが与えてくださった大きな幸せをいただくのに、どなたかが苦しみを――わたくしが少し前に味わったのと同じ苦しみを――味わっているのでは、という心配をしなくてよいのでしょうか？」

「大丈夫だよ、わたしの善良なお嬢さん。君ほどの純粋な愛を捧げてくれる人は、この世に他にはいない。「快い塗り薬を魂に塗っている」（シェイクスピア「ハムレット」三幕四場）のだ、ジェイン、君の愛情への確信という塗り薬を」

肩に置かれたロチェスター様の手に、わたしは唇を寄せた。口にできないほど――言葉では表せないほど深く愛していた。

「もっと何か願い事を。何か頼まれて、それに応じるのは楽しいものだ」とロチェスター様がまもなく言った。

今度もお願いすることは決まっていた。「どうかミセス・フェアファクスに、ご意向を伝えてください。昨夜玄関でわたくしたちが一緒にいるのを見て、とても驚いていました。わたくしと次に顔を合わせる前に、ぜひ説明をしていただきたいのです。あんな良い人に誤解されているのは、胸が痛みます」

「部屋に行って帽子をかぶってきなさい。今朝はミルコートに連れて行くからね。出かける支度をしている間に、わたしがあの人に説明をしておこう。ジャネット、あの人は君が愛のためにすべてを捨てて悔いなしと考えているのかな」

「わたくしが自分の立場を忘れていると、そしてあなたの立場も忘れていると思ったでしょう」

「立場、立場！　君のいるべき場所なら、それはわたしの心の中だ。そしてこれからも、君に無礼をはたらくやつはやっつけてやる。さあ、早く部屋へ」

支度はすぐにできた。ロチェスター様がフェアファクス夫人の部屋を出る音を聞き、わたしは急いでそこへ降りて行った。夫人はいつもの日課で聖書を読んでいたらしく、開いた聖書を前に置いたままで、眼鏡もその上に載せられていた。ロチェスター様が話をしに入ってきたために中断された読書はそのまま忘れられているようで、窓もない向かいの壁にじっと目を据えた様子には、思いもよらぬ知らせで心の平静を乱された人の驚きが表れていた。わたしの姿を見ると夫人はわれに返ったようで、努力して微笑みを浮かべながら、結婚を祝う言葉を述べはじめた。が、微笑はすぐに消え、言葉も途中で終わってしまった。眼鏡を取り上げて聖書を閉じると、椅子を後ろに引いた。

「とても驚いてしまって、何と言ったらよいかわからないのですよ、ミス・エア。もちろんわたしは、夢を見ているわけじゃないですよね？　一人で座っているとときどき半分眠ったようになって、現実でないことを想像することがあるのでね。うとうとしていたら、十五年前に亡くなった夫が入ってきて横に座るのを見たことが何回もあるし、昔のように「アリス」とわたしを呼ぶのを聞いた気がすることだってあるのよ。さて、聞きたいのですが、ロチェスター様があなたに結婚を申し込まれたというのは、実際の真実でしょうか？　笑わないでね。でも、五分前にここにいらして、一か月後にはあなたを妻にするのだとおっしゃったように思うんですけれど」

「わたしにも、そうおっしゃいました」

「そうですか！　それであなたは、その言葉を信じているの？　求婚に応じたのですか？」

「はい」

これを聞いて、夫人は途方に暮れたようにわたしを見つめた。

「思いもよりませんでした。旦那様は誇り高い方です。ロチェスター家の方たちは皆そうですし、少なくともお父様という方は、お金がお好きでした。旦那様もお金には慎重だと思われていらっしゃいますしね。それで、あなたと結婚するおつもりだと?」

「そうおっしゃっています」

夫人はわたしの全身を、品定めでもするように眺めた。謎を解くのに十分なほどの魅力は見つからないわね、という色が、その目に見てとれた。

「わたしにはお手上げです! でも、あなたがそう言うのだから、本当のことなのでしょう。これでどんな結果になるのかわかりません——本当にわからないわ。こういう場合、身分や財産が同等であるのが望ましいと、よくいわれますし、お歳だってあなたとは二十も開きがあって、ほとんど父娘といってもいいくらいではありませんか」

「まあ、ミセス・フェアファクス、そんなこと!」わたしは苛立《いらだ》ちを感じて、声を強めた。「わたしの父親だなんて! わたしたちを見て、一瞬でもそんなことを思う人がいるわけもありません。ロチェスター様は二十五歳くらいの青年に見えますし、実際お若いですよ」

「本当に愛情ゆえにあなたと結婚なさろうというのでしょうか?」

あまりに冷たく、疑い深い言葉に傷ついて、わたしの目に涙があふれてきた。

「悲しませてごめんなさい。でも、あなたがまだとても若くて、男性のこともほとんどご存じないので、用心してと忠告したかったのですよ。「光るものすべてが金とは限らない」という、昔からの諺《ことわざ》がありますね。今度のお話、あなたやわたしが考えるのとは別の結果になるのではないかと、わたしはそれが心配なのです」

「どうしてですか？　わたしが怪物だとでも？　ロチェスター様がわたしに真実の愛をお持ちになるなんて信じがたいことだとおっしゃりたいのですか？」

「いいえ、あなたは申し分のない人です。それに最近は、いっそう洗練されてきました。たぶんロチェスター様は、あなたのことがお好きでしょう。目をかけていらっしゃることに、ずっと前から気がついていました。とてもひいきにされるので、あなたのためにちょっと心配になって、気をつけてほしいと思ったこともあります。でも、間違いが起こるかもしれないだなんて、そんな可能性をほのめかすのさえ、ためらわれました。そんなことを言われたらあなたは驚くでしょうし、気を悪くするかもしれないと思っていましたから。それに思慮深くて控えめで良識もあるあなたのことですから、きっと自分を守るだろうと、安心していてよいかと思ったのです。わたしが昨夜どんな気持ちだったか――お屋敷中捜しても、どこにもあなたの姿が見つからず、旦那様もいらっしゃらず、十二時に旦那様と一緒に入ってこられたのを見たときの気持ちと言ったら」

「ああ、もうご心配なく」わたしはじっと聞いていられず、夫人の言葉をさえぎった。「丸くおさまったのですから、それでよろしいでしょう」

「最後まで丸くおさまることを祈っておりますよ。でも、言っておきますが、用心に越したことはありません。ロチェスター様とは距離を置くようになさいね。旦那様もご自身も、信用しないこと。ああいう身分の紳士が家庭教師と結婚なさる習慣はありませんから」

わたしは本当に腹立たしくなったが、幸いなことにちょうどそこへアデルが走ってきた。

「わたしも――ミルコートにわたしも連れて行って！　ロチェスターのおじ様はだめだとおっしゃるの。新しい馬車にはたくさん場所があるのに。連れて行くように、先生からお願いしていただけない？」とアデルが叫んだ。

「お願いしてみましょうね、アデル」暗い顔で忠告をする夫人から逃げ出せるのを嬉しく思いながら、わたしはアデルとともに急いだ。馬車の用意はできていて、表に回されてくるところだった。ロチェスター様は石の道を行ったり来たりしており、パイロットがその後先《あとさき》を走り回っていた。

「アデルも一緒に連れて行ってよろしいでしょうか？」

「だめだと言ってある。ちびはだめだ。君だけ連れて行くつもりだ」

「どうかアデルもお連れください。お願いいたします。そのほうがよろしいかと」

「だめに決まっている。邪魔になるばかりだ」

表情にも声にも、有無を言わせぬものがあった。フェアファクス夫人の忠告が冷気となって、またその疑惑が重い湿気となってわたしにのしかかってきた。わたしの希望は、何かぼんやりした、つかみどころのないものにつきまとわれていた。彼を支配する力を、わたしは失いかけている――わたしにはそれ以上反対することができず、言われたことにそのまま従おうとしていた。ところが、馬車に乗り込むのに手を貸しながら、ロチェスター様はわたしの顔をのぞきこんだ。

「どうした？　太陽の明るさが消えてしまったよ。あのちびを本当に連れて行きたいの？　置いて行くのはいやなのかい？」

「連れて行ければ、とても嬉しいです」

「よし、帽子を取ってくるんだ。稲妻みたいに戻ってこい！」ロチェスター様はアデルにむかって叫んだ。

アデルはその通りに、全速力で駆け戻ってきた。

「まあ、一日くらい邪魔をされてもかまわないだろう。もうすぐ君を――君の考えること、話すこと、一緒に過ごすこと、そのすべてを、生涯自分のものにしようとしているのだから」

馬車に乗せられたアデルは、とりなしのお礼の気持ちをこめてわたしにキスを浴びせはじめた。けれどもすぐにロチェスター様の側の隅に押し込まれてしまった。そこからわたしの座っているほうをのぞきこんでくるのは、隣に厳しい顔のロチェスター様がいるのが窮屈なためらしい。今のように気難しいと、ささやいたり質問したりする勇気も出ないと見えた。

「アデルをわたくしのほうに来させてください。ひょっとしてお邪魔になるかもしれません。こちら側にも十分余裕がありますから」

ロチェスター様は、まるで小さな犬でも渡すように、アデルをこちらに渡し、「そのうちに学校にやるんだ」と言ったが、もう顔には微笑が浮かんでいた。

アデルはそれを聞いて、「学校に行かなくちゃいけないの？　マドモアゼルと一緒でなく？」と訊ねた。

「そうだよ、一緒じゃなく、ね。だってマドモアゼルは、わたしが月に連れて行くんだから。火山の頂上の、白い谷で洞窟を見つけて、マドモアゼルはそこに住む――わたしと二人だけで」

「何も食べる物がないから、マドモアゼルは飢え死にしてしまうわ」とアデルは考えを述べた。

「朝に晩に神さまの食物《マナ》をわたしが集めてあげるんだ。月では、平野も丘もマナで真っ白なんだよ、アデル」

「何かで身体を温めないと。火が要るときはどうすればいいの？」

「火は月の山から吹き出てくる。マドモアゼルが寒いときには、頂上に運んで行って、噴火口の縁に横たえるよ」

「わあ、大変。気持ちよくはなさそうだわ！　それにお洋服は？　古くなったら、新しいのはどうやって手に入れるの？」

ロチェスター様は困ったふりをして言った。「ううむ、おまえならどうするかな、アデル。知恵を絞って考えてごらん。白やピンクの雲が、ドレスに使えると思わないか？　虹を切り取れば、とても綺麗なスカーフができそうだ」

アデルは、しばらく考えてから言った。「マドモアゼルは、今のほうがずっといいんじゃないかしら。それに、月でおじ様と二人だけで暮らすなんて、きっと飽きてしまうわ。わたしだったら、一緒に行くなんて絶対に言わない」

「マドモアゼルは行くと言ったよ。誓って約束してくれたんだ」

「だけど、月は無理。行く道が全然なくて、空気だけなんだから。二人とも飛べないでしょう？」

「アデル、あの畑を見てごらん」馬車はもうソーンフィールドの門を出て、ミルコートへむかう平坦な道を軽やかに走っていた。雷雨で道の埃《ほこり》は静まり、道の両側の低い生垣や高い木々も雨に洗われて、生き生きとした緑に輝いていた。

「あの畑だけどね、アデル、あそこをわたしは二週間ほど前のある日、夕方遅くに歩いていた。果樹園の牧草地での干し草作りを、おまえが手伝ってくれた日の夕方のことだ。草をかき集めるのに疲れたので、踏み越し段に腰掛けて休み、鉛筆とノートを取り出した。昔降りかかった不幸や、これから来てほしいと願っている幸せのことなどを書きはじめたんだ。日の光が弱まってきてはいたが、せっせと書いていたんだよ。するとそこに、小道から何かがやってきて、二ヤードくらい離れたところで立ち止まった。見るとそれは、薄い薄いヴェールを頭にかぶった小さなやつで、こっちにおいで、と手で合図をすると、すぐに膝のところまで来た。わたしは話しかけなかったし、向こうも話はしなかった——言葉では。でもお互いに相手の目を読んだから、何も言わなかったけど、こんなことがわかったんだよ。

そいつは妖精で、妖精の国から来たと言うんだ——わたしを幸せにするために。そして、そいつと一緒にこの世界を離れて、どこか寂しい場所、たとえば月に行かなくてはならないと言った。ヘイの丘から昇ってくる細い月のほうに頭を振ってみせて、あそこなら二人で暮らせる雪花石膏《アラバスター》の洞窟や銀の谷があると話してくれた。行きたいが、飛ぼうにも翼がないよ、とわたしは言った——ちょうどおまえがさっき言ったように。

妖精は「ああ、そのことなら大丈夫です！　ここにあるお守りが、すべての問題を解決してくれますから」と言って、綺麗な金の指輪を差し出した。「わたしの左手の薬指にこれをはめてください。そうすれば、わたしはあなたのもの、あなたはわたしのものになります。二人で地上を離れて、あそこにわたしたちだけの天国を造るのです」そう言いながら、また月にむかってうなずいてみせたよ。その指輪はね、アデル、今は一ポンド金貨に化けてズボンのポケットに入っているんだけど、すぐにまた指輪に戻してやるつもりなんだよ」

「でも、それとマドモアゼルとどんな関係があるの？　わたし、そんな妖精は好きじゃないな。おじ様が月に連れて行きたいっておっしゃったのは、マドモアゼルでしょう？」

「マドモアゼルは妖精なんだ」ロチェスター様は、意味ありげにささやいた。聞いていたわたしは、おじ様は冗談をおっしゃっているのだから気にしないようにね、とアデルに言った。アデルのほうは、フランス人生来の懐疑主義が具わっているのを示すかのように、おじ様は嘘つきで妖精のお話なんてばかばかしい、「それに妖精なんていないわ。もしいたとしてもおじ様の前に現れるはずはないし、指輪をくれたり、一緒に月に住もうなんて言ったりするはずもないわ」と言いきった。

ミルコートでの時間は、わたしにとって厄介なことが多かった。ロチェスター様は大きな絹織物店にわたしを連れて行き、服地をドレス六着分選ぶようにと言った。わたしはそれがいやで、また今度にしたいと頼んだが、今でなければだめだと言う。小声ではあるが強い主張をこめて頼んだかいあって、六着を二着に減らすのには成功したが、今度はそれをロチェスター様自身で選ぶと言い出した。その目がきらびやかな服地の上をさまようのを、わたしがはらはらしながら見守るうちに、やがて視線は、鮮やかな紫色に染められた豪華な絹地と、上等のピンクのサテンで止まった。わたしは再び小声で抗議を開始し、これでは金のドレスと銀の帽子を一度に買うようなもので、とても着る勇気はありませんと訴えた。石のように頑固なロチェスター様を説得するのは一苦労だったが、やっとのことで地味な黒いサテンと、真珠色の絹地に変えてもらった。「今はこれでよしとしておくが、いずれは君を花壇のように華やかに飾るつもりだ」とのことだった。

織物店からようやく連れ出したあとは、宝石店だった。ロチェスター様がわたしのための買い物をすればするほど、困惑と不面目で頬がいっそう熱くなった。馬車に戻り、疲れきって熱っぽい身体で座席に深く座ったとき、あることを思い出した。暗いことと明るいことが次々に起こったためにすっかり忘れていた、叔父のジョン・エアからリード夫人への書簡──わたしを養子にして財産を相続させたいという意向のことだ。「ささやかでも、自立できるだけの財産があれば救いになるわ」とわたしは思った。「ロチェスター様の着せ替え人形になるのには耐えられないし、毎日毎日降りそそぐ金の雨の中にダナエみたいに座っているのにも我慢できないもの。帰ったらすぐにマデイラに手紙を書いて、結婚すること、そして相手は誰かということを、ジョン叔父さんに知らせよう。わたしの相続したものをいつかロチェスター様に差し出せるという見込みがあれば、今お世話になっていてもいくらか気が楽になるでしょう」こう考えると少しほっとしたので（実際に、この考えはその日のうちに実行したのだが）、愛するロチェスター様の目に、再び視線を合わせることができた。わたしが顔と視線をそらしていた間も、その目は熱心にわたしの目を求めていたのだ。ロチェスター様は微笑んだが、それがわたしには、金と宝石とで飾り立てた奴隷を大満足で眺めるトルコ王の微笑のように思えてならなかった。わたしの手を始終求める彼の手を、赤くなるほどぎゅっと強く握ってから押し戻した。

「そんなお顔をなさる必要はありません。そんなふうだったら、わたくしはこれから永久に、昔のローウッドの制服しか着ないことにしてしまいますよ。それから結婚式には、この薄紫色のギンガムの服です。あの真珠色の絹であなたの部屋着を、黒のサテンで何着ものベストを仕立てることになさればいいんです」

ロチェスター様はくすくす笑いながら、両手をこすり合わせた。「ああ、この人を前にして話をするのは、実におもしろいなあ。独創的？　痛快？　もしもトルコ王の華麗な後宮をそっくりやると言われても――ガゼルのように優しい目をした、天上の美女をそっくりやるといわれても、この可愛いイギリス娘と交換するつもりはないよ！」

このたとえは、またわたしを刺激した。「後宮の代わりを務めるつもりはありませんから、わたくしを並べておっしゃるのはやめてください。そちらのほうがよろしいのなら、すぐにイスタンブールの市場にいらして、ここでは十分な使い道が見つからなくて困るほど余っているそのお金で、奴隷をたくさんお買いになればいいでしょう」

「それでジャネット、わたしが黒い目の人間をどっさり買いつけている間、君はどうするの？」

「あなたの後宮も含めて、奴隷として囚《とら》われている人たちに自由を説く伝道師になりたいと思います。後宮に入るお許しを得て、反乱を煽動するのです。そうすると高官パシャのあなたは、たちまちわたくしたちに拘束されてしまうでしょう。どんな独裁君主も認めたためしのないほどに寛大な勅許状にサインなさるまで、自由にはしない所存です」

「そのときは君の慈悲にすがるよ、ジェイン」

「そんな目で嘆願なさっても、わたくしには慈悲など示せませんわ、ロチェスター様。そういうお顔でいらっしゃる限り、たとえどんな勅許状であれ、強制されてそれにサインなさって解放されたあと、まずそれを破るに違いありませんから」

「いやはや、ジェイン、君が求めているのは何なんだい？　教会の祭壇の前での結婚式のほかに、秘密の式を強制するのだろうか？　君の持ち出す条件は特別のようだが、それはいったい何？」

「わたくしが求めるのは、平穏な心、ただそれだけです。度を過ぎた恩恵で押しつぶされたくないのです。セリーヌ・ヴァランスについておっしゃったこと、覚えておいでしょう？——プレゼントなさった、ダイヤモンドやカシミアのこと。わたくしはイギリスのセリーヌ・ヴァランスにはなりません。アデルの家庭教師のままでいるつもりです。その仕事で、賄《まかな》いつきの住まいに加えて年に三十ポンドのお給金もいただけますから、そのお金で着るものも整え、あなたからいただくものは——」

「何なんだい、それは？」

「あなたのご好意です。わたくしからも好意をさしあげれば、貸し借りはなし、というわけですわね」

「やれやれ、生来の冷静な生意気さと純粋な自尊心――これに関して君に並ぶ者はいないね」馬車はソーンフィールドに近づいていた。「今夜は夕食を一緒にさせてもらえないだろうか」

「いえ、けっこうです」

「けっこうですとは、またどうして？　理由を聞いてもいいかな？」

「これまで一度もご一緒したことがないのに、そうしなければならない理由がわかりませんもの。いずれ――」

「いずれ？　途中まで言いかけてやめるのを楽しんでいるみたいだね」

「いずれご一緒しなければならないときが来るまでは」

「わたしが人食い鬼か、食屍鬼《グール》だとでも言いたいのかい？　それで食事をともにするのが恐ろしいと？」

「そんなことは思っていませんが、あと一か月、これまで通りに暮らしたいと思うのです」

「家庭教師という骨折り仕事は、すぐにも辞めるだろうね？」

「いいえ、恐れ入りますが、辞めるつもりはありません。これまで通りにさせていただきたいと思います。今までと同じく、昼間はお邪魔にならないようにして、もし夕刻になってわたくしに会いたいと思われましたらお呼びください。お呼びがあれば参りますが、その場合に限ります」

「葉巻か、嗅《か》ぎ煙草《たばこ》の一服でもいいからほしいところだよ、ジェイン、今の自分を慰めるために。アデルならフランス語を使って「気持ちを落ち着かせるのに」とでも言いそうだな。あいにく今は、葉巻の箱も嗅ぎ煙草入れも持ち合わせていない。だが、聞くんだよ、暴君のジェイン。今は君の時代だが、まもなくわたしの時代になる。そしていったん君をしっかりとつかまえたら、ずっと逃がさずにおくために、これはたとえで言うのだけれど、君をこうして鎖でつないでおくつもりなんだ」ロチェスター様は、ここで懐中時計の鎖に触ってみせた。「そう、可愛いおちびさん。わたしの宝石をなくさないように、胸につけておこう、というわけだ」

馬車からわたしを助け降ろしながら、ロチェスター様はそう言った。そのあとでアデルが降ろされている間に、わたしは屋敷に入ってそのまま二階に避難することができた。

その晩、当然ロチェスター様はわたしを呼んだ。わたしは前もって、彼にしてもらうことを考えておいた。ずっと二人だけの親密な会話で過ごすつもりはなかったからだ。

わたしはロチェスター様の美しい声のことを覚えていた。歌うのが上手な人はたいていそうだが、彼も歌が好きだった。わたし自身は歌わないし、彼の厳しい基準によるとピアノもだめだが、上手な歌や演奏なら聞くのは大好きだった。恋の時間である黄昏《たそがれ》が、星をつけた青い幕を窓格子に下ろしはじめたと見るや、わたしは立ってピアノの蓋を開け、お願いですから歌を聞かせてください、と頼んだ。何て気まぐれな魔女なんだ、また今度歌おう、と言われても、ぜひ今夜、と言い張った。

「わたしの声が気に入ったというわけ?」

「はい、とても」影響を受けやすい彼の虚栄心を煽《あお》るようなことはあまり好きではなかったが、今回ばかりはわたしの都合という動機から、ご機嫌をとることにしたのだ。

「では、ジェイン、君が伴奏しなくてはいけないよ」

「はい、喜んで」

わたしは弾きはじめたものの、「不器用なやつだな」と言われて、すぐに椅子から追い払われてしまった。遠慮なくわたしを押しのけて椅子を奪うと――わたしにすれば、これこそ願ってもない成り行きだったが――ロチェスター様は自分で弾きはじめた。歌だけでなく、ピアノも上手なのだ。わたしは急いで窓際に行って座り、動かない木々や薄暗い芝生を眺めていた。美しい旋律に乗って、魅力的な声で歌われたのは、次のような曲だった。

燃える心の奥に生まれた
揺るがぬ真実の愛
流れ急ぐ血潮となって
わたしの身体を駆けめぐる

かの人を日ごと待ちわび
かの人去れば胸痛み
その訪れの遅れる時
わたしの血は凍りつく

愛するように愛されることは
夢にみた無上の幸い
目の見えぬ者のように
ただかしこへとひた走る

だが、ふたりを分かち隔てる
果てなき荒野に道はなく
逆巻く緑の海原の
泡立つ波のように危うい

荒野や森を抜けてゆく
盗賊の道の恐怖のように
ふたりの魂を隔てるものは
力と正義、悲嘆と神罰

危険に挑み、障害をはねつけ
予言をものともせずに
威嚇し、襲い、警告するものたちを
わたしは急ぎ、行き過ぎた

わたしの虹は光のように駆け
夢みつつ、わたしは追う
すると目の前に現れた
驟雨《しゅうう》と輝く光の子

苦しみの暗雲に光さし
優しく厳《おごそ》かな喜びが輝く
災いが迫りくるとも
今やわたしは恐れない

わたしは恐れない、甘美の時に
かつて過ぎてきたものたちが
強い翼で飛び来たり
復讐の叫びを上げようとも
驕《おご》る憎悪がわたしを打ち

正義の障壁が迫る時も
残酷な力が恐ろしい顔で
永遠の呪いを誓おうとも

愛しき人が小さな手を
信じてわたしの手に重ね
誓うのだ、婚姻の聖なる絆にて
命と命を結び合わせると

愛しき人は口づけ、誓う
ともに生き、ともに死ぬこと
ついに無上の喜びは訪れる
愛するように愛されること

ロチェスター様は椅子から立ち上がり、わたしに近づいてきた。顔が輝き、鷹のような大きな目が光り、容貌のすべてに優しさと熱情が表れていた。わたしは一瞬ひるんだが、すぐにその気持ちを振り払った。甘い恋のシーン、大胆な愛の告白――どちらも遠慮したいわたしが、今やその両方の危機にさらされている。防御の武器が必要だ。剣を研ぐように舌を整え、そばに来たロチェスター様にむかって、棘々《とげとげ》しく言った。「今度はどなたと結婚なさるおつもり?」

「妙な質問だな、わたしの可愛いジェイン」

「まあ! 妙でしょうか? それどころか、ごく自然で当然の質問だと思います。今のお歌では、未来の妻が夫とともに死ぬと誓うというお話ですが、そんな異教的な考えはどういうわけでしょうか? わたくしならそんなつもりはありません。それはたしかです」

「ああ、ここで思い焦がれ、願っているのは、愛しい人とともに生きるということなんだよ。愛しい人に死は無縁のものだ」

「そうでしょうか。夫と同じく妻だって、そのときが来れば当然死にもしましょう。でも、それまで待たなければなりません――殉死に急がされるのではなく」

「自分勝手な考えをどうか許してくれないか? そして、許したしるしに、仲直りの口づけを」

「いいえ、遠慮させていただきます」

ロチェスター様が「頑固なやつだ」と言うのが聞こえた。「あんな優しい賛美の歌を聞けば、他の女ならうっとりするところだろうに」

わたくしは生まれつき頑固な強情者、これからもそうお思いになることが何度もあるでしょう、そして今後四週間の間に、性格の険しいところもお見せするつもりです、どんな契約をなさったか、まだ撤回が間に合ううちによく知っておいていただきませんと、とわたしは言った。

「もっとおとなしく、分別のある話をしてほしいものだね」

「お望みならおとなしくいたしましょう。分別のあるお話ということなら、今のがそうだと自負していますけど」

ロチェスター様は苛立って、「ふん」「なんだ」などとつぶやいていたが、それを聞いてわたしは「よし、これでいいわ」と思った。「好きなだけ、いらいらしたり、ぷんぷんしたりしてくださいな。あなたとはこれが一番の方法だと確信しています。言葉で言えないくらいにあなたが好きですが、感傷過多に陥るつもりはないんです。機知に富むやりとりというこの針で、あなたも崖から落ちないようにしてあげます。それにその辛《しん》辣《らつ》さの痛みで、お互いのために最適な距離を保つようにも」

苛立たせる作戦がかなり成功したので、ロチェスター様は憤慨して部屋の向こう側に行ってしまった。そこでわたしは立ち上がって、いつものように敬意をこめた自然な態度で「お休みなさいませ」と挨拶して、脇のドアからすばやく部屋を出た。

こんなふうにして始めた方針を、わたしは婚約期間中ずっと守り続け、大成功をおさめた。たしかにロチェスター様はご機嫌斜めで不愛想になっていたが、概しておもしろがっているのがわかった。小羊のような従順さ、キジバトのような細やかさは、彼の暴君ぶりを助長するだけで、その思慮分別を喜ばせることも、良識を満足させることも、好みに合うこともあまりないということもわかった。

他の人がいる場では、わたしはこれまで同様、丁重で物静かな態度を続けており、それ以外の方針を考える必要はなかった。彼の意図をくじいて悩ませるのは、夜の語らいのときに限られていた。毎晩時計が七時を打つと、決まって迎えが来た。もっとも今はそうして顔を合わせても、「愛しい」とか「可愛い」などといった甘い響きの言葉が発せられることはなく、わたしに与えられる言葉の最上のものでも「癪《しゃく》にさわる小さな人形」「意地悪妖精」「小鬼」「妖精が置いて行った取り替え子《チェンジリング》」といったところだった。抱擁の代わりにしかめつら、手を握られる代わりに腕をつねられ、頰に受けるキスの代わりに耳をぐいと引っ張られるという具合で、わたしはそれでよかった。もっと優しい扱いを受けるより、こういう荒っぽい表現のほうが断然好ましかったのだ。フェアファクス夫人もわたしのふるまいに賛成のようだった。わたしに関しての心配も消えたようだったので、自分のやり方は正しいと確信が持てた。一方ロチェスター様は、君のおかげでわたしは骨と皮ばかりになってしまうじゃないか、もうすぐこのお返しはしっかりさせてもらうぞ、と脅かしたが、こんな脅しをわたしはこっそりと笑った――今のところ、あなたをきちんとおさえていますし、これからもそれを続けていけると信じています。一つの方策が効かなくなったら、別の方策を工夫しますもの。

しかし何といっても、容易なことではなかった。彼を悩ますより、むしろ喜ばせたいと思うことがよくあったからだ。未来の夫はわたしの全世界、いやそれ以上のものになっていた。ほとんど、天上の希望の星といってもよいほどだった。わたしと宗教上のすべての思いとの間に、彼が立っていた――まるで、人間と光あふれる太陽との間に月が入って日食を起こすように。当時のわたしは、神が創造された人間の一人に気をとられて、大きな神の存在が見えていなかった。その人間を偶像にしていたからである。

第25章

婚約のひと月が過ぎてゆき、残る時間はもう数えるほどになっていた。近づく日――結婚式の日を延ばす術《すべ》はなく、支度もすべて整っていた。少なくともわたしには、もうすることはなかった。荷造りのすんだわたしのトランクは、鍵がかけられ、紐が掛けられて、わたしの小さな部屋の壁に沿って一列に並んでいた。明日の今頃には、ロンドンにむかう馬車に載せられてはるかな旅に出ていることだろう。そして、(神がお許しになれば)わたしも一緒に、いや、わたしではなく、ジェイン・ロチェスターという、まだわたしの知らない人物が一緒に。あとは荷札を鋲《びょう》でつけるだけで、その小さな四角い四枚の札は簞笥《たんす》の上に並べてあった。それぞれに「ロンドン、――ホテル、ミセス・ロチェスター」と、ロチェスター様が手ずから行く先を記してくれたものだ。わたしはそれらを自分でつける気持ちになれず、また誰かにつけてもらう気にもなれなかった。ミセス・ロチェスター！　そんな人は存在しないし、明日の朝八時頃にならなければ生まれてこない。その人がたしかに姿を現すまでは、これらの持ち物を譲るのを待ちたいと思った。化粧台の向かい側にあるあのクロゼットの中には、黒い毛織のローウッドの服と麦わら帽子に代わって、ミセス・ロチェスターのものとされる衣装がすでに入っているのだから、それで十分だった。あの花嫁衣装——衣装掛けをわがもの顔に占領している、真珠色のドレスと霞《かすみ》のようなヴェールは、わたしのものではなかった。なじめない、亡霊のような衣装を隠すために、わたしはクロゼットを閉めた。夜の九時になっていたが、その衣装は部屋の暗がりの中で、ちらちらと幽霊のような光を放っていたのだ。

「あなたを一人にしておきます、白い幻よ。わたしは熱っぽいわ。風の音が聞こえます。外で風にあたってきますから」

熱っぽかったのは、支度に忙しかったためだけではなかった。大きな変化——明日から始まる新生活への予期でいっぱいだったためだけでもなかった。こんな遅い時刻に暗い戸外へとわたしを急がせた、不安で心昂《こころたかぶ》る心理に、それら二つが関わっていたのはもちろんだが、そこにはそれ以上の影響を及ぼした、第三の理由があったのだ。

心の底に、奇妙に不安な感覚があった。わたしに理解できない何かが起き、それを知っているのも、それを見たのも、わたし一人なのだ。出来事が起きたのは前夜のことで、お屋敷を留守にしていたロチェスター様は、そのときもまだ戻っていなかった。三十マイルほど離れたところに、二、三の農場を含む所有地があって、そこに用事ができて出かけていたのだ。イギリスを離れる前にじかに出向いて行って処理しておかねばならない一件だと思われた。心を悩ませている謎を解いてもらい、心を軽くしたいと願って、わたしはお帰りを待っていた。読者の皆さんにもそれまで待っていただきたい。彼に打ち明けるとき、皆さんにも一緒に秘密を打ち明けたいので。

わたしは果樹園に行った。吹く風を避けようとそこに行ったのだ。強い南風が一日中吹いていたが、雨は一滴も落ちてこなかった。夜になっても風はおさまるどころか、その勢いを増し、うなりも大きくなる一方に思われた。木々は枝をよじることもなく、ひたすら一方になびき、大枝を振り上げることもめったにない。枝の茂った樹冠を北に曲げるだけだった。雲は塊《かたまり》となって、空の端から端まで勢いよく飛んで行く。あの七月の日、青い空はまったく見られなかった。

空に轟《とどろ》く大きな奔流に悩みを預けて、風に追われて走って行くと、何となく解き放たれたような喜びが感じられた。月桂樹の並木道を下って行くと、あのマロニエの木の残骸が黒く割れて立っていた。幹の真ん中で裂け、そこに恐ろしい穴が開いている。半分に裂けても離れ離れにはならず、しっかりした基部と強い根が幹を下から支えているのだった。もっとも、共同体としての生命はもうない。もはや樹液が流れないからだ。それぞれの大枝は枯れており、冬に嵐が来れば、裂かれた一方、あるいは両方が地面に倒れてしまうだろう。しかし、今はまだ一本の木の形を保っているといえるかもしれなかった。残骸ではあっても、丸ごとそろった残骸なのだ。

「あなたたち、よくお互いをつかまえていたわね」裂けて怪物のようになった大木が言葉の聞こえる生き物であるかのように、わたしは木に話しかけた。「雷光に打たれて、こんなに黒く焦げていても、まだ小さな命の感覚があるのね。実直で誠実な根に支えられて立っているのだから。緑の葉をつけることは二度とないでしょうし、その枝に巣を作ってのどかな歌を歌う小鳥の姿も二度と見られないでしょう。楽しい愛の時は終わってしまったのね。でも、あなたたちは孤独ではないわ。滅びゆくお互いを、それぞれに思いやることができるんですものね」木を見上げたとき、裂かれた幹の間の空に、月が一瞬顔をのぞかせた。丸い月の表面は血のように赤く、雲に半分覆われていた。月はまるでこちらに、当惑した悲しげな一瞥《いちべつ》を投げたようだったが、またすぐに厚い雲の流れに隠れてしまった。ソーンフィールドのまわりでは風が一瞬弱まったが、遠く森や川の上では、物悲しいうなりを上げて吹きすさんでいた。それを聞いていると悲しくなり、わたしは再び走った。

果樹園をあちこち歩き回って、木の根元の草地にたくさん落ちているりんごを拾い集めた。熟している実とまだ若い実を選り分けて、屋敷に持ち帰り、食料庫に置いた。それがすむと書斎に行き、暖炉に火が入っているかどうかたしかめた。季節は夏だったが、こういう陰鬱なお天気の日には、部屋に入ったときに暖炉が心地よく燃えているのがお好きだとわかっていたからだ。行ってみると、大丈夫、しばらく前に入れられたと思われる火がよく燃えていた。ロチェスター様の肘掛け椅子を炉辺の角の居心地のよい場所に置き、テーブルもそのそばに引き寄せた。カーテンを下ろし、すぐに明かりをつけられるようにろうそくを運ばせておいた。これで支度はすっかりできたが、気持ちは少しも落ち着かず、じっと座っていられないどころか、屋敷の中にもとどまっていられないほどだった。書斎の小さな時計と玄関の古い大時計が同時に十時を打った。

「もうこんな時間に！」とわたしは言った。「門までひと走り、行ってこよう。月の光がときどきさすし、道もよく見渡せるはず。もう帰っていらっしゃるかもしれないし、お迎えに行けば、こうして待つ落ち着かない時間もそれだけ短くなるから」

こんもりと門を覆う大木の上で風がうなっていたが、見渡す限り、右も左も道は静まり返って人影はなかった。月が時折顔を出すと、雲の影が道を横切るだけで、他に動くものは何一つない青白い道が長く延びていた。

眺めていると、まるで子どものように落胆と焦燥の涙が浮かんできて目がかすんだが、恥ずかしくなって涙を拭《ぬぐ》い、そこにとどまって待った。月は自分の部屋に閉じ込もり、厚い雲のカーテンを引いてしまったようだった。闇が濃くなり、雨は強風に乗ってひどく吹きつけてきた。

「お帰りになりますように！　お帰りになりますように！」胸騒ぎを覚えて、わたしは叫んだ。お茶の時間までには戻られると思っていたのに、もう暗くなってしまった。なぜこんなに遅くまで？　何かあったのかしら？　前夜の出来事がまた心に浮かび、災いの前兆のような気がした。未来への希望は明るすぎてとても実現しそうもなく思われたし、このところ無上の幸福をあまりに多く味わっているので、わたしの運勢は頂点を過ぎてこれからは下り坂なのではないかとも思われたのだ。

「ともかく、お屋敷には戻れないわ。ロチェスター様がこんな荒れたお天気の中にいらっしゃるというのに、わたしだけ暖炉の前に座ってなんかいられないもの。心配で胸を痛めるより、手足を疲れさせるほうがいいから、もっと先までお迎えに行ってみよう」

そう思って門を離れ、足早に歩きはじめたが、遠くまで行くことにはならなかった。四分の一マイルも行かないうちに、馬のひづめの音が聞こえてきたのだ。馬に乗った人が一人、横に並ぶ一頭の犬とともに疾駆してくる。不吉な予感など、消えてしまうがいい！　ロチェスター様だった。メスルアに乗り、パイロットを従えている。わたしの姿に気づいてくれた。というのも、ちょうど空の一部に青い広がりができ、そこを月が輝きながら渡って行ったからだ。ロチェスター様は帽子を取って、頭上で高く振った。わたしはお迎えに走った。

「そら！」彼はそう言って片手を伸ばし、鞍《くら》に座ったまま、身を乗り出した。「わたしがいないとだめなんだね。よくわかった。この深靴の先に足を掛けて、この手に両手でつかまって。よし、乗って！」

わたしは言われる通りにした。嬉しさで身も軽くなっていたのだ。ロチェスター様の前に飛び乗ると、歓迎のしるしの熱烈なキスを受けた。勝ち誇った得意げな様子をするのも、できるだけ許してあげた。嬉しくて仕方ない気持ちを抑えて、彼はわたしに訊ねた。「しかし、どうしたの、ジャネット、こんな時間に迎えに来るとは！　何か困ったことでも？」

「いいえ。ただ、お帰りにならないのではないかと心配で。お屋敷でお待ちするのには耐えられませんでした。この雨と風ですし」

「雨と風、たしかにひどい！　ああ、人魚みたいにびしょ濡れじゃないか。わたしのマントにくるまりなさい。それに熱っぽいようだね、ジェイン。頰も手も、燃えるように熱い。もう一度訊ねるが、どうかしたのかい？」

「何でもありません、もう今では。恐ろしくも悲しくもありません」

「ということは、その両方だったの？」

「たしかに。でもそのことは、あとでお話しいたします。おそらく、わたくしの心配をお笑いになるだけでしょう」

「明日が過ぎたら思う存分笑ってやるが、それまではとても笑ってはいられないよ。宝物がちゃんと手に入るかどうか、たしかではないんだから。これがあの君だろうか——この一か月間、鰻《うなぎ》みたいにつるつるしてつかみにくく、野薔薇みたいに棘《とげ》だらけだったね。触れようとすれば、必ず棘に刺されたものだ。ところがどうだ、わたしは迷える小羊を腕に抱きかかえたようだ。羊飼いを探して、君は柵を抜け出してきたのかな、ジェイン」

「お会いしたかったのです。でも、得意にならないでくださいね。ソーンフィールドに着きましたよ。下ろしてくださいな」

ロチェスター様はわたしを敷石の道に下ろしてくれた。ジョンに馬を預けると、玄関を入るわたしのあとについてきて、急いで乾いた服に着替えるように、自分は書斎にいるので着替えたらすぐ来るように、と言った。そして階段に急ぐわたしを引きとめ、ぐずぐずしないように、と念を押した。わたしもぐずぐずしたりせず、五分で書斎に行くと、彼は夕食の最中だった。

「そこに座って、つきあってくれないか、ジェイン。順調に事が運べば、ソーンフィールドでの食事もこれと明日の朝だけで、この先しばらくはお預けだからね」

わたしはそばに行って座ったが、食べられませんと言った。

「目の前に旅が控えているから、ジェイン？　ロンドンに行くことを考えると、食欲をなくしてしまうのかな？」

「今夜は先のことがよく見通せないのです。自分の考えていることも、ほとんどわかりません。この世の何もかも、現実ではないような気がします」

「わたしを除いて、だね。わたしにはこのように実体があるから――触ってみるといい」

「あなたこそ、他の何よりも幻のようです。まさに夢です」

ロチェスター様は笑いながら手を差し伸べ、「これでも夢？」と言ってわたしの目の前にその手をかざした。長くて強靱な腕、そして丸みがあってたくましい、力強い手をしていた。

「ええ、触っても、やはり夢です」目の前にあった腕を下ろしながら、わたしは答えた。「お食事はおすみですか？」

「すんだよ、ジェイン」

わたしは呼び鈴を鳴らして、お盆を下げるように言った。そして再び二人だけになると、火をかき立ててから彼の足元の低い椅子に座った。

「もう十二時近いですね」

「そうだね。でもジェイン、思い出してほしい。わたしの結婚式の前の晩には、一緒に起きていると約束してくれたことを」

「そうですわね。お約束は守ります。少なくともあと一時間か二時間は、床《とこ》に就《つ》く気にもなれませんから」

「支度はもうすっかりできたの？」

「はい、すっかり」

「わたしのほうも同じで、すっかりすませた。明日教会から戻ったら、三十分以内にソーンフィールドを出発しよう」

「承知しました」

「君ときたら、「承知しました」と言いながら、なんて奇妙な微笑を浮かべているんだろう、ジェイン！　両方の頰がそんなに赤いし、それに目も不思議に輝いているし。大丈夫なのかい？」

「大丈夫だと思います」

「思います、だって？　どうしたんだ？　どんな気分か、話してみなさい」

「お話しできないでしょう。わたくしの感じていることは、言葉ではお話しできないと思うのです。今のこの時間が永久に続くといいと思います。次にどんな運命が待っているのか、誰にもわかりませんもの」

「これは憂鬱症だな、ジェイン。君は興奮しすぎか、疲れすぎだ」

「ロチェスター様は、落ち着いた幸せなお気持ちですか？」

「落ち着いているか？　いや、それはノーだ。でも、幸せだよ――心の底から」

わたしは目を上げて、幸せのしるしを彼の顔に読みとろうとした。顔には情熱があふれ、紅潮していた。

「すっかり打ち明けておくれ、ジェイン。わたしに話して、重荷がのしかかっている心を軽くするんだ。何を恐れている？　わたしが良い夫にならないかも、という心配でも？」

「そんなことは、思ってもおりません」

「これからの身分のこと、これからの新しい生活のことを心配しているの？」

「いいえ」

「わたしにはわからないなあ、ジェイン。悲しそうなのに大胆なところもある、その口調や表情には当惑するし、心配でもあるよ。説明してほしい」

「では、お聞きください。昨晩はお屋敷にいらっしゃいませんでしたね?」

「そう、その通りだ。さっきの君の話だと、わたしの留守に何か起きたようだね。おそらく大したことではなかろうが、でも君にはそれが問題なわけだ。どうかそれを聞かせておくれ。ひょっとしてミセス・フェアファクスが何か言ったのか、あるいは召使たちの噂話でも耳に入ったか、それで君の繊細な自尊心が傷つけられた?」

「いいえ」そのとき、時計が十二時を打った。小さな時計が銀の鐘の音を、大きな時計が低い響きを、それぞれ鳴らし終えるまで待ってから、わたしは先を続けた。

「昨日は一日中とても忙しくしていて、その忙しさに幸せを感じていました。というのも、あなたがお考えになっているような、新しい身分などについての心配を、わたくしはしていないからです。あなたのおそばでこれから暮らせることを、とてもすばらしいと思っています。あなたを愛しているんですもの。あら、今はキスしないで――お話に集中させてくださいね。昨日のわたくしは、神さまを信頼し、あなたとわたくしにとってすべて事はよし、となるのを信じていました。思い出してくださいな――よく晴れた一日でした。空気も空も穏やかで、あなたのお出かけについて心配をすることもありませんでした。お茶のあと、あなたのことを考えながらしばらく敷石の道を歩きました。

想像ではすぐそばにあなたがいらしたので、実際はそうでなくともほとんど寂しくありませんでした。これからのわたくしの生活を、いいえ、あなたの生活のことを考えていました。わたくしの生活よりもずっと広々としていて、わくわくするような生き方――小川の浅瀬よりもその小川が流れ込む海のほうがずっと深いのと同じですね。道徳家たちはなぜこの世をわびしい荒野だなどと呼ぶのかしら、とも考えていました。わたくしにとっては、薔薇のように輝いて見えましたから。日が沈むと空気が冷えて空も曇ってきたので、中に入りました。ちょうどウェディングドレスが届いたので、二階へ見にいらしてください、とソフィーに呼ばれて行き、箱に入ったドレスの下にあなたからの贈物が入っているのを見つけました。あなたが気前よく散財なさって、ロンドンから取り寄せたヴェールです。宝石を受け取らないのなら代わりにと、同じように高価な品を、何とかうまく受け取らせるお考えだったのですね。ヴェールを広げると思わず微笑が浮かんでしまいました。あなたの貴族趣味、そして低い身分の出の花嫁を貴族の衣装で包むというお骨折りをどうからかってあげましょうか、と考えました。また、卑しい生まれの頭にかぶるために自分で用意した、刺繍《ししゅう》もない四角いブロンドレースをつけてあなたのところに行き、夫のために財産も美貌も立派な親戚も持参できないような女には、これで十分ではないでしょうか、と言ってみることも考えました。あなたがそのときどんなお顔をなさるか、はっきりと目に浮かびましたし、革新的なお答えも耳に聞こえるようでした——財布や冠の持ち主と結婚することで、富を増したり身分を高めたりする必要などわたしにはないんだ、とおっしゃる、尊大なお答えが」

「わたしの心をよく読むものだ、この魔女め！」ロチェスター様は口をはさんだ。「で、そのヴェールには、刺繡の他に何を見つけた？　そんなに悲しそうにしているところを見ると、毒か短剣でも？」

「いえいえ、そこに見たのは生地の繊細さと豪華さだけ、それに加えてフェアファクス・ロチェスターの自尊心、それ以外には何もありませんでしたとも。そして、あなたの自尊心という悪魔でしたら、見慣れていますから怖くはありませんでした。でも、暗くなると風が出てきました。昨晩の風は、今日のように荒れた激しい風と違って、暗鬱でうめくような音を立てて吹き、もっと不気味でした。あなたがお留守でなかったら、と思いました。このお部屋に来て、座る人のない肘掛け椅子と火のない暖炉を見ると、冷え冷えとした気持ちになりました。ベッドに入ってもしばらくは眠れず——心配で気が昂《たかぶ》っていたようです。風の勢いは変わらず、わたくしの耳には風の音の中に、何か別の物悲しい声が混じっているように聞こえました。お屋敷の中なのか外からなのか、初めはわかりませんでしたが、風が小やみになるとそのはっきりしない悲痛な響きが繰り返し聞こえてくるのです。結局、遠くで吠えている犬の声だろうという考えに落ち着きましたが、ともかく音がやんだときには嬉しく思いました。眠ってからの夢の中でも、風の吹きすさぶ暗い夜が続いていて、あなたがそばにいらしたら、と願い続けていました。二人の間が障壁のようなもので隔てられているという、不思議に残念な意識がありました。この最初の夢の中で、わたくしは曲がりくねった知らない道をずっと歩いていました。まわりは真っ暗で、雨に打たれながら、小さな子どもを一人抱えています。身体が小さく弱々しくて、まだ歩けないほど幼いその子は、わたくしの冷えきった腕の中で震えながら、哀れな泣き声を上げるのです。あなたは道のずっと先にいらして、わたくしは全力で追いつこうとしながら、声を振り絞ってお名前を呼び、待ってくださいとお願いしました。でも、まるで足枷《あしかせ》がかけられているように身体が動かず、声は言葉にならず――その間にも、あなたはどんどん遠くに行ってしまわれるようでした」

「そんな夢でまだ気持ちが沈んでいるの、ジェイン？　こうしてわたしがそばにいるのに。臆病だなあ！　夢の中の悲しみなどは忘れて、現実の幸せだけを考えればいいんだ！　わたしを愛しているんだよね、ジャネット。わたしはそれを忘れないし、君も否定できない。あの言葉は、言葉にならずに消えたりしなかったじゃないか。優しくそう言われるのを、はっきりこの耳で聞いた。あまりに神聖な、それでいて音楽のように美しい言葉――「おそばでこれから暮らせることをとてもすばらしいと思っています。エドワード、あなたを愛しているんですもの」――ジェイン、わたしを愛しているかい？もう一度言ってほしい」

「はい、愛しております、心から」

ロチェスター様は、短い沈黙のあとに言った。「ああ、奇妙なことに、今の言葉に貫かれたように胸が痛む。なぜだろう。きっと君の言い方に、誠実で敬虔な力がこもっていたせいだと思う。それから、今わたしを見上げる君の目が、まさに信頼、真実、献身の極致だからでもあるだろう。何かの精霊がそばにいるようで、かなわないよ。いたずらな顔をしてごらん、ジェイン。やり方はよく心得ているね？　内気なのに奔放で癪《しゃく》にさわる、あのいつもの微笑を浮かべて、わたしが大嫌いだと言ってごらん。わたしをからかったり、怒らせたり、何をしてもいいから、心を揺さぶるのだけはやめておくれ。悲しい思いをさせられるより、怒らされるほうがずっといい」

「お話が全部すんだら、お好きなだけからかったり怒らせたりしてさしあげます。今は最後までお聞きください」

「もう全部話してくれたとばかり思ったよ、ジェイン。憂鬱の原因は夢にあった、とわかったつもりだったが」

わたしは首を横に振った。

「何と！　まだあるのか？　でも、大したことではないだろう。簡単には信じないから、前もって言っておくよ。さ、先を続けなさい」

その動揺した態度、少し不安そうで苛立《いらだ》った様子にわたしは驚いたが、話を続けた。

「別の夢も見ました。ソーンフィールドが荒涼とした廃墟になり、蝙蝠《こうもり》やフクロウの住みかになっている夢です。お屋敷の立派な正面はすっかりなくなり、貝殻のようで、今にも崩れそうな高い壁が残っているだけ。草の生えた敷地を、わたくしは月夜に歩き回っていました。こちらで大理石の暖炉につまずくかと思えば、あちらで軒蛇腹の破片につまずくという具合です。あの見知らぬ子どもをショールにくるんで、まだ抱えていました。どんなに腕が疲れてもどこかに下ろしてはならず、その重さでどんなに歩みが妨げられても、ずっと抱いていなくてはならないのです。遠くの道に疾走する馬のひづめの音が聞こえ、きっとあなただと確信しました。あなたはどこか遠い国へ何年も行ってしまわれるところでした。お姿をひと目見たいと焦《あせ》り、死に物狂いで薄い壁によじ登りました。足元の石は転がり落ちるし、つかんだキヅタの枝は折れます。そのうえ、子どもが怖がってわたくしの首にしがみついたので、息も詰まりそうでした。ついにてっぺんにたどり着くと、あなたの姿は白い道の小さな点のようで、それがみるみる小さくなっていきます。突風で、とても立っていられません。わたくしは狭い縁《ふち》に座り、子どもを膝にのせて泣きやませようとしていました。あなたは道の角を曲がるところで、最後にひと目、と身を乗り出したところ、壁は崩れてしまいました。身体が揺れたので、子どもは膝から転げ落ち、わたくしもバランスを失って落ちたところで目が覚めました」

「そう、それでおしまいだね、ジェイン」

「ここまではすべて前置き、お話はこれからなのです。目が覚めるとまぶしい光で目がくらみました。ああ、昼の光！　と思いましたが、そうではなく、ろうそくの明かりなのでした。ソフィーが入ってきたのね、と思いました。化粧台に燭台が置かれ、休む前にウェディングドレスとヴェールを掛けておいたクロゼットの扉が開いています。衣《き》擦《ぬ》《ず》れの音が聞こえたので、「ソフィー、何してるの？」と聞きましたが、答えはありません。でも、クロゼットから人影が現れて、明かりを手に取ると空中にかざし、掛けてある衣装を調べています。「ソフィー！　ソフィー！」ともう一度叫びましたが、その人影は黙っていました。わたくしはベッドで起き上がり、上体を前に乗り出してみました。まず驚きに、次に混乱に襲われ、それから身体じゅうの血がぞっと冷たくなりました。ロチェスター様、そこにいたのはソフィーではなく、ミセス・フェアファクスでもありませんでした。ええ、それはたしかでした。今でも確信があります。あの変わった女、グレイス・プールでもありませんでした」

「その中の誰かに決まっている」ロチェスター様は、わたしの話をさえぎって、そう言った。

「いいえ、絶対にそうではないと申し上げます。あのとき目の前に立っていたものを、ソーンフィールドの敷地内で見かけたことは、一度としてありません。背丈も身体つきも、まったく見知らぬものでした」

「様子を説明してみなさい、ジェイン」

「女の人のようで、大柄で背が高く、黒くて濃い髪を背中に長く垂らしていました。着ていたものはわかりません。白くてまっすぐなシルエットの――部屋着なのか、シーツなのか、経帷子《きょうかたびら》なのか、わたくしにはわからないものです」

「顔は見たの？」

「初めは見えませんでした。でもほどなく、女は掛けてあったヴェールを取って掲げ、しばらくの間じっと眺めてから、自分の頭に掛けて鏡にむかいました。細長く暗い鏡に映った女の顔と目鼻立ちが、そのときにはっきりと見えたのです」

「どんな顔をしていた？」

「ぞっとするような、恐ろしい顔——ああ、あんな顔は見たことがありません！　ただならぬ色をした、凶暴な顔です。ぎょろっとした赤い目、黒くふくれた顔——忘れることができたら！」

「亡霊は青白い顔をしているものだよ、ジェイン」

「昨夜のは紫色でした。唇は黒っぽく腫《は》れ上《あ》がり、額《ひたい》には皺《しわ》が寄り、血走った目の上で黒い眉毛が大きく吊り上がっていました。わたくしが何を連想したか、申しましょうか？」

「言ってごらん」

「ドイツの忌まわしい怪物、吸血鬼です」

「ああ！　それでそいつは何をした？」

「その恐ろしい頭からヴェールを取ると、二つに引き裂いたのです。そして床に投げ捨て、足で踏みにじりました」

「それから？」

「窓のカーテンを開けて、外を見ました。夜明けが近いのがわかったのでしょうか、燭台を取ってドアにむかいましたが、ベッドのそばに来ると足を止めました。ぎらぎら光る目でわたくしをにらみつけ、ろうそくを顔まで近づけてきて、わたくしの目の前で吹き消しました。身の毛のよだつようなその顔が、わたくしの顔の前で燃え立つようで――わたくしは気を失ってしまいました。生まれてから二度目のことで――まだ二度しかないわけですが――あまりの恐ろしさに意識を失ったのです」

「意識が戻ったとき、そばには誰が？」

「誰もおりませんでした。でも真昼になっていたので、わたくしは起きて水で顔や首を洗い、水をぐっと飲みました。身体に力が入りませんでしたが、病気ではないと感じましたし、わたくしが見たもののことはあなた以外の誰にも話さずにおこうと決めたのです。さあ、あの女は誰なのか、何者だったのか、教えてください」

「興奮しすぎた脳から生まれた想像の産物、それに間違いないよ。もっと君に気を配らなくてはいけないね、大事なジェイン。手荒な扱いには耐えられない神経をしているんだから」

「神経はなんともありません――これはたしかなことです。あれは現実の、本当にあったことです」

「ではその前の夢――あれも現実だったと？　ソーンフィールドが廃墟になっているだろうか？　どうしようもない障害で二人が引き離されている？　涙もこぼさず、キスも別れの言葉も残さずにわたしが君を置いて去ろうとしているだろうか？」

「いえ、今はまだ」

「では、これからそうなると言うのかい？　わたしたちが分かちがたく結ばれる日が、もう始まっているんだよ。いったん結ばれてしまえば、精神的恐怖に襲われることは二度とないだろう。わたしが請け合う」

「精神的恐怖ですって！　わたくしもそう信じられればと思いますし、今まで以上に強く、そう願っています。あの恐ろしい訪問者の謎を、あなたでさえ説明ができないとすれば」

「そうだね、わたしに説明できないのだから、現実ではなかったのだよ、ジェイン」

「今朝起きたとき、わたくしも自分にそう言い聞かせて、部屋を見回しました。いつも見慣れたものが、晴れ晴れと明るい光を浴びているのを見れば、勇気と安心が得られると思ったのです。すると絨毯《じゅうたん》の上に――わたくしの仮説をはっきりと否定するものがありました。真っ二つに引き裂かれたヴェールです」

ロチェスター様がぎくりとして、身震いするのがわかった。急いでわたしを抱き寄せ、「ああ、よかった、昨夜何か邪悪なものが本当に君のそばまで来たとしても、被害がヴェールだけですんで！　ああ、起きたかもしれないことを考えると！」と叫んだ。

ロチェスター様がせわしない息づかいで、わたしをしっかりと抱きしめるので、ほとんど息もつけないくらいだった。しばらく無言だった彼は、明るい調子で言った。

「さあ、ジャネット、全部説明してあげよう。君が見たのは半分夢で、半分現実だったんだよ。女が部屋に入ってきたのはたしかだ。それは――それはきっとグレイス・プールに違いない。変わった女だと、君も言っているね。そう言うのももっともだ――わたしに何をしたか、メイスンに何をしたかを考えれば。夢うつつだった君は、あの女が入ってきたことに気づき、その動きに気づいたが、熱っぽくてひどく興奮してもいたために、実際とは違う、鬼のような姿を見てしまった。ぼさぼさの長い髪、黒く腫れたような顔、実際以上の背丈などは想像の産物――悪夢から生まれたものなんだよ。ヴェールを意地悪く引き裂いたのは現実――いかにもあの女のやりそうなことじゃないか。どうしてそんな女を屋敷に置くのかと聞きたいだろう。結婚して満一年たったら話そう。今はだめだ。これで納得がいっただろうか、ジェイン？　わたしの説明を受け入れてくれるかい？」

考えてみたが、実際、それしか説明のしようがないように思えた。納得はできなかったが、ロチェスター様を喜ばせるために、努めてそのようにふるまった。気持ちが楽になったのはたしかだったので、安堵《あんど》の微笑で応えることができた。そしてもう一時をかなり過ぎていたので、休むことにした。

「ソフィーはアデルと一緒に子ども部屋で休んでいるのではなかったかな?」わたしがろうそくをつけていると、彼がそう訊ねた。

「はい」

「アデルの小さなベッドに、君の寝る余地もあるだろう。今夜はアデルのベッドで寝なさい、ジャネット。今話してくれたようなことのあとでは、神経質になっていても不思議ではない。だから一人で寝かせたくないのだ。子ども部屋に行くと約束してほしい」

「喜んでそうします」

「そして、ドアには内側からしっかりと錠をかけるんだよ。二階に上がったらソフィーを起こして、明日の朝、時間を見計らって起こしてほしいと思って、と口実を言うといい。実際、八時までに着付けと朝食をすませなければならないのだからね。さあ、憂鬱なことを考えたり、つまらない心配をしたりするのは、もうおしまいにするんだよ、ジェイン。風もささやくように静かになった、聞いてごらん。雨ももう、窓ガラスに打ちつけていないな」ロチェスター様は、ここでカーテンを上げた。「見てごらん、美しい夜だ!」

本当に美しい夜だった。空の半分は綺麗に晴れて、雲もなかった。西向きに変わった風に吹かれて、雲は長い銀色の行列を作って東へと行進し、月も穏やかに光っていた。

「さてと、わたしのジャネットのご機嫌はどうかな?」ロチェスター様はわたしの目をのぞきこんで訊ねた。

「晴朗な夜ですね。わたくしの心も同じです」

「今夜はもう、別れや悲しみの夢は見ない。幸せな愛と結婚の夢を見るだろう」

この予言は、半分実現した。悲しい夢は見なかったが、嬉しい夢も見なかった。というのも、その晩は一睡もしなかったからだ。小さなアデルを腕に抱いて、その子どもらしい寝顔を——落ち着いて穏やかで無邪気なその姿を眺めながら、夜が明けるのを待った。わたしのこれまでの歩みのすべてが、身体の中で目覚め、動いているようだった。日が昇るとすぐに、わたしも起きた。ベッドを離れるときに、アデルがしがみついてきたのを覚えている。首に回されていた小さな手を離しながらキスをした。不思議な感情に襲われてわたしは泣き、すすり泣く声で健やかな眠りを妨げるのを恐れて、その場を離れた。アデルはわたしの過去の象徴のように思われた。そして、これから花嫁衣装を身につけて会う人は、恐れと崇敬に満ちた、わたしの将来の、未知の日々の象徴だった。

第26章

着付けのためにソフィーは七時に来てくれたが、仕上げにかなり時間がかかった。あまり手間取っていっこうに降りてこないので、ロチェスター様は苛立《いらだ》ったらしく、まだ来ないのかと使いをよこしたほどだった。ちょうどソフィーがわたしの髪にヴェールを(結局、あの地味な四角いブロンドレースになったのだが)ブローチでとめているところだった。それがすむのを待ちかねて、わたしは急いで立って行こうとした。

「お待ちください！」ソフィーがフランス語で叫んだ。「鏡でごらんになってくださいませ。まだちらりとも見ていらっしゃらないでしょう」

そう言われて、わたしはドアのところで振り返った。長いドレスをまとい、ヴェールをつけた姿が目に入ったが、普段とはかけ離れているため、ほとんど別人を見るようだった。「ジェイン！」と呼ぶ声が聞こえ、わたしは急いで下へ降りた。階段の下でロチェスター様が待ち受けていた。

「ぐずだなあ！　待ちかねて頭に火がついたよ。こんなに遅いなんて！」

そう言ってわたしを晩餐《ばんさん》の間《ま》に連れて行くと、品定めするように上から下まで鋭い目で眺めてから、「百合のように美しい。わたしの生涯の誇り、それに加えて目にも喜びだ」と言明した。そして、朝食をとる時間を十分だけ与えよう、と言うと呼び鈴を鳴らした。新しく雇い入れた召使の一人が、お呼びに応えて現れた。

「ジョンは馬車の支度をしているのか?」

「はい」

「荷物は下に運んであるか?」

「はい、今降ろしております」

「教会に行ってこい。ウッド牧師と書記が来ているかどうかたしかめて、戻って報告を」

読者もご存じのように、教会は門のすぐ前にあり、召使はすぐに戻ってきた。

「牧師様は聖具室で、いま法衣をお召しになっているところでございます」

「で、馬車は?」

「馬に馬具をつけております」

「教会に行くのに馬車はいらない。だが、教会から戻ったらすぐに出られるようにしておきなさい。荷物は全部そろえて紐を掛け、駆者《ぎょしゃ》は駆者台に座っているように」

「かしこまりました」

「ジェイン、用意はいいかい?」

わたしは立ち上がった。花婿付添人も、花嫁付添人も、親戚もなしの――つまり先導役も待ち受ける人もいない、ロチェスター様とわたしだけの式になるのだった。玄関ホールを通るとき、フェアファクス夫人が立っていたので話しかけたいと思ったが、鉄のような手にしっかりと手を握られていて、ついて行くのがやっとなほどの大股の歩みで急がされていた。ロチェスター様の顔を見ると、どんなことがあろうと一瞬の遅れも許されないのだということが感じられた。いったいこんな様子の花婿が他にいるかしら、とわたしは思った――目的にむかってまっしぐらの、断固たる決意を秘めた厳しい顔つき、決然とした眉の下に、燃える目を輝かせているような――。

その日が晴天だったか荒天だったか、記憶に残っていない。門までの道を下りて行きながら、空も地面も見ていなかったのだ。わたしの心は目とともにあって、どちらもロチェスター様の身体の中に移ってしまったようだった。横を歩きながらわたしは、ロチェスター様がその恐ろしいまでに荒々しい視線で見据えているように思われる、目に見えないものを見たいと思い、また彼が立ち向かい、抵抗しているらしい力を感じたいと思った。

教会の門まで来ると、ロチェスター様は立ち止まった。わたしがすっかり息を切らしているのに初めて気がついて、言った。「愛するあまり残酷なことをしているだろうか？　わたしに寄りかかって、少し休みなさい」

目の前に静かに建っていた古い灰色の教会、尖塔の上を旋回していた一羽のミヤマガラス、その向こうにあった朝焼けの赤い空などを、今も思い出すことができる。墓地の緑の塚、そして、苔むした墓標に彫られた文字を読みながら低い塚の間を歩き回っていた、見知らぬ二人の人物も覚えている。わたしが二人に気づいたのは、わたしたちの姿を見るとすぐ、教会の裏手にまわって行ったからである。側廊のそばのドアから入って、式に参列するつもりなのだろうと思った。ロチェスター様は二人を見なかった。真剣にわたしの顔を見つめていたからだ。おそらくわたしの顔からは、一瞬血の気が引いていたのだろうと思う。額《ひたい》に汗が浮かび、頰も唇も冷たくなるのを感じた。わたしはすぐに平静に戻り、彼に優しく導かれて、教会の入り口へと歩いて行った。

教会の中は静かでつつましやかだった。牧師は白い法衣を着て、簡素な祭壇の前に立って待っており、その脇に書記も控えている。しんと静まり返っていたが、二つの人影だけが遠い片隅で動いていた。わたしの推測通り、その二人はわたしたちより先にすばやく教会に入り、こちらに背を向けてロチェスター家の墓所のそばに立っていた。長い年月でしみがついた大理石のお墓を眺めているようだったが、そこでは内乱時代にマーストンムーアで殺されたデイマー・デ・ロチェスターとその妻エリザベスの遺体を、ひざまずいた天使が守っていた。

わたしたちは聖体拝領台の前に立った。後ろで足音がしたので、わたしが肩越しに振り返ってみると、見知らぬ人たちの一人――見たところ紳士だった――が内陣に近づいてくるところだった。結婚式が始まった。結婚の意義について説諭があり、それがすむと牧師が一歩前に出て、ロチェスター様のほうに軽く身を乗り出すようにしながら先を続けた。

「両人に命じます。この結婚の合法的成立について、何らかの支障となる事柄のあるを知る場合は、ただ今この場にて告白しなさい。万人の心の秘密がすべて明らかとなる、神の審判の場にて答えるときのように。神の言葉に背《そむ》く結婚は、神に認められたものとはならず、法に則《のっと》るものでもないからです」

牧師は習慣に従って、ここで言葉を切った。いまだかつて、この沈黙が何かの応答によって破られたためしがあっただろうか。もしあったとしても、それは百年に一度くらいのことだっただろう。牧師は本から目を上げることもせず一瞬だけ息を止め、先に進もうとしていた。片手はすでにロチェスター様のほうに差し伸べられ、「あなたはこの女を妻として娶《めと》りますか？」と訊ねるために唇を開きかけたそのときである。すぐそばで、はっきりとこう言う声がした。

「式は続行できません。この結婚に支障があることを申し立てます」

牧師は目を上げて無言のまま、声の主を見た。書記も同じだった。ロチェスター様は、まるで足元が地震で揺れたかのように、わずかに身体を動かした。しかし力をこめて足を踏み直すと、振りむいて後ろを見ることはせず、「続けてください」と言った。

低く太い声でその言葉が発せられたあとには、深い沈黙が続いた。やがてウッド牧師が言った。

「申し立ての真偽について検討し、根拠をたしかめることなしには、式を続けることはできません」

「式は中止です」背後の声が、かぶせるように言った。「わたしには申し立てを立証することができます。この結婚には、動かしがたい障害が存在するのです」

ロチェスター様の耳にも聞こえていたはずだが、注意を払う様子はなかった。硬直したように頑《かたく》なに立ったまま身動きもせず、わたしの手だけは握っていた――熱い手でしっかりと握りしめて。引き締まって断固とした青白い顔は、大理石を切り出したかのようだった。目はじっと油断なく、それでいて激情を秘めて輝いていた。

ウッド牧師は困っているようだった。「その障害とは、どのような種類のものでしょうか？　ひょっとして解決可能か、あるいは説明によって解消可能な性質のものでは？」

「不可能です」という答えが返ってきた。「動かしがたいと先ほど申しました。熟慮した言葉で申し上げております」

声の主は前に出てきて、手すりから身を乗り出した。落ち着いて穏やかに、一語一語をはっきりと、しかし大声にはならずに言葉を続けた。

「障害とは、前の結婚が存続するという事実です。ロチェスター氏には、現存する妻がいます」

低い声で言われたこの言葉に、雷鳴にも震えたことがないわたしの神経は激しく揺れ動いた。わたしの血はそこに、霜にも火にも感じたことのない荒々しい力を感じた。けれどもわたしは冷静で、失神する心配はなかった。ロチェスター様を見つめ、彼の目をわたしに向けさせた。青ざめた、石のような顔、火打石のように硬く、火花のように光る目――ロチェスター様は何も否定せず、すべてを平然と無視するように見えた。何も言わず、微笑も見せず、わたしが人間であることさえわかっていない様子で、ただ腕をわたしの腰に回し、脇に抱き寄せていた。

「君は何者だ？」ロチェスター様は、闖入者《ちんにゅうしゃ》に訊ねた。

「ブリッグズと申します。ロンドン——街の弁護士です」

「で、君はわたしに妻なる者の存在を認めさせたいと？」

「奥様がいらっしゃることを思い出していただきたいのです。お認めにならなくとも、法律は認める事実ですので」

「その女について説明を願いたい。氏名、生まれ、現住所などだ」

「承知いたしました」ブリッグズ氏は落ち着き払って、ポケットから一枚の書類を取り出すと、鼻にかかった職業的な声でそれを読み上げた。

「西暦——年十月二十日(十五年前の日付)、英国——郡ソーンフィールド及び——州ファーンディーンマナー当主、エドワード・フェアファクス・ロチェスターは、貿易商ジョナス・メイスンならびにクレオール人である、その妻アントワネッタの娘である、私の妹バーサ・アントワネッタ・メイスンと、ジャマイカ、スパニッシュ・タウンの——教会において結婚したことを、私はここに証言し、証明するものである。なお、結婚の記録は前述の教会の記録簿にあり、その写しを私は所有している。リチャード・メイスン(署名)」

「もしそれが真正の書類であれば、わたしが結婚したことは証明できるかもしれない。しかし、妻として記載された女性が今も生存していることを証明するものではない」

「三か月前には生きていました」と弁護士が答えた。

「なぜわかる？」

「その事実を証明できる証人がおります。さすがのあなたにも、その証言に反駁《はんばく》することはおできになりますまい」

「その証人を出せ。さもなければ、地獄に落ちるがいい」

「では証人を出しましょう。ここにおります。ミスター・メイスン、どうぞ前へ」

その名前を聞くと、ロチェスター様は歯を食いしばった。そして、激しく痙攣《けいれん》するように身体を震わせた。わたしはそばにいたので、激怒か絶望かが、彼の全身を発作的に襲うのを感じることができた。それまで背後にとどまっていた、二人目の人物が近づいてきた。弁護士の肩越しに見える青ざめた顔——それはメイスンその人だった。ロチェスター様は後ろを振り返り、メイスンをにらみつけた。これまで再三述べてきたように、ロチェスター様の目は黒いが、今はそれが暗く沈み、黄褐色の、いや、血のように赤い光を放っていた。顔は紅潮し、オリーヴ色の頬と青ざめた額は、心臓の炎が燃え広がってきたかのような輝きを帯びていた。かすかに身じろぎし、そのたくましい腕を振り上げた——メイスンを教会の床にたたきのめすことも、できただろう。容赦なく殴りつけ、息の根を止めることも。だが、メイスンが縮み上がって「ああ、お助けを！」と弱々しく声を上げたとき、軽蔑がロチェスター様を冷静にした。立ち枯れたように激情が消え、発せられたのは次の言葉だけだった。「おまえからは、どんな話があると言うんだ?」

聞きとれない返事が、メイスンの青白い唇から発せられた。

「はっきり答えられないなら悪魔に言わせろ。もう一度聞くが、いったいおまえにどんな話があると言うんだ?」

「あの――神聖な場所にいらっしゃることをお忘れなく」牧師が口をはさみ、メイスンにむかって穏やかに訊ねた。「あなたはこの紳士の奥様が生きていらっしゃるかどうか、ご存じなのですか?」

「勇気を奮って話すんだ」弁護士が促《うなが》した。

「夫人はソーンフィールド邸で今も生きています。この四月に会いました。わたしは夫人の兄なのです」メイスンは、先ほどよりはっきりとそう言った。

「ソーンフィールド邸に!」牧師はだしぬけに大きな声を出した。「とても信じられません! このあたりに長く住んでいますが、ソーンフィールドのお屋敷にロチェスター夫人がいるなどとは、聞いたこともありません」

ロチェスター様の顔に暗い微笑が浮かび、唇が歪《ゆが》むのが見えた。「ないだろうとも! 当然だ。あれのことは――そんな身分で呼ばれる女のことは――誰の耳にも入らないように、よく気をつけてきたんだからな」ロチェスター様はそうつぶやいてから十分ほど考え込んでいたが、心を決めたように告げた。

「もういい！　鉄砲玉のようにさっさと、すべてを明るみに出そう。ウッド君、祈禱書は閉じて法衣も脱ぐといい。ジョン・グリーン（と書記にむかって）、もう教会から帰っていい。今日の結婚式は中止だ」それを聞いて、書記は言葉に従った。

ロチェスター様は大胆に、またどこか投げやりなところもある口調で続けた。「重婚とは忌まわしい言葉だが、わたしはその重婚をするつもりだった。ところが、運命のほうが一枚上手《うわて》だった。それとも、神が阻止なさったのか——そうかもしれない。今のわたしは、悪魔も同然。そこにいる牧師も言うだろうが、神の最も厳しい裁きを受けるのが当然の身であることは間違いない。「蛆《うじ》は絶えず、彼らを焼く火は消えることがない」（「イザヤ書」六十六章二十四節）ところに落ちても当然だ。諸君、わたしの計画は失敗した！　ここにいる弁護士とその依頼人の言う通り、わたしは結婚していて、その相手はまだ生きている！　ウッド君、君はロチェスター夫人なる人物があの屋敷にいるとは聞いたこともないと言う。だが、謎の狂人が不断の監視のもとに閉じ込められているという噂は、おそらく何度も聞いたことがあるだろう。それは父の庶出子《しょしゅつし》、わたしの異母妹だとささやく者もいれば、わたしに捨てられた愛人だと言う者もいたかと思う。今こそ明かすが、それはわたしの妻だ。十五年前に結婚、名前はバーサ・メイスンといって、こちらの勇敢な人物の妹に当たる。手足を震わせ、青い顔をして、男がどこまで度胸を示せるかを皆さんにお見せしている、こちらの方のだ。元気を出せ、ディック。わたしを怖がることはないよ。君を殴るくらいなら、女を殴るほうがまだましだ。バーサ・メイスンは狂人で、狂人の家系の出だ。三代にわたって、白痴や狂人が出ている。クレオール人の母親は、狂人で大酒飲みだったが、それがわかったのはその娘と結婚したあとだった！　先方は家族の秘密について、結婚前には黙っていたからね。親孝行娘は、母親から二つをしっかり受け継いでいたというわけだ。清純で賢くつつましい——実に魅力的な伴侶をいただいてわたしがどんなに幸せだったか、想像がつくだろう。いやはや、けっこうな修羅場もたっぷりとくぐり抜け、至福の経験もさせてもらったとも！　誰にもわかるものか！　しかし、これ以上の説明は無用というもの——ブリッグズ、ウッド、メイスン、どうか屋敷においでいただき、ミセス・プールの監視対象、すなわちわたしの妻なる人物を訪問していただこう。わたしがだまされてどんなものを妻とさせられたかを見て、結婚の契《ちぎ》りを破ってまでもせめて人間らしい心の通い合いを求めたわたしに、その権利があったかなかったか、判断してもらいたい。この若い人は」とここでわたしを見ながら、ロチェスター様は続けた。「この忌まわしい秘密について、君と同様、何も知らなかったんだよ、ウッド君。すべて公正で法にかなったものとばかり思っていたんだ。まさか自分が卑劣漢にだまされて――獣《けだもの》のような狂った悪女とすでに夫婦になっているような男にだまされて、偽りの結婚をさせられようなどとは思ってもいなかった。さあ、みんなついてくるんだ！」

わたしの手をしっかりと握ったまま、ロチェスター様は教会を出て行き、三人もそのあとに続いた。正面玄関の前には馬車が停まっていた。

「馬車は置き場に戻せ、ジョン。今日はいらなくなった」とロチェスター様はそっけなく言った。

わたしたちが玄関を入って行くと、フェアファクス夫人、アデル、ソフィー、リーアたちが、お祝いを言おうと進み出てきた。

「まわれ右だ、誰もかれも！　祝いの言葉なんぞ、いらんからな。誰がほしいものか！　わたしはけっこうだ！　十五年遅すぎたよ！」

わたしの手をまだ離さず、ついてくるようにと三人に合図しながら、ロチェスター様は玄関を過ぎ、階段へと進んだ。三人も従ってくる。最初の階段を上がり、廊下を通って三階へ、そしてロチェスター様のマスターキーで小さな黒い扉が開かれて入ると、そこはタペストリーが掛かり、大きなベッドと飾《かざ》り箪笥《だんす》の置かれた、あの部屋だった。

「君はここを知っているね、メイスン。あいつが君に嚙みついて刺した部屋だ」

ロチェスター様がそう言って壁のタペストリーを上げると、第二のドアが現れた。それを開けて入った部屋は窓がなく、頑丈な高い囲いに守られた暖炉で火が燃え、天井からの鎖にランプが一つついていた。グレイス・プールは鍋で何か煮ているらしく、火にかがみこんでいた。部屋の向こうの端、暗い陰の中を、何かが行ったり来たりしていたが、それが何なのか、動物か人間か、初め誰にもわからなかった。見たところ、四足で這《は》い回《まわ》っているようだ。見たことのない野生動物のようにうなったり飛びかかろうとしたりするが、服を着ており、白髪の混じった、たっぷりした黒い髪がたてがみのように乱れて、頭も顔も隠れていた。

「おはよう、ミセス・プール。ご機嫌いかがかな？　そして、お任せしているあれの今日のご機嫌は？」

「おかげさまで、まあまあでございますよ」グレイスは煮え立ったものを暖炉の棚に注意深く移しながら答えた。「ちょっと怒りっぽいようですが、凶暴ではありませんです」

その言葉を裏切るように、荒々しい叫びが上がった。服を着たハイエナが、後ろ足で高々と立ち上がった。

「ああ、旦那様に気づいております。ここにいらしちゃいけません！」グレイスが叫んだ。

「少しだけだ、グレイス。少しの間だけ、いさせてくれ」

「では、気をつけてくださいませ！　お願いですから、お気をつけて！」

狂人は吼《ほ》えた。顔にかかったぼさぼさの長い髪をかき分けて、客人たちを恐ろしい目でにらんだ。その紫色の、ふくれた顔には見覚えがあった。ミセス・プールが前に出てきた。

「どいていなさい」ロチェスター様はそれを押しのけながら言った。「ナイフは持っていないだろう？　それにわたしは用心しているから」

「何を持っているか、わかりませんですよ。そりゃもうずる賢いんでございますからね。この人の悪巧みときたら、人間の知恵では手に負えませんです」

「ここを出たほうがいい」メイスンがささやいた。

「くたばっちまえ！」これが義弟ロチェスター様の勧告だった。

「気をつけて！」グレイスの叫びで、三人は同時に後ろに下がり、ロチェスター様はまるで投げ飛ばすように、わたしを自分の後ろに追いやった。狂人はロチェスター様に飛びかかり、喉を荒々しくつかむと、頬に嚙みついた。二人は取っ組み合った。ほとんど夫と変わらないくらい背丈のある、大柄な女で、しかも太っている。男並みの力を発揮して争い、たくましい夫を一度ならず締め上げそうになったほどだった。ロチェスター様が巧みに一撃すればおとなしくさせることができただろうが、殴ろうとはせず、格闘するだけだった。そしてついに相手の両腕を押さえると、グレイス・プールが差し出した紐で後ろ手に縛り上げ、さらに手近にあった紐で椅子に縛りつけた。ものすごいわめき声を浴び、大暴れの抵抗にあいながらこの仕事を終えると、ロチェスター様は観衆一同に向き直った。その顔には、暗く皮肉な微笑が浮かんでいた。

「これがわたしの妻というわけだ。わたしの知る、夫婦として唯一の抱擁――くつろぎの時間に心癒《こころいや》してくれる愛情のしぐさがこれなのだよ！　そしてわたしが切望したのは(ロチェスター様はここでわたしの肩に手を置いた)この若い女性――平静を保ったまま地獄の縁《ふち》に立ち、悪魔の跳梁《ちょうりょう》を落ち着いて見つめているこの女性だ。魔女の大鍋のあとの口直しに、この人を求めたのさ。ウッドにブリッグズ、この違いを見てくれ！　比べてほしい――この澄んだ目とあの血走った目を、この顔とあの仮面を、この姿とあの巨体を。そののちにわたしを裁いてもらいたいのだ。福音を説く牧師そして法律家よ、あなた方は「自分の裁く裁きで裁かれる」(「マタイによる福音書」七章二節)ということも覚えておくように。では、お引きとり下さい。わたしは大事な宝物を監禁しなくてはならないのでね」

わたしたちは部屋を出、ロチェスター様はグレイス・プールに指示を与えるためにあとに残った。階段を下りながら、弁護士がわたしに言った。

「あなたに何の責任もないのは明らかですね。これを聞いたら叔父上はお喜びになるでしょう――もしまだご存命で、メイスン氏がマデイラに戻って報告するのを聞けたら、ということですが」

「叔父ですって？　叔父がどうかしましたか？　叔父をご存じなのですか？」

「メイスン氏が知っています。エア氏はマデイラの主都フンシャルで、メイスン氏の店との取引をこの何年間か担当していましたのでね。ロチェスター氏との結婚の意図を述べたあなたの手紙を受け取られたとき、叔父上はたまたまメイスン氏に行き会いました。メイスン氏はジャマイカに戻る途中で、保養のためにマデイラにいたのです。エア氏は、メイスン氏がロチェスターという名前の人物と知り合いだということをご存じだったので、あなたのその消息について話しました。ご想像の通り、それを聞いたメイスン氏は驚き悩んだ末、事情を打ち明けたのです。叔父上は残念ながらいま病床におられ――それも肺病で病状も進んでいることを考えると、回復は難しいでしょう。あなたを危険な罠から救おうにも、ご自身でイギリスに急ぐことはご無理だったため、偽りの結婚を防ぐために即刻動いてほしいとメイスン氏に懇願されたのです。指示により協力を求められたのがわたしで、わたしはさっそくすべての手を打ち、幸いにして間に合いました。もちろんあなたも、ほっとされているに違いありません。あなたがマデイラに着くまで叔父上が大丈夫だと期待できるのであれば、メイスン氏と一緒にいらっしゃるようおすすめするところですが、そんな状況ですのでこのままイギリスにいらして、エア氏からのお便り、あるいはエア氏の現況の知らせを待つのがよろしかろうと思います。さて、われわれはここで他に用事がありましょうか？」と弁護士はメイスンに訊ねた。

「いいえ、何も。帰りましょう」メイスンは心配そうに答えた。そしてロチェスター様に挨拶もせず、二人は玄関を出て行った。牧師は自分の預かる教区の傲慢な一教区民に対して、訓戒か叱責かの短い話をするために残ったが、その義務を終えるとやはり帰って行った。

わたしは自分の部屋に引きとり、半分開いた自室のドアのところに立って、その音を聞いた。これで訪問者はみな屋敷を去った――わたしは部屋に入ると、誰も入ってこれないように閂《かんぬき》をかけた。泣いたり嘆いたりするにはまだ冷静すぎた。次にわたしがしたのは、無意識にウェディングドレスを脱ぐことだった。袖を通すのもこれが最後だと思って昨日着ていた毛織の服に着替え、腰をおろした。とても疲れたと思った。両腕をテーブルに置いてそこに頭をのせ、ようやくものを考えた。それまではただ、耳に入るものを聞き、目に入るものを見、動くだけ——導かれ、引っ張られるままにあちこちについて行くだけ——そして次々に起こる出来事、次々に明かされる秘密を見つめるだけだった。今ようやく、考えることができる。

まずまず平穏な朝だった——狂人との短い騒ぎを別とすれば。教会でのやりとりに声高なものはなかった。感情の爆発、大声の口論、いさかい、抵抗や挑発、涙、泣き声などというものは全くなかった。言葉は簡潔で、結婚について穏やかな口調での異議申し立てがあった。ロチェスター様からの厳しく短い質問、それに対する答え、説明、証拠の提出——ロチェスター様が事実を認め、生きた証拠を見せられ、侵入者は去って、すべてが終わった。

わたしはこうしていつものように自分の部屋にいて、わたしのまま、見たところ何の変わりもない。わたしを打ち据えたり、傷つけたり、損なったりしたものはないのだ。しかし、昨日のジェイン・エアはどこにいるのだろう？　その人生、その将来は？

ジェイン・エア——燃える思いを抱き、未来への期待に満ち、もう少しで花嫁になるところだった女は、熱を失った孤独な娘に戻ってしまった。人生は青ざめ、未来は荒涼としたものになってしまった。クリスマスの霜が真夏に訪れ、十二月の吹雪が六月に襲ってきたのだ。熟したりんごの表面に薄氷が張り、花ざかりの薔薇に雪が積もり、干し草畑や麦畑は凍った経帷子《きょうかたびら》で覆われ、昨夜は満開の花で明るく彩られていた小路が、今日は雪で埋もれてしまった。十二時間前には南国の果樹園のようにかぐわしく緑の葉を茂らせていた森は、今はまるで冬のノルウェーの松林のように、白く荒涼と広がっているのだ。わたしの希望はすべて死んでしまった――エジプトのすべての長子を襲った凶運（「出エジプト記」十二章二十九節）のような、測りがたい運命に打ち砕かれて。わたしは自分の心に大事に抱いていた願いを眺めた。昨日は健やかで輝くような血色をしていたのに、今では二度と生き返ることのない、土色にこわばった冷たい亡骸《なきがら》になって横たわっている。わたしはまた、自分の愛を眺めた。その愛情は主《あるじ》ロチェスター様のもの、彼が生み出してくれたものだった。だが今では、まるで冷たい揺り籠の中で病気に苦しむ赤ん坊のように、わたしの胸の中で震えている。その子はもう、ロチェスター様の腕に抱き上げられることも、胸で温めてもらうこともかなわないのだ。ああ、ロチェスター様の力を求めることは、もうできない。信義は揺らぎ、信頼は破壊されてしまったのだから。わたしにとってロチェスター様は、これまでとは違う人になった。わたしが思っていたような人ではなかったからだ。不徳だと責めるつもりはなかったし、裏切ったというつもりもなかった。しかし、曇りのない誠実さという特性が消えたのはたしかだった。だからわたしは、彼の前から去らなくてはならない――そのことはよくわかっていた。いつ、どのようにして、どこへ去るのか、それはまださだかではなかったが。それにきっとロチェスター様は、わたしがすぐにソーンフィールドを去ることを求めるだろう。わたしへの気持ちが本当の愛情だったはずはない。一時の情熱にすぎなかった。それが挫折した今となっては、わたしなど無用の存在だろう。見るのもいやだと思われているに違いないから、顔を合わせるのさえためらわれる。ああ、わたしの目は何と節穴《ふしあな》同然だったことか！　行動は何と情けないものだったことか！

わたしの目は覆われ、閉ざされていた。渦巻く闇がまわりをぐるぐる回っているように思われ、思考がまるで洪水のようにやってきた。捨てばちな気持ちになり、気が抜けて弛緩し、大きな川の乾ききった川床に身体を横たえているような感じだった。遠い山々で大水が出て、激流が近づくのが感じられた。起き上がる意思もなければ、逃げる力もない。気が遠くなりそうで、死にたいと思いながら横になっていた。一つだけ、わたしの中に、まだ生きているように脈打っているものがあった。神の記憶だった。それは無言の祈りを生んだ。言葉は真っ暗な心の中を、あちらこちらへとさまよったが、小声でささやこうとしても、その力がないのだった。

「遠く離れないでください。苦難が近づき、助けてくれる者はいないのです」（「詩編」二十二編十二節）

それは近づいていた。避けさせてくださいと天に祈ることもせず、両手を合わせることも、ひざまずくことも、唇を動かすこともしないうちに、それはやってきた。奔流が大きな重い波となってわたしの上に襲いかかってきた。わびしいわたしの人生、失った愛、消えた希望、完全に砕かれた信頼などの意識が暗い塊《かたまり》となって、頭上で猛威を奮っていた。あの苦しい時間のことは、とても言葉で表現できない。「大水が喉元に達しました。わたしは深い沼にはまり込み、足がかりもありません。大水の深い底にまで沈み、奔流がわたしを押し流します」という聖書の言葉（「詩編」六十九編二―三節）そのままだった。

第27章

午後の何時ごろになっていたか、わたしは頭を上げてまわりを見回した。傾きかけた西日が壁を彩っているのが目に入った。「どうしたらいいのだろう」

わたしの理性からは「ただちにソーンフィールドを去れ」というあまりに恐ろしい答えが即座に返ってきたので、わたしは耳をふさぎ、今はそんな言葉には耐えられません、と言った。「エドワード・ロチェスターの花嫁でないということは、わたしの悲嘆の中の、ほんの小さな一部にすぎません。輝くような夢から覚めて、すべてがうつろでむなしかったとわかっても、それは耐えて乗り越えていける恐怖です。でも、今すぐきっぱりと、そして永久に彼のもとを去るということには耐えられません。とてもできません」

けれども、わたしの中の声が、おまえにはできると言いきり、そうするだろうと予言したので、自分自身の決意との格闘となった。わたしが弱ければいいのに、そうすれば目の前に広がる、さらなる苦難の道は避けられるものを、とわたしは思った。すると、暴君となった良心が情熱の喉を締め上げ、嘲《あざけ》るように言った――おまえはそのお上品な足を泥沼にちょっぴり浸《つ》けてみただけだろう、苦悶の深みの底まで、この鉄の腕で突き沈めてやるからな。

「それなら、ここからわたしを引き離して！　誰か助けてください！」とわたしは言った。

「いや、自分で自分の身を引き離すんだ。力を貸すものは誰もいない。自分で右目をえぐり出せ。自分で右手を切り捨てよ。心臓を生贄《いけにえ》に捧げ、司祭となってそれを突くのだ」

これほど無慈悲な審問官に苦しめられる孤独の恐怖と、その恐ろしい声に満ちた静寂に怯《おび》えて、わたしは不意に立ち上がった。立つと目まいがし、興奮と空腹のために気分が悪くなった。朝食をとらなかったので、この日は何も口にしていなかったのだ。そしてこんなに長く部屋に閉じこもっているのに、具合を訊ねてくれる者もなく、階下に来るようにと呼びに来てくれる者もいなかったことを思うと、不思議に心が痛んだ。小さいアデルでさえドアをたたかなかったし、フェアファクス夫人でさえ来なかった。「運命に見捨てられた者は、友人にも忘れられる」とつぶやきながら、閂《かんぬき》を引いてドアの外に出た。すると何かにぶつかった。頭がまだくらくらし、目の前はぼやけ、手足にも力が入らなかった。すぐに体勢を立て直せずに倒れたが、床にではなかった。伸びてきた腕に支えられたので目を上げると、それはロチェスター様だった。部屋の入り口に椅子を置いて座っていたのだ。

「やっと出てきたね。やれやれ、ずっと待っていたよ。耳を澄ませていたが、動く気配も泣き声も、まるで聞こえてこなかった。死のようなあの静けさがあと五分も続いていたら、夜盗ではないが錠を壊して押し入るところだったよ。そう、君はわたしを遠ざけて閉じこもって、一人で悲嘆に暮れるんだね。わたしのところに来て、激しい非難を浴びせてくれたほうがよかった。気性の激しい君のことだから、激昂《げっこう》の場面があると思っていたし、熱い涙の雨も覚悟していたが、ただその涙を、わたしの胸にそそいでほしかった。感情のない床にこぼれたか、ハンカチを濡らしたか――いや、わたしの考え違いだったようだ。君はまったく泣きもしなかったんだから。頰は青白く、目に輝きはないが、涙の跡はまったくない。とすれば、君は心臓で血の涙を流していたのか？

ねえ、ジェイン、非難の言葉は一言もないのか？　手厳しい言葉、痛烈な言葉、感情に切りつけ、突き刺すような言葉は？　わたしが座らせたところにそうして静かに座って、疲れきったおとなしい目で、わたしを見るだけとは。

ジェイン、こんなふうに君を傷つけるつもりは全然なかったんだよ。たとえば、一頭の小羊を娘のように可愛がっていた男が――自分のパンを食べさせ、自分の椀から水を飲ませ、胸に抱いていたその小羊（「サムエル記下」十二章三節）を誤って切り殺してしまったときでも、その血なまぐさい過《あやま》ちを後悔する気持ちは、今のわたしの気持ちにかなうまい。いったい、わたしを許してもらえるだろうか？」

読者の皆さん――わたしはその瞬間に、その場でロチェスター様を許した。目には深い後悔の色があり、口調には真実の自省がにじみ、その態度には毅然とした力があった。それに加えて、表情と物腰のすべてに、変わらぬ愛情が表れていた。わたしはすべてを許した。でも言葉や行動には出さず、心の底で許したのだった。

「わたしを悪漢だと思っているだろうね、ジェイン？」まもなくロチェスター様は、悲しげにそう訊ねた。わたしが黙ったままぐったりしているので、困惑したのだろう。わたしがそうしていたのは、意志によるのではなく、衰弱していたからだった。

「はい」

「それならば、容赦なくはっきりと、そう言ってほしい――遠慮はいらないから」

「できません。疲れて、気分が悪いのです。お水をいただけますか？」それを聞くとロチェスター様は震えるようなため息をついて、わたしを腕に抱えると階下に運んで行った。どの部屋に連れて行かれたか、初めはわからなかった。わたしのうつろな目には、すべてがぼんやりと映っていた。やがて、生き返るような火の温かさが感じられた。夏だったのに、自分の部屋にいる間に身体がすっかり冷たくなっていたのだ。ロチェスター様はワインを飲ませてくれ、それを味わうと元気が出た。さらに、差し出された何かを食べるといつもの自分に戻った。そこは書斎で、わたしはロチェスター様の椅子に座っており、彼はすぐそばにいた。わたしは思った。「今このままで、あまり苦しみもなくこの世を去ることができたら幸せでしょうに。もしそうなれば、ロチェスター様の心とわたしとを結ぶ糸を、苦労して断ち切ったりせずにすむだろうから。わたしは彼のもとを去らなくてはならないようだ。去りたくない——そんなこと、できない」

「ジェイン、気分はどう?」

「ずっとよくなりました。すぐにすっかり治るでしょう」

「もう少しワインを飲むといいよ、ジェイン」

言われた通りにした。ロチェスター様はグラスをテーブルに置き、わたしの前に立ってじっとわたしを見つめた。それから何か激しい感情でいっぱいになった、言葉にならない叫びを上げて、急に背を向けた。部屋の反対側まで足早に行ったかと思うと戻ってきて、キスしようとするようにこちらに身をかがめた。でも、もうそれは許されないことと思ったわたしは、顔を背《そむ》けて彼の顔を脇に押しやった。

「なんと! どうしたことだ?」ロチェスター様は、焦《あせ》ったように声を上げた。「ああ、わかった。バーサ・メイスンの夫にキスはしないというわけだね？　わたしの腕はふさがっていて、他人のものだと？」

「ともかく、わたくしの場所はなく、それを求める権利もありませんので」

「どうしてなんだ、ジェイン？　君が話す手間を省いてあげるよ。代わりに答えると、わたしにはもう妻がいるから、と言いたいんだね、そうだろう？」

「はい」

「もしそうだとすれば、わたしについて妙なふうに考えているに違いない。陰謀をめぐらす放蕩者《ほうとうもの》――計画的に仕掛けた罠に君を引きずり込むために愛しているふりをして、君の名誉と自尊心を奪おうとした、卑劣な道楽者だと。君はこれに対して、どう答えるだろうか？　何も言えないね？　第一に、今も目まいがして、息をするのがやっとのようだから。第二に、君はわたしを非難したり罵倒したりするのに、まだ慣れていない。それに加えて、もしいろいろと言おうとすれば涙の堰《せき》が決壊して、どっと流れ出してしまうだろうからね。いさめたり、非難したり、騒ぎ立てたりするのを、君は望まない。どうふるまおうか、話をしても無駄だし、と考えているところだね。君という人がわかっているから、わたしは警戒しているんだよ」

「あなたに逆らうふるまいをするつもりはありません」とわたしは言ったが、声が震えた。言葉は短くしたほうが安全だという警告だった。

「君の考える意味ではそうなのかもしれないが、わたしの考える意味では、わたしを破滅させようとする企てだといえる。あなたは結婚している人です、と言ったも同然だ――結婚しているからあなたを避けます、遠ざかります、と。今もキスを拒んだ。わたしとは他人同士になり、アデルの家庭教師としてだけ、この屋敷で暮らすつもりだね。わたしが親しく言葉をかけても、あるいはわたしに対して再び好意を感じることがあっても、君は自分にこう言うんだろう――あの人はわたしを愛人にするところだった。あの人に対しては、岩と氷にならなくては――そして実際、それに従って、岩と氷になるのだろうね」

わたしは咳払いをして、声を整えてから答えた。「境遇がすっかり変わりました。わたくしも変わらなくてはならない――それはたしかです。そして、気持ちの動揺を避け、いろいろの記憶や思い出と絶えず戦わなければならない事態を避けるために、道は一つしかありません。アデルに新しい家庭教師をお雇いください」

「ああ、アデルなら学校に入れる――それはもう決めているよ。それに、ソーンフィールドの忌まわしい記憶や思い出で君を苦しめるつもりもない。この呪われた屋敷、災いを招く男アカン（「ヨシュア記」七章二十五節）の谷の天幕、大空の光に生きた屍の恐ろしい影を投げかける、傲慢な天井のアーチ、人間が想像しうるどんな悪魔の軍団よりひどい悪魔が一人いる、この狭い石造りの地獄――ここに君を住まわせようとは思わないよ、ジェイン。わたしも住まないつもりだ。だいたい君をこのソーンフィールドに、それもこんな場所だとわかっていながら招いたのが間違いだった。君と会う前から、この屋敷の呪われた秘密は隠しておくよう、家の者には命じてあった。それはただ、どんな同居人がいるかを知ったら、アデルの家庭教師としてここに住んでくれる人などいないだろうという心配からにすぎなかった。狂人を他に移す考えもなかった。わたしはもう一つ、ファーンディーンマナーという古い屋敷を持っていて、ここよりさらに辺鄙《へんぴ》で人目につかない場所にある。あれを隠すのには安全だったが、森に囲まれた健康によくない環境を考えると心がとがめて、移すのがためらわれたのだ。たぶんあそこの湿った石壁の中に入れてしまえば、重荷からすぐに解放されただろうが、悪党にも悪党なりの良心はあるもので、わたしの場合、いくら憎い相手でも、間接的であれ殺害するにはしのびなかったわけだ。

しかし、あの狂女がそばにいることを隠すのは、子どもを外套にくるんで、あたりの生き物を死滅させるというウパスの木の下に寝かせるようなものだった。あの悪魔のまわりには毒が蔓延《まんえん》している――昔も今も。でも、ソーンフィールド邸はもう閉めてしまうことにする。玄関のドアは釘づけにし、一階の窓は板でふさぐ。ミセス・プールには年二百ポンドの報酬で、君がわたしの妻と呼ぶ、あの恐ろしい魔女と一緒にここに住んで面倒を見てもらう。それだけ払えばよくやってくれるだろうし、グリムズビー精神病院で働いているという息子も呼んで、話し相手になってもらおう。発作的な行動が起きたときには手を貸してもらえるだろう。わたしの妻ときたら、魔女の使いにそそのかされるのか、夜中にベッドで寝ている者に火をつける、ナイフで刺す、肉を食いちぎる、などなど――」

「あなたは、あの不幸な方に冷酷です」とわたしは彼の言葉をさえぎった。「憎しみを抱いて、恨みさえ混じる反感をこめて話されていますが、それは残酷です。狂気というものは、あの人にはどうしようもないのですから」

「わたしの可愛いジェイン――それに違いないのだから、そう呼ばせてもらうが――君には自分の言っていることがわかっていないよ。わたしのことを、また誤解しているようだ。わたしがあれを憎むのは、狂人だからではない。もしも君の気が狂ったら、わたしが君を憎むと思うの？」

「もちろん、そう思います」

「そこが間違いなんだよ。わたしのことがわかっていないし、どんなふうに人を愛せるかもわかっていない。君の肉体を作っている原子一つ一つが、自分のものと同じようにいとおしい。たとえ痛みや病に苦しんでいても、いとおしさは変わらないだろう。君の心はわたしの宝で、もしそれが壊れようと、宝であることに変わりはないだろう。君が暴れたら、わたしはこの腕で抑える——拘束衣などは使わずに。君が激怒してつかみかかってきても魅力を感じるだろうし、今朝あの女がしたように君が荒々しく飛びかかってきたとしても、わたしはそれを抱きとめ、たとえ押さえつけるにしても、愛情こめてそうするだろう。あの女に対してのように、嫌悪でたじろぐことはないだろう。君が落ち着いているときには、監視や看護婦の役目はわたし一人だけでいい。君が微笑みで報いてくれなくとも、わたしは絶えることのない優しさで君を見守り、君の目をいつまでも飽きることなく見つめ続けるだろう——たとえ、わたしだとわかってもらえなくとも。しかし、どうしてまたわたしは、こんなことを言っているのだろう。君をソーンフィールド邸から別の場所へ移す話をしていたのに。すぐに出発できるように、支度はすべて整っている。明日には出られるから、今夜一晩だけ、この屋敷で我慢してくれるね、ジェイン。そうしたら、不幸も恐怖も、永遠にお別れだ。行く先は考えてある——忌まわしい記憶からもありがたくない侵入者からも、それに偽りや中傷からも守ってくれる安全な場所なんだ」

「ではアデルを一緒にお連れください。お相手ができるでしょう」わたしは口をはさんだ。

「どういう意味だ、ジェイン？　アデルは学校に入れると話したはずだ。それに子どもなどを相手にしてどうする？　しかも自分の子ではない、フランス人の踊り子が産んだ私生児なんかを。君はなぜ、あの子のことばかりいつまでも言っているんだ？　ねえ、君、なぜアデルをわたしの話し相手にしたがる？」

「隠棲なさるようなことをおっしゃいました。隠棲してお一人では退屈でしょう。あなたには耐えられないと思います」

「一人！　一人だって！」ロチェスター様は苛立《いらだ》ったように繰り返した。「説明しなくてはならないようだね。君の顔に浮かんでいる、スフィンクスのような謎の表情はよくわからないが、わたしの相手は君なんだからね、わかったかい？」

わたしは首を横に振った。ロチェスター様は興奮しはじめていたので、同意しないことを示すために黙っているだけでも、いくらか勇気が必要だった。ロチェスター様は部屋の中を早足で歩き回っていたが、あるところで根が生えたようにいきなり立ち止まり、長いことわたしをじっと見つめた。わたしは目をそらして暖炉の火を見つめながら、静かで落ち着いた様子を装い続けようとした。

「さあ、ジェインの性格の困ったところが出てきたようだな」ロチェスター様がついにそう言った。表情からわたしが予測したよりは落ち着いた口調だった。「絹の糸巻は、ここまでするすると糸を繰り出してきたが、きっとそのうちに、もつれたりからんだりすると思っていた。やっぱりだね。悩みや憤慨、果てしない心配——さてさて。サムソンの怪力がちょっぴりでもあったら、このもつれを糸のように断ち切ってやれるのに」

そう言ってまた歩きはじめたが、まもなくまた立ち止まった。今度はわたしの前だった。

「ジェイン！　道理というものを聞き分けてくれないかい？」ロチェスター様は、上体を前に曲げて、わたしの耳に口を近づけた。「そうでないと、手荒なまねをするかもしれないからね」その声はしわがれ、その顔には、耐えがたい束縛を今にも引きちぎって、放埒《ほうらつ》へと飛び込んで行きそうな人の表情が浮かんでいた。もう一度激昂したら、わたしにはもうどうしようもないだろう。今のこの瞬間を逃したら、この人を制止することのできる機会は二度と来ないだろう。反発し、恐れ、逃げ出すそぶりを見せたなら、わたしの運命、そして彼の運命も決まるだろうと思われた。でもわたしは、少しも恐れはしなかった。自分の内なる力、相手を動かす力があると感じていて、それに支えられていたのだ。危機に瀕していながら、そこには何か魅力も感じられた。丸木舟で急流に乗り出すインディアンが感じる魅力かもしれなかった。固く握りしめたロチェスター様の手を取ると、その硬直した指をゆるめて、なだめるように言った。

「座ってください。お望みになるだけ、いくらでもお話しいたします。おっしゃりたいことがあれば、すべて伺います。筋が通っていても、そうでなくても」

ロチェスター様は座ったが、すぐには話ができなかった。それまでわたしはずっと涙をこらえ、泣くまいとしていた。ロチェスター様はわたしが泣くのを見たくないだろうと思ったからだ。けれども今は、むしろ思いきり涙を流すのがいいと思った。涙で彼が困惑するなら、そのほうがいい。そこでわたしは、思う存分泣いた。

まもなく、落ち着いてくれと真剣に頼むロチェスター様の声が聞こえた。あなたがそんなに怒っているのに、落ち着くなんてとても無理です、とわたしは答えた。

「いや、わたしは怒ってなんかいないよ、ジェイン。君のことを熱烈に愛しているだけだ。凍りついたような思いつめた表情で、青ざめた顔をこわばらせているのが、わたしには耐えられなかった。もう泣くのはやめて、涙を拭きなさい」

穏やかになった声は、彼の心が静まったことの現れだった。今度はわたしが冷静になった。ロチェスター様はわたしの肩に頭をのせようとしたが、わたしは許さなかった。するとわたしを引き寄せようとしたが、それも――お断りだった。

「ジェイン！　ジェイン！」痛切な悲しみがこもったその口調に、わたしの全神経が震えた。「それではわたしを愛していないのか？　君にとって大事だったのは、わたしの地位と、妻という身分だけだったのか？　夫になる資格を欠くことがわかったとたん、わたしがヒキガエルか猿ででもあるように、触れるのをいやがるんだから」

この言葉には身を切られる思いだった。でも、わたしに何が言えただろうか。おそらく、何もすべきではなかったし、何も言うべきではなかっただろう。しかしながら、こんなふうに彼の気持ちを傷つけたことに強い自責の念を感じて、痛みを癒《いや》す薬をその傷口につけてあげたいという思いを抑えることはできなかった。

「本当に愛しています――今まで以上に。でも、その気持ちを表に出したり、溺れたりしてはいけないのです。ですから、愛していると言うのはこれが最後です」

「最後だって、ジェイン！　まったく！　毎日ここに暮らし、顔を合わせていながら、そしてまだわたしを愛しているのに、いつも冷たくよそよそしくできると思うのかい？」

「いいえ、絶対にできません。ですから、道は一つしかないのです。でもそれを言ったら、あなたはとても怒るでしょう」

「ああ、言ってごらん。もしわたしが怒っても、君には泣くという手がある」

「ロチェスター様、わたくしはあなたから離れて行かなくてはなりません」

「どのくらいの時間かな、ジェイン？　少し乱れたその髪を綺麗に撫《な》でつけて、興奮しているように見えるその顔を洗うための数分間？」

「アデルとソーンフィールドからお別れです。あなたと一生のお別れをしなくてはなりません。知らない場所で知らない人たちと、新しい生活を始めなくてはならないのです」

「もちろん、そうすべきだと言ったじゃないか。わたしから離れるなどという愚かな言葉は大目に見よう。わたしの一部になるという意味だろうからね。新しい生活、それはいい。君はわたしの妻になる。わたしは結婚していないのだから。君は名実ともにロチェスター夫人になり、二人の命がある限り、わたしは君ひとすじだ。南フランスにあるわたしの屋敷に行くんだ。地中海のほとりにある白壁の別荘だ。そこで君はわたしに守られ、清らかに幸せに暮らす。わたしが君を誤った道に誘い込むのではないか、愛人にするのではないか、などと心配する必要はまったくない。ジェイン、なぜ首を横に振っているの？　聞き分けよくしてほしいな。さもないと、本当に怒り狂うよ」

ロチェスター様の声は震え、手も震えていた。鼻孔が広がり、興奮で目が燃えていた。それでもわたしは、思いきって口を開いた。

「あなたの奥様は生きています。それは今朝、ご自分で認められた事実です。お望みのように一緒に暮らせば、わたくしはあなたの愛人――そうでないというのは詭弁です。偽りです」

「ジェイン、わたしは穏やかな気質の男じゃない。それを忘れているよ。忍耐力はないし、冷静で落ち着いた人間でもない。わたしと君自身を哀れんで、この脈に指を置いてごらん――どんなに激しく脈打っているか。わかったら、気をつけておくれ」

ロチェスター様は袖を上げて、手首をこちらに差し出した。頰と唇から血の気が引いて土色になっている。わたしはすっかり困ってしまった。ロチェスター様の嫌う反抗を続けてここまで動揺させてしまったのは残酷だったが、しかし絶対に折れるわけにはいかなかった。窮地に追い込まれた人間が本能的にとる行動を、わたしもとった。人間よりはるか高みにいらっしゃる存在、神に助けを求めることだ。「神さま、お助けください！」という言葉が、無意識に唇をついて出た。

「わたしは愚か者だ」ロチェスター様がだしぬけにそう言った。「自分は結婚していないと言い続けていながら、そのわけを説明しないとは！　あの女の性格や、結婚にまつわる忌まわしい事情を君は何も知らないのに、そのことを忘れているんだからな。ああ、すべてを知ったら、ジェインもわたしの考えに同意してくれるのは間違いない！　ジャネット、その手をわたしの手に重ねてくれないか。君がそばにいることを、目だけでなく手でも感じていられるように。真相を手短に話すから、聞いてくれるかい?」

「はい、何時間でも」

「いや、ほんの短時間でいい。ジェイン、君はわたしが長男でなく、兄が一人いたことを知っていただろうか。あるいは、そう聞いたことがあるだろうか」

「ミセス・フェアファクスから、一度聞いた覚えがあります」

「父が欲張りで吝嗇家《りんしょくか》だということも?」

「そんなお話も聞いています」

「では、ジェイン、そこから話そう。父はそういうわけで財産を分散させまいと決めた。分与されてわたしの手にかなりのものが行くのをいやがり、兄のローランドにすべて相続させようと決心した。だが同時に、次男が貧乏人になるのにも耐えられなかった。次男は金持ちの娘との結婚でやっていくしかない——そう思っていた父は、具合のいい相手を見つけたわけだ。西インド諸島の農園主で貿易商のメイスン氏と父とは旧知の間柄で、その財産が莫大だと知っていたから調査してみると、息子と娘が一人ずついることがわかった。娘の結婚に際しては三万ポンドの用意があり、それを持参金にするつもりだということをメイスン氏の口から直接聞き出した。よし、それで十分、というところだったのだろう。わたしは大学を出るとすぐ、ジャマイカに行かされた——すでに父が決めておいた相手と結婚するために。父は金のことには触れず、スパニッシュ・タウンきっての美人だと言ったが、それは嘘ではなかった。ブランシュ・イングラムふうの美人だったよ――背が高くて、黒い髪、堂々たるものだった。わたしの家柄がよいので、向こうの一族はこの話に乗り気で、本人もそうだった。何度かパーティーの席で、豪華に着飾った彼女に引き合わされた。二人だけで会ったり、話をしたりすることはほとんどなかった。あれはわたしの機嫌をとろうと、美貌やたしなみを惜しげなく披露して見せた。まわりの連中は皆、彼女を賛美し、わたしを羨《うらや》んでいるようだった。わたしは目がくらみ、刺激されて、すっかり興奮してしまった。まだ無知で未熟で世間知らずだったから、彼女を愛していると思い込んでしまったのだ。社交界の競い合い、若者の渇望、軽率さ、盲目などに駆り立てられることほど、理性を失った愚行はないものだ。向こうの身内に煽《あお》り立てられ、ライバルたちからは刺激され、相手からは誘惑されて、自分でも呆然としているうちに結婚式がすんだ。ああ、あのときの行動を考えると、自分を軽蔑したくなる！　苦しい自己嫌悪に陥るんだ。一度も愛したことがなく、尊敬したこともなく、知りもしなかった相手だった。その性格に美徳が一つでもあるかどうか、それさえ確信が持てなかった。その精神や態度の中には、つつましさ、善意、率直さ、上品さ――そういったものが何一つなく、それなのにわたしは、その女と結婚した。わたしは粗野で、卑俗で、盲目の馬鹿者だった！　これほど罪が重くなければ、もしかするとわたしは――いやいや、誰に話をしているのか、忘れてはならない。

花嫁の母親には会ったことがなく、死んだものと聞かされていた。新婚の一か月が終わって、それは間違いだったとわかった。母親は狂人で、精神病院に入れられていたのだ。弟も一人いて、重い精神薄弱だった。兄には君も会ったね。あれもいつか同じようになるだろう。妻の親戚はすべて憎むべき人間だが、あいつだけは憎むことができないよ。愚鈍ながら愛情というものをいくらか持ち合わせているし、不幸な妹をずっと気づかい、わたしのことも慕ってくれていたから。父も兄のローランドも、すべて承知のうえで、三万ポンドのために陰謀をめぐらせたのだ。

こういう事情が明らかになったことは不快だったが、それを隠していたという裏切り行為を別にすれば、妻を責めるつもりはなかった。彼女の性格がわたしとはまったく異なり、ものの好みがわたしにとって不快なものだとわかっても、その考えに変わりはなかった。精神に品性がなく低俗で偏狭で、高められたり広がったりする余地もないとわかってもだ。また、ともにいてくつろげるひとときは一日も、いや一時間も持てないとわかってもだ。どんな話題を持ち出してみても、それがすぐに粗野でありきたりの、ひねくれた愚かしい話に変えられてしまい、二人の間に気持ちのよい会話は成立しないのだとわかってもだ。そして、彼女の理不尽な癇癪や筋の通らない無理な命令などに耐えかねて召使が誰も居つかず、静かで落ち着いた家庭を持つことは絶対に不可能だとわかってもーーそういうすべてのことがあっても、わたしは自分を抑えていた。非難をつつしみ、抗議を控え、後悔や嫌悪をひそかにのみ込もうと努めた。心にある深い反感を押し殺した。

ジェイン、君に忌まわしい事柄を細かく話すのはやめておこう。わたしの言いたいことは、手短で強い言葉で十分に伝わるのだから。わたしは上にいる女と四年間暮らし、実に大変な目にあった。性質が恐るべき速さで現れ、進んでいった。悪徳がすさまじい勢いで芽を出してはびこり、その力は無慈悲な手でなければ止められないほどだった。でもわたしは、無慈悲なことはしたくなかった。何とちっぽけな知能に、何と強大な悪癖が具わっていたことか！　そしてその性癖で、何と恐ろしい災いをわたしに投げかけたことか！　バーサ・メイスンは、さすがにあの忌まわしい母親の実の娘だけあって、大酒飲みで不実な妻に縛りつけられた男がどんなに悲惨で屈辱的な苦痛を味わうものか、いやというほど思い知らせてくれた。

その間に兄は死に、四年目の終わりに父も死んだ。わたしは金持ちになったが、同時に恐ろしく貧しかった。他に例のないほど粗野で不純で邪悪な性質の存在がわたしと結びつけられ、法律によって、そして人々から、わたしの妻と呼ばれていたからだ。そしてどんな法的手段によっても、そこから脱することはできなかった――妻なる人物は狂人だと、医者たちの診断がくだされたからだ。不節制が狂気の芽を異常に早く育てたのだそうだ。ジェイン、わたしの話が気にさわるんだね。具合が悪そうにさえ見える。続きはまたにしようか?」

「いいえ、最後まで話してください。お気の毒です。本当にお気の毒に思います」

「気の毒、か。ジェイン、場合によっては同情も、屈辱的で毒のある贈り物になることがある。そんなときには、贈り主にむかって投げ返してやるのが当然だ。無神経で自分本位な心から出た同情で、不幸を聞かされた自分の苦痛と、不幸を耐え忍んだ相手への無知な軽蔑とが混じりあった気持ちなんだから。でもジェイン、君の同情はそうじゃない。この瞬間に君の顔にあふれているもの、目からあふれそうなもの、胸を波打たせ、わたしの手の中の君の手を震わせているものは、そんな同情とは違う思いだ。愛しいジェイン、君の同情は、愛を育《はぐく》む母親のもの、その苦痛は、愛という神聖な感情を生むための産みの苦しみだ。喜んでそれを受け取るよ、ジェイン。その娘を産んでおくれ、この両腕で抱きとめるから」

「では、お話を続けてください。狂人であるとわかって、それからどうなさったのですか？」

「ジェイン、わたしは絶望の淵に近づいていた。わずかに淵との間を隔てていたのは、自尊心の切れ端だけだった。世間の目で見れば、たしかにわたしは汚辱にまみれていただろうが、わたしは自分の目で見て汚れがなければいいのだと心に決めた。あれの悪徳に染まることを拒み、欠け崩れた精神とのつながりを断ったが、それでも人は、私という人間と名前をあれと結びつけていた。毎日あれの姿を見、声を聞き、あれの吐く息がわたしの吸う空気に混じっているのだからね——ああ、ぞっとする！　それに、かつて自分があれの夫だったという記憶は消えない——それは唾棄《だき》すべき記憶だったし、今でもそうだ。それればかりか、あれが生きている限り、別の、もっと良い妻を得ることはできないのだということもわかっていた。わたしより五つ年上だとはいえ(年齢に関してまで、父もあれの身内も嘘をついていたんだよ)わたしと同じくらい長生きしそうだった——精神は弱くても身体はたくましいからね。そういうわけで、わたしは二十六歳にして絶望していた。

ある晩、わたしはあれの叫び声で目を覚ました。狂人だと医者に宣告を受けてから、もちろん閉じ込めてあった。西インド諸島特有の焼けつくような暑さで、ハリケーンの前によくあるような夜だった。眠れずにベッドから起きて窓を開けると、外気は硫黄《いおう》の蒸気のようだった。気分をさわやかにしてくれるものは、どこをむいても見つからなかった。蚊がブーンといって入ってきて、部屋の中をゆるやかに飛び回った。海が地震のように低い音を立てて轟《とどろ》くのが、そこにいても聞こえ、海上には黒い雲がかかっていた。月は熱い砲丸のように赤く大きく、いま波間に沈もうとしながら、嵐の興奮にわななき騒ぐ地上に、血のように赤い最後の光を投げかけていた。わたしはこの光景と大気に身体ごと揺さぶられ、ひっきりなしに続く狂人の叫びで耳をふさがれていた。その悪態にわたしの名前が混じるときの、悪魔のような憎しみ、そしてあの罵《ば》詈《り》雑言《ぞうごん》——娼婦だってあんな言葉は口にするまいと思うひどさだった。二部屋離れているのに一語一語が聞きとれる。あの土地の家屋の薄い壁では、狼の吠え声のようなあれの声を外に漏らさずにおくことなど、ほとんどできはしないのだ。

「こんな生活は地獄だ!」とわたしはついに叫んだ。「これは地獄の空気、聞こえるのは底なしの深淵からの音だ! できることなら、わたしには自分をここから解放する権利がある。この世の苦しみも、今わたしの心を悩ませている重い肉体が消えれば、ともに消えるだろう。狂信者がいう焦熱地獄など恐れるものか。今より悪い状態など、この先あるわけがない。ここを離れ、神のみもとに帰らせたまえ!」

わたしはひざまずいてこう言い、弾薬を装填した二丁のピストルの入ったトランクの錠を開けた。自殺するつもりだった。しかし、その決意を心に抱いたのはほんの一瞬にすぎなかった。というのも、わたしは狂ってはいなかったので、自殺を考えるほどの深く激しい絶望という危機はすぐに消え去ったからだ。

ヨーロッパから大洋を渡ってきたばかりの風が、開いた窓から吹き込んできた。突然の嵐が起き、激しい雨が降り、雷が轟いて稲妻が光り――そして空気は清らかになった。そのときにわたしは、一つの決心を固めたのだ。濡れた庭園の中、まだ水が滴《したた》るオレンジの木の下を、ずぶ濡れのザクロの低木やパイナップルの間を歩きながら、そして熱帯のきらめく曙がまわりで燃え立ったとき、こんなふうに考えたんだ。ジェイン、聞いてほしい。そのときにわたしの心を慰め、行くべき正しい道を示してくれたのは、真の英知だったのだからね。

ヨーロッパからの快い風は、生き返ったような葉の間でさらさらと鳴り続け、大西洋は輝かしい自由をうたうように海鳴りを響かせていた。長い間乾ききって枯れたようになっていたわたしの心は、その音を吸い上げ、生き生きした血潮で満たされた。わたしという存在が新しい生を切望し、魂はその渇いた喉に清らかな水を求めていた。目の前で希望はよみがえり、再生できる、と感じられたのだ。庭の一番奥にある、花の咲き乱れたアーチのところで、わたしは海を――空より青い海を眺めた。ヨーロッパがあの向こうにある――はっきりと展望が開けた。

希望がわたしにこう告げた。「ヨーロッパに行って、もう一度生きなさい。おまえの汚名も、負わされた忌まわしい重荷も、向こうでは知る人はいません。狂人はイギリスに連れて行き、慎重な手立てを講じて、適切な付き添いをつけたうえでソーンフィールドに閉じ込めればいいのです。そしておまえは好きな土地に行って、新しい絆を結べばいいでしょう。おまえを長い間苦しめ、名前を汚し、名誉を傷つけ、青春をすっかり台無しにしたあの女は、おまえの妻ではないし、おまえもあの女の夫ではありません。あの女の病状にふさわしい世話を受けられるようにとりはからってやれば、神さまから見ても人道的見地から見ても、求められる義務のすべてを果たしたことになるのです。あの女のこともおまえとのつながりも、忘却のかなたに葬りなさい。誰にも告げる必要はありません。安全で安らかな状態に置き、精神の衰えを秘密にし、おまえはそこから離れればいいのです」

わたしはこの提言通りに行動した。父も兄も、わたしの結婚を知人たちに知らせていなかった。というのは、二人に結婚を知らせた最初の手紙で、このことは絶対に秘密にしておいてくれるようにと頼んだからだ。わたしはこのときすでにこの結婚に大きな嫌悪を感じはじめていて、一家の性質や体質を考慮すると、自分に恐るべき将来が待っていることを悟っていた。まもなく父も、自分が選んだ嫁の忌まわしい素行に恥じ入り、結婚を公表するどころか、わたしと同様にこれを隠すことを切望するようになったのだ。

そこでわたしはあれをイギリスに伴ったのだが、ああいう怪物との航海は恐ろしいものだったよ。やっとソーンフィールドに着いて、無事に三階のあの部屋に閉じ込めたときにはどんなにほっとしたことか！　以来十年間、あの秘密の小部屋は野獣のねぐら、悪鬼の住みかになっている。付き添いを見つけるのには少々苦労した。秘密厳守のために信頼できる人間を選ばなければならなかったからだ。何しろ、あれがわめきたてればわたしの秘密は暴露されてしまうし、ときには数日、あるいは数週間も正気が戻ることがあって、その間はわたしをののしり続けるのでね。ようやく、グリムズビー精神病院にいたグレイス・プールを雇うことができた。グレイスと外科医のカーター（メイスンが刺され、噛まれた晩に、傷の手当てをしてくれた医者だ）、この二人だけが、これまでに秘密を打ち明けた人間なのだよ。ミセス・フェアファクスも何か疑いを持ったかもしれないが、正確なことは知らないはずだ。グレイスはおおむね満足できる監視人なのだが、直しようのない欠点があって――ああいう苦労の多い仕事にありがちなものだ――そのために一度ならず不寝番《ふしんばん》を出し抜かれている。あの狂人は狡猾でたちが悪いから、監視人に隙《すき》があれば絶対に見逃さないのだ。一度はナイフを隠し持って、自分の兄を刺した。部屋の鍵を手に入れて、夜中に抜け出したことも二度ある。その最初のときはベッドのわたしを焼き殺そうとし、二度目のときは君の部屋に、あのぞっとする訪問をした。花嫁衣装に怒りを向けただけですんだことは、君を見守ってくださった神に感謝しているんだ。結婚の衣装を見て、自分の新婚時代の記憶がぼんやりとよみがえったのかもしれない。だが、起こっていたかもしれないことを考えると、想像するだけでも耐えられない。今朝わたしの喉に飛びかかってきたものが、わたしの大事な小鳩の巣の上に、あの赤くどす黒い顔で覆いかぶさったことを考えると、血が凍る――」

ロチェスター様が間を置いたので、わたしは訊ねた。「あの人をここに落ち着かせて、それからどうなさったのですか？　どちらに行かれましたの？」

「何をしたか、だって？　ジェイン、わたしは鬼火に変身したんだ。どこへ行ったか？　沼地の精のように、自由奔放に放浪した。大陸に赴き、行く先も定めず、あらゆる土地を歩き回った。善良で聡明な女性、愛することのできる女性を見つけることが、唯一変わらぬ願いだった、ソーンフィールドに残してきた凶暴な女とは対照的な――」

「でも、結婚はできませんでしたね」

「結婚できると確信し、しなければならないと決心していた。君をだますような結果になってしまったが、もともとはそのつもりではなかった。率直にすべてを話して、堂々とプロポーズするつもりだったのだよ。わたしに誰かを愛し、愛される自由があると考えることは、全く間違っていないと思われたし、わたしの境遇を理解し、災いを負わされたわたしを受け入れてくれる女性がきっとどこかにいると信じて疑わなかった」

「それで？」

「ジェイン、いろいろ聞きたがるときの君を見ると、微笑まずにはいられないよ。何かをほしがる小鳥みたいに大きな目をして、落ち着きがなくなる。まるで返事の言葉が遅くて待ちきれず、相手の心に書かれた字を読みたがっているようだ。続きを話す前に、その「それで？」がどういう意味か教えてくれないか。君がよく言う言葉だが、その結果わたしが長々と話し続けることになった覚えがずいぶんある——なぜだか理由はわからないけれど」

「つまりこういうことです——次には？　そのあとどうしましたか？　結果はどうなりましたか？」

「そうだね。それで、今知りたいことは何かな？」

「好きになる人が見つかったかどうか、その方に結婚を申し込んだかどうか、そして相手が何とお返事をされたかです」

「好きな人が見つかったかどうか、そしてその人にプロポーズしたかどうか、という点ならすぐに答えられる。だが、相手が何と返事をしたかについては、運命の女神の記録にこれから記される事柄だよ。わたしは十年もの間、町から町へとさまよった。サンクトペテルブルク、パリには何度も、またときにはローマ、ナポリ、フィレンツェ。持ち合わせの金はたっぷりあり、由緒ある家柄の名が通行証となって、どんな相手とでも交際ができた。入れない社交界はなかったよ。英国の貴婦人《レディ》、フランスの伯爵夫人《コンテス》、イタリアの奥方《シニョーラ》、ドイツの伯爵夫人《グラーフィン》――そういう人の中に理想の女性を探したが、見つけられなかった。時折、ほんの束の間《つかのま》だが、夢を実現してくれるまなざしを、声を、姿を捕らえたと思ったこともあったが、すぐにそうでないとわかった。心にしても容姿にしても、わたしが完璧を求めていたと思ってはいけない。ただ自分にふさわしい人を――あのクレオール女とは正反対の人を――求めていただけなのだ。しかし、むなしい願いだった。たとえわたしがまったく自由の身であったとしても結婚を申し込みたくなるような女性には、一人も出会わなかった。不釣り合いな結婚のもたらす危険、惨状、嫌悪感などはよく承知しているしね。落胆したわたしは、投げやりになった。浪費はしてみたが、放蕩はしなかった。放蕩はいやだったし、今でもいやだと思う。というのも、それは不品行で知られる王妃メッサリナ顔負けの、わが屋敷のクレオール女の属性だから。あの女とそういう不品行への嫌悪が植えつけられていたので、世俗的快楽を追っていても抑制がきいた。放蕩は自分をあの女とその悪徳に近づけることに思われたから、身をつつしんだのだ。

しかし、一人では生きられなかった。それで愛人を持とうと思った。最初に選んだのがセリーヌ・ヴァランスだが、この経緯を思い出すと、やはり自分を軽蔑せずにはいられない。どんな女だったか、関係がどんなふうに終わったか、もう話したから知っているね。そのあとに二人いて、イタリア人のジアチンタと、ドイツ人のクララ——どちらもすばらしい美人と言われていたが、美貌などというものは何週間かすれば何の意味もなくなった。ジアチンタは道徳観念がなく、激しい気性の持ち主だった。三か月のつきあいだったね。クララは正直で物静かだったが、愚かで無知で感受性に欠けていて、好みに合わなかった。それで、ちゃんとした新しい仕事を始めるのに十分な金を与えて、きれいに別れたというわけだ。だが、ジェイン、君の顔を見ると、わたしに対してあまり好意的な見解を持ってはいないようだ。非情でだらしない道楽者だと思っているのだろうね?」

「前のように好きになれないのはたしかです。愛人を次々に取り替えるような生き方を、少しも悪いとは思われなかったのですか?　当然のことのようにお話しなさいますけれど」

「わたしには当然のことだった。好きでそうしていたわけではなかったけれどね。卑屈な生き方だし、戻りたいとは絶対に思わない。金で愛人を持つなんてことは、奴隷を買うのに次ぐ悪行だ。どちらにしても多くの場合、性質の劣っている者であり、社会的な地位も必ず下だ。劣った者と親しくしていればこちらの品位も下がるのだ。セリーヌやジアチンタやクララと過ごした頃のことは思い出したくもないよ」

わたしはこの言葉に真実を感じ、そこから推理して、ある結論に達した――もしもわたしがわれを忘れ、しつけられた教えをすべて忘れ、口実を設け、自分を正当化し、誘惑に負けてその哀れむべき女性たちの後を継ぐようなことがあったら、きっと彼は今心の中であの人たちの思い出を軽侮しているのと同じように、いつの日にかわたしのことを考えるだろうと。この確信をわたしは口には出さなかった。感じるだけで十分だった。このことは試練のときの助けになるだろうと思い、胸に刻みつけた。

「さて、ジェイン、なぜ君はここで「それで?」と言わないのだろうか。話はまだ終わりではないよ。真面目な顔つきをしているのを見ると、まだわたしを非難しているようだね。しかし、ここから大事なところに進ませてもらうよ。この一月のこと、わたしは用事があってイギリスに戻ってきた。愛人たちとは縁を切り、無為で孤独な放浪生活の末の、荒《すさ》みきって恨みがましい気分で、失意に心を蝕《むしば》まれていた。すべての人間、ことにすべての女に対して反感を覚えてもいた。賢くて誠実で優しい女性などというのは、ただの夢にすぎないと思いはじめていたからね。

凍るような寒さの冬の午後、ソーンフィールド邸の見えるところまで馬で帰ってきた。厭《いと》わしい場所、心の安らぎも喜びもまったく期待できない場所だった。ヘイ・レインの踏み越し段に、一人静かに座っている小柄な姿が見えた。その向かい側にある、刈り込んだ柳の木を見るのと同じ無関心な目で、わたしはそこを通り過ぎた。わたしにとってどんな意味を持つようになるかという予感めいたものは、何もなかった。人生の調停人――良いにしろ悪いにしろ、わたしの守護神――が質素な服をまとってそこに待っている、などという内なる警鐘も鳴らなかった。馬のメスルアが転び、その人影が近寄ってきて真剣な面持ちで手助けすると申し出てくれたときでさえ、わたしは何も気づかなかったのだ。ほっそりして、子どもみたいだった！　アカヒワが一羽、足元に飛び跳ねてきて、小さな翼で支えてあげましょうと申し出たみたいだったよ。わたしが不愛想なのに、それは去ろうとせず、妙に忍耐強くそばに立っていたが、その様子にも、ものの言い方にも一種の威厳があった。わたしはその手で助けられなくてはならないのだと言う。わたしはそれに従った。

その華奢《きゃしゃ》な肩を借りたとき、何か新しいもの――新鮮な活力と感覚が、身体にそっと流れ込んできた。この妖精はまた戻ってくる、あの自分の屋敷にいるものなのだ、とわかって嬉しかった。そうでなかったら、わたしの手をすり抜けて薄暗い生垣の向こうに消えるのを、残念な気持ちで見送らなければならなかっただろうからね。あの晩、君が帰ってくる気配を聞いていたんだよ、ジェイン。わたしが君のことを考え、待ちかねていたとは気がつかなかっただろうけれど。次の日、姿を見られないようにして三十分ほど君を——アデルと廊下で遊ぶ君を見ていた。記憶では雪だったから、外に出られなかったのだね。わたしは自分の部屋にいてドアを少し開けておいたから、声が聞けたし、姿も見えた。しばらくの間、表面的にはアデルに注意を向けているようだったが、君の思いはどこか別のところにあるような気がした。それでも根気よくアデルの相手をして、長いこと話しかけたり喜ばせたりしていたね、愛しいジェイン。アデルがやっとそばを離れると、君はすぐに深い物思いにふけり、ゆっくりと廊下を行ったり来たりしはじめた。時折窓にさしかかると、降りしきる外の雪に目をやり、物悲しい風の音に耳を澄ませると、またゆっくり歩きながら夢想にふけっていた。あのときの君の夢想は、暗いものではなかったと思う。目には時折楽しげな光が宿り、表情に穏やかな興奮が浮かんでいて、苦々しく憂鬱にふさぎ込んでいるのではない証拠だった。飛翔する希望のあとを追って、理想の天国をめざして若い魂が翼を広げるときの快い夢想であることを、君の様子は物語っていた。玄関ホールで召使に話をするミセス・フェアファクスの声が、君を夢から現実に戻した。ジャネット、君があのとき浮かべた微笑は、何とも不思議だったよ。意味深げで賢そうで、自分が上の空だったのを大したことではない、と言うようだった。「幻で見たものは大変けっこうだけれど、まったく現実ではないのだから、それを忘れてはいけない。頭の中には薔薇色の空と、花咲く緑のエデンの園がある。でも現実には、たどらなければならないでこぼこ道が足元にあり、避けて通れない黒い嵐がまわりに渦巻いているのをわたしはよく知っているのです」とでも言っているようだった。それから君は下に駆け降り、何か手伝えることはないかとミセス・フェアファクスに聞いていたね。週ごとの家計簿整理のようなことだったかと思う。君が見えなくなってしまったのが腹立たしかったよ。

夜になるのが待ち遠しかった。君を呼び出せる時間が来るからだ。君はわたしにとってとても珍しい、まったく新しい性格の持ち主ではないかと思った。より深く探りたい、よりよく知りたい、と思った。部屋に入ってきた君の表情と態度は、内気であると同時に自尊心が強そうだった。着ているものは、今もそうだが、風変わりだったね。話をさせてみるとすぐに、奇妙な矛盾をたくさん具えているのがわかった。服装と物腰は堅苦しく、態度はおおむね控えめで、全体的に見て生まれながらに洗練されたところがある。

だがその一方、人づきあいにはまったく不慣れで、不作法や失言をして人の視線を集めるのをひどく恐れていた。しかし話しかけられれば、鋭く大胆で輝くような目を上げて相手の顔を見た。その視線には洞察力と力強さがあったよ。厄介な質問を受けても、すぐに正直な答えをしたね。君はすぐにわたしに慣れたようだった。ジェイン、君は不機嫌で厳《いか》めしい雇い主と自分との間に、通じ合うものがあるのを感じたに違いない。あっというまに快い安らぎが生まれて、君の様子が落ち着いたのには驚いたから。わたしがどなっても君は驚かず、怖がったり腹を立てたりもしなかった。わたしが不機嫌でもいやな顔をしなかった。わたしを見つめて、何とも表現できない気品を含んだ、控えめでありながら聡明な態度で、ときどき微笑んでくれた。それを見てわたしは満足すると同時に刺激を受けた。見たものが気に入って、もっと見たいと願った。しかし長い間、君にはよそよそしく接し、呼び出すこともめったにしなかった。知性の面での享楽主義者《エピキュリアン》だから、この目新しい魅力的な人と親しくなる喜びを引き延ばしたいと思ったのだ。それに加えて、この花にあまり勝手に触れたりすればたちまち色あせ、新鮮な甘い香りも消えてしまうのではないかという恐れが、ずっと心にあって離れなかった。束の間のはかない花ではなく、硬い宝石に彫られたまばゆい花だということを、その頃は知らなかったのだ。さらにわたしは、もしわたしが君を遠ざけていたら、君のほうからわたしを追ってくるかどうかも知りたいと思った。でも君は、そんなことはしなかった。自分の机や画架の前に、そして勉強部屋に、静かにとどまっていた。偶然わたしに会うと、敬意を示すのに十分な程度の軽い会釈をしながら、さっと通り過ぎてしまった。ジェイン、あの頃の君はいつも、考えにふけっているような様子だったよ。病気ではないから元気がなくはない。だが、朗らかでもなかった。希望がほとんどなく、楽しみもなかったからか。わたしをどう思っているのだろうか――いや、そもそもわたしのことを考えることがあるのだろうかと思い、それを知るためにまた観察を始めた。すると話をしているとき、君のまなざしに嬉しそうな色が、物腰には優しさがうかがえた。君が人づきあいを敬遠するわけではないのだな、とわかったよ。悲しげだったのは、勉強部屋の静けさ、毎日の単調さのせいだったのだ。そこでわたしは、君に優しさを示すという喜びを自分に許すことにした。優しさはすぐに感情を動かしたと見え、君の表情は和らぎ、口調も穏やかになった。自分の名前が心地よく楽しげな響きをもって、君の唇から出るのを聞くのが好きだった。ジェイン、この頃は君に偶然会うのがどんなに楽しかったか。君の態度には奇妙なためらいがあった。わたしを見る目にかすかな困惑――疑念があって離れなかったのは、わたしの気まぐれの成り行きがはっきりわからなかったからだろう――雇い主として厳しくふるまうつもりなのか、友人として優しくふるまうつもりなのか、と。わたしはといえば、もうすっかり君が好きになっていたから、初めの気まぐれは消えてしまった。心をこめて手を差し出すと、沈んでいた君の若々しい顔が嬉しさに光り輝いて――その場で君を胸に抱きしめたくなる気持ちを抑えるのに、大変な苦労をしたことがよくあったものだよ」

「あの頃のことは、もうおっしゃらないでください」わたしは彼をさえぎった、涙をこっそりと振り払いながら。ロチェスター様の言葉は拷問のようなものだった。自分のすべきこと――それもすぐにしなくてはならないことがわかっているわたしにとって、こうした思い出や気持ちの告白は、それを困難にするだけだった。

「そうだね、ジェイン。過去を振り返る必要はない――現在はもっとたしかで、未来はずっと明るいのだから」ロチェスター様が魅せられたようにこう断言するのを聞いて、わたしは身震いした。

「これで君にも事情がわかってもらえたね？」と彼は続けた。「言いようのない惨《みじ》めさとわびしい孤独のうちに青春も盛年期も過ぎてしまったが、生まれて初めて、本当に愛せるものを――そう、ここにいる君を見つけた。君はわたしと通じ合う心の持ち主、人生の伴侶、善き天使だ。わたしは強い絆で君と結ばれている。君は善良で、賢く、可愛らしい。わたしの心にある熱い真摯《しんし》な情熱が、君に寄り添い、わたしの生命の中心の泉へと君を引き寄せる――君をわたしという存在で包み、清らかに燃える炎となって二人を溶け合わせる。

君との結婚を決意したのも、それを感じ、それに気づいたからなのだ。わたしにはすでに妻がいる、などと言うのは空疎なたわごとだ。妻どころか、忌まわしい悪魔だと、君にはもうわかっているのだからね。君を欺《あざむ》こうとしたのは、わたしの間違いだった。君の性格にある強情さを恐れたのだ。先に偏見を与えてしまうのを恐れ、秘密を打ち明けるという賭けに出る前に、君を安全なところに置いておきたかった。卑怯なやり方だった。今しているように、最初から君の高潔で寛大な心に訴えるべきだった。苦悩の人生を率直に打ち明け、より高い、価値ある人生を渇望する気持ちを述べるべきだった。誠実に心から愛し、また愛されるものを求めようとするわたしの決意――いや、決意という言葉では弱い。抑えがたい希求とでもいうものを君に示し、そのうえでわたしの忠誠なる誓いを受け入れてほしいと、そして君からも与えてほしいと頼むべきだったのだ。ジェイン、今その願いを聞いてくれないか」

沈黙があった。

「ジェイン、なぜ黙っている?」

わたしは厳しい試練のただなかにあった。火のように熱い鉄の手に内臓をつかまれているようだった。苦闘と闇と灼熱とに満ち満ちた、恐ろしい瞬間だった！　この瞬間のわたしほど深く愛された人間は、決していないだろう。そして、そのようにわたしを愛してくれた彼を、わたしは心から崇拝していた。けれども、その愛も、崇拝を捧げたロチェスター様も、どちらも断念しなくてはならないのだ。忍びがたい義務のすべては、暗鬱な一語で言い表すことができた――「立ち去れ！」

「ジェイン、君はわたしが何を求めているか、わかっているね？　こう約束してくれるだけでいい――「あなたのものになります、ロチェスター様」と」

「ロチェスター様、あなたのものにはなりません」

またここで、長い沈黙があった。

「ジェイン！」再び口を開いたその声には、悲しみでわたしの心が押しつぶされそうになるほどの、そして同時に、不吉な恐怖で身体が石のように冷たくなるほどの優しさがこもっていた。この低い声は、起き上がろうとする獅子のあえぎだった。

「ジェイン、君はわたしに、君とは別の道を行けというのか？」

「そうです」

「ジェイン」ロチェスター様は身をかがめ、わたしを抱きしめた。「これでもそう言うのか？」

「そうです」

「これでも?」額《ひたい》と頬に優しくキスをして訊ねた。

「そうです」わたしはすばやく腕から逃れながら言った。

「ああ、ジェイン。それはむごい――あまりにひどい仕打ちだ。わたしを愛することは悪ではない」

「あなたに従えば、それは悪です」

激しい感情が表情をよぎり、眉が吊り上がった。彼は立ち上がった。が、まだ自分を抑えていた。わたしは椅子の背に手を置いて、身体を支えた。恐怖で震えながらも、わたしの決心は変わらなかった。

「ちょっと待て、ジェイン。君がいなくなったあとの、わたしの惨めな人生を思ってみてほしい。幸せはすべて、君と一緒に奪われてしまう。あとに何が残るだろう。妻という名の階上の狂人――むしろ、あの教会の墓地の亡骸《なきがら》でもあてがわれたほうがましだ。わたしはどうしたらいいのだ、ジェイン?　どこに求めればいい?」

「わたくしのするようになさればいいのです。伴侶や希望を、神さまとご自分を信じ、天国を信じること――そこでまたお目にかかれると信じましょう」

「では、どうしてもわたしの言うことを聞かないと言うのだね?」

「はい」

「悲惨な人生を送って、不幸のうちに死ねと、わたしにそう言い渡すのだね？」彼の声は大きくなった。

「罪のない人生を送られ、安らかな死を迎えられますように願っています」

「わたしから愛と純真を奪おうと言うのか？　情欲と悪徳の中へわたしを放り出すというのか？」

「ロチェスター様、わたくしはそんな運命を選ぼうと思いませんし、あなたに負わせようとも思いません。わたくしたちは、懸命に努力し耐え抜くように生まれついているのです——わたくしもあなたも。ですからそうなさってください。わたくしがあなたを忘れるより早く、あなたはわたくしを忘れてしまわれるでしょう」

「そんなことを言うと、わたしを嘘つきにし、名誉を傷つけることになる。心は変わらないとはっきり言ったわたしにむかって、すぐに心変わりするだろうと言うのだからね。それに君の判断がどんなに歪《ゆが》んでいるか、考えがどんなにねじ曲がったものか、そのふるまいに表れているよ。人間の作ったただの法律一つに背くより、人ひとりを絶望に追いやるほうを選ぶと言うのか？　法律に違反しても傷つく者は一人もいないというのに？　わたしと一緒に暮らしたとしても、それをあげつらう親類知人は誰もいないという君が?」

たしかにその通りだった。ロチェスター様がこう言っている間にも、わたしの良心と理性はわたしを裏切り、彼に逆らうのは罪だと非難を始め、感情と同じくらいに大声で叫んだ。そして感情は激しくわめき立てた。「さあ、彼に従え！　彼の悲嘆と危険を考えてみるがいい！　一人残されたときの彼の状況を、その向こう見ずな性格を、絶望に駆られて無謀な行動に走りかねないことを思い出すのだ。彼をなだめ、救い、愛せ。彼を愛していると言い、彼のものになると言え。いったい誰が、おまえのことを気にかけてくれるのか?　おまえのすることで、誰か傷つく者がいるか?」

それでも、わたしの答えは頑強なものだった。「このわたしが、自分のことを気にかけています。孤独であればあるほど、友人も支えも少なければ少ないほど、わたしは自分を大事にします。神さまが定め、人間が認めた法を守るつもりです。今と同じく自分が正気であったときに受け入れた道徳律を、これからも守ります。法も道徳も、誘惑がないときのためにあるのではなく、今のように肉体や魂が厳しさに対して反乱を起こすときのためにあるものです。それらは厳格で、神聖なものです。もし個々の都合で破ってていいものなら、どこに価値があるのでしょうか?　価値はあるのだと、わたしはずっと信じてきました。もし今それを信じられないとしたら、それはわたしが正気でないからです。まったく正気でないから――血管を血が駆けめぐり、心臓が数えきれないほど速く、激しい鼓動を打っているからです。前から持っていた考え、以前からの決意が、今のわたしを支えるすべて――だから、そこにしっかり立つつもりです」

わたしはその考えに従い、わたしの表情を読んだロチェスター様にもそれがわかったようだった。怒りが頂点に達し、結果がどうなろうと、このときの彼は怒りに身を任せるしかなかった。部屋を横切ってくると、わたしの腕を取り、腰をつかんだ。その燃える目で、わたしを焼きつくしてしまいそうに思われた。そのときのわたしの身体は、かまどの真っ赤な炎と熱風にさらされた麦の刈り株のように無力だった。だが精神的にはまだ魂を保っていて、それがある限り最終的に安全だという確信があった。幸いなことに、魂には目という(多くの場合無意識だが、誠実に意志を伝えてくれる)通訳が存在する。わたしの目はロチェスター様を見上げ、その荒々しい表情を見ているうちに、わたしは思わず息をついた。強く握られたところは痛く、身体の力は尽きかけていた。

「これほど華奢でありながら頑固なものは、どこにもいない。こうして手の中にいると、まるでか弱い葦《あし》のようだ」彼は歯ぎしりしながらそう言い、握った手に力をこめてわたしを揺さぶった。「二本の指で折り曲げてしまうことだってできそうだ。折り曲げて、根こそぎ引き抜いて、押しつぶしてみたところで何になるだろう? あの日――そしてそこからのぞいている、自由で野性的で決然たるものをよく見るがいい。勇気以上のものと断固とした勝利を掲げて、わたしに挑戦している。美しい野生の生きもの――いくらその檻《おり》を壊しても手が届かないのだ！　その簡素な牢獄をずたずたに引き裂いても、乱暴の結果は囚人を解き放つだけのこと。牢獄の支配者にはなれるかもしれないが、土の器である肉体の所有者だと宣言すらしないうちに、そこに住んでいた魂は天に舞い上がってしまうだろう。魂よ――意志と気力、徳と純粋さを持つおまえこそ、わたしの求めるものなのだ――壊れやすい肉体だけではなく。もしおまえが望むなら、そっと飛んできてわたしの心に寄り添えばいい。無理に捕らえても、きっとおまえはかぐわしい香りのように逃げ出し、わたしが吸い込まないうちに消えてしまうだろう。ああ、来ておくれ、ジェイン！　来ておくれ！」

ロチェスター様は手を離し、ただじっとわたしを見つめた。その表情には、半狂乱で抱きしめられるよりも、ずっと抵抗しがたいものがあった。だが、ここで屈服するのは愚か者だけだ。大胆にも、すでに彼の怒りをくじいたのだ。悲しみからもまた身をかわさなければならない。わたしはドアのほうに引き下がった。

「行ってしまうのか、ジェイン？」

「参ります」

「わたしを置いて?」

「はい」

「来てはくれないのか? わたしを慰め、救い手になってはくれないのか? この深い愛も、激しい悲嘆も、狂おしい祈りも、すべて君には何の意味もないのか?」

言いようのない悲しみが声にこめられていた。「参ります」ときっぱり繰り返すのは、何と困難なことだっただろう。

「ジェイン!」

「ロチェスター様!」

「では行っていい。許可する。でも、忘れないでほしい――君はわたしを苦悩の中に置いて行くのだと。自分の部屋に行って、わたしが言ったことをすべて、もう一度思い返しておくれ。そして、ジェイン、わたしの苦しみを、わたしのことを考えてほしいのだ」

ロチェスター様は向こうをむき、ソファに身を投げ出して顔を伏せた。「ああ、ジェイン、わたしの希望、わたしの愛、わたしの命!」悲痛な言葉が唇からこぼれた。それから低くむせび泣く声が続いた。

そのときわたしはもうドアまでたどり着いていた。だが、読者よ、わたしは戻った

――去ろうとしたときと同じくらいにきっぱりとした足どりで。そして彼の脇に膝をつき、クッションに埋められていた顔をこちらにむかせた。頬にキスし、髪を撫でた。

「神さまのお恵みがありますように、愛しいロチェスター様。災いや悪から神さまがあなたを守り、導き、慰めてくださいますように。これまでのわたくしへの親切に対して、よいご褒美がありますように」

「可愛いジェインの愛こそが、最高の褒美になったのに。それがないなら、胸は張り裂けたままだ。でもジェインは、愛をくれるだろう――気高く寛大に」

顔にさっと血がのぼり、目が炎のように輝いたかと思うと、彼は飛び起きて両腕を伸ばした。けれどもわたしはその抱擁をかわし、すぐに部屋から出た。

「さようなら！」とわたしの心は、別れ際に叫んだ。絶望がそれにつけ加えた――

「永遠にさようなら！」

その晩は眠ろうと思わなかったにもかかわらず、ベッドに横になるとたちまち眠りに落ちてしまった。子どもの頃の夢を見た。わたしは暗い夜にゲイツヘッドの赤い部屋で寝ていて、奇妙な恐怖でいっぱいだった。昔わたしを失神させたあの光が現れ、滑るように壁を上って、薄暗い天井の真ん中で止まって震えているように見えた。頭を上げて見ていると、天井はぼんやりと高く浮かぶ雲に姿を変えた。そのかすかな輝きは、月がこれから切り裂こうとしている蒸気に投げかける光のようだった。わたしは月の登場を見守った――わたしの運命を示す言葉が月の面《おもて》に書かれているのではないか、という奇妙な予感を抱いて見守っていた。やがて月は、見たこともない様子で雲からその姿を現した。まず一本の手が黒い雲から突き出てきて、雲を追い払い、それから月ではなく、白い人間の姿をしたものが青い空に輝いた。神々しい顔を地上にむけ、じっとわたしを見つめながら、わたしの魂に話しかけてきた。その声は無限に遠いところから来るようでありながら、とても近くに感じられ、わたしの心にこうささやいた。

「娘よ、誘惑から逃げなさい！」

「そうします、お母様」

恍惚と忘我の夢から覚めると、わたしはそう答えた。まだ夜だったが、七月の夜は短く、真夜中を過ぎるとまもなく夜明けが来る。実行すべきことを始めるのに早すぎることはないはず――そう思って、わたしは起きた。昨夜は靴しか脱がなかったので、服は着ていた。引き出しのどこに肌着やロケットや指輪があるかはわかっていたのでそれらを探していると、数日前にロチェスター様からむりやり受け取らされた真珠の首飾りが出てきた。それはそのままにしておいた。わたしのものではなく、空中に消えてしまった幻の花嫁のものだからだ。他のものは小さな包みにまとめ、わたしの全財産の二十シリングの入った財布はポケットにしまった。麦わら帽子をかぶって紐を結び、ショールをピンでとめ、荷物の包みとあとではく靴とを手に持って、そっと部屋を出た。

「さようなら、親切なミセス・フェアファクス!」夫人の部屋の前を静かに通り過ぎながら、小声でそう言った。子ども部屋のほうを見て「さようなら、可愛いアデル!」と言った。入って行ってアデルを抱きしめることは考えられなかった。音に気をつけなくては——鋭い耳の持ち主が、今もずっと耳を澄ませているかもしれないのだ。

ロチェスター様の部屋の前では立ち止まらずに通り過ぎようと思っていた。けれども、ドアの前に来たところで心臓の鼓動が一瞬止まり、足も止まってしまった。部屋の主が眠った様子はなく、室内を落ち着きなく行ったり来たりして歩き回っていた。耳を澄ませると、何度もため息が聞こえる。この部屋の中には、もし望むならわたしのための天国が——かりそめの天国がある。入って行って、こう言うだけでいいのだ。

「ロチェスター様、あなたを愛しています。死ぬまで一生、ご一緒に暮らします」——そうすれば唇に歓喜の泉が湧き出すだろう、と思った。

親切な屋敷の主人は、眠れないまま朝を待ちかねている。朝になったら迎えをよこすだろうが、わたしはもう出たあとだ。捜させるだろうが、それも無駄に終わるだろう。

愛を拒絶され、見捨てられたと感じて苦しむだろう、自暴自棄になるかもしれない、とそんなことも考えた。わたしはドアに手を伸ばし、その手を戻して静かに通り過ぎた。

悲しい気持ちで階段を下りた。どう行動すべきかはわかっていたので、機械的にこなしていった。裏口の鍵を台所で捜し、油の小瓶と一本の羽根も見つけた。それで鍵と錠に油を塗った。水を飲み、パンを少し食べた。遠くまで歩かなければならないかもしれない。最近ひどく弱まってしまった体力が尽きては困る。音を立てずにすべてを終えると、ドアを開けて外に出て、静かに閉めた。中庭はかすかに明るくなっていた。大きな門は閉じられて錠がかかっていたが、片側についているくぐり戸には掛け金が掛けてあるだけだった。そこを出て戸を閉めると、もうわたしはソーンフィールドの外にいるのだった。

草地を越えて一マイルほど行ったところに、ミルコートとは反対方向に延びる街道があった。一度も行ったことはなかったが、よく目にしては、どこに続く道だろうと思ったものだった。わたしはそちらにむかった。今はじっくり考えている暇はない。ちらりと後ろを振りむくどころか、前を見る余裕もない。過去にも未来にも思いをめぐらすことはできないのだ。過去のページはすばらしく甘美であまりに悲痛で、その一行でも読めばわたしの勇気はくじけ、力が尽きてしまっただろう。未来のページは恐ろしい空白で、大洪水のあとの世界のようだった。

草地の縁《へり》や生垣に沿い、小道をたどって、日が昇ってからもわたしは歩き続けた。美しい夏の朝だったと思う。屋敷を出るときにはいた靴が、まもなく朝露で濡れたのを覚えている。しかしその日のわたしは、昇りゆく太陽にも、晴れやかな青空にも、活気づく自然にも目を向けなかった。美しい景色の中を通って断頭台に引かれてゆく人間は、道に咲く花よりも断頭台と斧の刃を――切断される骨や血管、最後に口を開けて待つ墓のことなどを思うものだろう。わたしの頭には、わびしい逃避行や寄る辺のない放浪のことが浮かんだ。そして残してきたものを思うと、激しい苦痛を覚えた。考えずにはいられなかった。今頃彼はあの部屋で、日の出を見ているだろうか――もうすぐわたしが入ってきて、おそばにいることにします、あなたのものになります、と告げるかもしれないと望みをかけながら。わたしも彼のものになりたい、戻りたい、と切に願った。今ならまだ間に合う。辛い別れの悲しみを彼に味わわせずにすむ。わたしが逃げ出したことはまだ発見されていないはずだ。いま戻って行けば、彼の慰め手に、彼の誇りになることができるだろう。悲惨な状況から助け出し、破滅から救うことにもなるかもしれない。彼が自暴自棄になるのではないかという恐れは、自分自身がそうなるよりもはるかに悪いことに思われ、わたしをひどく苦しめた。まるで胸に刺さった矢じりのようで、先端にかえしがついていて、引き抜こうとすると傷口を引き裂く。記憶が矢をさらに深く突き刺したので、気分が悪くなった。小鳥たちが茂みや木立でさえずりはじめた。つがいの相手に誠実な小鳥は愛の象徴だ。それに引き換え、このわたしは？　心の痛みと道徳律に従おうとする狂おしい努力のただなかにあって、わたしは自分を憎んだ。自分は正しいという思いからも自尊心からも、慰めはまったく得られなかった。自分の主《あるじ》を苦しめ、傷つけ、置き去りにしてきたことを思うと、わが目にも憎むべき者として映った。それでも戻ることはできない――一歩たりとも。神さまがここまで導いてくださったに違いない。わたし自身の意志や良心はといえば、激しい悲しみに踏みにじられ、息を止められてしまった。一人で歩きながら、わたしは思いきり泣いた。錯乱した人のように、ひたすら歩みを早めた。気力の衰えが手足に広がって、そのためかわたしは倒れ、そのまま数分間、湿った芝に顔を押しつけていた。ここで死ぬのか、という恐れ――同時にそれは希望だったかもしれない――が湧いたが、すぐに起き上がり、手と膝で這《は》い歩いてから、また二本の足で立ち上がった。とにかく道に出ようと必死だった。

街道にたどり着くと、生垣の下で休まずにはいられなかった。座っていると車輪の音がして、一台の馬車が来るのが見えた。立ち上がって手を上げると、停まってくれた。行く先を訊ねたところ、駁者《ぎょしゃ》が答えた地名は遠く離れたところで、そこならロチェスター様とつながりがないのは確実だと思った。そこまで乗せて行ってもらうのに必要な代金はいくらかと聞くと、三十シリングだとの答え――わたしには二十シリングしか持ち合わせがないのですが、と言うと、何とかしようと言ってくれた。さらに馭者は、中に乗っていいよ、誰もいないから、と言ってくれた。わたしは乗り込み、扉を閉めた。馬車は動き出した。

読者の皆さん、わたしのこのときの思いを、皆さんが決して味わうことがないように！　わたしがさめざめと流した、胸を引き裂く、燃える涙の奔流が、皆さんの目から流れることがないように！　わたしのように、絶望と苦悶《くもん》の祈りを天に捧げることがないように！　わたしのように、心から愛する人に不幸をもたらすのではないかと恐れることのないように！

第28章

二日が過ぎた。夏の夕方、駁者《ぎょしゃ》はわたしをウィットクロスという場所で降ろした。受け取った金額ではこれ以上乗せて行くことはできないと言われたが、わたしはもう一シリングも持っていなかった。馬車は今頃一マイルほども先を走っているだろう。わたしは一人、とり残されていた。と、そのとき気がついたのだが、安全だと思って馬車の物入れに入れておいた荷物を出し忘れて、そのまま降りてしまっていた。あの包みは、今もあそこにあるだろう——わたしが入れたままで。これですっかり無一文というわけだ。

ウィットクロスは町ではなく、村とさえいえなかった。四本の道が交わるところに、石の道標が一本あるだけなのだ。白く塗ってあるのは、遠くからでも暗くなってからでもよく見えるようにするためだろうと思われた。道標のてっぺんから出ている四本の横木によれば、そこから一番近い町まで十マイル、一番遠い町まで二十マイルある。そこに書かれているよく知られた町の名から、自分がどこの州に降り立ったのかがわかった。北方の中部地方だ。山々に囲まれた、薄暗い荒野がいま目の前に広がっている。後ろにも左右にも広大な荒地《ムーア》があり、足元の深い谷のずっと向こうには山々が連なっている。

住人も少ない地域に違いなく、道に人影はなかった。東西南北に延びる、広くて寂しい白い道——どの道も荒野を突っ切って進み、ヒースが道の縁《ふち》まで、自然のまま深々と生い茂っていた。それでも、偶然通りかかる旅人もいるかもしれない。今の姿は誰にも見られたくない、とわたしは思った。明らかに行くあてもなく困った様子で、道標のそばでぐずぐずしているのを見たら、この人は何をしているのかと訝《いぶか》しく思うだろう。何か聞かれるかもしれないが、信じてはもらえそうにない、疑念を抱かせるような答えしかできないだろう。この瞬間、わたしと人間社会を結ぶ絆は一本もなく、人間の仲間のいる場所にわたしを呼び寄せてくれる魔法もなければ、そんな希望も一つもなかった。今のわたしを見て、親切にしようとか幸運を祈ろうとかいう気持ちになる人は誰ひとりいないだろう。身内は母なる自然がいるだけ——その胸をめざして行き、そこで安息を求めよう。

ヒースの中にまっすぐに分け入った。茶色の斜面の下深くに見える窪地にむかって、膝まである黒みがかったヒースの中を歩いて行き、くぼみに沿って曲がると、苔で黒ずんだ花崗岩《かこうがん》が隠れていた。そこに座ると、荒地の高い土手がわたしを囲み、花崗岩が頭を守ってくれた。上には空があった。

そんな場所を見つけても、しばらくは落ち着いた気持ちにはなれなかった。放牧されている牛がそばに来ないか、狩猟家や密猟者に見つかるのではないかといった、漠然とした不安があったからだ。一陣の風が荒野を渡れば、雄牛の突進してくる気配ではないかと恐れて目を上げ、千鳥がピイと鳴けば、人間の口笛ではないかと思った。でもそんな心配が根拠のないものだとわかり、夕闇が下りて深い静寂があたりを支配するにつれて、落ち着きを取り戻した。それまでは耳を澄ませ、目を見開き、気をもむばかりで考えることができなかったが、ようやく熟考する力を回復したのだ。

わたしはこれから何をすべきか？　どこに行くべきか？　ああ、何と耐えがたい問いだろう——何もできず、行くところもない、今のわたしにとっては！　人の住む場所までは、疲れきって震える足でまだ長く歩いて行かねばならないというのに！　一夜の宿にも冷たい他人の慈悲にすがらねばならず、身の上を聞いてもらうにしろ、何か恵んでもらうにしろ、うるさく頼んでしぶしぶ哀れんでもらうか、さもなければ拒絶されるかの境遇だというのに！

ヒースに触れてみると乾いており、夏の日ざしの名残でまだ温かかった。空を見上げると澄んでいて、ちょうど窪地の縁の上に星が優しく瞬《またた》いていた。夜露が降りたが、それも気持ちよく、風はなかった。自然はわたしに親切で優しい、寄る辺のないわたしでも愛してくれる、と思った。人からは不信と拒絶と侮辱しか期待できないわたしは、親にすがる子どものような愛情で自然に寄り添った。せめて今夜は、自然のもとで休ませてもらうとしよう――わたしは自然の子どもなのだから。母なら代金を払わずとも泊めてくれるだろう。一口ほどのパンがまだあった。昼頃に通った町で、最後のコイン――どこからか出てきた一ペニーだった――を使って買ったロールパンの残りだった。ヒースの間で黒ビーズのように光っている熟したコケモモの実があちこちに見えたので、それを手のひらいっぱいに摘み、パンと一緒に食べた。激しい空腹が満たされたとはいえないまでも、隠者のようなこの食事でいくらか落ち着いたのはたしかだった。食事がすむと夕べの祈りを唱えて、寝る場所を選んだ。

花崗岩の脇にはヒースが深く茂っていたので、そこに横になると両足がヒースに埋もれた。左右に丈高く立っているヒースのおかげで、夜気が入り込む隙間もない。わたしはショールを二つに折って、上掛けの代わりに身体に掛けた。苔が生えて少し盛り上がったところが枕になった。こうして寝る場所ができ、少なくとも初めのうちは、これで寒さを防ぐことができた。

悲しむ心さえ邪魔をしなければ、快適に休めたかもしれなかった。心は、大きく開いた傷口や、胸の内で流している血や、裂けてしまった靭帯《じんたい》を嘆き、ロチェスター様とその運命を思って震えた。彼を痛切に哀れみ、嘆き、絶えることのないあこがれで彼を求めた。左右の翼が折れた小鳥のように無力なのに、彼を追って折れた翼を震わせているのだった。

こんな苦しい思いに疲れきって、わたしは膝をついた姿勢で起き上がった。夜が訪れ、星が昇っていた。静かで安らかな夜――あまりに穏やかな夜で、不安の入り込む余地もないほどだった。神がどこにでもおられるということをわたしたちは知っているが、その存在を一番強く感じるのは、神の御業《みわざ》が壮大な規模で眼前に広がるときだ。まさに今、雲のない夜空に、神の世界がその定められた針路を静々と回っており、それを見るとき、わたしたちは神の無限、全能、遍在を最もよく知るのだ。わたしはひざまずいて、ロチェスター様のために祈った。見上げると、涙でかすんだ目に壮大な銀河が映った。それが何であるか――無数の小宇宙が柔らかな光で空間全体を照らしているということ――を思い起こしたとき、神の全能が感じられた。お造りになったものはお救いくださる、と確信でき、また地上の世界は滅びることはなく、そこにある魂も一つとして滅びることはないだろうという確信も深まった。わたしの祈りは、感謝の祈りに変わった。命の造り主は、魂の救い主だ。ロチェスター様の心配はいらない――彼も神のものであり、神に守られているのだから。再びわたしは心地よく丘に抱きとられ、まもなく眠りに落ちて悲しみを忘れた。

だが翌日、容赦のない飢えが押し寄せてきた。小鳥たちがとっくに巣を離れ、露の乾かないうちに朝一番のヒースの蜜を集めようとミツバチたちがやってきてから、かなりたった頃──朝は長かった影が短くなり、太陽の光が地上と空いっぱいに満ちる頃に、ようやくわたしは起き上がって、あたりを見回した。

静かで完璧な夏の日だった！　広がる荒野は、金色の砂漠のようだった！　日ざしがいたるところに満ちている。光を浴び、光を糧として生きられたら！　岩の上を走る一匹のトカゲ、それから甘いコケモモの間を忙しそうに飛ぶ一匹のミツバチの姿を見た。わたしもミツバチかトカゲになって、自分の食物と一生の隠れ家をここに持てたら、とこのとき思った。けれどもわたしは人間であり、人間としての欲求がある。それを満たすことのできないこの場所に、いつまでもとどまるわけにはいかなかった。立ち上がって、離れたばかりの寝床を振り返った。未来に一つも希望のなかったわたしは、ただこんなことを思っていた──眠っている夜の間に、わたしの魂を神さまが召して下さればよかったのに。この疲れきった身体が、運命とのさらなる戦いから死によって解き放たれ、静かに朽ちてこの荒野の土と混じりあうことになればよかったのにと。しかし命は、欲求と苦痛と責任とともに、まだわたしのものであり、この重荷は負っていかねばならない。欲求を満たし、苦しみに耐え、責任を果たさなければ──わたしは出発した。

ウィットクロスまで戻り、太陽を避けられる方角の道を選んだ。日が高く昇っていて焼けつくようだったので、そのことだけしか頭になかった。長い時間歩いた末、もう無理、疲れ果ててもう限界だ、と思うときが来た。近くに見えた石に腰掛けて休み、胸をふさぎ、手足の動きを鈍らせてゆく無力感に身を委《ゆだ》ねるしかなかったそのとき、鐘が鳴り響いた。教会の鐘だった。

音のするほうをむくと、美しい丘の間に小さな村と尖塔《せんとう》が見えた。一時間ほど前から景色に目をやる余裕をなくしていたため、気づかなかったのだ。右手の谷には牧草地、麦畑、森などが広がっている。濃淡の緑、実った穀物、薄暗い森林地帯、日光を受けて明るい草地などの間を縫って、一本の川がきらきらと流れていた。行く手の道に車輪の音を聞いて目をやると、重い荷を積んだ荷馬車が、苦労しながら丘を上がろうとしていた。あまり遠くない場所に、二頭の牛と牛追いも見えた。人間の生活と労働の場に近づいてきたのだ。わたしも頑張らなくては——他の人たちと同じように、仕事に精を出し、生きる努力をしなくては。

午後の二時頃、その村に入った。通りのはずれに小さな店が一軒あり、ショーウィンドーにパンが並んでいた。わたしはそのパンが一つほしくてたまらなかった。それを食べることができれば、いくらか元気も出るかもしれない。何か口に入れることができなければ、これ以上進むのは難しいだろう。体力と気力がほしいという望みが、人間社会に戻るとたちまちわたしに帰ってきたのだ。飢えのために村の公道で気を失うのはみっともない。パンと交換できる品を何か持っていなかっただろうか。首に巻いた小さな絹のネッカチーフがある。手袋もある。貧乏の極みに立たされた人がどんな行動に出るものか、ほとんどわからなかったし、ネッカチーフや手袋を受け取ってもらえるかどうかもわからなかった。おそらく断られるだろう。でも、やってみなければならない。

店に入ると、女の人が一人いた。こちらがきちんとした服装をしているのを見て、立派な家の婦人だと思ったのか、丁重な物腰で近づいてきた。何にいたしましょうか？　わたしは急に恥ずかしくなり、考えていた頼みを口に出せなかった。使い古しの手袋や皺《しわ》の寄ったネッカチーフなどを差し出す勇気も出なかった。そんなことをするのはばかげているという感じもした。そこでわたしは、疲れているのでちょっと休ませてほしいのです、と頼んだ。よいお客かと期待したのを裏切られてがっかりした女性は、わたしの頼みに冷淡に応じ、椅子を指差した。わたしはそこに座りこみ、泣きたくなってしまった。しかし、場違いなことだと自覚して涙をこらえ、少しして訊ねてみた。

「この村には、仕立て屋さんか、簡単な針仕事をする女の人はいますか？」

「ええ、二、三人いるわね。村には十分な人数だわ」

わたしはよく考えてみた。もう土壇場に追い詰められて、必要に迫られている。何の手立ても友人もなく、一文無し――何かをしなくてはならないが、いったい何を？　仕事を探さなくてはならないが、いったいどこで？

「この近くに、女中を探しているお宅をご存じでしょうか？」

「いいえ、知らないわね」

「この村の主な産業はなんでしょうか？　何をしている人が多いのでしょう？」

「農業、それにオリヴァーさんの針工場と、鋳物《いもの》工場で働く人も多いわ」

「オリヴァーさんは女も雇われますか？」

「いいえ、男の仕事だから」

「女の人は何をしているのですか？」

「知らない。いろいろよ。貧乏人は何でもやらなくちゃいけないからねえ」

相手はあれこれ聞かれるのにうんざりしてきたようだった。たしかに、わたしにどんな権利があって、この人をいつまでも煩《わずら》わすことができるだろう。近所のお客が一人、二人と入ってきた。明らかにこの椅子も必要らしい。わたしは店を出た。

左右の家々を見ながら歩いて行ったが、どの家にしても、わたしが入って行く口実もなければ入って行きたいと思いもしなかった。一時間かそれ以上、村の中をあちこち歩き、ときどき少し離れたところまで行ってはまた戻ってきた。そして疲れきって、いよいよ空腹に苦しみながら、小道に入って生垣の下に座りこんだ。が、少しすると再び立ち上がり、何かの手立てか、せめて相談に乗ってくれそうな人を探しに歩きはじめた。小道の一番奥に、綺麗な小さい家が一軒あった。前庭はすばらしく手入れがされ、鮮やかな花が咲いていた。わたしはそこで足を止めた。その白いドアやぴかぴかのノッカーに、わたしは何の用があって近づこうというのだろう。何の利益があってこの家の人たちがわたしを助けようと思うのだろう。でもわたしは近づいてノックした。きちんとした身なりの、穏やかな表情の若い女の人がドアを開けた。望みを失った心と倒れそうな身体からやっと絞り出せる声——惨《みじ》めなほど小さい、途切れがちの声で、「こちらでは女中はいりませんか？」とわたしは聞いた。

「いいえ、使用人は置かないので」という返事だった。

「どんな仕事でもかまいませんので、雇ってもらえるところをご存じでしょうか？このあたりは初めてで、知り合いもいません。どんな仕事でもいいから働きたいのです」

そう言ってみたが、わたしの心配をしたり仕事を探したりすることなど、その人に何の関わり合いもなかった。それに、わたしの人となり、身分、話など、どれも怪しげに映ったに違いない。その人は首を振って「悪いけれど、知っているところはないわ」と言った。そして白いドアはとても礼儀正しく静かに閉じられ、わたしは閉め出されたのだった。もしもう少し長くドアが開いていたら、パンを一切れいただけませんかと口に出していただろう。それほど弱っていたのだ。

またあのわびしい村に行くのはいやだった。それにあそこに行っても、援助の手が差し伸べられるとは思えなかった。それよりも、少し先に見えた森に行きたいと思った。こんもりした木陰に魅力的な休み場所が見つかりそうだったからだ。でも気分が悪く、身体は弱り、空腹に苦しめられてもいたので、食べ物が見つかりそうな人家の近くを本能的に歩き回っていた。飢えというハゲワシのくちばしや鉤爪《かぎづめ》が脇腹に食い込んでいては、孤独は孤独になりえず、安息は安息になりえなかった。

家々に近づいては離れ、戻ってはさまようの繰り返しだった。自分の孤独な境遇に人の関心を求めたり期待したりする権利はないのだ、という自覚が常に目の前に立ちはだかった。こうして飢え死に寸前の迷い犬のようにうろうろしているうちに、午後の時間は過ぎて行った。草地を横切っていたときに、前方に教会の尖塔が見えた。急いで近づくと、教会墓地から遠くない、ある庭の真ん中に、小さいが造りのしっかりした家が一軒建っているのを見つけた。牧師館に違いない。知らない土地に来て友人もない人が仕事を求めるとき、牧師に頼んで紹介してもらったり助けてもらったりすることがあるのを、わたしは思い出した。自分で努力する人間を助けること、少なくとも助言を与えるのは牧師の仕事だ。ここなら相談する権利のようなものはある、と感じて勇気を奮い起こし、残っている力をかき集めて前進することにした。台所口のドアをノックすると、老婦人がドアを開けた。ここは牧師館でしょうか、とわたしは訊ねた。

「そうです」

「牧師さんはいらっしゃいますか?」

「いいえ」

「まもなく戻られるでしょうか?」

「いいえ、家をお留守にしていらっしゃるので」

「遠くまで?」

「そう遠くじゃありません——三マイルくらいかしらね。急にお父様が亡くなられて、呼ばれていらしたんです。いまマーシュ・エンドにいらして、二週間ほどあちらにとどまられると思います」

「こちらに奥様はいらっしゃいますか?」

「いいえ、わたしの他には誰もいません。わたしは家政婦です」——読者よ、わたしはこの人に食べ物を恵んでくれとは言えなかった。施しを乞うことはできないまま、またのろのろと、這《は》うようにそこを去った。

再びネッカチーフを取り出し、あの小さな店で見たパンのことを考えた。ああ、ほんの一かけらでいい——この激しい飢えを和らげる、ほんの一口でいいからほしい！　わたしは本能に導かれて村のほうにむかった。あの店を見つけると入って行き、店の女性以外に人がいたにもかかわらず、思いきって言った。「このネッカチーフと交換で、パンを一ついただけませんか？」

店の女性は、明らかに疑い深い目でわたしを見た。「いいや、そういう売り方はしないのでね」

半分でもいいから、と必死の思いで頼んだが、それも断られた。「そのネッカチーフだって、どこから持ってきたものだか」と言うのだった。

「手袋ならどうでしょうか？」

「だめだね。そんなものをもらったって、どうしようもないじゃないの」

読者よ、こんな次第の詳細を長々と伝えるのは、気持ちのよいことではない。辛い過去の経験を回想するのは楽しいという人もいるが、今でもわたしは、当時を振り返ることを耐えがたく感じる。身体の苦しみに伴う精神の堕落の記憶は、あまりにも辛い思い出なのだ。わたしの頼みを拒絶した人たちを、一人として非難する気持ちはなかった。それは当然の反応、どうしようもない行為だと感じていたからだ。普通の物乞いでも胡《う》散臭《さんくさ》いものなのに、きちんとした服装の物乞いとなればいっそう怪しく思われるに違いない。たしかに、わたしが乞うたのは仕事だったが、わたしに仕事の口を提供する義理など誰にあるだろうか。初めてわたしに会い、人柄も何も知らない人にとって、関係のないことなのは当然だった。パンと引き換えにネッカチーフを受け取るのを拒んだあの女の人にしても、わたしの申し出に良からぬものを感じたら、あるいはそんな交換が何の得にもならないと思ったら、断って当然だった。要約して述べていきたい――こんな話はうんざりなので。

あたりが暗くなる少し前、一軒の農家の前を通りかかると、開いたドアの向こうに農夫が座ってパンとチーズの夕食をとっているのが見えた。わたしはそこで足を止めて言った。

「パンを一切れいただけませんか？　とても空腹なので」農夫は驚いた目でわたしをちらりと見たが、何も言わずにそのパンを一切れ厚く切り取ってわたしにくれた。わたしのことを物乞いではなく、その黒パンが気に入った変わり者だと思ったのではないだろうか。農家が見えないところまで来ると、わたしはすぐに座ってそのパンを食べた。

屋根のあるところに泊まれる望みはなかったので、先に述べた森に行ったが、その晩は悲惨で、よく眠れなかった。地面は湿っていて、空気は冷えた。それにそばを誰かが通り過ぎることが一度ならずあり、何度も場所を変えなくてはならなかった。安心して落ち着いていられる気持ちにはまったくなれなかった。明け方近くなって雨が降り、その日は一日じゅう雨だった。読者よ、その日のことを詳しく語れとは言わないでほしい。前日と同じように仕事を求め、拒まれ、飢えていた。一度だけ食べ物が口に入ったのは、ある田舎家の戸口のところで、小さな女の子が冷たくなった粥《かゆ》の残りを豚の餌箱に投げ入れようとしていたからだった。「それをくれませんか?」とわたしは頼んだ。

その子は目を丸くしてわたしを見て、「母さん! 女の人がこのお粥ほしいって」と大声で言った。

「あらそう? 物乞いならあげていいよ。どうせ豚は食べないから」

中からそう返事があったので、女の子は冷えて固まった粥をわたしの手に空けてくれた。わたしはむさぼるようにそれを食べた。

雨の一日が暮れたとき、わたしはそれまで一時間以上たどってきた寂しい馬道で立ち止まって、独り言を言った。

「もう力が尽きてしまいそう。これ以上歩けそうもない。今夜も宿無し――この雨の中、びしょ濡れの冷たい地面を枕にしなければならないのかしら。他に道はなさそう——だって、泊めてくれる人なんか誰もいないのだから。でもとても恐ろしい。飢えてふらふらで、寒くて心細くて、そして希望もない、こんな状態で野宿しなければならないなんて。どうせ朝までに死んでしまうでしょう。それならなぜ、わたしは死という運命を受け入れられないの？　どうして価値のない命を守ろうと躍起《やっき》になっているのだろう？　それはロチェスター様がまだ生きているから、いえ、そう信じているからだわ。それに飢えと寒さで死ぬなんて、受け入れがたい運命だし。ああ、神さま！　もうしばらく生き長らえさせてください！　お力を！　お導きを！」

わたしのうつろな目は、霧に包まれてぼんやりした風景の上をさまよった。村からはずっと離れてしまい、村そのものだけでなく、村のまわりの耕作地ももう見えなかった。脇道や間道《かんどう》を歩くうちに、再びわたしは広い荒野に出ていた。薄暗い丘とわたしとの間には、野生のヒース同様に不毛な、ほとんど耕されたことのないような畑地が少しあるだけだった。

「通りや人通りのある街道よりも、あそこで死ぬほうがましだわ。救貧院の棺に押し込められて、貧民の墓地で朽ちるより、ワタリガラスたちに——このあたりにいれば、だけれど——骨から肉をついばんでもらうほうが、ずっとましよ」

そう思って、わたしは丘にむかい、たどり着いた。あとは窪地を――横になって、安心とまではいかなくとも、せめて人目から身を隠していられる場所を見つけるだけだった。けれども、荒地の表面は平坦に見えた。起伏がなくて、色の変化があるだけ――灯心草や苔の豊かな沼地は緑色に、ヒースだけが生えている乾いた土地は黒く見えた。その違いは、暗くなりつつあってもまだ見分けられたが、光が弱くなるにつれて色も薄れて、光と影の反復にすぎなくなった。

依然としてわたしの目は、暗い丘の起伏や、荒涼とした風景のかなたに消えている荒野の縁などの上をさまよっていた。遠い丘の尾根と沼地の間の薄暗い一点に、光が一つともった。「きつね火だわ」――最初はそう思い、すぐに消えるものと思っていたが、その光はそのまま燃え続け、遠のきも近づきもしなかった。「それじゃ、火をつけたばかりの焚《た》き火かしら」と思って、燃え広がるかどうか見守ったが、光は小さくも大きくもならなかった。「家の中のろうそくかもしれない」と推測した。「そうだとしても、決してあそこまではたどり着けない。あまりに遠すぎるもの。それに、たとえ一ヤードしか離れていなかったとしても、それが何の役に立つというの？　ドアをノックして、目の前で閉められるだけなんだから」

わたしは立っていた場所に座りこみ、地面に顔をつけて、そのまましばらくじっとしていた。丘を渡ってきた風がわたしの上を通り過ぎ、遠くで悲しげな音を立てて消えた。降りしきる雨で、身体はずぶ濡れになってしまった。もしもこのまま冷たく硬くなって、優しい死の手で感覚を失っていたら、そのまま雨がたたきつけるように降り続いても、わたしは何も感じなかっただろう。けれども、まだ生きているわたしの身体は冷たさに震え、やがてわたしは立ち上がった。

光はまだあった。雨の中でぼんやりと、だがずっと変わらずに輝き続けている。再び歩こうとした――疲れきった手足をゆっくりと引きずるようにして、光のほうへ。光に導かれて、丘を斜めに横切って越え、広い湿地を進んで行った。この湿地は冬の間は通行できず、夏のさかりの今でも泥がはねて歩きにくかった。ここで二度も転んだが、そのたびに起き上がって力を奮い起こした。あの光が最後の希望なのだ――どうしてもあそこに行かなくては。

沼地を渡りきったとき、荒地に一本の白い筋が見えた。近づいてみるとそれは道――あるいは人が踏みならしてできた小道で、まっすぐに光に続いていた。光は今、木立――闇を通して見た樹形や葉の特徴から、樅《もみ》の木立らしかった――に囲まれた小山の上にあるようだった。さらに近づくとわたしの星が消えてしまったのは、間に何かの障害物が現れたためのようだった。手を伸ばして目の前の闇を探ってみた。ざらざらした石の低い壁があり、その上には矢来のような柵があって、内側は棘《とげ》の多い生垣になっていた。手探りで進むと、再び何か白っぽいものが目の前に光っていた。それは門、というよりも、蝶番《ちょうつがい》で開く木戸で、わたしが触ると動いた。両側にはそれぞれ黒い茂みがあって、ヒイラギかイチイのようだった。

木戸を入り、低木を過ぎて行くと、一軒の家のシルエットが浮かび上がった。黒くて低く、長く伸びた建物だったが、あの導きの光はどこにもなく、真っ暗だった。住んでいる人はもうみんな休んでしまったのだろうか。きっとそうだと思った。入り口を見つけようとして角を曲がると、あの懐かしい光が見えた。地面から一フィートしか離れていないところにある、とても小さな格子窓の、菱形《ひしがた》のガラスからさしていた。窓のある壁がツタか何かの蔓草《つるくさ》で厚く覆われていて、窓はいっそう小さくなっており、開口部を覆うようにかかっている葉のおかげで、カーテンもシャッターも不要らしい。わたしがかがんで窓を覆う葉を脇にどけると、部屋の中がすっかりよく見えた。床は砂をまいてきれいに磨かれ、胡桃材《くるみざい》の食器戸棚にはピューター製の皿が並び、赤々と燃える泥炭の火の輝きを照り返しているのが見えた。時計、樅の厚板でできた白いテーブル、何脚かの椅子——わたしの光明となった光を発したろうそくはテーブルの上で燃え、ろうそくのそばに年配の女の人が座って靴下を編んでいた。どこかがさつな感じもしたが、周囲にあるものと同じで、きちんとして清潔そうな人だった。

　こんな様子をざっと眺め渡しただけだったのは、それらには特に珍しいところがなかったからだ。もっと興味をひかれたのは、暖炉の近くで薔薇色の温かさと平穏に包まれて静かに座っている人たちだった。若くて優雅で、どこから見ても淑女らしい二人の女性で、一人は低い揺り椅子に、もう一人はさらに低い腰掛けに座っていた。二人とも黒のクレープ地とボンバジーンの正式な喪服を着ていたが、暗い色の服装のために首すじや顔の白さがとても目立って見えた。大きなポインターの老犬がそのどっしりした頭を一人の膝にのせており、もう一人の膝の上には黒猫がおさまっていた。

　このような人たちがこんな質素な台所にいるのは似合わない、いったいどういう人たちなのかしら、とわたしは思った。テーブルで編み物をしている人の娘とは考えられなかった。年配の女性がいかにも田舎者に見えたのに対して、二人は優美で教養もありそうだったからだ。二人のような顔はそれまで見たことがなかったにもかかわらず、じっと見つめていると顔立ちに親しみを感じた。美人とはいえなかった。あまりに青白くて真面目な顔をしていたからだ。それぞれに本の上にかがみこむ表情は、思慮深そうで、ほとんど厳しいとさえいえた。二人の間の小卓の上には、もう一本のろうそくと二冊の大きな本が載せられていて、二人は頻繁にその大きな本を参照していた。翻訳をする人が辞書の助けを借りるように、それぞれの手に持った小さい本と比べているように見える動作だった。あまりに静かな情景だったので、そこにいる人すべてが影絵であるかのように思われ、暖炉の火に照らされた部屋がそのまま一枚の絵のようだった。燃え殻が炉格子から落ちるのも、薄暗い隅で時計がカチカチと音を立てるのも聞こえそうなほどの静けさで、編み棒の触れ合う音まで聞こえてくるような気がした。そういうわけで、ついに不思議な沈黙を破った声も、もちろんわたしの耳に届いたのだった。

「聞いて、ダイアナ」と熱心な勉強家の一人が言った。「フランツと老ダニエルは、夜の間一緒だったのよ。そしてフランツが、自分の見た恐ろしい話をしているところ。聞いてね！」そして小声で何か読んだが、わたしにはひと言もわからなかった。知らない言語だったのだ。フランス語でもラテン語でもなく、ギリシア語なのかドイツ語なのか、わたしにはわからなかった。

「力強いわね。わたし、好きだわ」と読み終えたほうの女性が言うと、頭を上げて聞いていた人は火を見つめながら、いま朗読された中の一行を繰り返した。わたしはあとになってこの言語とこのときの本について知ったので、ここにその一節を引用しよう。もっとも初めて聞いたときには、何の意味もない、鳴り響く鐘の音のようなものだったが。

「「そこに歩み出たのは、星月夜のような姿のものだった」──すばらしいわ、すばらしいわ！」黒い目を輝かせて、その人は感嘆の声を上げた。「偉大な大天使が、ここで姿を現すわね。百ページの大げさな言葉より価値がある一行ね。「思いをわが怒りの秤に載せ、業《わざ》を憤りの分銅《ふんどう》で量る」ここ、好きだわ！」

二人はまた沈黙した。

「そんな言葉で話をする国が、どっかにあるんですか？」編み物から目を上げて、年配の女性が聞いた。

「ええ、ハンナ、イギリスよりずっと大きな国でね、そこではみんな、こんなふうに話すのよ」

「そうですか。でも、言ってることがお互いにわかるんだかどうだか。そして、もしお二人のどちらかがそこにいらしたら、あっちの人たちの言ってることがわかるんでしょうか？」

「少しはわかると思うけど、全部ではないわね。だって、ハンナ、あなたが思っているほど、わたしたちは賢くないの。ドイツ語は話せないし、辞書の助けがないと読むこともできないし」

「そんなドイツ語が、何の役に立つんです？」

「わたしたち、いつか教えようと思っているの――せめて初歩だけでも。そうすれば、お金も今より多くいただけるでしょう」

「なるほどね。でも、お勉強はそろそろおやめなさいまし。今夜はもうたっぷりなったでしょう」

「そうね。とにかくわたしは疲れたわ。メアリ、あなたは?」

「ええ、とっても。先生もなしで、辞書だけで外国語を勉強するのは大変よね」

「そう。しかも、難解で荘厳なドイツ語が相手の場合は特にね。セント・ジョンはいつ帰ってくるのかしら」

「きっともうすぐよ。今十時ね」(ベルトにつけた小さな金時計を見て)「雨がひどいわね。ハンナ、居間の火を見てきてもらえる?」

ハンナが立ち上がってドアを開けたので、廊下がかすかに見えた。奥の部屋の暖炉をかき立てる音が聞こえ、まもなく戻るとハンナは言った。

「ああ、お嬢様方、あっちの部屋に行くのは辛いことですわ。あのお椅子ががらっぽで、隅に片付けられてるのを見ると寂しくって」

そう言ってエプロンで涙を拭くと、落ち着いていた若い二人も悲しそうになった。ハンナが続けて言った。

「でも、ここよりよいところにいなさるんだから、もう一度戻ってほしいなんて思っちゃいけませんです。それに、あんな安らかな亡くなり方は、他にありゃしませんからね」

「わたしたちのこと、何もおっしゃらなかったんでしょ？」一人が訊ねた。

「時間がなかったんですよ、お嬢様。あっというまのことでね、お父様は。前の日と同じで、ちょっとお加減が悪いというくらいで、特に心配だということもなく、お嬢様方のどっちかを呼びましょうかとセント・ジョン様がお訊ねになったら、声を立てて笑っていらしてねえ。次の日になって、またちょっと頭が重いと言われて——これは二週間前からのことだったんですけどね、そして眠られて、それきり目を覚まされなかったわけで。セント・ジョン様がお部屋にいらしたときには、お身体が硬くなっていらしたんです。ああ、お嬢様方！　古い家柄の最後のお方でしたよ。お二人もセント・ジョン様も、ご先祖に似てらっしゃらない。お母様似だね。お母様は学もおありで、メアリ様にそっくり。ダイアナ様はお父様のほうかしらね」

　わたしの目には姉妹が同じように見えたので、この召使が（召使だと決めてかかっていたのだが）言った違いはわからなかった。二人とも色白でほっそりしており、上品で知的な顔立ちをしていた。たしかに髪の色に濃い薄いの違いはあり、髪型も違っていた。

メアリの明るい茶色の髪は分けて三つ編みにされていたが、ダイアナの濃い色の長い髪は豊かな巻き毛になって首すじにかかっていた。時計が十時を打った。

「お夜食をあがりたいに違いありません。セント・ジョン様も、お帰りになれば召し上がるでしょう」

ハンナがそう言って、食事の支度を始めた。二人も立ち上がり、居間に行くようだった。わたしはこのときまで二人を夢中で眺め、様子や会話に強く惹《ひ》かれていたので、自分自身の惨めな境遇を忘れかけていたが、それが今戻ってきた。見ていた光景と比べたせいで、孤独と絶望がいっそう深まったように思われた。そしてこの家の人たちの心を動かしてわたしの身を案じてもらうこと、わたしの苦しみをわかってもらい、さすらいの身から救う一夜の宿の提供を承知してもらうことなど、とても不可能に思われた。ドアを探り当ててためらいがちにノックしながら、そんな願いはとうてい実現できない妄想にすぎないと感じていた。ハンナがドアを開けた。

「何の用?」手にしたろうそくの明かりでわたしを無遠慮に眺めながら、ハンナは驚きのこもった口調で聞いた。

「お嬢様方とお話しさせていただけますか?」とわたしは言った。

「話があれば、わたしにすればいい。どこから来たの?」

「よその土地から来た者です」

「こんな時間に、どんな用があるの？」

「納屋でもどこでもけっこうです、一晩泊めていただきたいのと、パンを一口いただきたいのです」

ハンナの顔に、まさにわたしが恐れていた疑惑の色が浮かんだ。ちょっと間を置いて、ハンナは言った。「パンの一切れくらいはあげますよ。でも、浮浪者を泊めるなんてことは、うちじゃできない。無理だよ」

「どうかお嬢様方にお話をさせてください」

「できないね、そんなこと。お嬢様方だって、何もできないよ。今頃、外をうろついているなんて、とてもまともじゃない」

「でもここから追い払われたら、どこへ行けばいいんでしょう？　どうすればいいんでしょう？」

「どこへ行けばいいか、何をすればいいか、自分でわかっているに違いないよ。いいかい、悪いことはしちゃいけない。さ、この一ペニーを持って、お行き――」

「一ペニーでは食べ物が買えません。それに、これ以上歩く力も残っていないのです。ドアを閉めないでください。ああ、閉めないで――お願いです」

「閉めないと雨が吹き込んでくるからね」

「お嬢様方に伝えて――わたしに会わせてください」

「いいや、しないと言ったらしないよ。どうもあんたはおかしいね、そんなに騒ぎ立てて。どっかに行っておしまい！」

「追い払われたら、死んでしまいます」

「死にはしないよ。夜のこんな時間に人の家に来るなんて、押し込み強盗だか何だか知らないけど、きっと何か悪い企みがあるんだろう。どっかこの近くに仲間がいるんなら、そいつに言ってやるといい――うちは女ばかりじゃなくて、男もいるし犬もいる、銃もあるんだから、ってね」そう言って、正直で頑固な召使はドアをバタンと閉じ、中から閂《かんぬき》をかけた。

最後の努力もむなしかった。激しい苦痛――真の絶望の苦しみで心を引き裂かれ、わたしはあえいだ。もうへとへと、もう一歩も歩けない――濡れた石段にぐったりと座りこんで、わたしはうめき、両手を絞り、苦悩のあまり泣いた。ああ、死の幻影が！　最後の時が、こんな恐ろしさとともに近づいてくるなんて！　ああ、この孤独、同じ人間から追い払われてしまった――切れた錨《いかり》のように希望の支えが失われたばかりでなく、精神の土台も崩れてしまった――少なくとも今は。それでもまもなくわたしは、もう一度気力を取り戻そうと努力した。

「死ぬしかない。神さまを信じます。神のご意思を静かに待つことができますように」心に思うだけでなく、口に出してそう言った。苦悩をすべて心の中に押し込み、そこで静かにさせておこうと努力した。するとそのとき、すぐ近くで声がした。

「人は誰でも、死ななければなりません。しかし、早すぎる悲運をじりじりと待つような運命は、誰もに与えられるわけではありませんよ――もしあなたがここで飢えのために死んだら、そうなるわけですが」

「そうおっしゃるのはどなた？　何者ですか？」突然の声に怯《おび》えて、わたしはそう訊ねた。何が起きても、そこに助けを期待する気持ちはすっかり失っていた。誰かがそばにいたが、あたりが真っ暗なうえに視力も衰えていたので、人影をはっきりと見極めることができなかった。その人はドアをどんどんとたたき続けた。

「セント・ジョン様ですか？」と聞く、ハンナの大きな声がした。

「そうだよ。早く開けて」

「まあまあ、濡れて寒い思いをなさったでしょう。このひどいお天気！　さあ、中へ。お二人がとっても心配なさっています。それに、悪者がうろついているんですよ。物乞いの女が来て――あらいやだ、まだいたんだわ――そんなところに倒れこんで。とんでもないよ！　起きなさい！　どっかに行けと言うのに」

「ハンナ、静かに！　この人にちょっと話があるんだ。この人を断って、おまえは務めを果たしたね。今度は入れてやるのが、ぼくの務めなんだよ。近くにいて聞いていたが、きっと特別の事情があると思う。ぼくとしては、ともかく話をよく聞く必要がありそうだ。娘さん、立ってぼくの前を通り、家に入りなさい」

やっとの思いでわたしはそれに従い、まもなくあの、明るく清潔な台所の中に――あの炉辺に立っていた。ひどく風雨にさらされた、ぞっとするような姿になっているのを意識しながら、気分も悪く、震える身体で。二人の姉妹、兄のセント・ジョン、それにハンナ――四人がわたしを見つめていた。

「セント・ジョン、この人はどなた？」と一人が聞いた。

「わからない。戸口にいたんだ」と兄が答えた。

「何て真っ青な顔」とハンナが言った。

「土みたいに白くて、死人のよう。倒れそうだから、座らせないと」という声がした。たしかに頭がふらふらして身体が崩れたが、ちょうど椅子が受け止めてくれた。意識はあったが、話はできなかった。

「ちょっとお水を飲ませたら、元気が出るかもしれないわ。ハンナ、お水を持ってきて。それにしても、疲れきった様子ね。こんなにやせ細って、血の気もなくて！」

「亡霊みたいに！」

「病気なのかしら、それとも飢えているだけかしら」

「おなかがすいているのだと思うわ。ハンナ、それは牛乳？　わたしに貸して。それからパンもお願いね」

ダイアナが（その人が身をかがめたときに、暖炉とわたしとの間に長い巻き毛が垂れるのを見て、ダイアナだとわかったのだ）パンをちぎって牛乳に浸し、わたしの口元に運んでくれた。近づいたその顔に同情の色があり、早い息づかいに思いやりがあるのが感じられた。簡潔な言葉にも、わたしの心を癒《いや》す、同じ気持ちがこもっていた。「食べてごらんなさい」

「そう、食べてみて」と、メアリも優しく言い、濡れた帽子を取って、頭を持ち上げてくれた。差し出されたものを、わたしは食べた――初めは弱々しく、そしてすぐにがつがつと。

「初めからたくさんあげてはだめだよ。抑えぎみに。そのくらいで十分だ」兄がそう言って、牛乳のカップとパンの皿を下げた。

「セント・ジョン、もう少しだけ。ほしそうなあの目をごらんなさい」

「今はもうだめだよ。口がきけるようになったかどうか、名前を聞いてみてごらん」

話ができると感じたので、わたしは答えて言った。「ジェイン・エリオットと申します」見つかるのが心配だったので、偽名を使うことに決めていたのだ。

「で、お住まいはどちら？　お身内はどこにいらっしゃるの？」

わたしは黙っていた。

「知っている人を、どなたか呼びましょうか？」

わたしは首を横に振った。

「あなたのことを、何か話してもらえるだろうか？」

この家の敷居をまたぎ、家の主《あるじ》たちと顔を合わせた今、なぜかわたしはもう、広い世界から締め出された、宿無しの浮浪者だという気持ちではなかった。物乞いの顔を脱ぎ捨て、本来の性格と態度を取り戻そうと思った。セント・ジョンに説明を求められたときはとても話す体力がなかったので、わたしは少し間を置いてから、こう答えた。

「今夜は詳しいお話ができません」

「それでは、わたしにどうしてほしいと思っていますか？」とセント・ジョンが聞いた。

「何も」体力が足りず、短い答えしかできなかった。ダイアナがあとを引きとって言った。

「あなたに必要な手助けを、わたしたちはもうしたということ？　この雨の晩に、荒野に追い出してもいいとおっしゃるの？」

ダイアナの顔を見た。力と善意にあふれた、すばらしい顔立ちだった。急に勇気が出るのを感じ、その笑みを含んだ思いやりのあるまなざしに答えて、わたしは言った。

「あなたを信じてお任せします。たとえわたしが迷い込んだ野良犬であったとしても、今夜炉辺から追い払うことはなさらないでしょう。ですから、何も恐れておりません。いかようにもなさってください。ただ、長いお話はお許しください。息が切れて、口をきくと痙攣《けいれん》を起こしてしまいそうです」三人はわたしを見つめて黙っていた。ようやくセント・ジョンが口を開いた。

「ハンナ、この人をしばらくそこに座らせておきなさい。何も訊ねてはいけない。あと十分たったら、牛乳とパンの残りをあげていい。メアリ、ダイアナ、ぼくたちは居間に行って相談しよう」

みんな出て行ったが、すぐに姉妹の一人が——わたしにはどちらだかわからなかったが——戻ってきた。心地よい暖かさの炉辺に座っているうちに、快い無感覚状態にいつのまにか包まれていたのだった。その人は小声でハンナに指示をしていた。まもなくわたしはハンナに助けられて何とか階段を上がった。ずぶ濡れの服が脱がされ、乾いた温かいベッドが、すぐにわたしを迎えてくれた。わたしは神に感謝した。言いようもないほど疲れきっていたが、感謝に満ちた、深い喜びに包まれて眠りについた。

第29章

　このあとの三日三晩の記憶は、とてもぼんやりとしている。その間に感じた感覚はいくらか思い出せるが、何か考えた記憶はほとんどなく、行動した覚えもまったくない。小さな部屋の、狭いベッドにいるのはわかっていた。まるでベッドと一つになってしまったかのように、じっと動かずにそこに横たわっていた。わたしをそこから引き離すのは、ほとんど殺すのも同然だっただろう。時間の感覚も失い、朝から昼へ、昼から夜への時の移ろいにも気づかなかった。部屋を誰かが出入りするのはわかり、それが誰であるかもわかった。そばに立っている人が話していることも理解できたが、答えることはできなかった。口を開いたり手足を動かしたりすることはできなかったのだ。一番よく部屋に来るのはハンナで、この人が来るとわたしは不安な気持ちになった。わたしを追い出したがっているのではないか、わたしという人間や境遇に理解がなく、偏見を持っているのではないか、と感じていたからだ。ダイアナとメアリは、日に一度か二度やってきて、枕元でこんなことをささやき合っていた。

「この人を泊めてあげてよかったわね」

「ええ。一晩中ずっと外にいたら、きっと朝には戸口で亡くなっていたでしょうね。どんな苦労をしてきたのかしら」

「普通ではない苦労だと思うわ。さすらいの末に、こんなにやつれて青ざめてしまったのよ、かわいそうに！」

「教育のない人ではなさそうね。話し方から見てそう思うの。なまりもないしね。着ていた服も、濡れて泥だらけだったけど、着古しではない立派なものだったわ」

「変わった顔立ち――今はやつれて、やせているけれど、わたしは好き。健康で元気なときには、きっと感じのいい顔だと思うわ」

二人の話の中に、わたしへの親切を後悔するような言葉、あるいはわたしへの疑いや嫌悪を示すような言葉はまったくなかったので、わたしはほっとした。

セント・ジョンは一度だけ来た。わたしを見ながら、この嗜眠状態《しみんじょうたい》は長期にわたる極度の疲労の反動で、医者を呼ぶ必要はない、自然に回復するのを待つのが一番だと言った。全神経が何か過度の緊張にさらされたようなので、しばらくはひたすら眠らせてやればいい、病気ではないし、いったん回復しはじめれば元気になるのは早いだろう――こういった意見を低い声で静かに手短に述べ、少し間を置いてから、見解を長々と述べることに慣れていない人らしい口調で言った。「なかなか変わった顔つきだ。卑しさや堕落のしるしが表れていないのはたしかだな」

「それどころかね、セント・ジョン、本当のことを言うと、わたしはこのかわいそうな人に心惹《こころひ》かれているの。これからもずっと力になれればいいと思うわ」とダイアナが答えて言った。

「そうはいかないだろうね。この人は身内と仲たがいでもして、無分別に飛び出してきたのかもしれない。もし強情を張らなければ、もとの所に戻してあげられるかもしれないじゃないか。でも、気の強そうな線が顔に出ているから、素直に言うことを聞くかどうかは疑問だね」セント・ジョンは数分間わたしを見つめて立っていたが、それからこうつけ加えた。

「賢明そうに見える、だが美人とは言えないね」

「今はとても具合が悪いんですもの、セント・ジョン」

「具合が良くても悪くても、不器量であるのに変わりないだろうよ。優雅さや美的調和がまったく欠けた顔立ちだ」

三日目になってわたしは快方にむかい、四日目には話をしたり、身体を動かしたり、ベッドに起き上がったり、寝返りを打ったりできるようになった。だいたいお昼頃だと思うが、お粥《かゆ》と何もつけないトーストをハンナが運んできてくれ、わたしはそれをおいしく食べた。それまでは口が熱っぽくて味が損なわれていたが、それが消えて食べ物がおいしく感じられるようになったのだ。ハンナが部屋を出て行ったあと、幾分力がついて元気が出たような気がした。少しすると休養に飽きて、行動したいという欲求が湧き上がってきた。起きたいと思ったが、さて何を着ればよいのだろう。泥まみれの湿った服しかない。それを着たまま地面で眠ったり、湿地で転んだりしたのだ。そんな服を着て恩人たちの前に出るのは恥ずかしいと思ったが、そんな思いはしないですんだ。

ベッドの脇の椅子の上に、わたしの着ていたものがすべて、きれいに洗われ、乾かされて置いてあった。黒の絹のドレスは壁に掛かっていて、泥の跡は落とされ、濡れてできた皺《しわ》は伸ばされ、すっかりきれいに整えられていた。靴や靴下も汚れが落とされて、人前に出ても恥ずかしくない状態になっていた。洗面道具や、髪を梳《と》かすブラシもそろっている。わたしは五分ごとに休みながら、ゆっくりと身支度をした。だいぶやせたせいで洋服がゆるくなってしまったが、合わないところはショールで隠した。こうして再び清潔できちんとした身なりになり――品格を落とすに違いないと恐れていた汚れや乱れのまったく残っていない装いで、わたしは手すりにすがりながら石の階段をのろのろと降り、天井の低い、狭い廊下を通って、台所に行くことができた。

台所には焼きたてのパンの香りが立ちこめ、よく燃えている火の暖かさに満ちていた。

ハンナがパンを焼いていたのだ。よく知られていることだが、教育によって耕され、豊かにされたことのない心の土壌から偏見を取り除くのは至難の業《わざ》だ。石の間に根を張る雑草のように、偏見はそんな土でしっかりと育つのだ。ハンナは最初のうち堅苦しく冷たい態度だったが、次第に心を和らげていた。そしてこのとき、きちんとした身なりで入ってきたわたしの姿を見ると、微笑さえ浮かべた。

「おやまあ、起きてきたの？　じゃあ、治ってきたんだね。よかったら、炉辺にあるわたしの椅子に座っていいよ」

ハンナが指差した揺り椅子に、わたしは座った。ハンナはせわしく働きながら、目の隅でときどきわたしの様子を見ていたが、かまどからいくつかのパンを取り出すとき、ぶっきらぼうに訊ねた。

「あんた、ここに来る前も物乞いをやっていたのかい？」

わたしは一瞬怒りを覚えた。だが、怒るのは論外だ、実際この人の目には物乞いのように見えていたのだから、と思い直して静かに答えた――もっとも、強い口調はかなり残ってしまったが。

「わたしを物乞いだと思うのは間違いです。あなたやお嬢様方と同じで、物乞いなどではありませんから」

少し間を置いて、ハンナは言った。「そこはよくわからないね。あんたには家も銭《ぜに》もないんだろ?」

「家も銭も——銭ってお金のことね?——ないという理由で、あなたの言う物乞いにはならないのよ」

「あんた、学問はあるのかい?」まもなくハンナが聞いた。

「ええ、あります」

「でも、寄宿学校に行ったことはないんだろ?」

「八年もいました」

ハンナは目を丸くした。「それじゃ、またどうして独り立ちできないのかね?」

「自活してきたし、これからもまた、そうするつもりです。そのスグリの実、どうするの?」ハンナが実の入った籠を持ち出してきたのを見て、わたしはそう聞いた。

「パイにするんだよ」

「こちらに貸してごらんなさい。実をとってあげるから」

「いいや、あんたはまだ何もしちゃいけないよ」

「でも、何かしたいの。それをこっちに」

ハンナは承知し、ドレスの上に広げるようにときれいなタオルまで持ってきてくれた

――「服を汚さんように」と。

「あんた、こういう仕事には慣れてないね。その手を見ればわかる。仕立てでもやってたのかい？」

「いいえ、はずれだわ。わたしが何をしていたかなんて、もう気にしないで。わたしのことで頭を悩ませるのはやめにして、それよりこの家の名前を教えて」

「マーシュ・エンドと呼ぶ人もいるし、ムーア・ハウスと呼ぶ人もいるよ」

「で、ここに住んでいらっしゃる男の方は、セント・ジョンとおっしゃるのね？」

「いいや、ここにお住まいではないよ。しばらくいらっしゃるだけ。いつもはモートンに住んでいらっしゃるんで」

「それは、ここから何マイルか先の村ね？」

「そうだよ」

「お仕事は？」

「教区牧師をなさっておいでだ」

あの村の牧師館で牧師にお目にかかりたいと言ったとき、家政婦が言ったことを思い出した。「ではここは、あの方のお父様のお住まいだったのね？」

「そう。リヴァーズの旦那様が住んでおられた。そのお父様もおじい様も、ひいじい様もな」

「では、あの方のお名前はセント・ジョン・リヴァーズなのね？」

「そう。セント・ジョンというのは、洗礼名でね」

「妹さんはダイアナ・リヴァーズにメアリ・リヴァーズ？」

「その通り」

「お父様が亡くなられたの？」

「三週間前に、卒中でね」

「お母様はいらっしゃらないの？」

「奥様はずっと前に亡くなられたよ」

「あなたはここに長いの？」

「三十年になる。三人とも、わたしがお育てしたんでね」

「それは、あなたが忠実で正直な召使だったということの証明ね。それは認めます
——わたしを乞食と呼んだ失礼なあなただけど」

ハンナは、再び驚いてわたしを見た。「あんたのことは思い違いをしていたようだ。悪者が多いんでねえ。許してくださいよ」

「でもあなたは、犬だって追い払うのはかわいそうな晩に、わたしを追い払おうとし

たわね」わたしは少々手厳しく言った。

「ああ、あれはきつい仕打ちだった。でも、他にどうすればよかったかね。わたしは自分のことより、お嬢様たちのことを考えていたんだよ。お気の毒に、わたししかお世話をする者がおらん。わたしが用心せんと」

わたしはしばらくの間、重々しい沈黙を守った。やがてハンナがまた言った。

「わたしのことを、あまり薄情だと思わないでもらいたいよ」

「でも、どうしたってそう思ってしまうわ」と、わたしは言った。「そのわけを話しましょう。それはね、わたしを泊めるのを断ったとか、詐欺師《さぎし》だと思ったとかの理由ではないの。今わたしに、家も銭もないからととがめるようなことを言ったからよ。どんなに立派な人でも、中にはわたしと同じくらいの貧乏を経験した人がいるのよ。キリスト教徒なら、貧乏を悪と考えてはいけないわ」

「もうそんなふうには考えませんよ。セント・ジョン様もそうおっしゃる。わたしが間違ってたのは、よくわかりました。それに、あんたのこともね、もう前とは違って見直した。ちゃんとした人に見えますもんね」

「それならいいわ。許します。握手しましょう」

ハンナは粉だらけの硬い手を差し出して握手した。そのかさかさした顔に、前よりも温かい微笑が浮かんで明るくなった。このときからわたしたちは、仲のよい友達になった。

ハンナは明らかに話し好きで、わたしが果物をもいでいる間、パイの生地を練りながら、亡くなった旦那様や奥様のこと、「お子たち」と呼んでいる若い人たちのことを、いろいろと細かく話してくれた。

亡きリヴァーズ様はとても質素な方でありながら、古い家柄の出の、立派な紳士でしたよ、とハンナは言った。マーシュ・エンドは、建てられて以来リヴァーズ家のもので、「だいたい二百年はたってるだろうね。つつましい小さな家で、モートンヴェイルのオリヴァーさんちの大きなお屋敷とは比べ物になりませんがね」とのことだった。「でも考えてみれば、ビル・オリヴァーの父親はしがない針作り、リヴァーズ家はヘンリー王時代には地主階級だったんですよ。モートン教会の聖具室の記録簿を調べれば、誰にでもわかることでね」とつけ加えた。「亡くなった旦那様のなさることは普通の平民と同じで、狩りや畑仕事がお好きでした。奥様は違っていて大の読書家、それにお勉強もずいぶんなさっていましたよ。それでお子たちも似ておいでです。このあたりでは、後にも先にも見たことがない――三人とも、片言を言えるかどうかの歳から学問好きで、一人でお勉強するんですから」と言う。大きくなると、セント・ジョンは大学に進んで牧師の道へ、姉妹は学校を出るとすぐに家庭教師の口を探すことになった。それは数年前に父親が、信頼していた人の破産で多額の損失を負い、子どもたちに分ける財産がなくなったために余儀なくされた自活の道だった。それで三人がこの家に帰ってくることはほとんどなくなったが、父親が亡くなったため、数週間の予定でここに滞在中というわけだった。しかし三人とも、マーシュ・エンドやモートン、そしてこのあたりの荒野や丘が大好きで、ロンドンや他の大きな町で暮らしてみてもやはりわが家ほどいいところはない、といつも言っているそうだ。それに兄妹とても仲がよくて、喧嘩《けんか》や口論をしたことがない、こんなに仲のよい家族は見たことがない、とハンナは言った。

わたしはスグリをもぎ終わったので、三人はどこへいらしたの、と聞いてみた。

「モートンまでお散歩です。三十分もすれば、お茶に戻ってみえるでしょう」

その通りに三人は戻り、台所口から入ってきた。セント・ジョンはわたしを見ても会釈するだけで通り過ぎて行ったが、二人は足を止めた。メアリは、下に降りてこられるようになって嬉しいわ、と静かに言葉少なく、だがとても優しく言った。ダイアナはわたしの手を取り、頭を振って見せた。

「降りてきてもいいとわたしが言うまで、待っていなくてはだめでしょう。まだこんなに顔が青いし、こんなに細いし！　かわいそうに！　かわいそうに！」

ダイアナの声は、わたしの耳には鳩のクークー鳴く声のように聞こえた。その目は、こちらを見つめる視線に会うと嬉しくなるような目だった。顔全体が魅力的に見えた。メアリの顔立ちも同じように知的で、同じように美しかったが、表情が控えめで、優しい物腰にも幾分かよそよそしさがあった。ダイアナのほうは、様子にも話し方にも権威のようなものがあり、はっきりした意志があるのが感じられた。ダイアナのような人の権威に従い、良心と自尊心が許す範囲でその敏活な力に身を委《ゆだ》ねることに喜びを感じる性質を、わたしは持っていた。

「それに、台所に何のご用があるかしら？　ここはあなたのいる場所じゃないわ。メアリとわたしはときどき台所に来て座るけど、それはうちでは自由気ままにしたいから。あなたはお客様なんだから、居間に行かなくてはだめよ」

「わたし、ここでけっこうなんです」

「けっこうじゃないわ。ハンナがせかせか働いているから、あなたも粉だらけになってしまうじゃない」

「それに、あなたにはここの火が熱すぎるでしょう」とメアリも加わって言った。

「たしかにそうよ。さあ、おとなしく言うことを聞いてね」とダイアナはわたしの手を取って立たせ、奥の部屋に連れて行った。そしてソファに座らせた。

「わたしたちが着替えてお茶の支度をする間、そこに座っているのよ。この小さな荒地の家では、わたしたちの特権としてお食事の用意を自分たちですることもあるの――気が向いたときとか、ハンナがパンを焼いたりビールを作ったり、洗濯やアイロン掛けをしているときなんかにね」

ドアを閉めてダイアナが行ってしまうと、わたしはセント・ジョンと二人になった。本か新聞を手にして、向こう側に座っている。わたしはまず客間を、それからそこにいる人を観察した。

居間は小さめの部屋で、家具もとても質素だったが、清潔できちんと整い、居心地がよかった。古風な椅子には光沢があり、胡桃材《くるみざい》のテーブルは鏡のようだった。色をつけた壁には、昔の人らしい男女を描いた、変わっていて古めかしい肖像画が掛かっていた。ガラスの扉のついた戸棚には、数冊の本と古い陶器のセットが入っていた。余分な飾りの一つもない部屋だ。サイドテーブルに置かれた一対の裁縫箱と、紫檀《ローズウッド》でできた婦人用の手箱を除けば、現代風の家具は一つもない。絨毯《じゅうたん》とカーテンを含むすべてが大切に使い込まれているという印象だった。

セント・ジョンは壁の黒っぽい絵の中の人のようにじっと座り、唇を固く結んで、読んでいるページにじっと目をそそいでいるので、観察するのは容易だった。人間でなく彫像だったとしても、これほど容易ではなかっただろう。歳はまだ若く、二十八から三十歳くらいだろうか。ほっそりして背が高く、人目を惹きつける顔立ちをしていた——ギリシア人のような顔で、見事な輪郭、鼻筋の通った古典的な鼻、アテネ人のような口と顎《あご》をしている。古代ギリシアの彫像にこれほど近い英国人の顔はめったにないだろう。こんなに整った顔であれば、わたしの顔立ちの不均整に少々驚いても不思議はない。目は大きくて青く、まつ毛は茶色だった。高い額《ひたい》は象牙のように白く、そこにときどき金色の巻き毛がかかっていた。

読者の方々、皆さんはこれを読んで、穏やかな人物の描写だと思われたのではないだろうか？　ところがさにあらず、この人は温和、柔軟、多感、沈着などという印象をほとんど与えないのだ。今も静かに座っていながら、鼻孔や口や眉のあたりにどこか落ち着かない、冷徹で一途《いちず》なものがあると、わたしには感じられた。妹二人が戻ってくるまでの間、わたしに話しかけるどころか、一度として目を向けることさえなかった。ダイアナはお茶の支度をしながら部屋を出たり入ったりしていたが、天火の上で焼いた小さなお菓子をわたしに持ってきてくれた。

「さあ、どうぞ。おなかがすいたでしょう？　朝からお粥をいくらか食べただけだと、ハンナから聞きましたよ」

大いに食欲を取り戻していたわたしは、それを拒まなかった。セント・ジョンは本を閉じてテーブルに近づき、椅子に座って、絵に描かれたような青い目をわたしに向けた。その視線には、無遠慮なまでの率直さ、何かを探し求めようという動かしがたい決意のようなものがあった。未知のわたしにこれまで視線を向けなかったのは内気なためではなく、そうする意志があってのことだったとわかるまなざしだった。

「とても空腹なのですね」とセント・ジョンは言った。

「はい、その通りです」簡潔な問いには簡潔に、率直に聞かれれば率直に答えるのが、昔から本能的に身についた、そして今も変わらないわたしのやり方だった。

「微熱のあったせいで、この三日間食べられなかったのは幸いでした。初めから食欲に任せていたら、きっと危険だったでしょう。もう食べていい。でも、まだ食べすぎないように」

「お宅で食べさせていただくのも、長いことではないと存じます」わたしはよく考えずに、不躾《ぶしつけ》で気の利かない答えをしてしまった。

「そうですか」セント・ジョンは冷静に言った。「身内の方の住所を教えてくれたら、手紙を書きます。そうすればお家に帰れるでしょう」

「はっきり申し上げますと、それはできないことです。家も身内もありませんので」

三人はわたしを見つめたが、疑いの目ではなかった。不信よりも好奇心のこもった視線であるのが感じられ、特に二人の女性はそうだった。セント・ジョンの目は文字通り澄んでいるのだが、たとえていえば奥まで見通すのが難しい目だった。目は自分の思いを伝える器官ではなく、相手の思いを探るための手段として使われているようだった。鋭さと打ち解けない頑《かたく》なさとが共存しているので、相手は励まされるよりも困惑させられることになった。

「ではあなたには、どんな親類縁者もいないと言うのですか？」とセント・ジョンが聞いた。

「そうです。生きている縁者は一人もいません。受け入れてくれる家は、イギリス中に一つもありません」

「その歳で、実に珍しい境遇です！」

セント・ジョンはそのとき、テーブルの上で組んでいたわたしの両手をちらりと見た。何のためかしら、と思ったが、それはすぐに発せられた問いで明らかになった。

「結婚したことはないのですか？　独身なのですね？」

ダイアナがこれを聞いて笑った。「だって、セント・ジョン、この方はどう見ても十七か十八じゃありませんか」

「もうすぐ十九になります。でも、結婚はしていません」

顔が燃えるように赤くなるのが自分でもわかった。結婚という言葉で苦い記憶がよみがえって、心が動揺したのだ。その気持ちと当惑は三人も見てとるところとなり、ダイアナとメアリは紅潮した顔から視線をそらして、わたしを楽にしてくれた。だが、冷徹なセント・ジョンは凝視をやめなかった。ついにわたしは苦しくなって、涙まで浮かべてしまった。

「出てくるまでの住所はどこですか？」セント・ジョンが聞いた。

「質問のしすぎよ、セント・ジョン」メアリが小声で言ったが、セント・ジョンはテーブルに身を乗り出し、断固とした鋭い目つきで答えを求めていた。

「どこに誰といたのか、どちらも秘密です」わたしは簡潔に答えた。

「秘密にしておきたいなら、そうする権利があると思うわ――セント・ジョンに訊ねられても、他の人からでも」とダイアナが意見を述べた。

「でも、あなたやあなたの身の上について何も知らなければ、お助けしようがありません。助けが必要でしょう？」

「はい、助けを求めています。どなたか徳のある慈善家がわたしにできる仕事を見つけてくださり、その報酬で自活できれば――生きていく最低限のものを得られれば、と思います」

「ぼくが有徳の慈善家かどうかはわかりませんが、そういう真面目な目標のためであれば、できるだけのことを喜んでしますよ。ではまず、これまでにしてきたこと、それからあなたのできることを話してください」

このときわたしはお茶を飲み終えていた。葡萄酒《ぶどうしゅ》を飲んだ巨人のように、わたしもお茶で大いに元気が出た。弱っていた神経に新たな張りが戻り、洞察力に富むこの若い裁判官にむかって、落ち着いて話をする力が湧いてきた。

「リヴァーズさん」わたしはセント・ジョンのほうに向き、その目を臆することなくまっすぐに見つめ返した。「あなたと妹さんたちは、わたしにとても親切にしてくださいました。人間にできる最高のご親切でした。その気高いご厚意で、わたしを死から救ってくださったのです。このご恩にはいくら感謝しても足りませんし、できる範囲でわたしの秘密をお話しするのは当然と思います。受け入れてくださったさすらい人のわたしの生い立ちを、わたしの心の平和を乱さない範囲で――わたしの心身の安全と、他の人々の安全を脅《おびや》かさない範囲で、できるだけお話ししたいと思います。

わたしは孤児です。牧師の娘に生まれました。物心がつく前に両親を亡くし、他家で育てられて、慈善施設で教育を受けました。生徒として六年、教師として二年過ごした、その施設の名前は申し上げられます。――州にあるローウッド養育院です。リヴァーズさんも、お聞きになったことがおありではありませんか？　ロバート・ブロックルハースト牧師が財務理事です」

「ブロックルハーストさんの名前は聞いたことがあるし、その学校を見たこともあります」

「一年ほど前に、家庭教師になるためにローウッドを出ました。よい勤め口が見つかって、幸せでした。どうしても事情があってそのお屋敷を去ることになったのは、ここに来る四日前のことです。そのわけはお話しできませんし、するべきでもありません。必要のないことですし、危険でもあり、信じてもいただけないでしょうから。それはわたしの過《あやま》ちではありませんでした。皆さん方と同じで、わたしには何の罪もありません。今は惨《みじ》めな気持ちですし、この先しばらくはそれが続くでしょう。というのも、わたしには天国のようだったお屋敷を出なくてはならなくなった理由が、本当に奇妙で恐ろしい災難だったからです。去るにあたって気をつけたことは二つ、迅速《じんそく》に秘密裏《ひみつり》にということでした。そのためには、小さな包み一つ以外のすべてのものを残してこなければなりませんでした。その包みさえ、気が急《せ》き、悩みでいっぱいだったために、ウィットクロスまで乗せてもらった馬車に置き忘れる始末。それでこのあたりに来たときには、無一物だったのです。二晩野宿し、二日間はどこの家にも入れてもらえずにさまよいました。その間に食べ物を口にしたのは二度だけでした。飢えと疲労と絶望でほとんど息絶えるかと思われたときに、リヴァーズさん、あなたが、ここの戸口で飢え死にしてはいけないとおっしゃって、中に入れてくださったのです。そのあと、妹さんたちがしてくださったことのすべてを、わたしはわかっております。眠り続けているように見えていた間も、意識が全くないわけではなかったからです。お二人の心からの、純粋で温かな同情に、恩義を感じております――あなたの、福音主義の慈善に対してと同じように」

「今はこれ以上話をさせてはいけないわ、セント・ジョン」わたしがひと息ついたのを見て、ダイアナがそう言った。「まだ十分に回復していないから、興奮させてはいけないのよ。ソファに来てお座りなさいな、ミス・エリオット」

偽名で呼ばれて、わたしは思わずびくっとした。新しい名前を忘れていたのだ。何事も見逃すということがないらしいセント・ジョンは、すぐこれに気づいた。

「名前はジェイン・エリオットとおっしゃいましたね?」

「そう申しました――今はそう呼んでいただくのがよいと思いまして。でも本名ではないものですから、その名前で呼ばれると奇妙な感じがします」

「本名は教えてくれないのですか?」

「はい、見つかることを何より恐れているのです。発見につながるようなことは、何もお話ししたくありません」

「もちろん、それはそうだわ」とダイアナが言った。「さあ、お兄様、お願いだからこの人を、少しそっとしておいてあげて」

しかしセント・ジョンはしばらく考えてから、いつもの鋭い洞察力で冷静にこう言った。

「ぼくたちの好意にずっと頼ってはいたくないと思っているのですね。妹たちの同情と、それ以上にぼくの慈善とから（同情と慈善とをはっきり区別されたのがわかりましたよ。それを不快とは思いません。本当ですからね）できるだけ早く逃れたいと――つまり、ぼくたちを頼らずにやっていきたいと思っているのですね？」

「そうです。そう申し上げたつもりでした。どんなことをして働けばよいか、どうやって仕事を見つければよいか、それを教えていただければ十分です。どんなに粗末な小屋にでも住みますので、そのときはおいとまさせてください。でも、それまではどうか、ここに置いていただけますか？　宿無しで貧窮の恐怖をまた味わうのは耐えられません」

「もちろんですとも。ここにいらっしゃいね」ダイアナが白い手をわたしの頭に置いてそう言った。「そう、ここにね」とメアリも、いつもの彼女らしい、誠実で控えめな口調で繰り返した。

「ほら、妹たちはあなたをここにお泊めするのを嬉しく思っています。冷たい冬の風に追われて窓から入ってきた、凍える小鳥の世話をするのを嬉しく思うように。ぼくはあなたに自活の道を見つけてあげたいし、そのために努力もします。ただ、ぼくの活動範囲は狭い――貧しい田舎の教区牧師にすぎませんからね。ささやかな助けしかしてあげられないでしょう。もしあなたが、「ささやかな日をさげすむ」（「ゼカリヤ書」四章十節）のであれば、もっと有力な援助を探すといいでしょう」

「自分にできる地道なことなら喜んで何でもすると、この人はさっき言っていたでしょう」と、わたしに代わってダイアナが言ってくれた。「それにね、セント・ジョン、この人は助けを求めるのに、相手を選べる立場ではないわ。あなたみたいな無愛想な人でも我慢しなくてはならないんだから」

「服の仕立てでも、ただのお針子でも、他になければ女中でも、子守りでも、何でもやります」とわたしは言った。

「わかりました。そういうことなら、助けることを約束しましょう――ぼくなりのやり方で、時間の許す限り」

セント・ジョンはきわめて冷静に言うと、お茶の前に読んでいた本をまた読みはじめた。わたしはすぐに部屋を出た。起きているにも話をするにも、そのときの体力の限界に達していたからだ。

第30章

わたしはムーア・ハウスの人たちを、知れば知るほど好きになった。何日かすると、一日中起きていることも、ときには散歩に出ることもできるまでに回復した。ダイアナとメアリのすることに何でも加われるし、二人が望むだけおしゃべりができ、二人がさせてくれるお手伝いはいつでもどこでもできるようになった。こういう交流には、わたしにとって初めての、心もはずむ喜びがあった。好みも考えも信念も完全に一致していることから生まれる喜びだった。

二人が好んで読むものをわたしも好み、二人が楽しく味わうものをわたしも楽しみ、彼女たちがよしとするものにわたしも敬意を表した。二人はこの奥まった場所に建つ家を愛していた。わたしもまた、この小さな灰色の古風な家に――低い屋根、格子窓、崩れかけた塀、山から吹き下ろす風で一方に傾いている古い樅《もみ》の木の並木道、イチイとヒイラギが茂り、丈夫な植物しか花を咲かせない庭などを持つこの家に、尽きることのない大きな魅力を感じていた。二人はまた、住まいの背後やまわりに広がる紫色の荒野に――この家の門から小石だらけの乗馬道が下りて行く谷に愛着を持っていた。その道はまず、シダの土手の中を曲がりくねって進み、次にはヒースの荒野と境を接する、荒涼とした牧草地の間を行くのだが、この牧草地は、荒野の灰色の羊たちと、もじゃもじゃの顔をした小羊たちの群れに食物を与えていた。二人はこの風景をとても愛していて、わたしもその気持ちを理解し、たしかにその通りだと共鳴した。この土地の魅力を知り、神聖な孤高というものを感じたのだ。なだらかに広がり起伏する丘の稜線の眺めを、あるいはまた苔、エリカ、花を散りばめた草地、輝くようなシダ、花崗岩《かこうがん》の岩壁などで山の峰や谷を染める自然の色彩を、わたしの目は深く味わった。こういう風物の一つ一つが、二人にとってもわたしにとっても、甘く純粋な喜びの源だった。この地方独特の強い突風と優しいそよ風、荒天の日と穏やかな日、日の出日の入りのとき、月光の夜と曇りの夜――これらは二人を惹《ひ》きつけるのと同じくわたしを惹きつけ、二人を夢中にしたのと同じ魔力で、わたしを虜《とりこ》にした。

　家の中でも同じように、わたしたちは相性がよかった。二人ともわたしより教養があり、本も多く読んでいた。しかしわたしも熱心に、二人の歩いてきた知識の道をたどって追いかけた。貸してもらった本はむさぼるように読み、昼間にじっくり読んだ内容について二人と話し合う夜の時間は、とても充実したものだった。考えることも意見もぴったり合った。要するに、わたしたちは完璧に一致したのだ。

三人の中に優れたリーダーがいるとしたら、それはダイアナだった。身体的にはるかにわたしに勝《まさ》っていたし、器量がよくて活発だった。「動物精気《アニマルスピリット》」といわれる活力に満ち、豊かな生命があふれるように流れていて、わたしは感嘆すると同時に当惑も感じるほどだった。宵の語り合いの時間が来ると、初めのうちはわたしも話に加わることができるものの、そのうちに勢いを失って言葉も少なくなる。そうするとわたしは、ダイアナの足元の腰掛けに座って彼女の膝に頭をもたせかけ、自分がちょっと触れただけのテーマについて二人が徹底的に話し合っているのに耳を傾けるのを好んだ。ダイアナはドイツ語を教えてあげると言ってくれ、わたしはそれを嬉しく思った。教師の役目はダイアナにむいていて、本人もそれを楽しんでいるのが見てとれた。同じようにわたしも生徒役が楽しく、自分にむいていると思った。性格がぴったり合っていたので、特別に強い愛情が生まれたのだ。わたしが絵を描けるということがわかるとすぐに、二人は鉛筆や絵の具を、自由にどうぞ、と貸してくれた。たった一つだけ二人より優れていた、わたしのこの技術に二人は驚き、感心してくれた。わたしが絵を描いていると、メアリは横に座ってずっと見ていたものだが、やがて教えてほしいと言い出し、素直で賢く、真面目な生徒になった。こうして二人と一緒にいろいろなことをして楽しんでいるうちに、数日が数時間のように、数週間が数日のような速さで、瞬《またた》く間《ま》に過ぎていった。

女性三人の間に自然に、また急速に育った親しさはセント・ジョンにまでは及ばなかった。セント・ジョンとの間の距離が消えないのはほとんど留守がちだったせいで、その時間の多くは、教区のあちこちにいる病人や貧しい人々への訪問に費やされている様子だった。

牧師としての巡回に、天候はまったく妨げにならないようだった。午前中の勉強がすむと、雨でも晴れでも関係なく、帽子をかぶり、父親の飼っていたポインターの老犬カーロを従えて、自分の使命を果たしに――愛のためか義務のためか、本人の考えはわたしにはよくわからなかったが――出かけて行った。荒天のときなど、行くのを控えるように妹たちが言うこともあったが、そんなときセント・ジョンは、明るいというのではない、独特の生真面目な微笑を浮かべて答えたものだった。

「ちょっとばかり風が吹く、雨が降るといって、こんな楽な仕事を怠けるようでは、将来考えているぼくの計画はいったいどうなるだろうか」

それを聞くとダイアナとメアリはため息をつき、しばらくは悲しそうに、じっと考え込むのが常だった。

家にいないことが多いという以外にも、セント・ジョンとの間に友情が生まれるのを妨げる理由があった。セント・ジョンは堅苦しくて、思いにふけりがちの、さらには考え込みがちの性格のように見えた。牧師の仕事に対しては熱心で、生活や習慣にも非の打ち所がない。それにもかかわらず、真のキリスト教徒や実践に励む慈善家なら当然その報いとして与えられるはずの、心の平静、精神的な満足といったものを享受しているようには見えなかった。よく夕方に、書類の載った机を前にして読書も書き物もせずに座っていることがあった。顎《あご》を手で支え、何事か考え込んでいるのだが、たびたび目が光ったり見開かれたりするのを見ると、心が乱れたり激したりしていることがわかった。

それにセント・ジョンにとっては、妹たちが喜びの宝庫としている自然についての感じ方も、それとは異なっていたように思う。わたしの聞いた限りではたった一度だけ、丘の起伏の持つ魅力には強い印象を受けるということと、わが家と呼ぶこの家の、黒い屋根と灰白色の壁に生来愛着を感じると語ったが、その口調には喜びよりむしろ憂鬱さがこもっていた。心の休まる静寂を求めて荒野を歩くことは決してなかったようだし、そこに無数に生まれる穏やかな喜びを探したり、それについて考察したりすることもなかったようだ。

そんなふうに打ち解けない人だったので、その精神の深さを知るまでには時間がかかった。力量を初めて知ったのは、モートンの教会で牧師としての説教を聞いたときだった。あのときの説教をここに書き記せればよいのだが、とても力が及びそうもない。わたしの受けた感銘でさえ、十分に言い表すことができないのだ。

説教は静かに始まった。そして、話しぶりや声の調子についてだけ言えば、最後まで穏やかだった。誠実な、しかし厳しく抑制された情熱が、すぐにはっきりした語調に表れ、それが力強い言葉を呼び起こした。言葉は凝縮され、圧縮され、抑制された力となった。話し手の力によって、聞く者の心は震え、精神は衝撃を受けたが、心も精神も和《なご》むことはなかった。一貫して不思議な辛辣《しんらつ》さがあり、優しい慰めはなかった。カルヴィン派の教義の中の、神による選抜、予定説、永罰などを思わせる言及があり、そのときはまるで最後の審判の宣告のように聞こえた。説教を聞き終わったとき、わたしは穏やかな明るい、啓発された気持ちになる代わりに、言いようのない悲しみを感じずにはいられなかった。他の人も同じだったかどうかはわからないが、わたしには今聞いていた雄弁が、失意というよどんだ澱《おり》の底――飽くことのない切望と落ち着かぬ野心とが、不安な衝動となって揺れ動く底から湧いてきたように思えた。セント・ジョン・リヴァーズという人は、清らかな生活を送り、誠実でひたむきではあったが、「あらゆる人知を超える神の平和」（「フィリピの信徒への手紙」四章七節）をまだ見出していないのだと、わたしは確信した。壊れた偶像と失われた楽土への抑えがたいひそかな悔恨――語ることを避けながらもそれにとりつかれ、ひどく苦しめられているこのわたしと同様に、この人もまた神の平安を見出していないのだという気がしたのだ。

その間に一か月が過ぎた。ダイアナとメアリはまもなくムーア・ハウスを出て、それぞれを待ち受ける、まったく別の場所での暮らしに戻って行く。時代の先端を行くイギリス南部の大都市で、それぞれの屋敷で家庭教師として働き、富裕で横柄《おうへい》な人たちからは卑しい召使の一員としてしか見なされないのだ。そういう人たちは、二人の内に秘められた優秀さなど知りもしなければ知りたいとも思わず、二人の知識を、料理人の腕前や小間使いの趣味程度に評価するだけなのだ。わたしのために探してくれるという約束の仕事について、セント・ジョンからはまだ何も言われなかったが、何かの仕事に就《つ》くことはわたしにとって緊急の問題になっていた。ある朝、客間で数分間だけ二人になったとき、思いきって窓のところ――専用のテーブルと椅子と机が置かれた、セント・ジョンの書斎のような場所――に近づいた。聞きたいことをどう言い出せばよいか決めかねてはいたが、とにかく話をするつもりだった。氷のような打ち解けなさに覆われたこういう人を相手に、それを打破するのはいつも至難の業《わざ》だったのだ。しかし、向こうから口を開いてくれたのは大助かりだった。

セント・ジョンは、近づいてきたわたしを見上げて「何か聞きたいことがあるのですか?」と言った。

「はい、わたしにできそうな仕事のことで、何かお耳に入ったかどうか、伺いたいと思いまして」

「三週間前に見つけた――というか、考え出したというか――仕事が一つあります。でも、ここであなたが幸せそうで、役に立ってもくれていたので――妹たちは本当にあなたが好きで、一緒にとても楽しく過ごしているようでしたし――二人がマーシュ・エンドを出ることであなたに仕事が必要になるまでは、みんなの邪魔はしないのが賢明だと判断したのです」

「お二人は、あと三日後に出発なのですよね?」

「そうです。二人が行ったら、ぼくもモートンの牧師館に戻ります。ハンナは連れて行き、この家は閉めきります」

最初に切り出された仕事の話がそのあとに続くものと思って、わたしはしばらく待っていた。ところが、セント・ジョンは別のことを考えはじめてしまったらしく、わたしのことも、わたしの用件も忘れている様子だった。わたしにとっての切実な問題に、どうしてもこの人を引き戻さなくてはならなかった。

「リヴァーズさん、お考えになっているという、そのお仕事はなんでしょうか? 遅くなったために、得にくくならないとよいのですが」

「ああ、それは大丈夫。ぼくが提供し、あなたが受ける、それだけで決まることですので」

そう言うとまた言葉を切って、先を続けたくない様子がうかがえた。わたしはじれったくなったので、落ち着きなく一、二度身体を動かしたり、相手の顔に厳しく真剣な視線をそそいだりして、言葉と同じくらい効果的に、言葉よりたやすく、その気持ちを伝えた。

「あわてて聞く必要はありません。実を言うと、それほど有利で望ましい仕事があるわけではないのです。説明する前に、以前ぼくがはっきり言っておいたことを思い出してください——もし助けるとしても、目の不自由な人間が足の不自由な人間に手を貸すようなものになるのだということを。ぼくは貧しい者です。父の負債を払い終えたら、残るのはこの崩れそうな家と、後ろにある傷だらけの樅の並木と、表のイチイとヒイラギの木立がある小さな荒地、それだけなのです。ぼくは名もない者です。リヴァーズ家は古い家柄ですが、わずかに残った子孫三人のうち、二人は他人の家で働いてやっと生計を立て、三人目は自分を母国に属さないよそ者だと思っています——生きている間だけでなく、死んでからも。そう、その運命を名誉に思い、名誉と思わざるを得ないのですよ。肉体の束縛を離れるしるしの十字架が肩に置かれ、自分もその卑しい一員である、教会の戦士団の長イエスが「立ちて我に従え！」という命令をくだされる、その日を待ち焦がれているのです」

　セント・ジョンはまるで説教をするときのように静かな低い声で、顔を紅潮させることもなく、目を輝かせて話した。

「ぼくが貧しくつまらぬ者ですから、あなたにも貧しくつまらぬ仕事しかあげられないのです。あなたの目には、自分を貶《おとし》める仕事だと見えるかもしれません――これまでのあなたの暮らしは、いわゆる上品なものだったようですからね。あなたの好みは理想的なものに傾きがちだし、おつきあいの範囲も、少なくとも教養ある人たちだったのでしょう。しかしぼくが考えるに、われわれ人類を向上させることのできる仕事であれば人を貶めることはないのです。耕作するようにとキリスト教徒に割り当てられた土地が不毛で荒れていれば荒れているだけ――労働の報いが少なければ少ないだけ、栄誉は高くなるのだと考えます。それは開拓者の運命で、福音書の最初の開拓者は十二使徒でした。その長は、救い主イエスにほかなりません」

「それで？　先を続けてください」再び言葉を切ったセント・ジョンに、わたしは言った。

　セント・ジョンは、続ける前にわたしを見た。まるでわたしの顔立ちや皺《しわ》が本のページに書かれた文字であるかのように、時間をかけてわたしの顔を読んでいるようだった。そしてそれで得られた結論の一部を、次のような言葉で表した。

「ぼくが差し出す勤め口を、きっとあなたは受けるでしょう。そしてしばらくは仕事を続ける――でも、いつまでもというわけではないでしょう。この貧しくなる一方の職――人目につかない平穏なイギリスの田舎の教区牧師の職に、ぼくがいつまでもとどまるつもりがないのと同様です。というのは、あなたの性格の中にはぼくと同じような、平穏に落ち着いていられない要素が混じっているからです――種類はぼくと違いますけれどね」

「どうぞ説明してください」また黙ったセント・ジョンにわたしは言った。

「説明します。あなたもそれを聞けば、どんなに貧しく、つまらぬ、窮屈な仕事かわかるでしょう。父が亡くなって、ぼくも自由が利くようになったので、モートンに長くはいません。たぶん、一年以内には去るでしょう。でもいる間は、モートンの進歩のために努力を惜しまないつもりです。二年前にぼくが赴任したとき、モートンには学校が一つもありませんでした。貧しい家の子どもたちは、向上への希望をまったく断たれていたのです。ぼくは男子校を一つ作りました。今度は女の子のための学校を一つ開きたいと考えています。そのための建物を借りましたが、そこには女性教師のための、二部屋ある小さな家がついています。先生の俸給は年に三十ポンド、その家の家具などは、ある婦人のご厚意によって、ごく質素ではありますが不便ではないようにすでに整っています。その方はミス・オリヴァーといって、この教区で唯一のお金持ちのオリヴァー氏——谷にある針工場と鋳物《いもの》工場の経営をされています——の一人娘です。このミス・オリヴァーが救貧院の孤児を一人引きとって、その先生の家と学校、両方の雑用の手伝いをするという条件で、学費と被服費を払ってくださるのです。先生には雑用まで自分でこなす時間がありませんから。あなたにここの先生になっていただけますか？」

セント・ジョンは、少々咳込むような調子で訊ねた。わたしが憤慨して——怒るほどではないにしても、ともかく尊大な態度で——申し出を拒絶するだろうと予測しているようだった。わたしの考えや気持ちをいくらか推測はしているにせよ、全て理解しているわけではなかったので、どう受け取られるものか見当がつかなかったのだろう。たしかに、つつましい仕事だった。だがこれは家つきの勤め口であり、わたしは安全な落ち着き場所がほしいと思っていたところだった。たしかに、こつこつ働かねばならない地味な仕事だった。だが、富裕な屋敷で家庭教師をするのに比べると独立した仕事で、わたしは見知らぬ人に雇われて働くことへの恐れで心を重くしていたところだった。それにこれは、不名誉な仕事でもなければつまらぬ仕事でもなく、品位を落とす仕事でもなかった。心は決まった。

「リヴァーズさん、お仕事のお申し出、ありがとうございます。喜んでお引き受けいたします」

「ですが、ぼくの話がわかっていますか？　村の学校で、生徒は貧しい少女たち――小作人か、農家の娘といったところです。教えるのはせいぜい、編み物、裁縫、読み書き、算数という程度――あなたの教養はどうします？　精神の大きな部分を占めている感性は――趣味は――どうするのです？」

「必要になるまで取っておきます。腐るものではありませんから」

「では、仕事がよくわかっていて引き受けるというのですね？」

「そうです」

セント・ジョンはそれを聞くと微笑んだ。苦い微笑でも悲しい微笑でもなく、とても嬉しそうな、満足の微笑だった。

「それで、仕事はいつから始めてくださるのですか？」

「明日にでもその住まいに移って、よろしければ来週、学校を開きたいと思いますが」

「わかりました。それでけっこうです」

セント・ジョンは立ち上がって部屋を歩き、立ち止まって再びわたしを見ると首を振った。

「リヴァーズさん、何か気に入らないことでも?」

「あなたはモートンに長くはとどまらないでしょう。うん、きっとそうだ」

「なぜですか? なぜそうおっしゃるのでしょうか?」

「あなたの目でわかるのです。平穏な道をずっと歩いて行こうとは思っていないと、そこに書かれています」

「わたしは野心家ではありません」

セント・ジョンは「野心家」という言葉にはっとしたようだった。「もちろんです。野心家などという言葉を、どうして思いついたのですか? 誰が野心家なのです? 実はぼくは野心家ですが、どうしてそれがわかったのでしょうか?」

「自分のことを話していただけなのですが」

「そう、野心家でないとすれば、あなたは――」

「何でしょう?」

「情熱的だと言おうとしましたが、ひょっとしたらあなたが言葉の意味を誤解して、腹を立てるかもしれないと思いました。人間の愛情や共感が、あなたにはとても大きな力を持っていると言いたかったのです。あなたはきっと、手の空いた時間を孤独に過ごしたり、刺激のない単調な労働に時間を捧げて働いたりすることに、長くは満足していられないと確信します。それはちょうどぼくが」――セント・ジョンの語気は強まった。「沼地に埋まり、山に閉じ込められたような、ここでの暮らしに満足できないのと同じです。神に与えられた性質を否定し、天に授けられた能力を麻痺させ、役に立たないものにしているのですからね。しかし、ぼくが矛盾したことを言っているのが、これであなたにもおわかりでしょう。つつましい運命に満足せよと説き、木を切るのも水を汲むのも立派に神への奉仕だと説くぼくが――牧師の職に定められた人間が、落ち着かない心で、うわ言のようなことを口走っているのですからね。ともかく、性向と信条は何とかうまく折り合いをつけなくてはなりません」

セント・ジョンは部屋を出て行った。この短い時間に、わたしはそれまでの一か月で知った以上にこの人を知ることができたが、それでもなお、不可解な部分が残っていた。

ダイアナとメアリは、この家を去り、兄とも別れる時が近づくと、悲しそうな様子が深まり、口数も少なくなっていった。二人とも変わりなくふるまおうと努力していたが、その悲しみは完全に抑えたり隠したりできるものではなかった。これまでに経験したことのある別れとは違う別れになるだろう、という意味のことを、ダイアナはそれとなく言った。ことにセント・ジョンに関しては、この先何年も会えなくなるような別れ、あるいは一生の別れになるかもしれないということだった。

「長年計画してきた決心のために、兄はすべてを捧げるつもりなの」とダイアナは言った。「それ以上に強いはずの、自然の愛情や感情までもね。セント・ジョンは物静かに見えるでしょう、ジェイン。でも、身体の内に熱病を秘めているの。優しいと思うでしょうけれど、絶対に譲らないところがいくつかあるわ。それに一番困ったことには、その大変な決心を思いとどまるように説得することを、わたしの良心が許さないの。とがめることなんて決してできない、正しくて崇高な、キリスト教徒らしい決心ですもの。でもわたし、胸が張り裂ける思いだわ」ダイアナの美しい目に涙があふれた。うつむいて仕事をしていたメアリが、小声で言った。

「わたしたち、お父様を失って、もうすぐわが家もお兄様も失うのね」

そのとき、小さな出来事が起きた。それはまるで、「不幸は重なるもの」という諺《ことわざ》が真理であるのを証明しようとするために、そしてまた、すでにある不幸に加えて、手に入ったかもしれないものが望めなくなったという不幸をもう一つ重ねるために、運命がわざわざ起こしたもののようだった。一通の手紙を読みながら窓のそばを通り過ぎたセント・ジョンが入ってきて、言ったのである。

「ジョン叔父さんが亡くなった」

それを聞いて二人は息をのんだが、衝撃を受けたり愕然としたりする様子はなかった。それは悲報というより、重大な知らせという雰囲気に見えた。

「亡くなった?」ダイアナが繰り返した。

「そうだ」

ダイアナは探るように兄の顔を見て、小声で聞いた。「それで、どうですって?」

「それでどう、って?」セント・ジョンの表情は、大理石のように動かなかった。「それでどうかって? いや、何もないわけで——読むといい」

セント・ジョンはダイアナの膝に手紙を投げてやり、ダイアナはそれをさっと一読すると、メアリに手渡した。メアリは黙ってそれを読み、兄に返した。三人はお互いに顔を見合わせて微笑したが、それは寂しく悲しそうな微笑だった。

「まあ、生きていけるものね」ようやくダイアナがそう言った。

「とにかく、今まで以上に悪くなるわけじゃないしね」とメアリが言った。

「こうなっていたかもしれないという想像を、どうしてもしてしまうということだけだね——そして今の状態と、今さらながら引き比べてしまうけれどね」

セント・ジョンは手紙をたたみ、机の引き出しに入れて鍵をかけると、また出て行った。

しばらく誰も口をきかなかったが、やがてダイアナがわたしのほうをむいた。

「ジェイン、わたしたちのこと、不思議に思っているでしょう？　叔父という近い身内が亡くなったのに悲しみもしない、冷たい人たちだと。会ったことのない、何も知らない叔父――母の弟で、ずっと昔に父と喧嘩《けんか》した人なの。叔父のすすめで父は財産の大半を投機につぎ込んで破産したのよ。二人はお互いを非難し合って喧嘩別れしてしまい、仲直りすることはなかったの。その後叔父はもっと順調な事業に関係して、二万ポンドくらいの財産を手に入れたという話。結婚したことはなくて、親戚としてはわたしたちと、もう一人、わたしたちと同じくらい近い関係の人がいるだけなの。父はいつも、叔父が遺産をわたしたちに残すことで過《あやま》ちの償《つぐな》いをするだろうと考えていたのだけれど、あの手紙には遺産はすべて、もう一人の親戚に遺すと書いてありました。ただし三十ギニーだけ、セント・ジョン、ダイアナ、メアリの三人に遺すので、形見の指輪を買うようにとのこと。もちろん、叔父は好きなようにする権利があるけれど、そんな知らせを聞くと、ちょっとだけがっかりするわね。メアリもわたしも、千ポンドずつ受け取ったらお金持ちになったように感じたでしょうし、セント・ジョンにとってもそれだけの金額は価値があったでしょう――良い行いをするために」

このような説明でこの話は終わりになり、三人がこれ以後触れることはなかった。翌日わたしはマーシュ・エンドを出てモートンにむかい、その次の日にダイアナとメアリが家を出て、遠いB市にむかった。一週間後にセント・ジョンとハンナが牧師館に戻ったので、古い屋敷に住む人はいなくなった。

第31章

ついに見つけたわが家は、小さな家だ。白く塗った壁と、砂を敷いた床の小さな部屋に、テーブルと四脚の椅子、時計と食器棚が置かれている。食器棚にはデルフト焼のお茶の道具一式と、二、三枚の皿が入っている。二階も下と同じ広さの部屋で、樅材《もみざい》のベッドと、わたしのわずかな衣類には大きすぎるほどの衣装簞笥《いしょうだんす》があった。もっとも、優しい姉妹の親切のおかげで衣類は増えていたが。

夕方だった。わたしの身のまわりの雑用をしてくれる孤児の女の子に、オレンジを一つ持たせて帰し、炉辺に一人座っている。今朝学校を開き、二十人の生徒が来たが、字が読めるのはそのうち三人、文字を書いたり計算ができたりする子は一人もいなかった。編み物ができる子が数人、裁縫が少々できる子が何人かいる。子どもたちはこの土地の強いなまりで話すので、わたしとの間でまだ理解し合うのに苦労している状態だ。何人か、無知なだけでなく行儀の悪い、がさつで扱いにくい子がいるが、他の子たちは素直で勉強する意欲もあり、好感の持てる気質だった。粗末な服を着た農民の子どもたちも、立派な家柄の子弟と同じ人間であることを忘れてはいけない。良い家に生まれた子どもと同じように、この子たちの心にも生まれながらの優秀さ、洗練、知性、思いやりなどの芽が具わっていることも忘れてはいけない。それらの芽を育てるのがわたしの仕事であり、それを果たすことにきっといくらかの幸せを感じるだろう。これからの毎日に大きな喜びを期待してはいない。でも、心がけよく全力を尽くせば、きっとその日その日の心の糧は得られるに違いない。

今朝から午後にかけて、あのがらんとした質素な教室で過ごした時間は、落ち着いて満足の感じられる、喜ばしいものだっただろうか？　自分に正直に答えるとすれば、ノーだ。いくらか惨《みじ》めな気分だったし、愚かなことに自分の品位を落としたように感じてしまったのだ。社会の階段を、上るのではなく一段下りたのではないかと思い、意気地《いくじ》のないことに、目や耳に入る周囲のものの無知、貧困、粗野などに気落ちしたのだ。けれども、そんな気持ちになった自分を、今は憎んだり軽蔑したりするまい。それは間違ったことだとわかっている――これは大きな進歩だ。克服するよう努力して、きっと明日はある程度ましになり、何週間かたてば消えてしまうかもしれない。そして何か月かあとには、生徒の進歩と向上を見る幸せが、嫌悪を満足に変えてくれることも期待できるだろう。

さて、自分に聞いてみたいことが一つある。二つの生き方のどちらがいいのか？　誘惑に負け、情熱に導かれるまま辛い努力も苦悩もなく、絹の罠に身を沈め、罠を覆う花の上で眠り、南国の贅沢な快楽の館で目覚める暮らし――ロチェスター様の愛人になって今頃はフランスで、時間の大半、その愛に有頂天《うちょうてん》になって過ごす暮らし――そう、きっとしばらくはわたしをとても愛してくれたことだろう。実際に愛してくれたし、あれほど愛してくれる人は二度と現れないだろうと思う。美しさ、若さ、気品に捧げられた、あんなに甘い賛辞を聞くことは二度とあるまい。そんな魅力がわたしにあると思う人は他にいるはずがないから。わたしを愛し、誇りにしてくれた、そんな人は他にいるはずがないから。しかし、わたしは今、何を考え、何を言っているのだろうか。第一、何を感じているのか――二つを比べているところだったのではないか。つまり、マルセイユの愚者の楽園で奴隷の身となり、偽りの幸福に夢中になるのも束の間《つかま》、後悔と屈辱の苦い涙に暮れるのと、イギリスの健全な懐《ふところ》、山からさわやかな風の吹く片隅で、村の学校の教師として自由に偽りなく生きるのと、どちらがいいかということだ。

そう、わたしは正しかったと、今感じている。信条と法律を忠実に守り、興奮した瞬間の狂おしい誘惑を退け粉砕した、あのときのわたし――神さまが正しい選択に導いてくださったのだ。神のお導きに感謝しよう。

夕刻の黙想がここまで来たとき、わたしは立ち上がって戸口に行き、収穫の季節の日の入りを眺めた。そして、村から半マイル離れているこの学校とわたしの家の前に広がる、静かな牧草地を眺めた。小鳥たちが一日の終わりの歌を歌っていた。

空気は穏やか、露は香油のよう

そうして眺めながら、わたしは幸せだと思った。にもかかわらず、いつのまにか自分が涙を流しているのに気づいて驚いた。主《あるじ》ロチェスター様への愛慕の情を引き裂いた運命、二度と会えないロチェスター様、わたしが去ったための、その絶望的な悲嘆と激しい憤怒を思って――そしてひょっとしたら、そのためにロチェスター様が正しい道を踏みはずし、もとの道に戻る見込みさえ持てないほどの状態かもしれないと思って、泣いたのだ。こう思いながらわたしは、美しい夕空と寂しいモートンの谷から顔を背《そむ》けた。寂しい、という言葉を使ったのは、道のカーブした谷あいのあたりにほとんど建物は見えず、木々に包まれた教会と牧師館が見えるだけ――そしてずっと遠くに、お金持ちのオリヴァー氏とその令嬢が住むというヴェイル邸の屋根が見えるだけだったからだ。目を覆い、入り口の石枠に頭をつけて立っているうちに、家の小さな庭とその先の草地を隔てる木戸のあたりでかすかな音がした。顔を上げてみると、一頭の犬が――それがセント・ジョンの、ポインターの老犬カーロだということは、目にしたとたんにわかった

――鼻で木戸を押しているところで、セント・ジョン自身も腕を組んで木戸に寄りかかっていた。眉を寄せ、ほとんど不機嫌ともいえるような目で、じっとわたしを見つめている。どうぞお入りください、とわたしは言った。

「いや、ゆっくりしてもいられません。妹たちに頼まれたものを届けに来ただけですから。この包みの中には、絵の具箱と鉛筆と画用紙が入っていると思います」

わたしは近づいて行って、その嬉しい贈り物を受け取った。セント・ジョンは、そばに来たわたしの顔を厳しく観察したようだった。たぶんわたしの顔には、涙の跡がはっきり残っていただろう。

「一日目の仕事は、思ったより大変でしたか?」とセント・ジョンは聞いた。

「いいえ、そんなことはありません! 生徒たちと、とてもうまくやっていけるだろうと思っています」

「ひょっとしたら、この住まい――家や家具にがっかりしたのでは? たしかに粗末なものですが――」そう言いかけたセント・ジョンの言葉をさえぎって、わたしは言った。

「ここは清潔で、どんなお天気にも耐えられる家です。家具も十分で、使いやすいものですし、がっかりするどころか、ここにあるすべてに感謝しています。絨毯《じゅうたん》やソファや銀のお皿がないと嘆くような、愚かな快楽主義者ではありませんもの。それに五週間前のわたしには何一つなく、宿無しでさまよう物乞いの身でした。それが今では、お友達も家も仕事もある――神さまのお恵みと友人の親切、それに運命の寛大さに驚嘆しています。何一つ不満はありません」

「でも、一人でいると憂鬱になりませんか？　あなたの後ろにあるその家は、暗くてがらんとしています」

「静けさを味わう時間は、まだほとんどありませんし、孤独に悩む余裕はなおさらありませんわ」

「わかりました。おっしゃる通りに満足していらっしゃればよいと思います。とにかく、聖書にあるロトの妻のような、後ろを振りむきたいという迷い（「創世記」十九章二十六節）に応じるのはまだ早すぎるということを、あなたの良識が教えてくれるはずです。ぼくと出会う前に何をあとに残してきたのか、もちろん知りませんが、過去を振り返りたいと思わせる誘惑にはしっかりと抵抗するように忠告します。今の仕事に誠実に励むことです――少なくとも数か月間は」

「そうするつもりです」そうわたしが答えると、セント・ジョンは話を続けた。

「何かにむかおうとする心を抑え、自然のままの性向を変えるのは難しいことですが、不可能ではないと、ぼくは経験からわかっています。自分の運命をある程度切り開く力を、神はわたしたちに与えてくださいました。もしわたしたちの活力が、得られない食物を求めたり、あるいはわたしたちの意志が、たどれない道を求めて懸命にもがくとき、何もわたしたちは満たされずに餓死したり、絶望のあまり立ちすくむ必要はありません。別の心の糧を求めればよいのです――あこがれの、禁断の糧と同じくらいに強く、いっそう清らかかもしれない糧を。そして冒険心に富む足のためには道を――運命が阻んだのと同じくらいに広くてまっすぐな道を――たとえそれが険しくても、切り開いてやればよいのです。

ぼく自身、一年前には大変惨めでした。牧師になったのは間違いではなかったかと思ったのです。変化のない務めが、恐ろしく退屈でした。世の中のもっと活動的な人生に――文学者の刺激的な仕事に、芸術家、作家、演説家などの生き方にあこがれていました。牧師以外なら何でもいいと思ったほどです。そう、政治家や軍人の心が栄光を信奉し、名声を愛し、権力を渇望する心が、牧師の白い法衣の下で鼓動していたのです。自分の人生はあまりにも惨めだ、変えなくてはならない、さもなくば死んだほうがましだとまで考えました。暗い苦悩の時期が過ぎると、光がさして救いが訪れました。窮屈だった生活が、急に果てしない平原に広がったようでした。「立ち、全力を集めて翼を広げ、かなたに飛べ」という天の声を聞きました。神が一つの使命を与えてくださったのです。それをよく果たすためには、技と力、勇気と雄弁――つまり、軍人と政治家と演説家のための、最高の資質がすべて必要でした。これらのすべてを一身に具えるのが、優れた宣教師なのです。

ぼくは宣教師になることを決め、そのときから心の状態は変わりました。すべての機能を束縛していた枷《かせ》がはずれて消え、枷のあとの痛みだけが残りましたが、それは時だけが癒《いや》せるものです。父はぼくの決心に反対しましたが、その父の亡きあと、戦わなくてはならない障害はありません。いくつかの案件を片付け、モートンの後継牧師も手配し、一、二の感情のもつれも解決しました。最後に残るのは人間の弱さとの戦いですが、これも克服できるでしょう――そう誓ったのですから。それを乗り越えたらヨーロッパを去って東方にむかいます」

セント・ジョンは、その独特の、控えめだが力強い声でそう語った。話し終わったとき、セント・ジョンはわたしではなく夕日を見つめ、わたしも同じく夕日を眺めていた。草地から木戸に通じる小道に二人とも背を向けていたし、草の小道を歩く足音にも気づかなかった。そのときそこに響いていたのは、谷を流れる優しい水音だけだった。そこで突然、銀の鈴のような可愛らしい声が明るくはっきりこう言うのを聞いて、二人とも驚いたのは当然だった。

「こんにちは、リヴァーズさん。こんにちは、カーロ。あなたよりワンちゃんのほうが、ずっと早く友達に気づくわね。わたしがまだ草地のずっと向こうにいたときから、この子は耳をぴんと立てて尻尾を振っていたけど、あなたったら今もまだ、わたしに背を向けているんですからね」

たしかにその通りだった。音楽のようなこの声が最初に耳に入った瞬間、セント・ジョンは頭上の雲が雷鳴に切り裂かれでもしたかのようにはっとしたのに、言葉が終わってもそのままの姿勢で立ちつくしていたのだ――木戸に腕をのせ、西に顔を向けたままで。セント・ジョンがようやくゆっくり振りむくと、そこから三フィートと離れていないところに、わたしの目に夢のように映る姿があった。真っ白な服を着た、若くて優雅な人だ。ふっくらしているがスタイルはよく、カーロを撫《な》でるためにかがんでいた身体を起こして顔を上げると、払われた長いヴェールの下にあった完璧に美しい顔が、彼の目の前に輝くばかりに現れた。完璧な美しさ、とは強い表現だが、それを取り消したり弱めたりしようとは思わない。まさにアルビオンの温暖な気候が生んだ美しい顔立ちなのだ。アルビオンの湿った風と霧の立ちこめた空が産み育てた、薔薇や百合の清らかな色合い、といえばよいだろうか。その魅力に足りないところはなく、欠点もまったくない。目鼻立ちは整っていて繊細だった。美しい絵画に描かれたような大きな黒い目。長くて影のようなまつ毛が、その美しい目に優しい魅力を添えている。眉は描いたようにくっきりし、白く滑らかな額《ひたい》は、輝くような生き生きとした美しさに落ち着きを与えている。卵型の頰はつややかで若々しく、唇も赤く健康的でみずみずしく、形も整っている。歯は綺麗にそろって輝き、小さな顎《あご》にえくぼがあり、たっぷりと豊かな長い髪。手短にいうなら、理想的な美しさを構成するすべての要素が具わっているということなのだ。わたしはこの人を見て驚き、心から感嘆した。自然の女神は、この人を造るにあたって偏愛したに違いない。いつも人間に美点を与えるときの継母のような出し惜しみを忘れ、このお気に入りの娘に対しては、まるで気前のよいおばあ様のようにすべてを惜しみなく与えたと見える。

この地上の天使を、セント・ジョンはどう思っているのだろう?――彼が振りむいてこの人を見たとき、当然わたしはこう自問した。そしてその答えを、これも当然ながら彼の顔に求めた。セント・ジョンは、すでにこの妖精のような娘から目をそらして、木戸の脇にある小さなヒナギクを見ていた。

「美しい夕暮れですが、一人で出歩くには遅い時間ですね」セント・ジョンは、咲き終わった花の白い先端を足先で踏みつけながら言った。

「でも、S町から(それは二十マイルほど離れた大きな町の名前だった)午後に帰ってきたばかりなんです。学校が開校して新しい先生がいらっしゃったとパパから聞いたので、お茶がすむと帽子をかぶって、谷を駆け上がって先生に会いに来たわけ。こちらが先生?」と、わたしを指差して訊ねた。

「そうです」セント・ジョンが答えた。

「モートンはお好きになれそうですか?」と娘は聞いた。その率直で無邪気な口調と物腰は、子どもっぽいが好感が持てた。

「きっと好きになれるでしょう。そうなる理由がたくさんありますから」

「生徒たちは、期待通りに熱心でしたか?」

「ええ」

「お家はいかがですか?」

「とても良いです」

「家具などの備えつけは、あれでよかったでしょうか?」

「大変けっこうです」

「そして、アリス・ウッド、あの子をお世話係に選んだのは、大丈夫でしたか?」

「はい、素直で器用ですね」ではこの人がミス・オリヴァーなのね、とわたしは思った。美貌という自然からの贈り物に加えて、将来相続する財産にも恵まれている人！どんな幸せの星のもとに生まれてきたのかしら？

「ときどき伺って、授業のお手伝いをしますね」と娘は言った。「ときどきお訪ねするのは気晴らしになると思うの。わたし、気分転換が好きなんです。リヴァーズさん、S町に行っていて、すごく楽しかったわ。ゆうべは、と言うより今朝かしら、二時まで踊っていたの。あの暴動以来、第――連隊が駐屯してるんだけど、士官さんって最高に素敵。うちの若い刃物研《と》ぎ師《し》や鋏商人《はさみしょうにん》とは比べ物にならないわ」

セント・ジョンの下唇がとがり、上唇が一瞬歪《ゆが》んだように思われた。娘が笑いながらこの話をしたとき、口は固く結ばれ、顔の下半分はいつになく厳しく角張って見えた。視線を上げて娘を見たが、笑みのない、意味ありげな、探るような目だった。娘はまた笑った。若さと健康的な顔色、えくぼと輝く目に、笑い声はとても似合った。

セント・ジョンが重々しい顔つきで黙って立っていると、娘はまたカーロを撫ではじめた。「カーロはわたしが大好きでしょう？　お友達に怖い顔をしたり、冷たくしたりしないわ。もし口がきけたら、黙っていないでちゃんとお話ししてくれるわね」

若くて真面目なカーロの主人の前で、彼女が自然な物腰で優雅にかがんで、カーロの頭を撫でていたとき、その主人の顔が紅潮するのが見えた。その謹厳な目に急に火が燃え、抑えきれない感情で揺らめいた。顔を紅潮させ、輝く目をしているセント・ジョンは、娘が女性として美しいのと同様、男性として美しく見えた。まるで大きな心臓が、横暴な締めつけに耐えかね、意志に反してふくらみ、自由を求めて強く弾けたかのように、胸が一度だけ波打った。けれどもセント・ジョンは、後ろ足で立ち上がる馬を制御する果敢な乗り手のように、それを押さえつけたようだった。自分にむけられた優しい誘いに、言葉でも動作でも応えなかったのだ。

「最近、うちに全然いらっしゃらないね、とパパが言っています」ミス・オリヴァーは目を上げて言った。「すっかりご無沙汰だわ。今夜パパは一人きりで、あまり具合もよくありません。一緒にいらして、パパに会ってくださいませんか？」

「お訪ねするのにふさわしい時間ではありません」とセント・ジョンは言った。

「ふさわしい時間じゃない、ですって？　いいえ、ふさわしい時間です。パパが一番人恋しくなる時間——仕事が終わって、することがなくなるんですもの。さあ、リヴァーズさん、お願いだからいらして。どうしてそんなに内気で、暗いお顔なの？」そう言ってからミス・オリヴァーは、相手の沈黙で生まれた空白を、自分の答えで埋めるのだった。

「わたし、忘れていました！」自分で自分に驚いたように、美しい巻き毛の頭を振りながらミス・オリヴァーは言った。「ばかなうっかり者で、ごめんなさいね！　わたしのおしゃべりの相手をする気になんかなれない理由がいろいろおありだということを、すっかり忘れてしまって。ダイアナとメアリが行ってしまったし、ムーア・ハウスも閉めてしまわれたし、お寂しいでしょう。お気の毒に思います。ぜひパパに会いにいらしてくださいな」

「今夜はやめておきます、ミス・ロザモンド。今夜はね」

セント・ジョンは自動人形のような調子で言った。断るのがどんなに辛かったかは、彼にしかわからないことだった。

「そうですか、そんなにおっしゃるなら、わたしは帰ります。これ以上いると遅くなりますし、夜露も降りてきましたから。お休みなさい！」

ミス・オリヴァーは手を差し出したが、セント・ジョンはその手に軽く触れただけで、「お休みなさい！」とこだまのように低く、力のない声で言った。ミス・オリヴァーは帰りかけて、すぐに戻ってきた。

「大丈夫ですか？」彼女がそう訊ねるのも無理はなかった。セント・ジョンは服の色のように白い顔をしていたからだ。

「もちろん」きっぱりとそう答えると、セント・ジョンは会釈して木戸を離れた。二人は別々の道を歩きはじめた。ミス・オリヴァーは妖精のような軽やかな足どりで草原を下りて行きながら、セント・ジョンのほうを二度振り返ったが、セント・ジョンはしっかりと大股で歩いて行き、一度も振り返ることはなかった。

他の人が苦しんだり、犠牲を払ったりしているのをこうして見ると、自分の境遇ばかり考えてもいられなくなった。「絶対に譲らないところがある」とダイアナ・リヴァーズが兄について言ったのは、誇張ではなかった。

第32章

村の学校の仕事を、わたしはできる限りの熱意をもって誠実に続けた。最初はたしかに大変だった。生徒たちの言葉と性質を知ろうと努力したが、それでも理解するのにしばらくかかった。生徒たちはこれまで教育とまったく無縁で、具わった能力も眠ったままだったので、どうしようもないほど頭が鈍そうに思えた。最初は全員が同じように鈍く見えたのだが、すぐにそれは間違いだとわかった。教育を受けた人間それぞれに違いがあるように、この生徒たちにも違いがあったのだ。そしてわたしが生徒たちを知り、向こうもわたしを知るようになると、その違いがはっきりしてきた。わたしに対する驚き――わたしの言葉づかい、約束ごと、物事の流儀などに対する驚きがおさまると、ぽかんとしていた鈍重な田舎娘の中から、目が覚めたように頭の切れる子が現れた。生徒の多くが素直で気立てもよかった。また中には優れた能力だけでなく、自然な礼儀と自尊心を持つ者も少なからずいることがわかり、そういう生徒には好意と賞賛を感じずにはいられなかった。こういう生徒たちはすぐに、よく勉強し、清潔を心がけ、きちんとおさらいをし、礼儀作法を身につけることなどに喜びを感じるようになっていった。その進歩の速さはときには驚くほどで、わたしは本当に誇りと幸せを感じた。さらに一番優秀な生徒たちの何人かとは個人的にも親しくなり、その子たちもわたしを好いてくれた。生徒たちの中にはもうほとんど若い女性といってもいいような年頃の農家の娘が何人か混じっていて、すでに読み書きや裁縫ができたので、そういう生徒には文法の初歩や地理、歴史、それに細かい刺繡《ししゅう》などを教えた。その中には知識欲と向上心に富む感心な生徒がいて、わたしは夕べのひととき、自宅に招かれて楽しく過ごすこともよくあった。生徒の両親である農夫とその妻は、そんなときとても親切にわたしをもてなしてくれた。素朴な好意に対して、その気持ちに敬意を払いながら細心の配慮で応えることに、わたしは喜びを感じた。農夫たちはそういう対応にあまり慣れていなかったのかもしれない。喜ばれると同時に、彼らのためにもなった。というのは、自分たちが高められたと感じ、払われた敬意に恥ずかしくないものになろうという気持ちを呼び覚ましたからである。

わたしは近隣の人気者になったような気がした。外に出るといたるところで温かい挨拶の言葉をかけられ、親しい笑顔で迎えられた。人々の敬愛を受けて暮らすのは、たとえそれが労働者ばかりであっても、「穏やかで心地よい日ざしの中に座って」（トマス・モアの詩「ララ・ルーク」の一節）いるようで、その光を浴びて穏やかな感情が心の中で蕾《つぼみ》をつけ、花開くものである。この頃のわたしは、落胆に沈むことより、感謝の念で胸がいっぱいになることのほうがはるかに多かった。しかし、読者よ、あなた方にはすべてを明かそうと思う。こんなに穏やかで満足のいく生活の中で――昼間は生徒たちに囲まれて尊敬される仕事に力を尽くし、夕べには絵を描き、本を読んで、一人満ち足りた時間を過ごしたものだが――夜になると奇妙な夢を見た。色鮮やかで刺激と空想に満ち、心を揺さぶる激しい夢――冒険や心乱れる危険や胸のときめく出来事などが詰まった、異常なシーンの最中《さなか》で、それも重大な危機の場面で、わたしは何度もロチェスター様に会った。その腕の中で、声を聞き、目を見つめ、手や頬に触れ、愛し愛されている感覚が――生涯そのそばで暮らしたいという願いが――昔の力と情熱を伴って戻ってきた。そこでわたしは目を覚まし、自分がどこにいるか、どんな境遇にいるのかを思い出して、カーテンもないベッドでぶるぶる震えながら起き上がる。わたしの絶望のわななきを見守り、激情のほとばしりを聴くのは、静かな暗い夜だけ――翌朝九時までに、わたしは心静かに落ち着いてその日の準備をすべてすませ、定刻通りに学校を開くのだった。

ロザモンド・オリヴァーは、約束通りに学校に来た。たいていは朝の乗馬の途中で、お仕着せを着て馬に乗った従僕を従え、ポニーにまたがってゆるく駆けさせながら入り口までやってくる。紫色の乗馬服を着て、頬に触れ肩にかかる長い巻き毛の頭に、黒いビロードの乗馬帽を優雅にかぶったその姿ほどすばらしいものは、ほとんど考えられなかった。そんなふうにして質素な建物に入ってくると、居並んでまぶしそうに見つめる村の子どもたちの間を滑るように歩いた。来るのはたいていセント・ジョンが日課の教義問答の授業をしている時間で、この訪問者の目は若い牧師の心を鋭く貫いたのでないかとわたしは思う。目で見ていなくとも、ある種の本能が訪れを知らせるようだった。戸口にミス・オリヴァーが姿を現すと、戸口とはまったく別のほうに目を向けているセント・ジョンの頰に赤みがさし、大理石のような顔は――表情をゆるめまいとする抵抗もむなしく――表現しがたい変化を見せる。表情はあくまでも動かないままなのに、その下に抑えられた熱情が、筋肉の動きや射るような視線以上の強さではっきりと表れてくるのだ。

言うまでもなく、ミス・オリヴァーは自分の力に気づいていた。何しろセント・ジョンは、自分への彼女の影響力を隠さなかった、いや、隠せなかったからである。キリスト教的禁欲主義のセント・ジョンも、ミス・オリヴァーがそばに来て話しかけ、明るく励ますように、そして好意をこめて微笑むと、手が震え、目が燃えるように輝いた。言葉にはしなくとも、その決然とした悲しげな目はこう言っているようだった。「あなたを愛しています。あなたの好意にも気づいています。何も言わないのは、見込みがないと思うからではありません。ぼくが心を捧げれば、あなたは受け入れてくれるに違いありません。でもぼくの心はすでに神聖な祭壇に置かれ、まわりには火を焚《た》くばかりに用意がされています。まもなく焼きつくされて灰になるでしょう」

そこでミス・オリヴァーは、がっかりした子どものように口をとがらせる。生き生きと輝く顔を物思いの雲が陰らせ、差し出した手を急いで引っ込めると、英雄であり殉教者でもある人の顔になったセント・ジョンに、少し機嫌を損ねた様子で背を向けるのだった。去って行く彼女を追いかけ、呼び戻し、引きとめておけるものなら、セント・ジョンはどんな犠牲も厭《いと》わなかっただろう。しかし天国への望みを捨てるつもりも、彼女との愛という至福のために永遠の真の楽園をあきらめるつもりも、なかったのだ。それにセント・ジョンには、自分の性格にあるものすべて——放浪者、野心家、詩人、牧師という資質を——一つの感情の中にとどめておくことはできなかった。ヴェイル邸の客間で得られる平安のために伝道という戦場をあきらめることはできなかったし、そうしようとも思わなかっただろう。わたしがこれだけのことをセント・ジョン自身から聞いたのは、打ち解けない殻を思いきって破るようにして、その心の内をわたしに打ち明けさせたことがあったためだ。

ミス・オリヴァーは、光栄なことにもう何度かわたしの住まいを訪ねてくれたので、性格はよくわかっていたが、謎や裏表のまったくない人だった。あだっぽいところがあったが、冷たくはない。口やかましいこともあるが、意味なく自分本位というわけではない。生まれたときから甘やかされてきていたが、わがままいっぱいにはなっていなかった。そそっかしいが気さくな性格で、うぬぼれが強い（鏡をのぞくたびにあの輝くばかりの美貌が目に入るのだから、それも無理はなかったと思う）が、気どったりしなかった。気前がよく、お金持ちであることを威張らず、無邪気で、頭も悪くなく、明るく元気で、軽率なところもあった。要するにミス・オリヴァーは、わたしのような同性の、冷静な観察者から見ても魅力的な女性だった。もっとも、深い興味をかき立てるとか、強い印象を与えるというような人ではなかった。たとえば、セント・ジョンの妹たちとは全く違う種類の女性だった。それでもわたしは、教え子のアデルが好きだったのとほとんど同じくらいに、ミス・オリヴァーが好きだった。ただし、教えて世話をした子どもに対しては、同じくらいに魅力的な大人の友人に対する愛情に比べると、より親密な愛しさが生まれるものではあるが。

ミス・オリヴァーはわたしに好意を持ってくれた。わたしがセント・ジョンに似ていると言い、（「ただし、あなたの器量はあの方の十分の一にもならないわ。あなたはとっても素敵な人だけれど、あの方ときたら天使ですものね」とも言いながら）あなたはセント・ジョンと同じで、善良で賢いし、落ち着いてしっかりしているわ、と言った。村の学校の先生としては「変種」ね、もしもこれまでの生い立ちがわかったら、素敵な物語になるでしょうね、とも言った。

ある日の夕方、ミス・オリヴァーがいつもの子どものような行動で、軽率かもしれないが悪気のない好奇心を発揮し、わたしの小さな台所の戸棚やテーブルの引き出しをかき回しているときだった。彼女はまず、フランス語の本を二冊、シラーの本を一冊、ドイツ語の文法書と辞書を見つけた。それから絵の道具と何枚かのスケッチが出てきたが、その中には、生徒の一人で天使のように可愛い女の子の顔を描いた鉛筆画と、モートンの谷やその周囲の荒野で写生した何枚かの風景画が入っていた。ミス・オリヴァーは最初驚いてじっと眺めていたが、すぐに興奮して声を上げた。

「あなたがこの絵を描いたの？　フランス語もドイツ語もできるのね！　なんて素敵なんでしょう！　すごいわ！　S町の初等科で習った先生よりも上手！　わたしの肖像画を描いてくださらない？　パパに見せられるように」

「喜んで」とわたしは答えた。こんなに輝くばかりの、完璧に美しい人をモデルにして描けることを思うと、絵描きとしての喜びで胸がわくわくした。この日のミス・オリヴァーは濃紺の絹の服で、両腕も首もあらわだった。唯一の装飾は栗色の長い髪で、自然の豊かな巻き毛が両肩に優雅に波打っていた。わたしは上等の厚紙を一枚出して、輪郭をていねいに描いた。彩色するのが楽しみだったが、時間が遅くなっていたので、また今度モデルになってくださいね、と言った。

ミス・オリヴァーはこの日のことを父上に報告したらしく、翌日の夕方、オリヴァー氏自身が娘とともにやって来た。立派な顔立ちで白髪混じりの、背が高い中年男性だった。そのそばに並ぶと美しいロザモンドは、古い塔の脇に咲いた鮮やかな一輪の花のようだった。オリヴァー氏は寡黙で、やや尊大な人だったかもしれないが、わたしにはとても優しく接してくれた。娘の肖像画をとても喜び、これはきっと完成してほしいと言った。そしてまた、翌日の夕刻にヴェイル邸にぜひ来てほしいと招いてくれた。

わたしは招きに応じて出かけた。広壮な邸宅で、所有者の富が十分に表れていた。わたしの訪問中、ロザモンドはずっと嬉しそうだったし、オリヴァー氏も感じがよかった。お茶のあとの会話のとき、モートンの学校でのわたしの仕事ぶりを大いに賞賛してくれ、自分が見たり聞いたりしたことから判断すると、あなたはここにはもったいないくらいの先生だから、もっとふさわしい場所にすぐに移ってしまわれるのではないかと、それだけが心配です、と言った。

「ほんとにそうよ、パパ！　とても頭がいい人だから、上流のお宅の家庭教師にだってなれるわ」とロザモンドが言った。

この国のどんな上流家庭のお屋敷より、今のほうがいい、とわたしは思った。オリヴァー氏は、セント・ジョンのこと、リヴァーズ家のことを、たいへん敬意を払って話した。このあたりではとても古くからの家柄のうえに、代々裕福で、モートンの土地はすべて所有していたという話だった。今だってあの家の当主なら、望めばどんな上流の家とでも縁組ができると思う、あんなに立派で能力のある青年が宣教師として外国に行きたいとは実に残念なことだ、貴重な人生を無駄に費やすようなものではないか、とオリヴァー氏は言った。ロザモンドとセント・ジョンとの結婚に、父として反対する考えはないらしい。オリヴァー氏は明らかに、セント・ジョンの生まれの良さ、家柄、牧師という職業があれば、財産のないことは問題でないという考えのようだった。

十一月五日、休日のことだった。手伝いの少女は家の掃除を手伝って一ペニーの報酬を手にし、満足そうに帰って行った。わたしの身のまわりは汚れ一つなくぴかぴかに光っていた。掃き清めた床、磨き上げた炉格子、拭きこんだ椅子――わたし自身もきちんと服装を整えていたし、午後は好きなことをして過ごそうと思っていた。ドイツ語の本の数ページを訳すのに一時間かかった。それが終わるとパレットと絵筆を取り出し、ロザモンド・オリヴァーの小さな肖像画の仕上げという、翻訳より楽で、心和《こころなご》む作業にとりかかった。頭部はすでに仕上がっていた。あとは背景に薄く色をつけ、ドレスの襞《ひだ》に陰影をつければいい。ふくよかな唇にちょっぴり紅色を、長い髪のそここに柔らかな巻き毛を、薄青色の瞼《まぶた》の下のまつ毛にも少し深い影を——という具合に、わたしが細部の仕上げに夢中になっていると、慌《あわただ》しく一度だけノックする音がしてドアが開き、セント・ジョンが入ってきた。

「休日をどうされているかと思って、見に来たんですよ。考え事などしていませんね？　ああ、これはいい。絵を描いている間は寂しくないでしょうから。ええ、ぼくはまだあなたに安心していないのです——これまでのところ、よく頑張っているようですけれどね。夕べの慰めにと、本を一冊お持ちしました」セント・ジョンはそう言って、テーブルに一冊の新刊書を置いた。それは詩の本で、近代文学の黄金時代といわれたあの時代に、当時の幸運な大衆にしばしば贈られた真の作品の一つだった。ああ、わが時代の読者たちはそれほど恵まれていない。だが、元気を出そう！　そのことを責めたり嘆いたりするために立ち止まるつもりはない。詩は失われておらず、天才もまだ滅びてはいないのを知っているからだ。富の邪神マモンが詩と天才を縛って殺し、勝利したというわけでもない。詩も天才もいつかはまた、その生存、存在、自由、力を主張するときが来るだろう。強き天使たちよ、天国で安らかであれ！　卑しい魂が勝ち誇り、弱い魂が破滅に泣くとき、天使たちは微笑む。詩が滅びた？　天才が放逐された？　そんなことはない。凡庸な者たちよ、羨望に駆られてそんなことを考えてはいけない。詩も天才も、生きているだけでなく、君臨し、世を救済するのだ。その神聖な影響力があまねく及ばないなら、われわれは地獄に――われわれ自身の卑小さという地獄に住むことになるだろう。

わたしが『マーミオン』の輝かしいページに(その本は『マーミオン』(ウォルター・スコットの叙事詩))だったのだ)目を通している間に、セント・ジョンはわたしの絵を見ようと身をかがめた。そしてすぐにその長身は、はっとしたようにまっすぐに起き直った。無言のままで、わたしが見上げる目を避けたが、考えていることはよくわかったし、その心をはっきりと読むことができた。その瞬間、わたしはセント・ジョンより冷静沈着で、ほんの短い間だが優位に立っていた。できることがあればしてあげたい、という気持ちにさえなっていたのだ。

「固い意志と自制心で、この人はあまりに無理をしている。感情をすべて閉じ込めて、そこで苦しんでいる――何も口に出さず、打ち明けることも、伝えることもしないんだから。この可愛いロザモンド――結婚してはいけないと思い込んでいるロザモンドのことを少し話題にするのは、この人のためになるはず。話をさせよう」とわたしは思った。

「お掛けくださいい、リヴァーズさん」とわたしがまず言うと、いつものようにセント・ジョンは、ゆっくりはできません、と答えた。そうですか、とわたしは心の中で返事をした――そうしたければ立っていらっしゃればいいわ。でも、すぐに帰らせはしないつもりですからね。一人でいるのは、わたしだけでなく、あなたにもよくありません。あなたの心の秘密の泉を探し当て、その大理石のような胸に隙間を見つけて、そこに共感という香油を一滴垂らしてあげられるかどうか、やってみましょう――そう思った。

「この絵、似ているでしょう?」わたしは遠慮なく訊ねた。

「似ているとは! 誰にですか? よく見ませんでしたが」

「よくごらんになったでしょう、リヴァーズさん」

あまりに突然、妙にずけずけとものを言うわたしの言葉に、セント・ジョンはぎくりとして、呆気《あっけ》にとられた様子でこちらを見つめた。「あら、このくらいはまだ序の口よ。あなたのそのちょっとした頑固さに降参するつもりはないんです。かなり頑張る覚悟ですからね」と内心で思いながら、わたしは声に出して、「とても注意深くごらんになったはずですけど、ではもう一度ごらんいただければと思います」と言い、立ち上がると絵を彼の手に載せた。

「よく描けている。とても明るく柔らかい色彩、優雅で正確な描き方ですね」

「ええ、ええ、おっしゃるまでもないことです。でも、似ているという点はいかがでしょうか？　誰に？」

ためらいに勝って、セント・ジョンは答えた。「ミス・オリヴァー、でしょうか」

「もちろんですわ。正解を当ててくださったお礼に、これとまったく同じ絵を、あなたのために真心こめて描いてさしあげます――もし、喜んで受け取るとおっしゃってくだされぱの話ですが。もらっても仕方ないとお思いになるようなものに、時間と手間をかけたくはありませんから」

セント・ジョンは、じっと絵を見つめていた。眺めるうちに、絵を持つ手にはいっそう力が入り、ほしいという気持ちが次第に強くなるようだった。「似ている！」とつぶやくのが聞こえた。「目がよく描けている。色、光、表現、どれも完璧だ。微笑も！」

「同じ絵がお手元にあったら、慰めになるでしょうか、それとも心を傷つけることになるでしょうか。それを教えてください。マダガスカルや喜望峰やインドにいらしたときにこの思い出の絵があったら、心の慰めになるのか、それとも気力を失わせる苦しい記憶を呼び戻すことになるのかを」

セント・ジョンはそっと目を上げて、ためらいがちな、動揺した目でわたしをちらりと見た。そしてまた絵を眺めた。

「いただきたいのはたしかです――それが賢明で分別のあることかどうかは別として」

ロザモンドがセント・ジョンに本当に惹《ひ》かれていること、父のオリヴァー氏に反対の意向もなさそうなことを確信していたので、セント・ジョンほど高尚な理想の持ち主でないわたしとしては、二人の結婚を応援したい気持ちになっていた。セント・ジョンがもしオリヴァー氏の莫大な財産を継ぐことになれば、熱帯の太陽の下で才能を枯らし、力を消耗する伝道の仕事と同じくらいの善行をその富で行うことができるだろうとも思われた。そういう確信に力を得て、わたしは言った。

「わたしの考えでは、絵のモデルご本人を今すぐご自分のものになさることこそ、ずっと賢明で分別のある道でしょう」

このときまでにセント・ジョンは腰をおろしていた。前にあるテーブルに絵を置き、両手で額《ひたい》を支えて、愛情のこもった目で見つめていた。もうわたしの大胆な態度に驚いたり怒ったりはしていないと見てとれた。それどころか、話題にするのはとても不可能だと考えていたことにこんなにあっさりと触れられ、こんなに遠慮なく語られることを新しい喜び、願ってもいなかった救いのように感じはじめてさえいるようだった。快活な人に比べて、控えめな人には、自分の気持ちや苦悩について率直に話し合うことがしばしば必要になる。どんなに厳格に見える禁欲主義者も結局は人間であり、善意をもって大胆にその魂の「沈黙の海に飛び込む」(コールリッジの詩「老水夫の歌」の一節)ことは、まず本人のためになるのだ。

「あの人はあなたが好きですね、間違いありません」セント・ジョンの椅子の後ろに立って、わたしは言った。「お父様もあなたを尊敬していらっしゃるし、それになんて素敵なお嬢さん！　少し軽率なところがありますけど、あなたに二人分の思慮分別がおありだから大丈夫。結婚なさるべきです」

「本当にわたしに好意を？」

「ええ、他の誰よりも。いつもあなたのことを話していて、それ以上に嬉しそうな話題はありませんし、それ以上に頻繁にのぼる話題も他にありません」

「それを伺って、とても嬉しいです。あと十五分間、そのまま話を続けてください」

そう言うとセント・ジョンは時間を計るために、実際に時計を取り出してテーブルに置いた。

「続ける理由があるでしょうか――たぶんあなたが今、反論のための鉄の一撃か、あるいは自分の心を縛る新しい鎖を準備中だというのに」

「そんな激しい想像をしないでください。今のぼくは心が溶けそうに従順なのです。人間の愛情がぼくの心の中に、新しい泉のように湧き出しています。これまでぼくが苦労していねいに耕し、善意の種や無私の計画という種を根気よくまいてきた畑じゅうに、その甘い水があふれて押し寄せ、氾濫《はんらん》させています。そして、甘美な洪水で若い芽は水浸しになり、かぐわしい毒によって蝕《むしば》まれています。それからぼく自身が――ヴェイル邸の客間で、花嫁ロザモンドの長椅子の足元にくつろいでいるぼくの姿が見えます。優しくぼくに話しかけ、あなたの巧みな手で見事に描かれたあの目でぼくを見つめ、珊《さん》瑚《ご》色《いろ》の唇で微笑み――あの人はぼくのもの、ぼくはあの人のもの。今の生活と束《つか》の間《ま》の世界で十分です。しっ！　何も言わないでください。ぼくの心は喜びに満ち、五感が恍惚としています。ぼくの決めた時間を、どうか静かに過ごさせてください」

その願いをかなえることにした。時計がカチカチと時を刻み、セント・ジョンの浅い呼吸が小さく聞こえた。わたしは黙って立っていた。こうして静寂の中で十五分が瞬《また》く間《ま》に過ぎると、セント・ジョンは時計をしまい、絵を置いて立ち上がって炉辺に行った。

「さて、今の時間は妄想と迷いに費やされました。誘惑の胸に頭を寄せ、その花の軛《くびき》に、自分から進んで首を差し伸べました。その杯も味わいました。枕は燃え、花冠には毒蛇がひそんでいます。ワインは苦く、約束はむなしく、申し出は偽り――すべてわかりました」

わたしは驚いてセント・ジョンを見つめた。

「奇妙なことです。ロザモンド・オリヴァーをこれほど熱烈に――初めての恋の情熱そのものの激しさで愛していながら、そして相手は最高に美しく優雅で魅力的な人だというのに、同時にぼくには冷静な客観的な意識があるのです――あの人はぼくにとってよき妻にはならないだろう、ぼくに適した伴侶にはならないだろう、十二か月の歓喜のあとに一生の後悔が続くだろうということ、これがわかっているのです」

「本当に奇妙です!」わたしもそう言わずにはいられなかった。

「あの人の魅力に強く惹かれる一方で、欠点を強く感じてしまう自分がいるのです。それはたとえば、ぼくがあこがれるものにあの人はまったく共感が持てないだろう、ぼくのすることに何も貢献できないだろうということです。殉教者ロザモンド、労働者ロザモンド、神の使徒ロザモンド、宣教師の妻ロザモンドを考えられますか? 不可能です!」

「でも、必ずしも宣教師になる必要はありませんわ。その計画をおやめになればいいのです」

「やめる? 何と! ぼくの使命を、大いなる仕事をですか? 天国の館のために地上に築いた土台を? 人類を向上させ、無知の世界に知識をもたらし、戦争を平和に、束縛を自由に、迷信を信仰に、地獄の恐怖を天国の希望に置き換えるという、栄えある一つの目的のためにすべての野心をひとつに束ねた一団——その一員になりたいという希望を？　それを放棄せよと言うのですか？　身体をめぐる血より大事なものなんです。待ち焦がれ、生きがいにしているものなんです」

しばらく沈黙があり、それからわたしは言った。

「で、ミス・オリヴァーは？　あの人の失望と悲しみを何とも思わないのですか？」

「いつもあの人のまわりには、求婚者やご機嫌とりの連中がいます。一か月もしないうちに、ぼくのことなど心から消えるでしょう。ぼくを忘れて、ぼくよりずっとあの人を幸せにできる人と結婚しますよ」

「ずいぶん冷静なおっしゃり方ですけれど、心は葛藤に苦しんでおられます。やつれていらっしゃいますもの」

「いえいえ、少しやせたとしたら、それはまだはっきりしない、将来の見通しへの懸念のせいです。出発が延ばされ続けているんですよ。今朝も後任の牧師から、準備が整わなくて着任が三か月遅れるという知らせが届きました。もうずっと待っているんですがね。もしかすると、三か月が六か月になることもあるかもしれません」

「ミス・オリヴァーが教室に入ってくると、あなたは必ず身体が震え、赤くなられますね」

セント・ジョンの顔に再び驚きの表情が浮かんだ。女が男にむかってこんな大胆なことを言うとは想像できなかったのだ。わたしにしてみると、こういう会話は気が楽だった。意志が強く、慎重で高尚な人を相手にするときには、それが男であれ女であれ、慣習的な遠慮という外側の砦《とりで》を乗り越え、信用という敷居をまたぎ、相手の心の炉辺に居場所を見つけるまでは落ち着かなかった。

「あなたは本当に変わった人ですね。臆病でもない。精神にどこか勇敢なところがあるし、目には洞察力があります。でも言わせていただくと、ぼくの感情を少し誤解していますよ。それが実際より大きく深いと思っているし、共感の幅も実際より大きいと思っています。ミス・オリヴァーの前でぼくが赤くなったり震えたりするとき、ぼくは自分に同情しません。弱さを軽蔑します。恥ずべきことです、たかが肉体の熱ではありませんか。魂の震えではないんですからね。魂は、荒れる海にあっても、深みでゆるぎなく座している岩のようなものです。ぼくをありのまま――冷たい頑固な人間として見てください」

わたしは、疑わしいという気持ちをこめて微笑した。セント・ジョンは続けた。

「あなたはいきなりぼくの秘密を奪いとりました。それはもうあなたの意のままです。今のぼくは本来の姿――キリスト教において人間の醜さを覆い隠してくれる、あの「小羊の血で洗い白くした衣」を脱ぎ捨てた、冷徹で野心的な人間です。すべての感情の中でぼくに不変の影響を持つのは、自然の情愛だけです。感情ではなく理性が、ぼくを導くのです。ぼくの野心には限りがありません。より高く昇り、他人より多くを成し遂げたいという欲望は、飽くことを知りません。忍耐、不屈の精神、勤勉、才能——これらをぼくが尊ぶのは、偉大な目的を達成し、高貴な高みに昇るための手段だからです。ぼくはあなたの生き方を興味深く見守ります。勤勉で規律正しく、活力のある女性の典型だと思うからです。これまでの試練や、今の苦しみに深く同情していることが理由ではありません」

「ご自分のことを、ただの異教徒の哲学者みたいにおっしゃいますね」

「いや、理神論的哲学者とぼくとの間には違いがありますよ。つまり、ぼくには信仰があり、福音を信じているということです。あなたは言葉を間違えました。ぼくは異教徒ではなく、キリスト教の哲学者——イエス派の信徒なのです。イエスの使徒として、ぼくはその純粋で恵み深く、慈悲深い教義を受け入れ、唱道し、広めることを誓っています。若くして信仰に行きついたおかげで、ぼくの生来の性質は教化されました。自然な情愛という小さな芽から、博愛という堂々たる大樹を育て、人間の正義という筋だらけの野生の根から、神の正義という正しい意識を育《はぐく》み、哀れな自分のために権力や名声を得たいという野心を、主《しゅ》の王国を広め、十字架のもとの勝利を実現したいという野心に変えてくれました。信仰はこのように、ぼくの持つ素質を活用し、刈り込み、剪定《せんてい》して仕立て上げてくれたのです。でも、自然の資質を根こそぎにするわけにはいかず、「朽ちるべきものが朽ちないものを着る」(「コリントの信徒への手紙 一」十五章五十二―五十四節)ときまで、それは無理でしょうね」

セント・ジョンはそう話し終えると、テーブルの上のパレットのそばに置いてあった帽子を手に取り、肖像画をもう一度見てつぶやいた。

「実に美しいですね。この世の薔薇《ロザモンド》とは、まったくよく名づけたものです！」

「同じものを描きましょうか？」

「何《クイ》の・た《ボウ》め《ノ》に？　けっこうです」

わたしが絵を描くときに厚紙を汚さないために手をのせることにしている薄紙を、セント・ジョンは肖像画にかぶせた。その紙に突然何を見たのか、わたしには知るよしもなかった。だが、何かが目を引いたことはたしかだった。薄紙をさっと取って隅を見つめ、それからわたしに視線を投げたが、それは何ともいえないほど奇妙で、理解しがたい目つきだった。わたしの姿、顔、服、そのどんな些細な点も見逃すまいとするように、稲妻のような速さですべてを鋭くかすめて通り過ぎた。何か言いたそうに唇が開きかけたが、言おうとしたことが何であれ、その言葉はのみ込まれてしまった。

「どうなさいました?」わたしは聞いた。

「いえ、何でもありません」そう答えたセント・ジョンが、薄紙をもとに戻しながら、紙の端を器用に細くちぎり取るのが見えた。紙は手袋の中に消え、セント・ジョンは慌しく会釈をすると、「さようなら」と言って姿を消した。

「まったく! 何が何だかさっぱりわからないわ!」

わたしも自分でその紙をよく調べてみた。しかし、絵筆で色を試したところに絵の具の黒ずんだしみがある以外、これといって何も見つからなかった。一、二分考えてみたが謎は解けそうにもなく、きっとそれほど重要なことでもないだろうと考えてこの問題はおしまいにし、すぐに忘れてしまった。

第33章

セント・ジョンが帰ったあと、雪が降りはじめた。吹雪は一晩中続き、次の日には肌を刺すような風が吹いて、見通しもきかないほどの雪がさらに降った。夕暮れ時には谷はすっかり雪に埋まり、ほとんど行き来ができないほどになった。わたしは鎧戸を閉め、ドアの下の隙間から雪が吹き込まないように、そこにマットをあてた。暖炉の火をかき立て、炉辺に座ったまま、荒れ狂う嵐のくぐもったうなりに耳を澄ませていたが、一時間ほどするとろうそくをつけ、『マーミオン』を出して読みはじめた。

日はノーラムの切り立つ城に、
広く深く美しいトゥイードの川面に、
チェヴィオットの寂しい山々に沈み、
堅固な塔、天守の砦《とりで》、
めぐりゆく城壁は、
黄金の光浴びて輝く

詩の音律に、わたしはまもなく吹雪を忘れた。

何か物音がした。風がドアを揺すった音――と思ったが、そうではなく、セント・ジョンだった。掛け金を上げ、吹雪の中から――うなる暗闇の中から姿を現し、わたしの前に立った。長身を包んだ外套は氷河のように真っ白になっている。わたしはびっくり仰天した。こんな夜に、雪でふさがれた谷から人が訪ねてこようとは思ってもいなかったからだ。

「悪い知らせでも？　何かあったんですか？」とわたしは聞いた。

「いいえ。あなたも心配性ですね！」セント・ジョンは外套を脱いでドアに掛け、入ってきたときにずらしてしまったマットを落ち着き払ってもとに戻してから、足踏みをして長靴の雪を落とした。

「きれいな床を汚してしまいますが、今夜だけは許してください」そう言ってセント・ジョンは暖炉に寄り、「ここまで来るのは大変でしたよ、本当に」と言いながら、炎に両手をかざして温めた。「腰まで埋まる吹きだまりもありました。まだ雪が柔らかいので幸いです」

「でも、どうしてここへ？」わたしはそう聞かずにはいられなかった。

「訪ねてきた人にむかって、またずいぶんな質問ですね。でも聞かれたからにはお答えしましょう。ただあなたと少しお話しするためです。口をきかない書物と人気《ひとけ》のない部屋に飽き飽きしましたのでね。それに、話を途中まで聞かされて、続きを聞きたくてたまらない人の興奮を昨日から味わっているものですから」

セント・ジョンは腰をおろした。昨日の奇妙な行動が思い出され、この人は気がふれたのでは、とわたしは本気で心配になった。しかし狂気だとしたら、あまりにも落ち着いて冷静な狂気だった。その整った顔立ちが、このときほど大理石の彫刻のように見えたことはなかった。雪で濡れた髪が額《ひたい》にかかるのをかき上げたので、青白い額と頬が暖炉の火を受けて輝いたが、むなしい心労と悲しみの跡がそこにはっきりと表れているのを見てわたしは悲しかった。せめてわたしにわかることを話してくれれば、と思って待ったが、セント・ジョンは顎《あご》に手を、唇に指をあてて何か考えていた。その手も顔と同じようにやせているのに気づいて、胸がふさがった。余計な思いやりだったかもしれないが、同情でいっぱいになったわたしは言った。

「ダイアナかメアリが戻ってきて、一緒に住んでくださるといいですのにね。ずっとお一人ではよくありませんし、健康に無頓着でいらっしゃいますもの」

「全然そんなことはありませんよ。必要なときには気をつけていますし、元気です。

具合が悪そうに見えるところでもありますか？」

それはどこか上の空の、無造作で冷淡な返事で、少なくともセント・ジョンとしては、わたしの心配は余計なお世話だという気持ちが表れていた。わたしは黙った。

セント・ジョンは指で上唇をゆっくりと撫《な》でながら、夢でも見ているように赤い火格子を眺め続けていた。まもなくわたしは、何か言わなくては、と気持ちが焦《あせ》り、そちらの後ろにあるドアから隙間風が来ませんか、と聞いた。

「いや、いや」答えは短く、いくらかつっけんどんなところがあった。

まあ、どうしても話をしないというなら、黙っていていいわ。あなたにはかまわないで、もう自分の本に戻りますから、とわたしは考えた。

そしてろうそくの芯を切って、『マーミオン』をまた読みはじめた。すぐにセント・ジョンが身体を動かし、同時にわたしの目はその動きにひきつけられたが、相手はモロッコ革の紙入れを取り出しただけだった。中から一通の手紙を出して黙って読むと、たたんで紙入れに戻し、再び考え込んでいる。目の前にこんなわけのわからない人が居座っていては、落ち着いて本も読めないし、じれったくて黙ったままでもいられなかった。すげない反応をするならしてもいいわ、わたしは話をしますからね、という気持ちになった。

「最近、ダイアナとメアリからお便りはありますか?」

「一週間前にお見せした手紙のあとは、何も言ってきません」

「ご自分のご予定のほうに、何か変化は?　予定より早くイギリスを発つようにという指示などはありませんか?」

「いや、残念ながらありません。ぼくにそんないいことは起きそうもありませんよ」

これはうまくいきそうにないので、わたしは話題を変えることにした。学校と生徒のことならどうか、と思いついた。

「メアリ・ガレットの母親の具合がよくなって、メアリは今朝からまた学校に出てきました。来週は鋳物《いもの》工場の工員住宅から、新しく四人の生徒が来る予定です。この雪でなければ今日来るところでしたが」

「なるほど!」

「オリヴァーさんが二人分の学費を出してくださるのです」

「そうですか」

「クリスマスには生徒全員にご馳走《ちそう》を出してくださるとか」

「知っています」

「あなたのご提案ですか?」

「いいえ」

「では、どなたの？」

「お嬢さんだと思います」

「あの人らしいですね。本当に優しいですもの」

「ええ」

ここでまた沈黙が訪れた。時計が八時を打った。するとその音で目が覚めたのか、セント・ジョンは組んでいた脚をそろえて背筋を伸ばし、わたしのほうを向いて言った。

「ちょっと本を置いて、もう少し火の近くに来てください」

とどまることなく疑問が湧き上がるのを感じながら、わたしはその言葉に従った。

「話の続きを聞きたくてたまらない気持ちだと、三十分ほど前に言いました。だが考えてみると、ぼくが話し手の役を引き受けて、あなたに聞き手になってもらうほうがうまくいきそうです。初めにお断りしておくと、この話はあなたにはあまり目新しくないでしょう。でも、古くさくなった話も、別の話し手から聞けばいくらか新鮮味を取り戻すことがよくあります。そして、古くさいにしても新鮮にしても、とにかく短い話です。

二十年前のこと、一人の貧しい副牧師が――その名前は、ここではどうでもいいことです――金持ちの娘に恋をしました。娘も副牧師を恋するようになり、身内の反対を押し切って結婚、そのため身内からは一切の縁《えん》を切られました。向こう見ずな二人は二年もたたないうちに亡くなり、一枚の墓石のもとに並んで静かに眠っています。わたしはその墓を見たことがありますが、——州の、異常ともいえる発展を遂げた工業都市にあって、すすで黒ずんだ古い大聖堂を囲む広い墓地の敷石の一つになっています。二人は娘を一人遺しました。その子は生まれるとすぐに慈善施設に——今夜私が足をとられた吹きだまりの雪のように冷たい、慈善の膝に引きとられました。そしてその孤児は、母方の親戚の金持ちの家に送られ、義理の伯母——名前を出しましょう——ゲイツヘッドのリード夫人という人に育てられることになったのです。びくっとしましたね。何か物音でも聞こえましたか？　たぶん、教室の梁《はり》を走り回るねずみでしょう。ぼくが修復して学校にする前は納屋でしたし、納屋にはたいていねずみが住みつくものですから。で、先を続けます。リード夫人はその子を十年間養育しました。その子にとって幸せな暮らしだったかどうか、それは聞いていないので何とも言えませんが、十年たったとき、その子はあなたの知っている施設——他ならぬローウッド養育院に移されました。あなたもいたところですね。そこでのその子の成績素行はとても優れていたらしく、生徒から先生になりました、あなたのように。その子の生い立ちとあなたの生い立ちがよく似ているのには驚きます。その子は学校を出て家庭教師になりました——ここもあなたの道とそっくりですね。その子が教えることになったのは、ロチェスター氏という人の被後見人です」

「リヴァーズさん！」わたしは話をさえぎって言った。

「気持ちはわかりますが、もうしばらく我慢してください。じきに終わります。最後まで聞いてください。ロチェスター氏の性格については何も知りませんが、一つだけわかっているのは、この若い娘に正式の結婚を申し込むふりをして、妻——狂人ですが——が存命している事実が結婚式の祭壇の前で判明したということです。その後の氏の行動や考えについては推測するしかありません。が、ある出来事があってその家庭教師の安否を問う必要が生じ、そこで彼女の所在が不明で、いつ、どこで、どうやって姿を消したか、誰にもわからないことが明らかになりました。夜の間にソーンフィールド邸を出て行っていたのです。あらゆる手を尽くして捜索が行われましたが、無駄でした。地方一帯あまねく調べても、まったく消息がつかめないままでした。けれども、すぐに彼女を見つけなければならない事態になり、すべての新聞に広告が載りました。ぼく自身にも、弁護士のブリッグズ氏なる人物から手紙が来て、いま話したような詳細を知ったのです。変わった話ではありませんか？」

「一つだけ教えていただきたいのです。こんなにいろいろとご存じなのですから、きっと教えてくださることができるはず――ロチェスター様はどうなったのでしょうか？今、どこでどうしていらっしゃるのでしょう？　何をなさっているのか、お元気なのかどうか――」

「ロチェスター氏について、ぼくは何も知りません。その人に関して手紙に書かれていたのは、今お話ししたような、違法で詐欺《さぎ》まがいの企てのことだけです。それよりもあなたは、その家庭教師の名前や、その人を見つけなければならなくなった事情のほうを聞くべきところではないでしょうか」

「では、誰もソーンフィールド邸には行かなかったのですね？　誰もロチェスター様に会っていないのですね？」

「そう思います」

「でも、あちらにお手紙は出した？」

「もちろんです」

「それで、お返事には何と？　あの方のお返事は、どなたがお持ちなのでしょう？」

「ブリッグズ氏によれば、問い合わせへの返事はロチェスター氏ではなく、ある婦人から来たもののようです。アリス・フェアファクスと署名があるようで」

わたしは愕然とし、全身がぞくぞくした。それではおそらく、一番恐れていたことが現実になったのだろう。たぶん自暴自棄になって分別をなくし、イギリスを飛び出して大陸へ――昔よく訪れていた場所のどこかに行ってしまったのだ。激しい苦しみを和らげるのにどんな麻薬を、激しい感情をぶつけるのに、そこでどんな対象を求めたか――この問いに答える勇気はなかった。ああ、お気の毒に！　わたしの主《あるじ》だった人、夫になるところだった人、「愛しいエドワード」と何度も呼んだこともある人！

「悪い男だったに違いありませんね」とセント・ジョンが言った。

「ご存じないでしょう、それなのに決めてかからないでください」わたしは少し気色ばんで言った。

「わかりました」とセント・ジョンは言った。「それに今、ぼくの頭は他のことでいっぱいです。話を締めくくらなくてはなりません。あなたが家庭教師の名前を訊ねようとなさらないのであれば、ぼくのほうから言わなくてはなりませんね。待ってください、ここにあります。重要なことは、書かれたもので見るほうが納得のいくものですからね」

再び紙入れがゆっくりと取り出されて開かれ、探られた。仕切りの一つから出てきたのは、急いでちぎり取られ、皺《しわ》くちゃになった紙片だった。その紙質、そして群青色と深紅と朱色のしみから、肖像画用の薄紙の端を破いたものであることがわかった。セント・ジョンが立ち上がって、それをわたしの目の前に持ってきた。墨汁を使ってわたしの筆跡で書かれた「ジェイン・エア」という文字が読めた。上の空で書いた字に違いなかった。

「ブリッグズはジェイン・エアという人について書いてきました。広告もジェイン・エアという人を探していました。ぼくはジェイン・エリオットという人なら知っている――もしかしたら、と思っていたのはたしかですが、それがいきなり確信に変わったのはつい昨日のことです。あなたは偽名を捨てて、これが本名であると認めますね？」

「はい――はい、でも、ブリッグズ氏はどちらですか？　ロチェスター様のことを、あなたよりご存じかもしれません」

「ブリッグズはロンドンです。ロチェスター氏について何か知っているとは思えません。関心があるのはロチェスター氏ではないからです。ところであなたは、些事に気をとられて大事なことを忘れています。なぜブリッグズ氏があなたを捜したか、何の用なのかという点を聞かないではありませんか」

「ああ、何の用だったのでしょう？」

「あなたの叔父、マデイラのエア氏が亡くなられたこと、全財産をあなたに遺され、あなたは今やお金持ちだということ、それを伝えるだけです。それだけのことです」

「わたしが！　お金持ち？」

「ええ、そうです。かなりの遺産を相続したお金持ちなのです」

二人とも沈黙した。

「もちろんあなたは、本人だということを証明しなくてはなりません」少ししてセント・ジョンが言った。「それは難しいことではないでしょう。それがすめばすぐ、遺産の所有権が得られます。財産は英国国債になっています。遺書も必要な書類も、ブリッグズが持っています」

今ここに、新しいカードが一枚めくられたのだ！　読者よ、貧窮から一瞬にして富裕になるのはすばらしいこと――たしかにとてもすばらしいのだが、すぐにその意味を悟って喜ぶ、という性質のものではない。それに人生には、これよりもはるかに心躍り、歓喜に包まれるような出来事が他にもある。相続は現実の世界で実際に起きたことであり、空想的な要素は何もなかった。関わることすべてが堅実で実体のある事柄であり、その現れ方についても同じことがいえる。財産が入ったと聞いて、飛んだり跳ねたり、万歳！　と叫んだりする者はいない。責務について考えはじめるものなのだ。静かな満足感の上に深刻な懸念も生まれ、感情を抑えて厳粛な顔つきになり、幸せというものについてつくづくと考えることになる。

それに、遺産とか遺贈とかの言葉には、死や葬儀という言葉がつきものだ。わたしにとってたった一人の身内だった叔父が亡くなった――その存在を知って以来、いつか会いたいと思っていたが、その願いはもはやかなわないものとなった。そのお金はわたし一人に遺された――分かち合う家族もいない、一人ぼっちのわたしに。大きな恵みであることは疑いなく、独立できるのはすばらしいことだ。そう、それは感じることができた。そしてそのことで、胸がいっぱいになった。

「やっと額の皺が伸びましたね」とセント・ジョンが言った。「メドゥーサににらまれて石になったかと思いました。そろそろ財産の額を聞いてもいいのではないでしょうか？」

「どのくらいの額なのですか？」

「ああ、ほんの少々です。とりたてて言うほどの額ではありません。二万ポンドと聞いたかと思います。ね、大したことはないでしょう？」

「二万ポンド！」

これもまた、思いがけないことだった。四千ポンドか五千ポンドくらいと考えていたからだ。額を聞いて、わたしが文字通り一瞬息をのんだので、これまで一度も笑い声を聞いたことのないセント・ジョンが、初めて声を立てて笑った。

「いやいや、もしあなたが人を殺していて、その殺人が発覚しましたよ、とぼくが言ったとしても、今のあなたほどびっくり仰天はしないでしょうね」

「莫大な金額ですもの。間違いとはお思いになりませんか？」

「間違いはありません」

「ひょっとして数字の読み違いをなさったとか——二千ポンドの間違いかもしれません」

「数字でなく、文字で書かれているのですよ、二万と」

またわたしは、人並みの味覚と食欲しか持ち合わせないのに、百人分のご馳走の並ぶテーブルに一人で座った人のような気分を味わった。セント・ジョンは立ち上がり、外套を着た。

「こんなに荒れた晩でなければ、お相手としてハンナをこちらに来させたいところです。あなたはひどく寂しそうに見えるのに、ここに一人で残して行くのはあんまりですから。でも残念ながらハンナは脚がそう長くないので、深い雪をぼくのように越えてくるのは難しいでしょう。やむを得ません。お休みなさい」

セント・ジョンが掛け金を上げたとき、ふと思いついたことがあった。

「ちょっと待ってください！」とわたしは声を上げた。

「何でしょうか？」

「ブリッグズさんは、なぜわたしのことをあなたに聞いてきたのか、不思議です――どうやってあなたを知ったのか、こんな辺鄙《へんぴ》な場所に住んでいるあなたにどうしてわたしを見つけられると思ったのか」

「ああ、ぼくは牧師ですからね。牧師にはいろいろな問題が持ち込まれるものです」この答えとともに、また掛け金が、がちゃんと音を立てた。

「いいえ、それでは納得がいきません」わたしは強く言った。実際セント・ジョンの、説明不十分でそそくさとした答え方には、わたしの好奇心を鎮めるどころか、いっそうつのらせるものがあった。

「奇妙なお話です。わたしはもっと知りたく思います」

「それは、またいずれ」

「いいえ、今夜です！――今夜でないと！」わたしはそう言い、セント・ジョンがこちらをむくと、ドアとの間にすばやく立ちふさがった。セント・ジョンは困った様子を見せた。

「全部話してくださるまでお帰ししません」

「今はあまり話したくありません」

「話してください！　どうしても！」

「ダイアナかメアリの口から言わせましょう」

こうした抵抗にあって、知りたい気持ちが頂点に達したことは言うまでもない。この切なる願いを今すぐにかなえてもらいたい、とわたしはセント・ジョンに言った。

「しかし、前にも言った通り、ぼくは頑固な男ですから、説得は難しいですよ」

「わたしも頑固な女です。あきらめさせようとしても無理ですわ」

「それにぼくは冷たくて、どんな炎にも負けません」

「反対にわたしは熱い――火は氷を溶かします。そこの火があなたの外套の雪をすっかり溶かしたでしょう。それで溶けた雪が床に流れ出して、ぬかるみ道のようになっていますよ。きれいにしてあった台所の床をこんなに汚した不始末とその罪を許してほしいと思うなら、リヴァーズさん、わたしの知りたがっていることを話してください」

「ああ、では譲りましょう。あなたの熱心さというより、粘りに屈しました。雨だれ石をもうがつ、と言いますからね。それに遅かれ早かれ、いつかはわかることです。あなたの名前はジェイン・エアですね？」

「その通りです。それはもうご承知でしょう」

「ぼくの名前に同じ名があることに、お気づきでないかもしれません。洗礼名は、セント・ジョン・エア・リヴァーズというのです」

「まさか！　そう言えば、何度か貸してくださった本に書かれたお名前の中に、Ｅという文字が入っているのを見た覚えはあります。でも、何の頭文字のＥか、お聞きしたことはありませんでした。でも、それが何か？　たしかに――」

そこで言葉が止まった。ある考えが突然心に浮かび、具体的になり、たちまちのうちにかなりの確率の可能性を持つこととして見えてきたが、わたしにはそれを表現することはおろか、受け入れることもできなかった。さまざまな事実が結びつき、あるいはおさまる場所を見つけて、きちんとおさまった。それまでただの環の塊《かたまり》としてそこにあった鎖が、今まっすぐに引き出され、どの環も完全で、ぴったりと連結していた。セント・ジョンが次の言葉を口にする前に、わたしは直感的に事情を理解した。しかし読者の皆さんがそんな直感力をお持ちだとは考えられないので、セント・ジョンの説明を記すことにする。

「母の姓はエアで、母には弟が二人いました。一人は牧師になって、ゲイツヘッドのミス・ジェイン・リードと結婚しました。もう一人はジョン・エアという郷士《ごうし》で貿易商、マデイラ島のフンシャル在住でした。八月に叔父の弁護士ブリッグズ氏から叔父の死を知らせる手紙が届き、叔父の財産は牧師になった弟が後に遺した、孤児の娘に贈られることになっていると書かれていました。ぼくの父とは喧嘩《けんか》の末に和解しなかったので、ぼくたちは無視されたのです。それから数週間してまた手紙が来て、相続人である娘が行方不明だが、何か知らないかと聞いてきました。一枚の紙に何気なく書かれた名前のおかげで、ぼくはその人を見つけることができた――あとはあなたがご存じの通りです」そう言うとセント・ジョンはまた帰ろうとしたが、わたしはドアに背中を押しつけていた。

「どうかわたしに話をさせてください。ちょっと息をついて、考える時間をください」わたしはそう言って言葉を切った。セント・ジョンは手に帽子を持ち、落ち着いてわたしの前に立っていた。

「あなたのお母様は、わたしの父のお姉様だったのですね？」

「そうです」

「それなら、わたしには伯母様にあたるわけですよね？」

セント・ジョンはうなずいた。

「わたしの叔父のジョンは、あなたのジョン叔父様だったのですね？　あなたとダイアナとメアリは、その人の姉の子で、わたしはその人の兄の子だった？」

「間違いありません」

「では、あなた方三人はわたしのいとこ――それぞれの血の半分が同じ源から流れてきているわけですね？」

「そうです、いとこです」

わたしはあらためてセント・ジョンを見た。まるで兄を――誇りに思うことができ、愛することのできる兄を見つけたような気がした。それから二人の姉を――血のつながりがあるのを知らずに出会ったときにさえ、純粋な愛情と賞賛を抱かずにはいられなかった、そんなすばらしい資質の姉を得たような気がした。湿った地面に膝をついて、興味と絶望の混じった苦い思いでムーア・ハウスの台所の低い格子窓から見つめた、あの二人が、近しい親戚だった。戸口で死にかけていたわたしを見つけてくれた、あの風格ある若い紳士が、血のつながる親戚だった。寂しい孤児にとって、何とすばらしい発見だろう！　まさに宝――心の宝であり、純粋で温かい愛情の鉱脈だった。輝かしく、鮮やかで、わくわくするような天恵だった。ずっしりした黄金の贈り物とは違う。金は貴重でありがたいものだが、手にした重さで気持ちも重く神妙になってしまうのだ。わたしは急に嬉しくなって手をたたいた。脈がはずむように打ち、血が興奮で震え騒ぐようだった。

「ああ、嬉しい！　嬉しいわ！」とわたしは叫ぶように言った。

セント・ジョンは微笑した。「あなたは些事に気をとられて大事なことを忘れると、さっきも言いましたよね？　財産のことを話したときには沈着でいて、今はまた、つまらないことに興奮するんですね」

「いったい何をおっしゃるんですか？　あなたにはつまらないことかもしれませんわね――妹さんたちがいらして、いとこは別にどうでもいいでしょうから。でもわたしには誰もいませんでした。それが今では身内が三人も――ご自分は数に入れてほしくないとおっしゃるのでしたら二人ですが――新しく、それも大人になった姿で生まれてきてくださったのですもの。やっぱり嬉しいです！」

わたしは部屋を足早に歩き、そして立ち止まった。自分でも受け入れ、理解し、まとめるのが間に合わないほど急速に湧き上がる思いで、息が詰まりそうになったからだ。できるかもしれない――できるはず――そうしたい――そうすべきだ、それも早く、と思うことがあった。何もない壁に目をやると、そこはまるで昇ってくる星々でいっぱいの空のように思われた。そして、星の一つ一つがその光で、ある目的――それは喜びでもあった――にわたしを導いてくれるようだった。命を助けてくれた人たち――愛する他に何もできなかったその人たちに、今ではお礼ができる。首の軛《くびき》から自由にしてあげることが、離れ離れで暮らしている三人をまた一か所に集めることが、わたしにはできるのだ。わたしの手に入れた自立と富が、また三人のものであってもいいはず。わたしたちは四人——二万ポンドを平等に分ければ一人五千ポンド——あり余るほどの額だ。そうしてこそ公正で、お互いにみな幸せになれるというものだ。そう考えると、富は重荷ではなくなり、ただの貨幣の遺贈ではなくなった。生命と希望と喜びの遺贈になるのだ。

このような考えにすっかり心を奪われている間、わたしがどんな様子をしていたのかはわからない。セント・ジョンがわたしの後ろに椅子を置き、腰をおろすように優しくすすめてくれていることに、まもなく気がついた。落ち着くようにと言う声も聞こえたが、みっともなく取り乱しているかのような扱いはまっぴらだったので、わたしはその手を振り払って、また歩き回った。

「明日、ダイアナとメアリにお手紙を書いて、すぐ帰ってくるようにおっしゃってください。千ポンドあればお金持ちだと思うと、二人とも前にそう言っていましたから、五千ポンドあったらとてもよい暮らしができます」

「水を一杯あげたいのですが、どこに行けばいいでしょうか？　心を静めるように努力しなくてはいけませんよ」とセント・ジョンが言った。

「ばかなことをおっしゃらないで！　それでこの遺産、あなたにはどんな影響を及ぼすでしょうか？　イギリスにとどまってミス・オリヴァーと結婚して、あなたも普通の人と同じように落ち着くことになるかしら？」

「頭が混乱して、とりとめのないことを言っていますよ。あまり急に知らせたのがいけなかったんですね。それで、どうしようもなく興奮させてしまいました」

「リヴァーズさん！　何てもどかしい方でしょう！　わたしはちゃんと落ち着いていますわ。わかっていないのはあなたのほうです。それとも、わからないふりをしていらっしゃるのかも」

「考えをもう少し詳しく説明してくだされば、ぼくにももっとよくわかるかもしれません」

「説明ですって？　いったい何をですか？　おわかりにならないはずがないでしょう——二万ポンドという問題の金額、これをわたしたちの叔父の甥一人、姪三人で等しく分けたら一人五千ポンドになるということが。ですからお二人にお手紙を書いて、入ることになった財産のことを伝えていただきたいのです」

「あなたに入ることになった財産でしょう」

「この件に関するわたしの考えは、だいたい申しましたでしょう？　他に考えようもありません。わたしはひどい利己主義者でもなければ、考えなしに不当なことをする人間でもなく、憎むべき恩知らずでもありません。それに、わが家と親類を持とうと心を決めました。ムーア・ハウスが好きですからあそこに住む考えですし、ダイアナとメアリが好きですから一生愛情の絆で結ばれていたいと思います。五千ポンドいただくのは嬉しくありがたいことですが、二万ポンドとなると悩みのもとになり、重荷になります。それに二万ポンドのお金は、法律上はわたしのものかもしれませんが、道義上はそうとはいえないでしょう。ですから、明らかに過剰な分をあなた方にお渡しするのです。反対や議論は無用です。四人で同意のうえ、すぐに決めましょう」

「とっさの思いつきでの、衝動的な行動ですね。何日もかけてよく考えたうえでの言葉でなくては、そのまま受け取ることはできません」

「ああ、疑っていらっしゃるのがわたしが本気かどうかということだけなら、気が楽になります。考えそのものは正しいと思われるでしょう?」

「たしかにいくらかは。でもこれは、慣習にまったく反することです。それに、遺産はすべてあなたに権利のあるものです。叔父が努力して築いた財産を、誰に遺そうと叔父の自由で、叔父はあなたに遺すと決めました。結局、道義の点から見ても、あなたがそれを継ぐことが認められるわけです。あなたは何の後ろめたさもなく、すべて自分のものと考えてよいのです」

「わたしにとってこれは、良心の問題であると同時に、気持ちの問題でもあります。自分の思い通りにしたい――これまでそんなことができる機会はめったになかったのですもの。もし一年間議論し、あなた方が反対してわたしを悩ませても、わたしにはちらりと見てしまったすばらしい喜びをあきらめることはできないでしょう――大きな恩義の一部なりとお返しし、一生の身内を得るという喜びです」

「富を所有するということ、そしてその良さを味わうということを知らないから、あなたは今、そう考えるのです。二万ポンドによって何がもたらされるのか、どんな社会的地位や将来が開けるか、それを知らないからあなたは――」

「そしてあなたには」とわたしはセント・ジョンの言葉をさえぎって言った。「兄弟姉妹の愛情を渇望するわたしの気持ちがまったく想像できないのです。これまで家庭もなく、兄弟姉妹もいたことがないのですから、今こそそれを手に入れなくてはと思いますし、そのつもりです。わたしを身内として認め、受け入れるのがいやだとおっしゃるわけではありませんよね？」

「ジェイン、ぼくはあなたの兄になり、妹たちはあなたの姉妹になるでしょう――たとえあなたが当然の権利を犠牲にしてくれなくても」

「お兄様？　でも何千マイルも離れた、遠い遠いお兄様ですね。お姉様たち？　妹のわたしが自分で稼ぎもしない、自分に値しない財産を貯めこんでいる一方で、他人の間であくせく働いているお姉様たち。あなたは一文無しで！　まあ、なんてすばらしい平等と友愛ではありませんか！　どこが堅い絆、どこが深い愛情なのでしょう！」

「でも、ジェイン、家族の絆や家庭の幸せにあこがれるなら、あなたの考えているような手段でなくても実現はできますよ――結婚すればいいのです」

「またばかなことを！　結婚ですって？　結婚なんかしたくありませんし、絶対にしません」

「それは言いすぎでしょう。そんな大胆な断定をすることこそ、興奮状態にある証拠ですよ」

「言いすぎではありません。自分の気持ちはわかっています――結婚など、考えるだけでもいやでたまらないのですもの。愛情からわたしとの結婚を望む人はいないでしょうし、単に財産目当てで相手にされるのはいやですし。それに、他人――縁も共感もない、自分と違うような人はいりません。十分に共感し合える血縁の人がほしいのです。わたしの兄になると、もう一度言っていただけませんか。その言葉を聞いたとき、わたしは満たされ、幸せでした。できればもう一度、心をこめておっしゃってください」

「いいですよ。ぼくは妹たちをずっと愛してきましたし、その愛情の根拠もわかっています。それは二人の真価への敬意と、才能への賞賛です。あなたも信条と知性を具えた人で、ダイアナやメアリに似た趣味と習慣をお持ちですね。あなたとご一緒していつも好ましく感じましたし、話をすれば心が慰められるのをすでに感じています。三人目の末の妹として、心にあなたを迎える場所は自然にできるでしょう」

「ありがとうございます。今夜はそれを伺えば十分です。さあ、もうお帰りになったほうがいいでしょうね。これ以上いらっしゃると、また何か疑いのこもったことを言い出して、わたしをいらいらさせることになるかもしれませんから」

「ミス・エア、学校は？　もう閉めるしかないでしょうね？」

「いいえ、代わりの方が見つかるまで、先生は続けます」

セント・ジョンは賛成の気持ちのこもった微笑を浮かべ、わたしと握手して帰って行った。

遺産を考え通りに処理するために、その後わたしが奮闘し、説得した経過について、ここで詳しく述べる必要はないだろう。簡単ではなかった。しかし、わたしの決意は固く、財産を公平に分けるという意志が断固たるものであるのをいとこたちもついには理解し——わたしの意図が正しいことを三人も心の中で感じたに違いなく、もしわたしの立場だったら、三人もきっと同じことを望んだに違いないと直感的に悟ったのだろう

——最後には折れて、調停に委《ゆだ》ねることに同意してくれた。選定された調停官はオリヴァー氏と有能な弁護士で、二人ともわたしの意見に同意した。こうしてわたしの主張が通り、譲渡証書が作成されて、セント・ジョン、ダイアナ、メアリ、そしてわたしの四人は、それぞれがかなりの資産を持つことになったのである。

第34章

すべての手続きがすんだのはクリスマスも近い頃で、休暇の時期が近づいていた。モートンでの務めを終えるにあたって、わたしはお別れが味気ないものにならないようにと気を配って贈り物をした。幸運は心だけでなく、両手をも大きく開かせるものだ。たくさんのものを受け取ったとき、それをいくらか他の人に分けることは、昂《たかぶ》る感情の出口を作ることにもなる。純朴な生徒たちの多くが好意を寄せてくれることを以前から嬉しく思っていたが、別れが来てそれをいっそう強く実感した。生徒たちも自分たちの気持ちを、率直にしっかりと表してくれた。素朴な心の中に自分が一定の場所を占めているのを知る喜びはとても深く、これからも週に一度は学校に来て、一時間の授業をしますからね、と約束した。

今では六十人になった生徒が列を作って出て行くのを見送ってドアに錠を下ろし、その鍵を手に持ったままで五、六人の優秀な生徒たちと別れの挨拶をしているところに、セント・ジョンが来た。この生徒たちは、イギリスの農民階級の娘の中で最も礼儀正しく上品で、つつましく知的な娘たちだった。これはかなり高い評価である。というのは、そもそもイギリスの農民はヨーロッパの農民の中でも最も教育があり、行儀がよく自尊心も高いからだ。わたしはその後、フランスやドイツの農婦に会う機会があったが、その中で一番優れていると思える女性でも、モートンのわたしの生徒に比べると無学で粗野でぼんやりしているように思われた。

「この一学期間、教えたかいがあったと思いますか？」生徒たちが去ったあと、セント・ジョンが訊ねた。「若い今、本当に良いことをしたと自覚できるのは、嬉しいことだと思いませんか？」

「ええ、たしかに」

「わずか数か月のことでもね！　もし生涯を人類同胞の向上に捧げるとしたら、それは意義ある生き方ではないでしょうか？」

「はい。でもわたしは、ずっとこれだけを続けることはできません。他の人の能力を伸ばすだけでなく、自分の能力も発揮してみたいと思うのです。これからそうしようというときに、学校のことを思い出させないでくださいね。学校から離れて、完全な休暇を楽しみたいという気持ちです」

セント・ジョンは深刻な顔をした。「どうしたんです？　急に熱心に言い出して、今度は何をするつもりなんですか？」

「行動です――できるだけ活発に動くことです。それでまずお願いしたいのですが、ハンナにお暇を出して、あなたのお世話には誰か他の人を見つけていただけませんか?」

「ハンナが必要なのですか?」

「ええ、一緒にムーア・ハウスに行ってもらいたいのです。あと一週間でダイアナとメアリが帰ってきます。それまでにすべてをきちんと準備しておきたいと思って」

「わかりました。どこか旅にでも飛び出して行くつもりかと思いましたが、それならいいでしょう、ハンナはそちらに行かせます」

「では、明日までに支度をしておくようにお伝えください。これが学校の鍵です。家の鍵は明日の朝、お渡ししますね」

セント・ジョンは鍵を受け取って言った。「ずいぶん嬉しそうに返すのですね。妙にご機嫌なのがよく理解できませんよ。だって、先生の仕事から手を引いて、その代わりにどんなことを計画しているのかわからないからです。いま人生にどんな目標、目的、野心を持っていますか?」

「わたしの最初の目標は、ムーア・ハウスの大掃除《クリーン・ダウン》――この言葉の迫力、おわかりでしょうか?――寝室から地下室まで、くまなく念入りにお掃除してきれいにすることです。目標の二つ目は、蜜ろうと油とたくさんの布を使って、昔のようにぴかぴかになるまで磨き上げること。三つ目は、椅子、テーブル、ベッド、絨毯《じゅうたん》などを一つ残らずきちんと配置してから、あなたが破産するほどたっぷりと石炭や泥炭を用意して、どの部屋にも暖かい火を焚《た》くこと。そして最後の目標としては、二人の帰ってくる前の二日間を充《あ》てて、ハンナとわたしとでお料理――卵をかき混ぜ、干し葡萄《ぶどう》を選り分け、香辛料をすりおろし、クリスマスケーキの材料を混ぜ合わせ、ミンスパイの材料を刻むなどなど、数々のお料理の儀式の執行です。あなたのように知識のない方にはこれ以上詳しく述べても何の事だかおわかりにならないでしょうから、こう申しておきますね。要するにわたしの目的は、ダイアナとメアリを迎えるために、木曜日までにすべてを完璧に整えておくこと、そしてわたしの野心は、歓迎というもののまさに理想の形をもって、二人を迎えることとです」

セント・ジョンはかすかに微笑したが、納得してはいなかった。

「今のところはそれでけっこうでしょう。でも真面目な話をすると、このはしゃいだ気分が過ぎたあとにはもう少し高いところを見てくれるように期待します――家庭での愛情や家事の喜びといったことより」

「それこそこの世で最高のものです」わたしは言葉をさえぎってそう言った。

「いや、ジェイン、違います。この世は目標実現の喜びを楽しむ場ではありませんし、そういう場にしようとしてはいけません。安息の場でもないのです。怠惰になってはいけませんよ」

「いえ、とんでもない、わたしは忙しくするつもりです」

「ジェイン、さしあたりは大目にみます。二か月の猶予《ゆうよ》をあげますから、その間は新しい境遇を十分に楽しみ、ようやく見つけた親類という喜びに浸ればいいでしょう。でもそれが終わったら、ムーア・ハウス、モートン、姉妹との楽しみ、富から得られる利己的な平穏や即物的な慰めなどのかなたを見てほしいのです。きっとその頃には、あなた自身の活力が、再びその力であなたを悩ませるでしょう」

わたしは驚いてセント・ジョンを見た。「セント・ジョン、そんなことをおっしゃるなんて、ほとんど意地悪とも言えるくらいです。わたしは女王様みたいに満ち足りていたいのに、不安をかき立てようとなさるなんて、何のためなのですか?」

「神さまがお与えになった才能を生かして使うためです。自分が預けた才能をどのように使ったかと、神さまはきっといつかお訊ねになりますからね。ジェイン、あなたのこれからを、ぼくは近くでしっかり見守るつもりですから、あらかじめ言っておきますよ。そして、あなたが平凡な家庭の喜びに身を投じようとしている、その異常なほどの熱意を抑えるように努力することです。血のつながりにあまり執着しないように。忠誠と情熱はしかるべき目標のために取っておくのです。束《つか》の間《ま》のつまらないものに浪費しないこと。わかりましたか？」

「はい、ギリシア語のお話を聞いているみたい！　わたしには幸せになるべき十分な理由があると思います。だから、きっと幸せになるつもりです。さようなら！」

わたしはムーア・ハウスで幸せだった。わたしもハンナもよく働いた。家中が上を下への大騒ぎの中で、わたしが明るく動き回っているのを――床を磨いたり、埃《ほこり》を払ったり、掃除や料理に立ち働いているのを見て、ハンナは喜んだ。二日ほどの混乱のあとに、わたしたち自身が作り出した混沌の中から次第に秩序が生まれてくるのを見るのは喜ばしかった。わたしはその前に、新しい家具を買うためにS町に出かけていた。家の模様替えについていとこたちは、わたしが好きなようにしていいからと白紙委任状《カルト・ブランシュ》を与えてくれており、そのための費用も用意されていた。普段の居間と寝室はほとんど変えずにそのままとした。ダイアナとメアリは現代風のお洒落《しゃれ》な家具よりも、昔のままの質素なテーブル、椅子、ベッドなどを見るほうを喜ぶだろうと思ったからだ。けれども、帰ってくる二人を迎えるにあたって、刺激として何か目新しいものも必要だった。そこで、美しい濃色の新しい絨毯とカーテン、念入りに選んだ陶と青銅のアンティークの装飾品、新しいベッドカバーと鏡、化粧台に置く化粧道具入れなどを買って、その目的を果たした。それらは必要以上に目立つことなく、それでいて新鮮だった。一方、予備の居間と寝室には古風なマホガニーの家具を入れ、カーテンをはじめ室内を深紅で統一して、まったく新しくした。廊下にはカンバスを、階段には絨毯を敷いた。完成するとムーア・ハウスは、冬の荒野のわびしさの典型である屋外と対照的に、明るくつつましい居心地のよさの典型になったように思われた。

いよいよ重要な木曜日が来た。いとこたちは夕暮れに到着の予定だったので、黄昏前《たそがれまえ》に二階と一階の各部屋に火が焚かれた。台所の準備も完璧で、ハンナとわたしもきちんと着替え、すべてが整った。

セント・ジョンが最初に着いた。すべての準備ができるまで家に近づかないように頼んであったが、たしかに家じゅうがむさ苦しくてごたごたした大騒ぎになっていると考えるだけで、セント・ジョンが敬遠するのに十分な理由になっただろう。セント・ジョンが入ってきたとき、わたしは台所でお茶のためのケーキの焼け具合を見ているところだった。セント・ジョンは炉辺に近づき、「気がすむまで女中の仕事をしましたか?」と聞いた。わたしは答えの代わりに、仕事の成果をお見せしたいのでどうぞこちらへ、とすすめ、しぶる彼を説得して何とか家じゅうを見せて回った。セント・ジョンはわたしがドアを開くとそこから中をのぞきこむだけだった。二階に行って下りてくると、こんな短期間にこれだけの模様替えをするのは大変だったでしょう、疲れたでしょうね、と言うだけで、嬉しいという言葉はひと言も出なかった。

これにはわたしの気持ちもくじけた。部屋に手を入れたために、もしかすると大事にしていた昔の思い出を損なってしまったのかもしれない――わたしはしょんぼりした口調を隠せず、そうなのでしょうか、と聞いてみた。

「いいえ、そんなことは全然ありませんよ。それどころか、思い出すべてをずいぶん考慮してくれたと思っています。実は気配りしすぎたのではとさえ感じるほどで、たとえばこの部屋の家具の配置にどれだけの時間を費やしたかと思うとね。ところで、あの本はどこでしょう？」

棚にあるその本の場所をわたしが指差すと、セント・ジョンはそれを取っていつもの出窓のところに行き、読みはじめた。

読者の皆さんに申し上げると――これはわたしには嬉しくなかった。セント・ジョンは良い人だが、頑固で冷たい、と自分で言っていたのは本当だと感じはじめていた。セント・ジョンにとって人情や生活の快適さは何の魅力もなく、平穏な生活の楽しみに惹《ひ》かれることもないのだ。文字通り高遠なものへのあこがれで――偉大なもの、善きものを追い求めることで生きている人であり、しかも決して休もうとせず、周囲の者が休むのにも同意しないのだった。白い石のように青白く落ち着いたその秀でた額《ひたい》、読書に集中している端正な容貌を見ていたとき、この人は良き夫にはならないだろう、この人の妻になるのはさぞかし辛いことだろうと、わたしは突然悟った。ミス・オリヴァーへの愛の性質も、まるでインスピレーションが湧いたかのように理解でき、感覚による愛にすぎないと言った彼の言葉にわたしも同意した。その愛から熱病のような影響を受ける自分を軽蔑する気持ちも、その愛をもみ消してしまいたいと願う気持ちも、自分または彼女の幸福に愛がずっと貢献するものではないと思う気持ちも、すべて理解できた。セント・ジョンという人は、自然が――キリスト教徒であろうと異教徒であろうと――英雄、立法者、政治家、征服者などを造ったその素材からできている。大いなる計画にあたっては不動の砦《とりで》となってくれるが、家庭の炉辺では陰鬱で場違いな、冷たくて邪魔になる柱であることが多いのだ。

「この居間はセント・ジョンの領分ではないのね」とわたしは思った。「ヒマラヤの尾根、カフィルの密林、あるいは疫病にたたられたギニア沿岸の沼地のほうが、ここより似合うくらいだわ。あの人が平和な家庭生活を遠ざけるのももっともなこと――本来の活動領域ではないために、能力は発展もせず、際立つこともなく、沈滞してしまうのね。

セント・ジョンが優れたリーダーとなって発言し、行動するのは、衝突と危険の場――勇気が試され、力が発揮され、不屈の精神が求められるような場。こういう炉辺では、明るい子どもにかなわないでしょう。宣教師の仕事を選んだのは正しい――今それがわかるわ」と考えていた。

「お帰りです！　お帰りです！」ハンナが大声でそう言いながら、居間のドアを勢いよく開いた。それと同時に、老犬カーロが嬉しそうに吠えた。わたしが飛び出してみると、外はもう暗かったが、車輪の音が聞こえた。ハンナがすぐにランタンに火を入れた。馬車は木戸のところに停まり、駅者《ぎょしゃ》が扉を開けると、見慣れた姿が一人、そして続いてもう一人姿を現した。次の瞬間、わたしは帽子をかぶった二人に駆け寄り、メアリの柔らかな頬に、続いてダイアナの豊かな巻き毛に顔を寄せた。二人は笑ってわたしにキスをし、ハンナにキスをした。それから喜びで半狂乱になっているカーロを撫《な》で、みんな変わりはないかと訊ねた。変わりないという返事を聞いて安心して、急いで家に入った。

ウィットクロスから長い時間馬車に揺られてきたため、二人とも身体がこわばり、冷たい夜気で冷えきっていたが、明るく燃える暖炉の火にあたって表情が和《なご》やかになった。駅者とハンナが荷物を降ろして運び込み、二人が「セント・ジョンは？」と聞いたちょうどそのとき、セント・ジョンが居間から出てきた。二人はすぐに兄の首に抱きついた。

セント・ジョンは静かに二人にキスをし、短い歓迎の言葉を小さな声で言って、しばらく二人の話を聞いて立っていた。そして少しすると、あとで居間に来るだろうからあちらにいるよ、と言って、避難するように自分の場所に戻ってしまった。

わたしはもう、二人が二階に上がるためのろうそくをともして用意していたが、ダイアナはその前に駁者をねぎらうための指示をしに行った。それをすませてから二人そろって、わたしの案内に従って部屋を回った。二人は自分たちの部屋の模様替えと装飾――新しい掛け布や絨毯、鮮やかな色の陶器の花瓶などを見て喜び、惜しみなく感謝の気持ちを表してくれた。模様替えが二人の好みにぴったりと合い、帰宅の喜びに華やいだ魅力を添えることができたと実感して、わたしもとても嬉しかった。

本当にすばらしい夜だった。陽気になった二人は、雄弁になっていろいろと話をしたので、セント・ジョンの口数の少なさが目立たないほどだった。セント・ジョンは妹たちを迎えて心から喜んではいたが、熱を帯びてほとばしるような喜びには同調できないようだった。この日の重大事、つまりダイアナとメアリの帰宅を嬉しく思いながらも、歓迎の大騒ぎやおしゃべりなどにはうんざりしていて、明日は静かになってほしいと祈っているのが見てとれた。お茶がすんで一時間ほどたち、話がはずんでいるときに、ドアをたたく音がした。ハンナが入ってきて、「こんな時間に、貧しい家の若者が来ています。リヴァーズ様に、死にそうな母親に会いに来てほしいとのことで」

「ハンナ、その人の家はどこなの?」

「ウィットクロス・ブラウの先で、四マイルはあります。それに途中は荒野と湿地ですよ」

「行くと言いなさい」

「おやめになるのがよろしゅうございますよ。暗くなると最悪の道です。湿地には道さえついていませんし、おまけにこの厳しい寒さ、身を切るような風ですもの。朝になったら行くとおっしゃるのがようございます」

しかしセント・ジョンはもう廊下に出て、外套を着ようとしていた。そして一言の不平もつぶやきも漏らさずに出て行った。それが九時のことで、帰ってきたのは夜中の十二時を過ぎていた。疲れてひどく空腹だったにもかかわらず、出て行ったときより幸せそうに見えた。能力を発揮して、義務を果たしてきたからだろう、自分に克って事を成し遂げる力のあるのを自覚し、自分に満足していたのである。

その後の一週間、セント・ジョンは忍耐力を試されたことと思う。クリスマスの週で、わたしたちには決まった仕事もなく、家庭的な楽しい団らんの時間を過ごした。荒野の空気、自宅での自由、裕福な生活の始まりなどは、ダイアナとメアリの心に活気を授ける霊薬のような効果をもたらした。二人は朝から晩まで陽気で、いつまでも話していられた。会話は才気に富み、独創的で鋭くとても魅力的だったので、わたしは二人の話を聞き、それに加わることが、他の何をするより楽しかった。セント・ジョンはわたしたちの賑やかさを非難はせず、そこから逃避することを選び、ほとんど家にいなかった。広い教区のあちこちに住民が散らばっていたので、病人や貧しい人を訪ねるのに毎日忙しくしていたのだ。

ある日の朝食のとき、少し考え込んでいたダイアナが、口を開いてセント・ジョンに聞いた。「計画はまだもとのまま、変わっていないの?」

「変わっていない。変わることはないよ」セント・ジョンはそう答え、イギリスを出発するのは来年に決まった、と告げた。

「で、ロザモンド・オリヴァーは?」メアリは思わずそう口にしてしまったらしく、言ったとたんにそれを撤回したいような様子を見せた。セント・ジョンは手にした本を閉じて――食事時に読書をする、非社交的な習慣だった――目を上げた。

「ロザモンド・オリヴァーは近々結婚する。相手のグランビー氏はS町で最高の家柄を持ち、最も尊敬される人の一人――サー・フレデリック・グランビーの孫で跡継ぎだ。オリヴァー氏から、昨日このことを聞いたよ」

二人は顔を見合わせ、それからわたしを見た。三人がセント・ジョンを見たが、セント・ジョンは鏡のように平静だった。

「そのお話は急にまとまったに違いないわ。だって、二人が前から知り合っていたはずはないですもの」とダイアナが言った。

「ほんの二か月前だね――S町の舞踏会で出会ったというから。しかしこの縁組のように何の障害もなく、どこから見ても望ましい場合、遅らせる必要はないよ。サー・フレデリックが二人に贈る屋敷の改装が終わり次第、結婚式が行われることになるだろう」

これを聞いたあと、初めてセント・ジョンが一人でいるのを見つけたとき、わたしはこのことで苦しんでいないか聞きたい誘惑に駆られた。だがセント・ジョンは同情など必要としていない様子だったので、同情どころか、以前に思いきって彼に言ったことまで思い出して恥ずかしくなってしまった。それに最近ではあまり話をしなくなっていた。堅苦しい沈黙の氷が再び張りつめ、わたしの率直さはその下で凍りついていたのだ。妹の一人として扱うと約束したにもかかわらず、二人の間にいつも冷たい距離が置かれていたので、親しみが育つことはなかった。親戚と認められて同じ屋根の下に住むようになった今、村の学校の先生をしていた頃よりもずっと距離が広がっているように思われた。前にはずいぶん心を打ち明けて話してくれていたことを思うと、今の冷たさがとても理解できなかった。

そういうわけだったので、かがみこんでいた机から突然セント・ジョンが顔を上げて声をかけてきたときには、少なからず驚いてしまった。

「ねえ、ジェイン、戦いが終わって勝利を得ましたよ」

驚きですぐには返事ができなかったが、一瞬ためらってから、わたしは答えた。

「あまりにも大きな犠牲を払って勝利を得た征服者のお気持ちではないのでしょうか？　もう一度同じようなことがあったら、身の破滅になるのでは？」

「そうはならないと思います。もしそうだとしても、大して重要ではありません。戦いの結果は明確で、ぼくの道ははっきりしている――これを神に感謝します！」そう言うとセント・ジョンは、また書類に戻って沈黙した。

わたしたち(ダイアナ、メアリ、それにわたしの三人)の幸せが当初より落ち着いたものになり、いつもの習慣や勉強をまた始めるようになると、セント・ジョンが家にいる時間は増えた。わたしたちと同じ部屋で、ときには何時間も一緒に過ごすことがあった。メアリが絵を描き、ダイアナが百科事典の通読という(わたしが驚きと畏敬の念を抱いた)計画を実行し、わたしがこつこつとドイツ語の勉強をする間、セント・ジョンは神秘的な学問――計画のために必要と思われる、何か東洋の言語の勉強に打ち込んでいた。

自分の居場所に座って静かに集中しているように見えるのだが、よくその青い目は異国の文法書から離れてさまよい、勉強しているわたしたちのほうに――それもときには妙に熱心に観察するような視線が、こちらにじっとそそがれていた。目が合うと視線はすぐにそらされるが、またときどき、探るような目がわたしたちのテーブルに戻ってくるのだ。どういう意図があるのだろうか、とわたしは思った。不思議といえば、わたしには特に重要と思えないこと――つまり毎週のモートンの学校訪問のときにセント・ジョンが必ず見せる満足げな様子も不思議だった。さらに不思議だったのは、天候が悪く、雪や雨や強風を心配して妹たちがわたしを止めようとするときに必ず、心配はいらない、天候などに負けずに務めを果たしなさい、とすすめることだった。

「ジェインは、君たちが思っているような弱虫ではないよ。突風でも雨でも雪でも、ぼくたちと同じように耐えられるし、丈夫で順応性のある体質だから、たくましい人よりも気候の変化に耐えられるようにできているんだ」セント・ジョンは決まってこう言うのだった。

そこでわたしは、かなりの風雨に打たれて疲れきって帰ってくることがあっても、決して不平を言わなかった。愚痴をこぼせばセント・ジョンが怒るのがわかっていたからだ。どんな場合でも堅忍不抜を喜び、その逆を格別に不快がる人だった。

けれどもある日の午後、わたしは本当に風邪をひいたため家にいることを許された。モートンにはダイアナとメアリが代わりに行ってくれた。わたしは座ってシラーを読み、セント・ジョンは難解な東洋の巻物を解読していた。翻訳から課題に移ろうとしたとき、たまたまセント・ジョンのほうを見ると、いつも見張っているような青い目がこちらにそそがれているのに気がついた。いつからそんなふうに、徹底的に探るような目で見られていたのかはわからない。とても鋭く冷たい目なので、一瞬迷信的な思いに――何か超自然的な存在と同じ部屋にいるような思いにとらわれた。

「ジェイン、今何をしているのですか?」

「ドイツ語の勉強です」

「ドイツ語はやめて、ヒンドスタニー語を勉強してもらいたいと思います」

「まさか本気ではないでしょう?」

「本気でそうしてほしいと思っています。わけを言いましょう」

セント・ジョンはこう説明した――ヒンドスタニー語は、今ぼくも勉強中なのです。先に進むにつれてどうしても初歩を忘れがちになるので、教える生徒がいれば基本を何度もおさらいして完全に頭に入れることができて、とても助かるのです。三人の中の誰を選ぶかしばらく迷ったのですが、あなたが一番長続きしそうだから、あなたに決めました。お願いを聞いてもらえますか？　犠牲を強《し》いるのも長くはならないかもしれない。出発まで三か月ばかりしかありませんからね。

セント・ジョンはあっさり断れる相手ではなかった。苦しいことであれ楽しいことであれ、考え感じたことすべてを心に深く永久に刻みつける人なのだ。そう感じて、わたしは頼みに応じることにした。二人が帰宅して、ダイアナの生徒だったわたしがセント・ジョンの生徒に変わったのがわかると、ダイアナは笑った。わたしたちには絶対にそんな説得はしなかったでしょうね、と二人が言うと、セント・ジョンは「それはそうだよ」と落ち着いて答えた。

セント・ジョンは、勤勉で我慢強く、それでいて厳格な教師だった。生徒であるわたしに多くを期待し、それに応えれば、彼なりのやり方で大いに賞賛してくれた。次第にわたしはセント・ジョンの影響を受けるようになり、心の自由を失っていった。注目され賞賛されるのは、無関心でいられるよりも強い拘束で、セント・ジョンの前では自由に話したり笑ったりできなくなった。快活な態度は(少なくともわたしの場合)、セント・ジョンにとって不快なのだと、しつこい本能が絶えずうるさくわたしに注意するからだ。真剣な心構えと取り組み方だけが認められ、彼の前ではそれ以外を求めても無駄だということを悟っていた。呪縛で凍ったようで、セント・ジョンに「行け」と言われれば行き、「来い」と言われれば来て、「これをせよ」と言われればその通りにした。だが、したくて隷従《れいじゅう》していたわけではなく、あのままわたしを無視していてくれればよかったのに、と何度も思った。

ある晩、わたしたちが休む前にセント・ジョンを囲んで立ち、お休みなさいの挨拶をしていたときのことだった。セント・ジョンはいつものように妹たちにキスをし、わたしに手を差し伸べた。すると陽気な気分になっていたらしいダイアナが(わたしとは違って、セント・ジョンの意志にあまり縛られない人で、種類は違うが彼女なりの強い意志の持ち主だった)こう声を上げた。

「セント・ジョン! ジェインのことを三人目の妹だといつも言っているくせに、妹として接してないわ。ジェインにもキスしてあげなくちゃ」

ダイアナがわたしを兄のほうに押し出すので、ずいぶん思いきったことをすると思い、わたしは気まずく、途方に暮れてしまった。セント・ジョンが身をかがめ、そのギリシア彫刻のような顔がわたしの顔に近づいた。セント・ジョンは鋭い目で問うようにわたしの目を見つめ、そしてわたしにキスをした。大理石のキスとか氷のキスなどというものはないけれど、聖職者であるいとこのキスは、言ってみればそういうものだった。試験的なキスというものがあるなら、セント・ジョンのキスはそれだった。キスしたあとに、セント・ジョンは結果をたしかめるようにわたしを見た。わたしに目立った変化はなく、赤くもならなかったと思う。ひょっとして少し青くなったかもしれないが、それはキスがまるで足枷《あしかせ》を動かぬものとする封印のように感じられたからだ。この晩以降、セント・ジョンはこの儀式を欠かさず続け、わたしがそれを厳粛に受けるのを喜んでいるようだった。

わたしはセント・ジョンをより多く喜ばせようと日々願っていたが、そのためには自分の性格の半分を切り捨て、能力の半分を殺し、本来の好みを力ずくでねじ曲げ、天性の素質のない仕事を強いてやらなくてはならないと感じるようになっていた。セント・ジョンがわたしを、とても到達のかなわない高みにまで引き上げようとするので、その水準に達しようと努めるのは絶え間ない苦しみだった。それはわたしの不器量な顔立ちを彼の古典的に整った顔立ちに合わせてはめこむこと、あるいはすぐに変化するわたしの緑色の目に、彼の目の海のような青さと重々しい光を与えようとすることと同じで、とても不可能な企てだったのだ。

この頃わたしを束縛していたのは、セント・ジョンの支配力だけではなかった。よく悲しげな顔をしていたのは、幸せを源で枯らす毒を持つ、ある害悪が心の中に居座っていたからだ——不安という害悪が。

読者の皆さんはひょっとしたら、わたしがこのような環境と運命の変化をくぐり抜けている間に、ロチェスター様のことをすっかり忘れてしまったとお思いではないだろうか。否、わたしは一瞬も忘れたことはなかった。ロチェスター様のことは、日の光の前に消える霧でもなければ、嵐に流されてしまう砂上の像でもなく、大理石の板に刻まれた文字のように、大理石そのものがなくならない限り消え去ることのない名前だった。その後の消息を知りたいという願いはどこへ行ってもついてきた——モートンでも毎晩住まいに戻るときにはそのことを考え、今ムーア・ハウスにあっても、毎夜寝室に引きとるとそれを考えているのだった。

ブリッグズ氏と遺言状のことで必要な連絡をとるときにも、ロチェスター様の現在の住まいや健康状態などについて何か知らないかと聞いてみたが、セント・ジョンの推測通り、ブリッグズ氏はロチェスター様に関して何も知らなかった。そこでわたしはフェアファクス夫人に手紙を出して訊ねてみた。こうすればきっと何かわかるはずだと確信し、すぐに返事が来ると期待していたので、二週間たっても返事がないのには驚いた。そして二か月が過ぎ、届けられる郵便の中にわたし宛の手紙が一通もない日が続くと、激しい不安を覚えた。

もう一度手紙を書いた。最初の手紙は届かなかったかもしれない。新しい試みに新しい希望が湧き、前の手紙のときと同じように何週間かの間その希望は輝いていたが、やがてまた同じように色あせ、かすかなものになっていった。一行も、いや一言も返事は来ない——こうしてむなしい期待のうちに半年が過ぎて、希望の光は消え、心は真っ暗な闇に閉ざされてしまった。

まわりに春の日が照り輝いても、わたしはそれを楽しめなかった。夏が近づき、ダイアナはわたしを元気づけようとした——健康がすぐれないみたいね、海岸に連れて行ってあげたいわ、と。だが、これにはセント・ジョンが反対を唱えた——ジェインに必要なのは気晴らしではなく仕事だ、ジェインの今の生活には目的がない、何か目標が必要だ、と言うのだ。そしてその不足を補おうというのか、ヒンドスタニー語のレッスンの時間はさらに長くなり、早く覚えるようにとますますせき立てるのだった。腑抜けのようになっていたわたしは、セント・ジョンに逆らうことなど夢にも思わなかった——わたしは抵抗ができなかった。

ある日のこと、わたしはいつもに増して沈んだ気分で勉強にとりかかっていた。大きな失望による憂鬱だった。というのはその朝、わたし宛の手紙が一通届いているとハンナから聞いて、ずっと待ちかねていた返事がようやく来たのだと思い込んで降りて行ったところ、ブリッグズ氏からの大して重要でもない事務上の手紙だとわかったのだ。がっかりして涙がにじんだが、今インドの難解な文字で書かれた華やかな詩句をじっと見ているうち、再び涙があふれてきた。

そばに来て音読するようにとセント・ジョンに言われて、わたしは読もうとしたが声が出せず、嗚咽《おえつ》で言葉にならなかった。居間にいたのはセント・ジョンとわたしだけで、ダイアナは客間で音楽のお稽古を、メアリは庭いじりをしていた。空は澄みわたって明るい日がさし、そよ風の吹く、それはすばらしい五月の日だった。セント・ジョンはわたしの涙を見てもまったく驚かず、わけも訊ねないで、こう言っただけだった。

「ジェイン、もう少し落ち着くまで待ちましょう」そしてわたしが心の乱れを急いで静めようとしている間、机に寄りかかって気長に静かに座っていた。その様子はまるで、患者の病状から予想していた、そしてよく知りつくした病気の峠を、科学の目で見守っている医者のようだった。わたしは嗚咽をこらえ、涙を拭いて、今朝はちょっと気分がすぐれなくて、というようなことをぼそぼそと言った。そして音読を再開して、何とか読み終えることができた。セント・ジョンはわたしの本と自分の本をしまって、机に鍵をかけると言った。

「さあ、ジェイン、散歩に行きましょう、ぼくと一緒に」

「ではダイアナとメアリも呼びます」

「いや、今朝の散歩には一人だけ——そう、あなただけを連れて行きます。支度をして、台所のドアから出なさい。マーシュ谷の突端に通じる道を歩いていれば、すぐに追いつきます」

わたしは中庸ということを知らない。自分の性格とは正反対の、冷徹で自信に満ちた人を相手にするとき、絶対的服従と断固たる反抗という二つの間にありうる中道を、生まれてから今までまったく知らずにきた。いつもわたしは、爆発する寸前まで忠実に服従し、それからときに火山の噴火のような激しさで反抗するのだった。このときのわたしには反抗する理由は見当たらず、またその気分でもなかったので、セント・ジョンの指示に従うことにし、十分後には彼と並んで谷の小道をたどっていた。

そよ風は西から丘を越えて、ヒースと灯心草の甘い香りを運んできた。空は真っ青で、峡谷を下る流れは先日からの春の雨で水量を増し、太陽の金色のきらめきと大空のサファイア色とを澄んだ水に映しながら豊かに流れていた。歩いていた小道をそれると、苔のようにきめ細かいエメラルドグリーンの柔らかな芝草が足元に続き、その緑の中に小さな白い花がつややかに、また星のような黄色の花がきらきらと散りばめられていた。谷は先端に行くにつれて丘の中心に入り込んでいくので、わたしたちはもうだいぶ丘に囲まれていた。

「ここで休みましょう」とセント・ジョンが言ったのは、山道を守るように立っている岩の大群からひとつ孤立した岩のそばに来たときだった。その向こうで谷川は滝になって流れ落ち、またもっと先では山が芝草も花も振り落とし、身につける衣はヒースだけ、飾りの宝石は岩だけの姿になる。荒野は殺伐とし、清らかさは威圧に変わった。孤独と沈黙を願う人にふさわしい場所、最後の退避所となっていた。

わたしは腰をおろし、セント・ジョンは近くに立っていた。立ったまま細道を見上げ、谷間を見下ろし、流れに沿って視線を動かしたかと思うと、水を青く染める晴れわたった大空を眺めるのだった。そして帽子を取り、風が髪をかすかに動かし、額《ひたい》にキスをしてすり抜けるままにさせていた。慣れ親しんだこの地の守護霊と心を通わせているように見え、その目は何かに別れを告げているかのように思われた。

「夢で再びこれを見るだろう、ガンジス河のほとりで眠るときに。そしてもっと先のいつか、より暗い流れのほとりで、別の眠りに包まれるときに」セント・ジョンは声に出してそう言った。

何と不思議な愛を示す、不思議な言葉だろう！　厳格な愛国者が祖国に寄せる熱情だった。セント・ジョンも座り、わたしたちは三十分間ほど何も言わなかった。どちらも相手に話しかけようとしなかった。その沈黙の時間が過ぎるとセント・ジョンが再び口を開いた。

「ジェイン、ぼくは六週間後に発ちます。六月二十日に出航する東インド貿易船の船室を予約しました」

「神さまがお守りくださいます。神さまのお仕事をなさるのですから」

「そう、そこにぼくの栄光と喜びがあるのです。ぼくは決して誤ることのない主《あるじ》に仕えるしもべです。人間の指図で——不完全な法や、ぼくと同じか弱い人間による誤った指揮のもとで出かけるのではありません。ぼくの王、立法者、指揮官として立っているのは、全知全能の神ですからね。ぼくの周囲の者すべてが、同じ大いなる仕事に加わりたいと願って、同じ旗のもとに集まってこないのが不思議です」

「誰もがあなたと同じ力を持っているわけではありませんもの。それに、弱い者が強い者と並んで進もうとするのは愚かなことでしょう」

「弱い者のことを考えてはいないし、弱い者に話しかけもしません。この仕事をする価値のあるもの、成し遂げる能力のある者にだけ語りかけるのです」

「そういう人はわずかでしょう。見つけるのも難しいでしょうね」

「その通りです。でももし見つかったら、その者たちの心を動かして励まし、説得して奮起させるのが正しいことです――どういう才能があり、なぜそれが与えられたかを説き、その耳に神の言葉を伝え、選ばれた者として占めるべき位置を教えることこそ正しいのです」

「もし本当にその仕事をする資格があるのなら、その人の心がまずそのことを自分に告げるのではありませんか?」

恐ろしい魔力にまわりをとり囲まれているような感じがした。呪文をかけられて動けなくなるような、何か運命的な言葉が発せられるのでないかと、身体が震えた。

「ジェイン、あなたの心は何と言っていますか?」

「黙っています。黙ったままです」わたしは恐れおののきながら答えた。

「では、代わりにぼくが言わねばなりませんね」無慈悲な深い声が言った。「ジェイン、ぼくと一緒にインドに行くのです――ぼくの伴侶として、またともに働く仲間として」

峡谷と空がぐるぐると回り、丘がうねった! まるで天のお召しを聞いたようだった。パウロの見た幻の中のマケドニア人が「渡って来て、わたしたちを助けてください」(「使徒言行録」十六章九節)と言ったかのようだった。けれどもわたしは使徒ではなく、使者の姿も見えなかった。呼びかけに応えることはできない。

「ああ、セント・ジョン、お許しを!」

自分の義務と信じることの遂行のためには慈悲も容赦も知らない人にむかって、わたしは慈悲を訴えた。セント・ジョンは続けた。

「神と自然の女神が、あなたを宣教師の妻にと定めたのです。あなたに与えられたのは身体的資質ではなく、精神的資質です。あなたは愛のためではなく、労働のために造られています。宣教師の妻にならなくてはいけません――なるのです。ぼくの妻になるのです。ぼくはあなたを求めます――自分の喜びのためではなく、わが主《しゅ》への奉仕のために」

「わたしはそれにふさわしい者ではありません。わたしには素質がありません」

まずこのような反対にあうことをセント・ジョンは予想していたと思われ、苛立《いらだ》ってはいなかった。実際に今、後ろの岩に寄りかかって胸の前で腕を組み、こわばった表情でいるのを見ると、厄介な抵抗が長く続くことを覚悟して、最後までそれに屈しない忍耐力をも用意しているのがわかった――そして、最後は自分の勝利で終わらせなければならないと決めていることも。

「ジェイン、謙虚さはキリスト教の美徳の基礎になるものです。だから自分はふさわしくないと言ったあなたの言葉は正しいのです。でも、ふさわしい人間がいるでしょうか？　あるいは神のお召しがあった人間で、自分がそれにふさわしいと思った人間がいるでしょうか？　たとえばぼくはつまらぬ人間で、聖パウロと同じく、自分を罪びとの中の最たる者と認めますが、だからといってひるみはしません。ぼくは自分の指揮官を知っています。全能であるとともに正しく、もし偉大な計画のためにか弱き者を選んだとしたら、無尽蔵な神の蓄えの中から、目的を達するために不足を補ってくださるのです。ですからジェイン、ぼくと同じように考え、同じように信じなさい。あなたに寄りかかるようにと頼むのは「とこしえの岩」（「イザヤ書」二十六章四節）です。あなたの人間としての弱さを支えてくれると信じ、疑ってはいけません」

「伝道の生活というものがわかりません。伝道の仕事について学んだことが一度もないのです」

「そこは不肖ながらこのぼくが、必要な力をお貸ししましょう。あなたのすべき仕事をきちんと決め、常にそばに立って、絶えず手伝ってあげます。最初にそうしてあげれば、あなたはまもなく（あなたの力はわかっていますからね）ぼくと同じくらい強くなり、仕事を覚え、ぼくの助けはいらなくなるでしょう」

「わたしの力――そのような仕事のための力が、どこにあるのでしょう。それを感じることができません。あなたのお話の間、わたしに語りかけるもの、心を動かすものは何もないのです。光がともるのも見えず、鼓動の昂《たかま》りもなく、忠告や励ましの声も聞こえません。ああ、この瞬間のわたしの心をお見せできたら！　一筋の光もささない土牢のようで、その一番奥には足枷をつけられた恐怖が縮み上がっています――わたしにはできないことに挑めと、あなたに説得されてしまう恐怖です！」

「答えを言いましょう。お聞きなさい。初めて会ったときから、ぼくはあなたを見守り、十か月間研究してきました。その間には、あなたを分析するためのいろいろなテストもしました。それで何を見、どんな答えを出したと思いますか？　村の学校であなたは、自分の意向や習慣に合わない仕事を、きちんと規則正しく立派にこなしました。統制をとりつつ敬愛を得る、その能力と手際のよさをぼくは見ました。また、突然金持ちになったことを知らされたときのあなたの平静さには、現世を愛してパウロを捨てたデマスの罪（「テモテへの手紙（二）」四章十節）とはまったく無縁の心を見ました。金銭はあなたに悪い影響を及ぼさなかったのです。富を四つに分けて自分はそのうちの一つだけを取り、公正の名のもとに残りを放棄した、あの迅速で断固たる決意に、炎のように熱く燃えて、喜んで犠牲を捧げる精神を見ました。ぼくの願いに応じて自分の興味ある勉強をやめ、ぼくが関心を持つ研究にとりかかった素直さ、それ以来たゆまず努力を続けて勉強してきた勤勉さ、困難に出会ったときの不屈の活力と平静さ――まさにぼくが求める資質のすべてがあなたにあるのを、ぼくは認めているのです。ジェイン、あなたは従順で勤勉で、私心がなく誠実で、堅実で勇敢な人です。それにとても優しくて、高潔だ――自分の力を疑うのはおやめなさい。ぼくはあなたを完全に信頼できます。インドの学校の指導者として、インド女性の助け手として、あなたの協力が得られれば、それはぼくにとって計り知れないほど貴いものになるでしょう」

ゆっくりと確実に進む説得は、まるで鉄の経帷子《きょうかたびら》で身体を締め上げられていくようだった。目を閉じようとしても、セント・ジョンの最後の言葉が、それまで見えなかったわたしの行く手の道にいくらかはっきりとしたイメージを与えたのはたしかだった。それまでとても漠然としていて、どうしようもなく拡散していたわたしの仕事というものが、セント・ジョンの言葉とともに凝結し、その手のもとで一定の形をとりはじめていた。セント・ジョンは答えを待っていたが、わたしはあらためて重大な返事をする前に、十五分ほど考える時間がほしいと言った。

「いいですとも」と答えてセント・ジョンは、立ち上がって山道を少し歩いて行った。そしてなだらかに隆起したヒースの丘で横になった。

「セント・ジョンがわたしに望むと言う仕事は、やればできるだろう。それは理解できるし、認めないわけにはいかない」とわたしは考えた。「ただし、命があればの話。インドの太陽の下で、わたしが長く生きられるとは思えないもの。としたらどうなるかしら。セント・ジョンは気にしない――わたしが死ぬときが来たら、落ち着いた敬虔な態度で、わたしに命を与えた神の手にわたしを託すだろう。それははっきりしている。イギリスを去るということは、愛してはいるが空虚な国を去るということだ――ロチェスター様のいない国なのだから。それに、もしいたとしても、それがわたしにとってどんな意味があるというのだ？　もうあの人なしで生きていかなければならない。何か信じがたい変化が起きてロチェスター様に再会できる日が来るのを待つかのように、毎日をずるずると過ごすほど、愚かしく情けないことはない。セント・ジョンが前に言ったように、失った関心事の代わりに新しい関心事を探さなくてはならないのだわ。セント・ジョンがいま差し出している仕事こそ、神が定め、人間が選びうる中で、もっとも栄光のあるものではないかしら。愛情を引き裂かれ、希望を砕かれてできた空白を埋めるのに、高邁な責任と崇高な結果を伴うこの仕事こそ、最高のものでは？　そうだと言わなければならないはず――でも、考えるとぞっとする！　ああ、もしセント・ジョンと一緒に行くなら、自分自身の半分を捨てることになるし、インドに行くのは死を早めることになるのだから。それに、インドにむけてイギリスを発ってから、インドを去ってお墓に入るまでの日々は、どんなふうに過ごすことになるのだろう。ああ、よくわかる――それも目に見えるようだわ。セント・ジョンを満足させるために身体じゅうの筋肉が痛くなるまで懸命の努力をして、期待に応えることはできるでしょう――どんなに大きな期待でも完全に。もし本当に彼と行くなら――もし本当に言われる通りに犠牲を払うとするなら、わたしはどこまでも完全に――すべてを祭壇に投じるだろう。心と身体をそっくり、完全な生贄《いけにえ》として。セント・ジョンはわたしを愛しはしないけれど、褒《ほ》めてはくれるはず――あの人が見たことのない力を、思ってもみなかった素質を示せばいい。そう、わたしだって、あの人と同じくらい我慢強く、同じくらいに働けると思う。

とすれば、求めに応じることが可能だけれど、一つの条件、恐ろしい条件が唯一の問題――それはつまり、セント・ジョンの妻になれということ――あの峡谷で泡立って落ちる流れのもとにそそり立つ、威圧するような大岩がわたしに何の感情も抱いていないのと同じくらいに、夫としての愛情など一片も持ち合わせていないのに。兵士が良い武器を評価するように、わたしを評価するだけなのだから。結婚するのでなければ、それで傷つくことは決してないだろう。でも、彼の計算通りにその計画の実行を認めて、結婚式に冷静に臨むことがわたしにできようか？　心がまったくそこにないのを承知のうえで結婚指輪を受け取り、愛の儀式すべて(それを几帳面《きちょうめん》に守る人であるのはわかっているから)に耐えていくことができるだろうか？　彼が授けてくれる愛情表現の一つ一つが、どれも信条に捧げる犠牲行為なのだという意識に耐えられるだろうか？　いいえ、そんな殉教はぞっとする。そんなもの、耐え忍ぶのは絶対にいやだ。妹としてならついて行ってもいい、妻としてというならだめ、そう話すことにしよう」

高くなったヒースの丘を見ると、セント・ジョンは倒れた円柱のようにじっと横たわっていた。顔はこちらにむけ、見張るような鋭い目を光らせている。立ち上がるとわたしに近づいてきた。

「インドに参ります——もし自由の身でよろしければ」

「その答えには説明が必要です。はっきりしていません」セント・ジョンは言った。

「あなたはこれまでわたしの義理のお兄様で、わたしは義理の妹でした。このままでいましょう。結婚しないほうがいいのです」

セント・ジョンは首を横に振った。「この場合、義理の兄妹ではだめなのです。もしあなたが本当の妹であったら話は別です。あなたを連れて行き、妻は求めないでしょう。でもぼくたちの場合、結婚という神聖な承認を得るか、他人でいるか、どちらかしかありえません。他の計画を立てても、現実的な障害が出てきます。わかりませんか、ジェイン？　ちょっと考えてごらんなさい。あなたのしっかりした良識があればわかるはずです」

わたしはよく考えてみた。けれどもやはりわたしの良識では、わたしたちが夫婦として愛し合う気持ちを持っていないという事実、従って結婚はすべきでないという結論が出るだけだった。わたしはそう言った。「セント・ジョン、わたしはあなたをお兄様と思っていますし、あなたはわたしを妹と思ってくださっています。ですから、このままでいましょう」

「だめです、だめです」セント・ジョンは断固たる決意をこめて答えた。「そういうわけにはいきません。ぼくと一緒にインドに行くと、あなたはもう言いました。いいですね、もう言いましたからね」

「条件つきで」

「ああ、なるほど。では大事なところに行きますよ。ぼくと一緒にイギリスを離れて、将来の仕事に協力する、この点に関してあなたに異議はない。つまり鋤《すき》に手をかけた――仕事に手をつけたのと同じことです。まさかその手を引くような無節操なまねはしないでしょうね。考えるべきはただ一つの目標――引き受けた仕事を、どうすれば一番よく成し遂げられるかということだけです。錯綜《さくそう》しているあなたの興味、感情、思考、願望、目的などを単純にすること――すべての問題をただ一つの目的に溶け込ませればいいのです。偉大なる主の使命を、力強く立派に遂行するという目的です。そのためにあなたには補佐役が必要ですが、兄ではだめです。絆がゆるすぎます。夫でなくてはいけません。ぼくだって妹はいりません。妹では、いつ誰に連れ去られるかわかったものではありませんからね。ほしいのは妻です。一生ぼくに従う者、死ぬまで絶対に失うことのない、唯一の伴侶がほしいのです」

それを聞いて、わたしは戦慄《せんりつ》を覚えた。骨の髄までセント・ジョンの力がしみこむのを感じ、手足が縛られるのを感じた。

「わたし以外の誰かを探してください、セント・ジョン。あなたにふさわしい人を」

「ぼくの目的にふさわしい――ぼくの天職にふさわしい人という意味でしょう？　もう一度言いますが、ぼくが妻にと望むのは、ただの人間――自分のことしか考えないような、つまらぬ個人ではありません。宣教師なのです」

「ですから、その宣教師の仕事に、わたしは力を捧げます。求めていらっしゃるのはそれだけで、このわたしではないのですものね。わたしは、大事な穀物の実の外側にある殻や皮のようなもの、あなたにはご用がないでしょうから、こちらに取っておきます」

「それはできません――すべきことではありません。半分の捧げものに神が満足されると思いますか？　手足を切り取った生贄を受け入れられるでしょうか？　ぼくが唱えているのは神の大義、あなたの協力を求めるのは神の旗のもとに集まる一員としてなのです。神の代理としてぼくは、中途半端な忠誠など受け取るわけにはいきません。完全でなくてはなりません」

「ああ、わたしの心は神さまに捧げます。あなたにはいらないのですから」

読者よ――こう言ったときのわたしの口調と気持ちの中に、いくらか皮肉がこめられていたのは否定できない。それまでのわたしはセント・ジョンという人を理解できなかったために、ひそかに恐れていたし、謎があったために畏敬の念を感じていた。どこまで聖人でどこまで人間なのか、このときまではわからなかった。しかしこのとき二人で話をしてみて、新しい事実が明らかになり、彼の性格がわたしの目の前に示された。この人も過《あやま》ちを免れない人間なのだということがわかり、その過ちが理解できたのだ。今自分とともにこのヒースの丘にいる美しい姿の人を見ながら、この人もまたわたしと同じように過ちを犯す人間だと悟ると、冷徹で圧制的だったその姿からヴェールが落ちたようだった。相手も不完全な人間だと思うと勇気が出た。この人は自分と対等な人なのだ、議論をしてもいい、自分が正しいと思ったら抵抗してもいいのだ、と感じたのである。

セント・ジョンは、わたしの言葉のあと何も言わなかった。まもなく思いきって目を上げて顔を見ると、わたしにそそがれた目には深刻な驚きと、同時に大きな疑問の表情が浮かんでいた。「皮肉を言っているのだろうか？　それもこのぼくにむかって！　どういうことなのだ?」と言っているように思われた。

「これは神聖な問題だということを忘れないようにしましょう」セント・ジョンはまもなくそう言った。「このことについて軽々しく考えたり、軽々しく口をきいたりすると、罪になるかもしれません。ジェイン、きっとあなたは本気で、神に心を捧げますと言っているのですね。そう信じますし、それこそぼくの望むところです。いったん心を人間から引き離して造物主なる神に捧げたら、神聖な神の王国の地上での発展こそが、あなたにとって一番の目標となり喜びとなるでしょう。そして、その目的の推進のためであればどんなことでも厭《いと》わずに行う覚悟ができているでしょう。結婚による肉体的精神的結合によって、ぼくとあなたの努力がどんなに勢いづけられるか、あなたにもわかるでしょう。人間の運命と計画に永続的な調和を与える唯一の結合が結婚です。それがわかれば、つまらない気まぐれ――小さな困難や些細な感情、単に個人的な好みの程度、種類、強さやもろさなどについてのためらいなどにとらわれず、あなたはすぐに結婚という結合に踏みきろうとするはずです」

「そうでしょうか?」わたしは短くそう答えて、セント・ジョンの顔を見た。美しく整っているが、静かな厳しさの中に不思議な恐ろしさを感じさせる顔立ち、堂々としているが寛大ではない額、深い色に輝いてはいるが何か探るようで決して和らぐことのない目、長身の立派な姿――それらを眺めて、その妻になる自分を想像しようとしてみた。ああ、とても考えられない！　助手として、同志としてなら問題はない。そういう立場であれば、ともに海を渡り、東の太陽の下、アジアの砂漠で働きもしよう。その勇気と献身と活力を賞賛し、おとなしく指図に従い、際限のない野心にも心静かに微笑していられるだろう。キリスト教徒としての彼と人間としての彼を区別して、前者を心から評価し、後者を寛大に許せばいい。こうしてセント・ジョンに従っていけば、たしかに困難も多く、身体は過酷な軛《くびき》につながれるかもしれないが、心は完全に自由でいられるだろう。立ち戻ることのできる完全な自分を保ち、孤独なときには向き合うことができる、本来の自由な感情を保っていられるだろう。心の一隅にわたしだけの場所があって、そこには彼も足を踏み入れることはない。そこでは自分の情操を大切に、青々と伸ばすことができ、彼の禁欲生活のために枯らされたりする心配も、また規律正しく行進してくる戦士の足に踏みつけられる心配もないのだ。でも、妻になったとしたら――常に彼の傍らにあって、どんなときも拘束され、監視されることになるだろう。わたしの生来の性質の炎が燃え上がらないように抑え続けていなければならず、内側で燃やすように強いられ、閉じ込められた炎で体内が次々に焼きつくされても声を上げることは許されない——こんなことには絶対に耐えられなかった。そこまで考えたとき、わたしは思わず大きな声で言った。

「セント・ジョン！」

「なんでしょう？」セント・ジョンは冷ややかに答えて言った。

「もう一度言います。わたしはあなたの同志の宣教師として一緒に行くことなら、喜んで承諾いたします。でも、妻としてではありません。あなたと結婚して、分身になることはできません」

「分身にならなくてはいけません」とセント・ジョンは落ち着いて言った。「そうでなければ、契約はまったく成り立ちません。まだ三十にもならない男であるぼくが、結婚もせずに十九の娘をインドに連れて行くことができますか？　ときには人里離れた寂しい場所や野蛮な部族の中に行くこともある——結婚していない二人が、そんなときどうして一緒にいられますか？」

「なるほど」わたしはすぐに言った。「そういう場合には、わたしが実の妹であるとするか、あるいはあなたと同じ男の牧師として行動すればいいのではありませんか？」

「実の妹でないのは周知のことですから、妹として人に紹介するわけにはいきません。それそんなことをすれば、かえって二人ともよくない疑いを招くことになるでしょう。それからもう一つの案にしても、あなたには男のように活発な頭脳があるにせよ、心は女性です。そして――うまくいくはずがありません」

「完璧にうまくいきます」わたしはやや軽蔑をこめて断言した。「わたしは女の心を持っていますが、あなたに対してそれはなく、同志としての忠誠があるだけです。戦友としての正直さ、忠節、友愛のようなもの――あるいは、秘儀の祭司に対する見習いとしての敬意と恭順――それだけですから心配いりません」

「それこそ、ぼくの望むところだ」セント・ジョンは独り言のように言った。「ぼくの望むところだ。しかし、その道には障害があり、それらは切り倒さなくてはならない。ジェイン、あなたはぼくとの結婚を後悔することはないでしょう。それは信じてください。ぼくたちはどうしても結婚しなくてはなりません。繰り返しますが、それ以外に道はないのです。そして結婚すれば、これが正しかったとあなたにも思えるような、十分な愛情が生まれることは疑いがありません」

「愛情についてのあなたの考えを軽蔑します」わたしは立ち上がり、背後の岩に寄りかかりながらセント・ジョンの前に立って、そう言わずにはいられなかった。「あなたが差し出す偽りの愛情を軽蔑します。そしてセント・ジョン、差し出すあなたを軽蔑します」

セント・ジョンは形のよい唇をぐっと結んで、わたしをじっと見つめた。ひどく怒っていたのか、驚いていたのか、判断は難しかった。思うままの表情ができる人だからだ。

「あなたからそんな言葉を聞こうとは思いませんでした。軽蔑されるようなことをしたり言ったりした覚えはまったくありません」

その優しい口調にわたしは心を動かされ、高潔で穏やかな物腰に圧倒された。

「許してください、セント・ジョン。でも、わたしがついあんなことを口走ってしまったのは、あなたのせいです。わたしたちの性格では一致できない問題、決して論じてはいけない問題を、あなたが持ち出したからです。愛という言葉そのものが、わたしたちの間では争いのりんご、不和の種ですね。もし夫婦となって愛を確かめなければいけないとなったら、わたしたちはどうしたらいいのでしょう？　どう感じるでしょう？お兄様、結婚という計画はやめて――忘れてください」

「いや、これは長年温めてきた計画です。そして、ぼくの偉大な目的を達成するための唯一の道なのです。でも、今はこれ以上いろいろなことを言うのはやめておきましょう。明日ぼくはケンブリッジに行きます。別れを言いたい友達がたくさんいますのでね。二週間留守にしますから、その間にぼくの申し出をよく考えておいてください。忘れてはいけないのは、もし断るというのであれば、それはぼくでなく神の求めを拒むのだということです。神はぼくを通じてあなたに高潔な道を開いてくださるのであり、あなたはぼくの妻になることによってのみ、その道に入ることができる。ぼくの妻になることを拒めば、自分本位な安楽と暗くむなしい道を永久にたどることになるのです。そうなったら、「信者でない人にも劣る、信仰を捨てた者たち」(「テモテへの手紙一」五章八節)の数に入れられぬように恐れなさい！」

セント・ジョンは話し終え、わたしに背を向けるともう一度「川を眺め、丘を眺めた」(ウォルター・スコットの詩の一節)。しかし今では、その感情はすべて胸の内に封じ込まれていて、わたしはそれを聞くに値しない存在だった。並んで歩いて帰りながら、その鉄のように無情な沈黙のなかに、わたしに対する感情をはっきりと読みとることができた。服従を期待していたところに抵抗にあった、厳格で独断的な性格の持ち主が味わわされた失望――冷たく硬直した判断をする者が、共感できない感情や見解を発見して感じる反感――つまりセント・ジョンは人間として、力でわたしを服従させたかったのだ。わたしの強情な態度に耐え、長い熟考と悔悛の時間を許したのは、ただただ真摯《しんし》なキリスト教徒としての自覚によるものだったにすぎない。

その晩、妹たちにキスをしたあと、わたしとは握手さえ忘れるのが妥当と判断したのか、セント・ジョンは黙って部屋を出て行った。愛情はなくとも友情は持っていたわたしは、こんなふうにはっきりとなおざりにされて傷つき、涙があふれた。

「荒野を散歩しているときにセント・ジョンと喧嘩《けんか》したんでしょう、ジェイン」とダイアナが言った。「いいから追いかけて行きなさい。まだ廊下でぐずぐずしているわ。きっとあなたを待っている——仲直りするつもりでしょう」

こういう場合に、わたしは自尊心を問題にしなかった。体面を保つより幸せなほうがいい。追いかけて行くと、セント・ジョンは階段の下で立ち止まっていた。

「お休みなさい、セント・ジョン」とわたしは言った。

「お休み、ジェイン」セント・ジョンは穏やかに言った。

「では、握手を」

わたしの指に押しつけられた手は冷たく、力がなかった。セント・ジョンはその日の出来事でとても気分を損ねていて、心からの挨拶に和《なご》むこともなければ、涙に動かされることもなかったのだ。幸せな和解など望むべくもなかった——まして励ましの微笑や寛大な言葉などは。それでもキリスト教徒としてのセント・ジョンは、忍耐強く穏やかだった。許してもらえますか、とわたしが言うと、いやなことをいつまでも考えている習慣はありません、気分を害したわけではないし、許すことは何もありません、という答えだった。

それだけ言うと、セント・ジョンは去って行った。いっそ殴り倒してくれたほうがましなくらいだった。

第35章

翌日セント・ジョンは、行くと言っていたケンブリッジに出発しなかった。出発は一週間延期され、その間にわたしは、善良だが厳しく、真面目だが執念深い人間が、自分を怒らせた相手にどんな過酷な罰を与えることができるかを思い知らされることになった。敵意を表す行為の一つもなく、非難の言葉の一つもなしで、自分の好意の輪の外に置かれているのだとわたしに悟らせるわざを、セント・ジョンはやってのけたのである。

セント・ジョンがキリスト教徒にふさわしくない復讐心を抱いていたというわけではない。たとえできたとしても、わたしの髪の毛一本傷つけるようなことはしようとしなかっただろう。その性格と信条から、復讐などという卑しい満足とは無縁だった。自分と自分の愛を軽蔑すると言ったわたしを許してはいたが、その言葉を忘れてはいなかった。わたしたち二人が生きている限り、その言葉を決して忘れないだろう。わたしを見るときの様子から、その言葉が二人の間の空間に書かれているとわかる。わたしが何か言えば、必ず彼の耳にその言葉が聞こえ、そのこだまが彼からの答えに混じって返ってくる。

セント・ジョンはわたしとの会話を避けようとはしなかった。いつもと同じように、毎朝わたしを机に呼び寄せさえする。表面上はまったく普段と変わりなくふるまいながら、以前はその言動に一種の謹厳な魅力を与えていたわたしへの関心と賞賛の要素を、一挙一動、一言一句のすべてから完全に抜き取ることができるという、その腕前を披露する喜び——セント・ジョンの中の、道徳的に堕落した人間の部分は、純粋なキリスト教徒としての部分には知らせず、分かち合うこともないその喜びを味わっていたのではないかと思う。わたしにとってセント・ジョンは、もう生きた人間ではなく大理石だった。目は冷たく光る青い宝石、舌は言葉を話す機械でしかなかった。

こういう状態は、まるで拷問——いつまでも続く、精妙な拷問だった。そのためにわたしの中には憤りの火がくすぶり、悲しみで胸がふさがって、すっかり打ちひしがれてしまった。もしわたしがセント・ジョンの妻だったら、日のささない水源のように清らかで善良なこの人は、すぐにわたしを殺してしまえるだろうと感じた——血管から一滴の血を抜き取ることもなく、また自分の水晶のような良心に一点の罪悪感のしみを残すこともなしに。特に強くそう感じたのは、セント・ジョンの気持ちを和らげようといろいろ試みてみたときだった。わたしの悲しみに応えてくれる悲しみのかけらもない。セント・ジョンのほうでは、疎遠になったことの苦痛も和解への切望も、いっさい感じていないのだ。一緒に見ていた本のページをわたしの涙が濡らしたことが一度ならずあったが、まるで心が石か金属でできているかのように、何も感じることがない様子だった。その一方で妹たちに対しては、いつもよりいくらか優しい態度だった。ただ冷たくするだけでは、すっかりのけ者にされていることをわたしに思い知らせるのに十分でないと思ったかのように、対比という一手を加えたのだ。これもわたしが思うに、悪意ではなく信条に基づくものだった。

出立《しゅったつ》の前日の日暮れ時、セント・ジョンが庭を歩いている姿がたまたま目に入った。眺めていると、今は疎遠になっているこの人は、かつて自分の命を救ってくれ、近い親族でもあるのが思い出され、友情を取り戻す最後の試みをしてみようという気持ちになった。そこで庭に出て、小さな木戸に寄りかかっているセント・ジョンのそばに近づいて行った。そして、一番言いたいことを言った。

「セント・ジョン、まだ怒っていらっしゃるので悲しく思います。仲よくしましょう」

「仲よくしていると思いますよ」セント・ジョンは冷静に答えた。わたしが近づいたときと同じく、昇りゆく月から目を離さないままだった。

「いいえ、セント・ジョン、前ほどではありません。わかっていらっしゃるでしょう」

「前とは違う？　それは間違いです。ぼくはあなたに何の悪意も抱いていません。ただただ好意だけです」

「それは信じます、セント・ジョン。人に悪意を抱くような方ではありませんもの。でもわたしは血のつながる者として、他人に示されるような博愛よりももっと温かいお気持ちがほしいのです」

「もちろん、それはもっともな願いです。それにぼくは、あなたを他人だとはまったく思っていませんしね」

冷たく平静に言われたこの言葉は、屈辱的で不可解だった。自分の誇りと怒りに耳を傾けていたら、わたしはすぐにこの場を去っていただろう。だがわたしの心の中に、それらより強い声で訴えるものがあった。いとこの才能と信条を深く尊敬していたので、この友情はわたしにとって貴重であり、失うのがとても辛く思えたのだ。それを取り戻す努力をそう簡単にあきらめたくない、と思った。

「このままでお別れしなくてはならないのでしょうか、セント・ジョン。インドにいらっしゃるときも、これまで以上の優しい言葉なしで、わたしを置いていらっしゃるのですか?」

セント・ジョンはそれを聞くと月から目を離し、わたしのほうを向いた。

「インドに行くときに、ジェイン、あなたを置いて行く?　なんと!　あなたは行かないのですか？」

「結婚しなければ連れて行けない、とおっしゃいましたから」

「では結婚しないのですか？　あの決心に固執するのですか？」

こういう冷酷な人間が、その氷のような質問の中にどんなに恐ろしいものを隠せるか、読者はわたし同様にご存じだろうか？　そういう人たちの怒りの中にどんな雪崩《なだれ》の危険が、憤りの中に氷海をも砕くどんな力が秘められているか、それをご存じだろうか？

「はい、セント・ジョン、あなたと結婚はしません。決心は変わりません」

雪の面が揺れて少し滑り落ちたが、まだ雪崩となって崩落はしなかった。

「もう一度聞きますが、なぜ拒むのです？」

「あなたがわたしを愛していないから、と前にはお答えしました。でも、今はこうお答えします――わたしを憎んでいるといってもよいほどだから、と。もしも結婚したら、あなたはわたしを殺すことになるでしょう。今でももう殺しかかっています」

セント・ジョンの唇と頬が青ざめた。白いほどになった。

「ぼくがあなたを殺す？　もう殺しかかっている？　そういう言葉は口にすべきではありません。過激で女らしくない、不実な言葉です。痛ましい精神状態が現れていますよ。厳しい叱責が必要だ。許しがたい言葉です――人は七の七十倍までも兄弟の罪を赦《ゆる》す（「マタイによる福音書」十八章二十二節）のが務めですが、そうでなければ許しがたい言葉です」

わたしは取り返しのつかないことをしてしまった。前に与えた不快の跡をセント・ジョンの心から消したいと本気で願っていたのに、その執拗な心の表面にさらに深い跡を、まるで焼きつけるように強く残すことになってしまった。

「ああ、これでわたしは本当に憎まれてしまいますね。あなたの気持ちを穏やかにしようという試みは無駄なこと――わたしはあなたの永遠の敵になってしまいました」

この言葉がさらに新しい打撃を与えた。真実に触れていたからだ。セント・ジョンの血の気のない唇が震えてひきつった。自分が誘った鋼《はがね》のような怒りのしるしを見て、わたしは心がひどく痛んだ。

「わたしの言ったことをまったく誤解なさっています」わたしはセント・ジョンの手を取って言った。「あなたを傷つけたり悲しませたりするつもりは少しもありません。本当にないのです」

苦い微笑を浮かべながら、セント・ジョンはわたしの手からきっぱりと自分の手を引き抜いた。そして、かなりの間《ま》を置いてから言った。「そうすると、あなたは約束を取り消して、インドには行かない、というわけですね？」

「いいえ、行きます。あなたの助手として」とわたしは答えた。

長い沈黙があった。セント・ジョンの心の中で、人間としての感情と宗教上の理想との間にどんな争いがあったのか、わたしにはわからない。奇妙な光で目が輝き、不思議な影が顔をよぎるのを見ただけだった。セント・ジョンはやっと口を開いた。

「あなたの年頃の独身の女性が、ぼくのような独身の男に同行して外国に行くなどという考えがいかに常識に反しているか、よくわかるように前に説明しましたね。そんなことを二度と言い出さないように、十分説明したつもりです。それなのにまたその考えを持ち出すとは残念です——あなたのために」

わたしはここでセント・ジョンの言葉をさえぎった。具体的な非難にあって、すぐに勇気が出たのだった。

「常識に従ってくださいな、セント・ジョン、ほとんど意味をなさないことをおっしゃっていますよ。わたしの言葉に驚いたふりをなさっているけれど、本当は驚いてなんかいらっしゃいません。だって、あなたほど優れた頭をお持ちなら、わたしの言いたいことを誤解するほど鈍いはずはないし、思い上がっているはずもありませんもの。もう一度言います——よろしければあなたの助手になります。妻には絶対になりません」

セント・ジョンの顔は再び青ざめて土気色になった。けれども今度も完全に感情を抑え、語気を強めながらも冷静に答えた。

「妻でない女性の助手では、ぼくには不都合です。つまりあなたは、ぼくと一緒には行けないということでしょうね。でも、行くと本気で申し出るのであれば、ロンドンにいる間に、夫人に補佐役を必要としている既婚の宣教師に話をしてみます。あなたの財産があれば、教会法人の援助がなくても大丈夫でしょう。そうすればあなたも、いったん加わると言った約束を破って仲間を裏切ったという不名誉を免れることができるでしょう」

読者の皆さんもおわかりの通り、わたしはそれまで、どんな約束にも取り決めにも応じた覚えはなかった。ここでこんな言い方をされるのは、あまりに横暴でひどい――そう感じて、わたしは答えた。

「不名誉だの、約束違反だの、裏切るだののということは、この場合まったくの見当違いです。インドに行く義務など、わたしにはまったくありません――それも知らない人となんて。あなたとなら、思いきって行こうと思いました。あなたを尊敬し信頼し、妹として愛しているからです。でも、いつ誰と行くにしても、向こうの気候ではきっと長く生きられそうもありません」

「ああ、自分の身が心配というわけですね」セント・ジョンは唇を歪《ゆが》めて言った。

「ええ、心配しますとも。神さまは、投げ捨てていいといって命をくださったわけではありませんから。それに、あなたのお望みのように行動するのはほとんど自殺に近いと思いはじめています。さらに、イギリスを離れると最終的に決める前に、イギリスにとどまるほうが役に立つのではないか、それをたしかめたいと思います」

「どういう意味ですか?」

「説明しても無駄かと思いますが、わたしには前から抱えている、不安な問題が一つあるのです。それを何とか解決してからでないと、どこにも行けません」

「あなたの心がどこにむき、何に執着しているのか、わかっています。それは法を無視し、神に背《そむ》く関心事です。とっくの昔に粉砕すべきだったのに、まだそんなことを口にするなど、恥じるべきです。ロチェスター氏のことを考えていますね?」

その通りだった。沈黙によって肯定したようなものだった。

「ロチェスター氏に会いに行くのですか?」

「あの方がどうなったか、知らなくてはなりません」

「ではぼくにできるのは、祈りの中にあなたの名を加えて、あなたが見捨てられることのないように懸命に祈ることだけです。あなたは選ばれし者だと思いましたが、神は人間が見るようには見ないというわけです。神の意図は果たされます」

セント・ジョンは木戸を開け、そこを出て谷へと下りていった。すぐにその姿は見えなくなった。

　居間に戻ると、ダイアナが物思いに沈みながら窓辺に立っていた。わたしよりずっと背が高いダイアナは、わたしの肩に手を置き、身をかがめてわたしの顔をのぞきこんだ。

「ジェイン、最近のあなたは、いつも心乱れた様子で顔色もよくないわ。何かあるのね。セント・ジョンとの間のこと、わたしに話してくれない？　いま窓からあなた方のことを、半時間くらい見ていたのよ。スパイみたいなことをして、許してね。でも長いこと、いろいろな想像をしてきたの。セント・ジョンは変わった人だし――」

　そこでダイアナは言葉を切ったが、わたしは何も言わなかった。ダイアナは続けた。

「兄があなたに関して、何か特別の見方をしているのは間違いないと思うの。他の誰にも示したことのないような関心と注目を長い間あなたに向けてきたのは――何のため？　あなたを愛しているのならいいと思うけれど、どうかしら、ジェイン？」

　わたしはダイアナの冷たい手を、自分の火照《ほて》る額《ひたい》にあてた。「いいえ、ダイ、少しも」

「それならなぜ、兄はいつもあんなにあなたを目で追ったり――しょっちゅうあなたをそばに呼んで、ずっと二人で一緒にいたがったりするのかしら。メアリとわたしは、兄があなたと結婚したがっているのだと結論を出したのよ」

「ええ、妻になってほしいと言われました」

ダイアナは手をたたいた。「わたしたちの思った通りだわ。そう願っていたの！　それで、兄と結婚するのでしょう、ジェイン？　兄もイギリスにとどまるわね」

「それどころじゃないのよ、ダイアナ。わたしへの求婚の目的は、インドでの仕事で苦労をともにするのにふさわしい仲間を手に入れるということだけなの」

「何ですって？　あなたにインドに行ってほしいと言うの？」

「ええ」

「狂気の沙汰よ！」ダイアナは大声で言った。「あんなところに行ったら、間違いなくあなたは三か月も生きられないわ。絶対に行ってはだめよ。まさか承諾しなかったでしょうね、ジェイン？」

「結婚するのはお断りしたわ」

「それで兄は腹を立てているのね？」とダイアナは話を進めてくれた。

「そう、とても。決して許してもらえないのじゃないかしら。妹としてなら一緒に行きますと言ったのだけれど」

「そんなことを言うなんて、大変なおばかさんよ、ジェインったら。どんな仕事になるか考えてごらんなさい。苦労の連続よ。どんなに丈夫な人でも死ぬというのに、あなたはか弱いじゃないの。セント・ジョンという人は、あなたも知っての通り、とても無理なことを強《し》いるでしょうし、兄と一緒にいたら、暑い最中《さなか》でも休むことは許されないでしょう。それに困ったことに、兄が命じると、あなたはどんなことでもやり遂げようとするのよね——気づいているわ。あの兄の求婚を断る勇気があったことに驚いてしまうの。じゃ、あなたは兄を愛していないのね、ジェイン?」

「夫としてはね」

「ハンサムだけど」

「そしてわたしはこんなに不器量でしょ、ダイアナ。絶対に不釣り合いだわ」

「不器量ですって? あなたが? とんでもない。あなたみたいに善良で可愛い人が、カルカッタで生きながら焼かれてしまうなんて、あってはならないわ」そう言ってダイアナは、とにかくセント・ジョンと一緒に外国に行くことを思いとどまるようにと、熱心にわたしを説得した。

「そう、やめるしかないみたい。助手としてお助けしたいと言う申し出を、さっき繰り返したところだけど、わたしのつつしみのなさにとても驚いたと言われたの。結婚もしないでついて行くという申し出は、穏当でないと考えていらっしゃるみたい。わたしは初めからお兄様になってくださるのを望み、いつもお兄様と思ってきたのに」

「兄があなたを愛していないと言うのはどうしてなの、ジェイン?」

「そのことなら、お兄様にじかに聞いてね。妻を求めるのは自分ではなく、自分の務めなのだと、何度も説明されたわ。わたしは愛のためではなく、労働のために造られたと言われたけど、たしかにそれは真実――でも、愛のために造られたのでないとしたら、結婚のために造られたのでもないということになると、わたしは思うの。自分を役に立つ道具としてしか考えない人に、一生縛りつけられているなんて変じゃないかしら、ダイ？」

「とても考えられないわね。不自然だし、まったくお話にならないわ！」

「そしてね、もしわたしが、今妹としての愛情しかないのに無理に妻にされたとしたら、セント・ジョンに対して奇妙で苦しく、どうしようもない気持ちを抱くかもしれないと思うの。だって、有能で、表情や物腰や会話に英雄的な威風がある方だから、わたしの運命は言いようもなく惨《みじ》めになるでしょう。わたしに愛されることなどお望みではないのだから、もしわたしが愛情を見せたら、そんなものは自分には不要で余計なものだ、そしてわたしにはふさわしくないものだということを、わたしにわからせるはず――きっとそうなるわ」

「それでも、セント・ジョンはいい人よ」とダイアナは言った。

「善良で立派よ。だけど大きな計画を達成しようとして、小さな人間の感情や主張を無慈悲にも忘れてしまうのよ。だから、ちっぽけな者はセント・ジョンの邪魔にならないところにいるほうがいいの――前進するときに踏みつけられないように。あ、いらした！　失礼するわね、ダイアナ」セント・ジョンが庭に入ってくるのを見て、わたしは急いで二階に上がった。

しかし、夕食ではまた顔を合わせないわけにはいかなかった。食事の間セント・ジョンがいつものように落ち着いて見えたので、わたしにはほとんど話しかけないだろうと思い、また結婚の計画の遂行はあきらめたに違いないと思った。だが結局、この両方の点についてわたしの考えは間違っていたことがわかった。まったく普段通りの態度で――というより、最近ではこれが普通になっていたのだが、大変にていねいな態度でわたしに話しかけた。わたしにかき立てられた怒りを抑えることができるよう力をお貸しください、と聖霊に祈ったに違いなく、わたしを再び許してくれたようだった。

お祈りの前の夕刻の朗読に、セント・ジョンは「ヨハネの黙示録」二十一章を選んだ。その唇から出る聖書の言葉は常に耳に快いものだった。神の啓示を伝えるときほど、その美しい声が優しく豊かに響くことはなく、その様子が気高い誠実さで心を動かすことはなかった。そしてこの晩、家族の輪の中心に座ったセント・ジョンは、いつもに増して厳粛な声で、いつもに増して胸を打つ力を帯びていた。カーテンの引かれていない窓から五月の月の光が差し込んで、卓上のろうそくがいらないほどだった。大きな古い聖書にかがみこんだセント・ジョンは、そのページに書かれている新しい天と地について述べた――「神は自ら人とともにいて、その神となり、彼らの目の涙をことごとく拭《ぬぐ》い取ってくださる。もはや死はなく、もはや悲しみも嘆きも労苦もない。最初のものは過ぎ去ったからである」

次の言葉に、わたしは異常な戦慄《せんりつ》を感じた。それを語る声の言い表しようのないかすかな変化によって、その目がわたしに向けられているのを感じたときはことさらだった。「勝利を得る者は、これらのものを受け継ぐ。わたしはその者の神になり、その者はわたしの子となる。しかし」ここで朗読はゆっくりと明瞭になった。「臆病な者、不信仰な者……このような者たちに対する報いは、火と硫黄《いおう》の燃える池である。それが、第二の死である」

わたしの運命としてセント・ジョンがどんなことを恐れているのか、これでわかった。その章の最後の壮麗な一節の朗読には、真剣なあこがれに混じって、穏やかで控えめな勝利の喜びがよく表れていた。読んでいるセント・ジョンは、自分の名前が「小羊の命の書」にすでに記されていることを信じており、地上の王たちが自分たちの栄光を携えて行く都に入るのを許されるときを待っていた。「この都には、それを照らす太陽も月も、必要でない。神の栄光が都を照らしており、小羊が都の明かりだからである」という一節である。

　それに続く祈りに、セント・ジョンはすべての力をそそぎこんだ。妥協を許さない情熱が目覚め、一心不乱に祈りを捧げて、勝利を確信するのだった。心弱きものに力を、群れからさまよい出たものに導きを、と祈った。現世と肉の誘惑により狭き道をはずれたものに対して、たとえぎりぎりの瞬間になっても、どうか道に戻したまえと祈った。「火の中から取り出された燃えさし」（「ゼカリヤ書」三章二節）のような恵みをひたすら乞い願い、求めた。真摯《しんし》な祈りは常に深く厳粛なものである。セント・ジョンの祈りを聞きながら、わたしは初め、その真摯さに驚いた。祈りが続き、昂《たかま》ってくると、驚きは感動に変わり、ついには畏怖に変わった。セント・ジョンは自分の目的の偉大さとすばらしさを心から信じていて、その訴えを聞けば誰でもそれを感じずにはいられなかった。

　祈りが終わると、わたしたちはセント・ジョンに別れの挨拶をした。翌朝とても早くに出発の予定だったからである。ダイアナとメアリは、兄にキスをすると部屋を出て行った。何か小声でささやかれた言葉に従ったのではないかと思う。わたしは手を差し出して、よい旅になりますように、と言った。

「ありがとう、ジェイン。前にも言ったように、ケンブリッジからは二週間で戻ります。その間によく考えてください。もしぼくが人間としてのプライドに耳を貸すなら、結婚のことをこれ以上あなたに言いはしないでしょう。しかしぼくは、自分の務めに耳を傾け、神の栄光のためにすべてを成すという最も重要な目的をいつも考えていなくてはなりません。主は労苦に耐えた方でした。ぼくも同じく、じっと耐えていくつもりです。あなたを怒りの器――神罰を受ける者――にしておくわけにはいきません。悔いあらため、決意するのです――まだ時間のあるうちに。いいですか、わたしたちは日のあるうちに働くように造られているのですよ――「だれも働くことのできない夜が来る」（「ヨハネによる福音書」九章四節）と戒めておられることを忘れないように。「生きている間に良いものをもらっていた」（「ルカによる福音書」十六章十九―二十五節）金持ちの運命を忘れてはなりません。取り上げられることのない、良いほうを選ぶ力を、神があなたに授けてくださいますように」

この最後の言葉を言うとき、セント・ジョンはわたしの頭に片手を置いた。口調は穏やかで真剣で、その様子は愛する人を見つめる者の表情ではなく、迷える羊を呼び戻す羊飼いの表情だった。あるいは、自分に任された魂を見守る守護天使の表情といったほうがよいだろうか。才能ある人間というのは、感情の人であろうとなかろうと、また狂信者であれ、大志を抱く人であれ、独裁者であれ、真摯でさえあるならば崇高な瞬間を持つものだ。そのとき彼らは人を服従させ、支配する。わたしはセント・ジョンに崇敬を覚え、それがあまりに強かったため、ずっと避けてきたところにその力であっというまに押しやられてしまった。もうセント・ジョンと争うのをやめ、その意志という奔流に流されるまま、彼の存在という大きな海に流れ込んで自分を失ってもいいという気持ちに誘われていた。かつて別の人に別の形で捕らえられたように、今度もセント・ジョンにしっかりと取り込まれていたのだ。どちらのときも愚かだった。あのとき屈していたら、信条をはずれる過《あやま》ちに落ちていただろうし、今ここで屈すれば、判断上の過ちを犯すことになるだろう。時という静かな隔てを置いた今、あの危機の時を振り返ってみればそう思うのだが、当時のわたしは自分の愚かさに気がつかなかった。

導師の手の下で、わたしはじっと立っていた。これまでのすべての拒絶は忘れ去られ、恐怖は克服され、苦闘は麻痺したように止まってしまった。セント・ジョンとの結婚という不可能が、急速に可能に変わりつつあった。あっというまに、すべてがまったく変貌を遂げつつあった。信仰が呼び、天使が招き、神が命じ、生命が巻物のように巻き上げられた。死の門が開いて、その向こうに永遠が姿を見せた。そこでの平安と至福のためなら、この世ではすべてを犠牲にしてもよいという気がした。薄暗い部屋に、幻がいっぱいに満ちていた。

「いま決心ができますか？」宣教師セント・ジョンが訊ねた。優しい声音でそう言い、わたしを静かに引き寄せた。ああ、その優しさ！　力より、なんと人を心服させる効果があることか！　セント・ジョンの激怒には耐えられても、優しさのもとでは葦《あし》のように素直になってしまう。しかし、その間もわたしにはわかっていた――もしいま屈すれば、以前の抵抗をいつか悔やむことになるだろうと。一時間の厳粛な祈禱で彼の性格が変わるはずはなかった。ただ高められたにすぎなかった。

「確信できさえすれば決心できるのですが――あなたと結婚することが神さまの御心《みこころ》にかなうのだと確信ができさえしたら、今ここで、結婚を誓うことができます――あとがどうなろうとも！」

「ぼくの祈りが聞き届けられた」セント・ジョンはそう叫び、まるで自分のものだと主張するかのように、わたしの頭に置いた手に力をこめて、まるで愛しているかのように、一方の手でわたしを抱いた。（愛しているかのようにというのは、愛されるというのがどういうことかわかっていたので、違いがわかったからだ。けれどもそのときのわたしは、セント・ジョンと同じで愛を問題外に置き、務めのことだけを考えていた。）わたしは、いまだ雲のかかる、心の中のぼんやりした幻と争った。正しいことをしたい、正しいことだけをしたい、と心の底から深く熱く願い、「どうか、進むべき道をお示しください」と天に祈った。それまでにないほど心が昂《たかぶ》っていた。このあとに起こったことがその昂りの結果であったかどうかは、読者の方々の判断に任せたい。

家の中は静かだった。セント・ジョンとわたしの他は、もう寝室に引きとっていたに違いない。一本だけのろうそくも消えかかり、月光が部屋を満たしていた。わたしの心臓はどきどきして、その鼓動が聞こえた。それが突然静まり、言いようのない感情が心臓からたちまち頭へ、手足へと伝わって行った。その感情は電撃的なものではなかったが、とても鋭く、異様で、驚くべきものだった。そしてわたしの感覚に、それまで極度の活動と思っていたものが休眠状態でしかなかったかのように強くはたらきかけたので、感覚は呼び起こされてよみがえった。感覚が何かを待ち受けるかのように起き上がると、目と耳もそれにならい、骨がまとう筋肉も震えるようだった。

「何を聞いたのです？　何が見えますか？」セント・ジョンがそう聞いたが、わたしの目には何も見えなかった。ただ、どこかで叫ぶ声が聞こえてきた。

「ジェイン！　ジェイン！　ジェイン！」それだけだった。

「ああ、神さま、あれは何でしょうか？」あえぎながら、わたしは言った。

むしろその代わりに、「あれはどこでしょうか」と言ってもよかったかもしれない。声がしたのは部屋の中でもなければ、家の中でも庭でもないように思われたからだ。空中からでも、地中からでも、頭上からでもなかった。たしかに聞こえたのだが、どこからなのかはまったくわからなかった！　人間の声だった——聞き覚えのある、忘れもしない、愛しい声——エドワード・フェアファクス・ロチェスターの声。それが苦しそうに、荒々しく、不可思議に、切迫した調子で呼んでいた。

「いま参ります！　お待ちください！　ああ、すぐに参りますから」わたしはそう叫びながらドアに駆け寄り、廊下を見た。そこは暗かった。庭に走り出たが、何もなかった。

「どこにいらっしゃるの？」わたしは叫んだ。

マーシュ谷の向こうの丘から、かすかなこだまが返ってきた——「どこにいらっしゃるの？」——耳を澄ませたが、樅《もみ》の木立の間で風が吐息のような低い音を立てるだけ、ひっそりした荒野に夜の静寂が満ちているだけだった。

「迷信よ、控えなさい」門のそばの黒いイチイの木から黒々と立ち上がる幻にむかって、わたしは言った。「おまえの惑わしでも魔術でもなく、これは自然のわざ。自然が目を覚まして最善を尽くしたのであって、奇跡ではありません」

あとを追ってきて引きとめようとしたセント・ジョンの手を逃れた。わたしのほうが優位に立つときが来た。わたしの中の力が活発にはたらきはじめていた。何も聞かないで、何も言わないでください、とわたしはセント・ジョンに頼んだ。放っておいてください、一人にならなくてはなりません、一人になりたいのです――セント・ジョンは、すぐこれに従った。力強い命令であれば、必ず従順が応えるものだ。わたしは自分の部屋に上がって行って鍵をかけ、ひざまずいて祈った。セント・ジョンとは異なる自分の流儀だが、それなりの効き目はあった。偉大な聖霊がすぐ近くに見えたような気がして、わたしの魂は感謝に満ちてその足元に駆け寄った。感謝の祈りを捧げると、わたしは立ち上がった。一つの決意が固まった。そして、光を見出した気持ちで、もう恐れることなく横になった――あとは夜明けを待つだけだった。

第36章

朝が来て、わたしは夜明けとともに起床した。少し留守にする間、部屋の引き出しや衣装簞笥《いしょうだんす》に残していくものをきちんとするために、一、二時間かけて整理した。そのうち、セント・ジョンが自室を出る気配がした。わたしの部屋の前で足音が止まったので、ノックがあるのではないかと心配したが、代わりにドアの下から一枚の紙が差し込まれただけだった。手に取ると、そこにはこう書かれていた。

「昨夜はいきなり行ってしまいましたね。あと少しあそこにいたら、キリストの十字架と天使の冠に手を置いたでしょう。二週間後の今日、ぼくが戻るときには、はっきりした決意を聞けるものと期待します。それまでの間、「誘惑に陥らぬよう、目を覚まして祈っていなさい。心は燃えても、肉体は弱い」（「マタイによる福音書」二十六章四十一節）。いつもあなたのために祈っています。セント・ジョンより」

「わたしの心は、正しいことをしたいと思っています」とわたしは心の中で答えた。「そしてわたしの肉体は、天の意志がはっきりとわかったとき、それを成就できるだけの強さを具えていると思います。ともかく、この迷いの雲から抜け出る道を手探りし、尋ね求め、確信という晴れた空を見出すだけの力はあるでしょう」

六月の一日だった。しかしその朝はどんよりと雲に覆われていて肌寒く、雨が部屋の窓に激しく打ちつけていた。玄関が開き、セント・ジョンが出て行く音がした。庭を横切って行く姿が窓から見えた。ウィットクロスの方向へと、霧に包まれた荒野を越えて行き、そこで乗合馬車に乗るのだろう。

「あと数時間したら、わたしも同じ道をたどって行きます、セント・ジョン」とわたしは思った。「わたしもウィットクロスで馬車に乗ります。永久にイギリスを立ち去る前に消息をたしかめ、会っておきたい人が、わたしにもいるのです」

朝食までまだ二時間もあった。そこでわたしは、部屋の中を静かに歩き回りながら、計画をこうして実行するきっかけとなった前夜の出来事についてじっくり考えた。あのとき経験した内なる感覚を思い起こすと、何ともいえない不思議さも思い出された。あの声を思い出し、どこから聞こえたのか問うてみても、以前と同じで答えは出なかった。外の世界ではなく、この自分の中のような気がした。神経のせいだったのか、錯覚だったのか？――そうだと考えることはできなかった。むしろ霊感のようなものだった。パウロとシラスの牢の土台を揺るがせた地震（「使徒言行録」十六章二十六節）のように、驚くべき衝動のような感じが襲ってきたのだった。それが魂の小房を開き、縛《いまし》めをゆるめ、魂を目覚めさせた。魂は震えながら飛び起きた。耳を澄ませて驚き、わたしの耳に三度響いた叫びが心臓を、そして魂を貫いた。しかも魂は、恐れることも震えることもなく、煩《わずら》わしい肉体に頼らずに行うことを許された努力の成功を喜ぶかのように勝ち誇った。

わたしは物思いを断ち切って自分に言った。「もう少ししたら、昨夜わたしを呼んだと思われる声の持ち主について何かわかるでしょう。手紙ではだめだったけれど、今度は直接行って聞くことにするから」

朝食の席でダイアナとメアリに、わたしはこれから旅に出て、少なくとも四日は留守にします、と話した。

「ジェイン、あなた一人で?」と二人は聞いた。

「ええ、しばらく気になっている、あるお友達に会うか、消息を知るかするためなのよ」

わたしたちの他にお友達がいるとは思わなかったわ、と二人が言ってもよいところだった——心ではきっとそう思っていたに違いない。わたし自身が何度となくそう言ってきたのだから。けれども二人は生来のつつしみ深さから、何か言うことは控えた。ただダイアナが、旅に出たりして本当に大丈夫なの、とても顔が青いけれど、と言った。わたしは答えた——どこも悪くないの、胸に心配があるだけで、それもすぐに楽になると思うから。

それからの準備は楽だった。質問や憶測に悩まされることがなかったからだ。計画について今はまだ打ち明けられないのだと話すと、二人は優しく賢明な態度で、わたしが黙っていることを許してくれた。同じ立場に置かれたらきっとわたしも二人に許したであろう行動の自由を、二人はわたしに許してくれた。

午後三時にムーア・ハウスを出て、四時過ぎにはウィットクロスの道標のもとに立ち、はるかソーンフィールドまでわたしを運んでくれる乗合馬車を待っていた。丘は荒涼とし、道に人気《ひとけ》はなかったが、その静寂の中を遠くから近づいてくる馬車の音が聞こえた。一年前の夏の夕暮れに、まさにこの場所に降りたときと同じ馬車だ。あのときのわたしは、何と孤独で、希望も目的もなかったことか！　わたしの合図で馬車は停まり、わたしは乗り込んだ。運賃として全財産を手放す必要も、今はもうないのだ。ソーンフィールドへの道を再びたどりながら、住みかをめざして帰る伝書鳩のような気持ちだった。

三十六時間の旅だった。ウィットクロスを出たのが火曜日の午後で、木曜日の朝早く、馬車は馬に水を飲ませるために道沿いの宿屋で停まった。宿屋は緑の生垣と広い野原となだらかな牧草地の丘が連なる風景の中にあって（北の内陸部モートンの荒涼とした荒野に比べると、何と緑ゆたかで穏やかな表情の土地だろうか！）、わたしの目には、昔からの親しい顔に出会ったように映った。そう、この風景には見覚えがある、目的地が近いのは間違いないと思った。

「ここからソーンフィールドまではどのくらいあるのですか?」わたしは馬丁に聞いた。

「野原をまっすぐなら、二マイルほどでございますよ」

わたしの旅は終わった――と思った。馬車から降りて、トランクはあとで取りに来るまで預かってほしいと馬丁に頼んだ。馬車の料金を払い、駆者《ぎょしゃ》に心付けを渡すと歩きはじめた。宿屋の看板が明るい日光で輝いており、そこに「ロチェスター・アームズ」と書かれた金色の文字が読めた。わたしの心は躍った――もうロチェスター様の領地にいるんだわ! しかし、ある考えが浮かんで、心はまた沈んでしまった。

「おまえの主《あるじ》はイギリス海峡の向こうかもしれない。いま急いでむかっているソーンフィールド邸にいたとしても、その他に誰がいる? 狂った妻だ。そしておまえは彼とは何のかかわりもない。彼に話しかけたり、姿を探し求めたりする勇気はあるまい。苦労は無駄だった。もうこの先へは行かないほうがよい」そうすすめる声がした。「宿屋で聞いてみるがいい。きっと知りたいことを教えてくれるだろう。すぐにすべてがはっきりする。あの男のところに行き、ロチェスター様はお屋敷にいらっしゃいますかと聞けばいい」

提言は道理にかなっていたが、わたしにはどうしてもそれに従うことができなかった。絶望で押しつぶされるような返事を聞くのが怖かったのだ。不確かなことの決着を先に延ばすことは、希望を先に延ばすことでもあった。希望の星の下で、もう一度お屋敷を見てもよいではないか。目の前に、あの踏み越し段があった。ソーンフィールドを逃げ出した朝、恨みに満ちた怒りと苦しみに追われるようにして、心乱れ、目も見えず、耳も聞こえずに走り抜けた、あの草地だ。わたしは、どの道を行こうか決める前に、その草地の中にいた。ときには小走りになりながら、どんなに急いで歩いたことか！　見慣れた森を一刻も早く目にしたいと願い、見覚えのある木々や牧草地、そしてその間の丘が目に入ったとき、どんなに嬉しかったことか！

ついに森が現れた。ミヤマガラスの群れが黒々と見え、カアカアという大きな鳴き声が朝の静けさを破った。不思議な喜びを感じて、わたしは先を急いだ。さらに草地を横切り、小道を通り抜けると中庭の塀がある。こちらは裏手の棟で、お屋敷はまだ隠れていた。まず正面から眺めよう――堂々とそそり立つ胸壁がまず目に入るだろう。そして正面からならロチェスター様のお部屋の窓も見分けることができる。ひょっとしたら窓辺に立っているかもしれない――早起きだから。もしかすると果樹園を散歩中、あるいは正面の敷石の道を歩いているかもしれない。ひと目でいい、姿を見ることができたら！　もしあの人を見たら、夢中でそばに駆け寄ったりせずにいられるかどうか――それは何とも言えなかった。もし駆け寄ってしまったら――それがどうだというのだ？ああ、それがどうだというのだろうか。あの人の一瞥《いちべつ》がもう一度生きがいを味わわせてくれたとしても、それで誰が傷つくというのか。いやわたしは、とりとめのないことを言っているようだ――ロチェスター様はこの瞬間、ピレネー山脈の日の出か、潮の満《み》ち干《ひ》のない地中海の海を眺めているかもしれないというのに。

果樹園の低い塀に沿って歩いて行き、角で曲がった。ちょうどそこに、草地に出られる門があって、門の両側には上に石の玉を飾りに載せた石柱が立っている。その柱の陰からのぞくと、お屋敷の正面をひそかに見ることができるはず――わたしは用心深く顔を出した。どこかの寝室の窓の日よけがもう上がっていないかたしかめようと思ったのだ。この隠れ場所からは、胸壁も窓も建物の横長の正面も、すべてが見渡せるはずだった。

頭上を舞うカラスたちは、こんな検分をするわたしをじっと見ていたかもしれない。わたしが初めはびくびくと用心深く、次第に大胆に無謀になるのを見て、どう思っただろうか。こっそりとのぞき、それから長い凝視、そして隠れ場所をあとにして牧草地に出て行ったかと思うと、屋敷の正面でじっと立ち止まり、そのまま大胆にも屋敷をいつまでもじっと眺めるわたし——カラスたちにしてみれば、「最初あれほどおどおどして見せたのは何だったの？　それで今はなぜそんなに愚かしいくらい大胆なの？」と聞きたいところだったかもしれない。

読者の皆さんにここで、たとえ話を一つ聞いていただきたい。

一人の男が、青々とした岸辺に眠る恋しい人の姿を見つけ、目を覚まさずにその美しい顔をひと目見たいと思う。音を立てぬように気をつけながら、静かに草の上を忍び寄って行き、立ち止まる——恋人がかすかに身動きをしたように思ったからだ。決して見られてはいけない、と後ろに下がる。あたりは静寂そのものだ。男はまた進んで行き、恋人の上に身をかがめる。顔にかかった薄いヴェールを上げ、さらに低くかがむ。そこに見ることを目が期待するのは美しい顔——生き生きとして温かい、美しい寝顔だ。最初の一瞥のすばやさ、そして目を見据えたままになる、その驚きよう！　一瞬前には指を触れることさえできなかったその身体を、男はいきなり両腕で激しく抱きしめる。大声で名前を呼び、その身体を手から滑り落とし、狂ったような目で見つめる。とりすがり、泣き叫び、凝視する——もうどんな声や音を出そうと、どんな動きをしようと、目を覚まさせる心配はないからだ。安らかに眠っていると思った恋人は、すでに死んでいたのである。

わたしは嬉しさを胸に、堂々たる屋敷のほうへとおずおずと目を向けた——そして見たのは、黒い廃墟だった。

門柱の陰に小さくなって身を隠す必要などなかった！　寝室の格子窓の向こうに人影が動いていないかと恐れながら見上げる必要もなかったし、ドアが開きはしないか、敷石道や砂利道《じゃりみち》に足音はしないかと耳を澄ませる必要もなかった。芝生も地面も踏み荒らされ、表玄関は大きくうつろな口を開いていた。屋敷の正面は、いつか見た恐ろしい夢の光景そのまま、ガラスのない窓が穴を開けている壁——貝殻のようにもろく見える壁が高くそびえているだけで、屋根も胸壁も煙突も失われ、すべて崩れ落ちていた。

あたりは死の静けさに包まれていた。人気の絶えた荒野の寂しさだった。ここに住む人たちに宛てて送った手紙に返事が来なかったのも当然——教会の地下墓所に送ったも同然だった。石材の真っ黒な色を見れば、屋敷がどんな運命にあったのかがわかった——大火に間違いない。しかし、どうして火が出たのか。この惨事にどんないきさつがあるのか。漆喰《しっくい》、大理石、木造部分の他に失われたものは？　家財だけでなく人にも被害は及んだのだろうか？　及んだとすれば誰に？　恐ろしい問いだった。答えてくれる人はここには誰もいない。無言の形見も、痕跡さえなかった。

わたしは崩れた壁のまわりや荒れ果てた内部を歩き回りながら、この惨事が起きたのが最近ではないという証拠を見つけた。空洞になったアーチから冬の雪が舞い込み、口を開けた窓から冬の雨が打ちつけたのだと思われた。というのは、水に浸った瓦礫《がれき》の山の間に、春が植物を育て、落ちた垂木や石の間のあちこちにいろいろな草が生えていたからだ。ああ、ではこの廃墟の主だった不幸な人はどこにいるのだろうか？　どこの国の、誰の庇護のもとに？　心ならずもわたしの目は、門に近い灰色の教会の塔へとさまよい、「大理石でできた狭い住みかに、ご先祖のデイマー・デ・ロチェスターとともにおさまっているのでは？」という疑問さえ湧いた。

こうした疑問に答えが必要だった。それにはあの宿屋しかない――わたしはまもなくそこに引き返した。宿の主人が自ら朝食を運んできてくれた。そこでわたしは、ドアを閉めてそこに座っていただけませんか、お聞きしたいことがあるのです、と頼んだ。しかし、いざ承諾を得てみると、いったいどう切り出せばよいか、わたしにはほとんどわからなかった。返ってくるかもしれない答えがとても恐ろしかったのだ。けれどもいま見てきた廃墟の光景を思い起こすと、悲惨な話を聞く覚悟がある程度はできていた。宿の主人は、品のよい中年の男性だった。わたしはついに口を切ることができた。

「ソーンフィールド邸は、もちろんご存じですね？」

「はい、あそこにお世話になっていたことがございます」

「そうなのですか?」わたしがいた頃ではないわね、見覚えがないもの、とわたしは思った。

「亡きロチェスター様の執事をしておりました」

亡き! それは避けようとしてきた一撃を、思いきり振りおろされたような言葉だった。

「亡き、とは! 亡くなられたのですか?」息が止まりそうな思いで、わたしは言った。

「今のご当主エドワード様のお父様でございますよ」こう説明する宿の主人の言葉で、わたしは再び呼吸ができるようになり、血もまた身体をめぐりはじめた。エドワード様が——わたしのロチェスター様が(今どこにいるにしても、神さまがお守りくださいますように!)少なくとも生きてはいるということがわかって、安心できた。「今のご当主」——嬉しい言葉だった! この先の話がどんな内容であれ、比較的落ち着いて聞くことができそうに思われた。ともかくお墓に入っているのでなければ、ロンドンからは地球の裏側、アンティポディーズ諸島にいると聞いても耐えることができるだろう。

「ソーンフィールド邸に今もお住まいでしょうか?」もちろん相手の答えはわかって

いたが、今どこにいるかと直接訊ねるのはあとにしたいという思いから、わたしはそう聞いた。

「いえいえ、とんでもない！　あそこには誰もおりません。お客様はこのあたりの方ではありませんね――去年の秋のことをご存じないとすれば。ソーンフィールド邸は、今はまったくの廃墟です。ちょうど刈入れ時に焼け落ちてしまいましてね。大変な災難でした！　たくさんの貴重な財産が失われて――何しろ家財はほとんど運び出せなかったのですから。真夜中に火が出まして、ミルコートから消防が来る前にお屋敷は火に包まれて。恐ろしい光景でした。わたしも目の当たりにしました」

「真夜中に！」わたしはつぶやいた。そう、ソーンフィールドではまさに魔の時刻だわ。「どうして火が出たか、わかっているのですか？」

「あくまで憶測――世間では憶測ということになっておりますが、わたしが思いますに、もう疑いようのない事実がありまして。これはご存じないかもしれませんが」宿の主人は椅子をテーブルのほうに少し近づけ、声をひそめた。「あのお屋敷には一人の――気のふれたご婦人がいまして」

「そんな話を聞いたことはあります」

「とても厳重に監禁されていて、そんな人がいることなど、何年間もまったく知られておりませんでした。見た者もありません。噂だけはありましたが、それが誰なのか、どういう人なのか、誰にもわかりませんでした。エドワード様が外国から連れていらした女だという噂で、愛人だったと考える者もございます。ところが一年前に、奇妙なことがありました。それがとても奇妙なことでしてね」

わたしは自分の話になるのでないかと思い、話を本筋に戻そうと努めた。

「それで、そのご婦人は?」

「そのご婦人は、何とロチェスター様の奥様だったのでございます! それがわかりましたのにも、実に奇妙ないきさつがございましてね。お屋敷に家庭教師の若い娘がおりまして、ロチェスター様はその方に――」

「それで、火事ですけど」わたしはその方向に話を進めようとして、口をはさんだ。

「今そのお話をするところでございますよ。で、ロチェスター様はその方に恋をなさいました。あんなに恋に夢中になった人は見たこともないと召使たちが申すほどで、いつもその家庭教師を呼んでいらしたとか。召使たちは旦那様をちゃんと見ておりました――使用人というものは、そういうものでございますよね。旦那様はその娘を何より大事にされたそうでございます。でも、旦那様以外、誰が見てもそう美人とは思えなかったそうで、とても小柄で、ほとんど子どものように見えたそうで――わたしは見たことがありませんが、女中のリーアから話を聞きました。リーアはその先生がとても好きだったとのことでございます。ロチェスター様は大体四十、その家庭教師はまだ二十足《はた》らず――その年配の男性が若い娘に惚れますと、まるで魅入られたようになってしまうのも珍しくないこと――まあそれで、ロチェスター様はその娘と結婚するとおっしゃいまして」

「そのあたりのことは、またの機会に聞かせていただきます。わたしは、特にその火事のことを詳しく知りたい理由があるのです。その気のふれたロチェスター夫人が火事に関わっている疑いがあったのですか？」

「おっしゃる通り、あの女であるのは間違いない、他に考えられないのでございますよ。ミセス・プールという女が世話をしておりまして、そういうことでは有能な、信頼のおける人でしたが、一つだけ欠点があって――看護婦や看護付添人によくあることですが――ジンをいつも手元に持っておりましてね、ときどき飲みすぎるんでございます。辛い毎日ですからそれも許されましょうが、危険なことにもなります。ジンの水割りを飲んでミセス・プールがぐっすり寝込んでしまいますと、魔女のように悪賢い狂女はそのポケットから鍵を盗み、監禁されている部屋から出て屋敷中をうろつき回っては、思いつく限りのひどい悪さをするのでございます。ベッドのロチェスター様を焼き殺しそうになったこともあるという噂ですが、わたしはよく存じません。でもあの晩は、まず自分の部屋の隣部屋にあったタペストリーに火をつけ、それから下に降りて家庭教師の部屋へ――どうやら事の次第に感づいていて、娘に悪意を抱いていたようです――そこのベッドにも火をつけました。でも幸いなことに、ベッドで眠っている人は誰もおりませんでした。家庭教師の娘はその二か月前に逃げ出しておりましたので。そのときロチェスター様は、この世で一番大事なものを失われたかのように娘の行方を捜されましたが、まったく消息はつかめずじまい――落胆のあまり、とても怒りっぽくなられました。決して乱暴な方ではなかったのですが、家庭教師がいなくなってからというもの、手に負えない荒れ方で。それに、一人になりたいと言われて、家政婦のミセス・フェアファクスを遠方にいる身内のところに行かせてしまわれました。もっともその待遇は手厚くて、終生の年金を与えることになさったそうです。ミセス・フェアファクスはそれに値しますよ、とても良い人でございましたからね。ロチェスター様は後見されていたミス・アデルを学校に入れ、上流の方々とのおつきあいもいっさい断たれて、隠者のようにお屋敷に閉じこもっておいででした」

「まあ！　イギリスを出ることはなく？」

「イギリスを出る？　とんでもない！　お屋敷の玄関の敷居石さえまたごうとなさら

ないほどでございました。もっとも夜は別で、庭や果樹園を亡霊のように歩き回って——それはまるで正気を失ったように、いえ、わたしが思いますに、本当に正気をなくされていたのでしょう。何しろ、その家庭教師の小娘が現れてその虜《とりこ》になる前の旦那様は、活気にあふれ、度胸のある、機敏な紳士でいらっしゃいましたからね。ワインやトランプや競馬におぼれる方とは違って。そう美男子というわけではありませんが、男らしい勇気と意志がおありでした。小さい頃から存じ上げているんでございますよ。そのわたしといたしましては、ミス・エアという娘など、ソーンフィールド邸に現れる前に海に沈んでいてくれたら、と思うこともしょっちゅうでございますよ」

「では、火事のとき、ロチェスター様はお屋敷にいらしたのですね？」

「はい、いらっしゃいましたとも。上も下も燃えさかっている中、屋根裏まで上がって召使たちを起こし、逃げるのを助けてから、またご自分は狂った奥様を独房から救い出すために引き返されたとか。そのとき、奥様は屋根の上だと皆が叫びました。胸壁よりも高い屋根で両腕を振り回し、一マイル先でも聞こえるような大声で騒いでおりましたよ。わたしもこの目でそれを見て、声も聞いております。大柄な女が炎を背に、黒くて長い髪をなびかせて立つ姿が見えました。ロチェスター様が天窓から屋根に上がって行かれるのを、わたしを含めて数人が見ております。「バーサ！」と呼ぶロチェスター様の声も聞こえました。旦那様が近づくと、奥様は大声でわめき、そして身を投げました。次の瞬間、その身体は敷石にたたきつけられておりました」

「死んだのですか?」

「死んだか? ええ、ええ、脳と血が飛び散ったその敷石と同様、息絶えておりました」

「まあ、恐ろしい!」

「その通り、実に恐ろしいことでございました!」

主人はそう言って身震いした。

「そして、それから?」わたしは先を促《うなが》した。

「はあ、そのあとお屋敷は焼け落ちてしまい、今では壁がちょっぴり残っているだけでございます」

「他に命を落とした人はいなかったのですか?」

「いいえ——しかし、命を落とされたほうがましだったかと思うような方が——」

「それはどういうことですか?」

「エドワード様、お気の毒に!」主人はだしぬけに大声を出した。「あんなことになろうとは、夢にも思いませんでした。当然の天罰だと申す者もおります——最初の結婚を秘密にして、奥様が生きているのに他の女と結婚しようとした罰だと。でもわたしといたしましては、旦那様がお気の毒に思えてなりません」

「生きているとおっしゃいましたわね？」わたしは声を上げた。

「はい、はい、生きていらっしゃいます。でも、亡くなったほうがましだったと考える者もたくさんおります」

「なぜ？　どうしてです？」わたしの血が再び冷たくなった。

「今どこにいらっしゃるのです？　イギリスの中ですか？」

「ええ、ええ、イギリスに。国を出るのはご無理かと存じます。動けそうにもありませんから」

なんと辛い話だったことか！　しかも宿の主人は、この辛さをまだ引き延ばすつもりのようだった。

「まったく目が見えなくおなりです」ようやくその言葉が出た。「はい、失明されたのです、エドワード様は」

わたしはもっと悪い想像をしていた——気がふれたというのかと恐れていたのだ。なぜそんな不幸なことになったのか、勇気を振り絞って訊ねてみた。

「ご自身の勇敢さのため、そしてある意味でお優しさのためと申す者も多いでしょう。

お屋敷じゅうの者が全部逃げるまで、建物を離れようとなさらなかったのでございますよ。奥様が身を投げたあと、ようやく大階段を下りていらっしゃいましたが、そのときにものすごい音がして、すべてが崩れ落ちてしまいました。瓦礫の中から生きて助け出されはしたものの、大変なお怪我《けが》で。梁《はり》が一本、お身体を守るように落ちたのですが、それでも片目が飛び出してしまい、片手がひどくつぶれて、外科医のカーター先生がすぐに手術で切断しなくてはなりませんでした。残った目も炎症を起こして、これも視力を失いました。今ではご自分で何もできない状態でいらっしゃいます――目が見えず、お身体も不自由ですから」

「今どちらです？　どこに住んでいらっしゃるのですか？」

「ご自分の領地のお屋敷――ここから三十マイルほど離れたファーンディーンにいらっしゃいます。とても寂しいところでございます」

「おそばには誰が？」

「老いたジョン夫婦が仕えております。他には誰も置きたくないとおっしゃいます。すっかり衰えていらっしゃると聞いております」

「こちらに、何か乗り物はありますか？」

「馬車が一台ございます。とても立派な馬車でございますよ」

「すぐに支度をさせてください。暗くなる前にファーンディーンまで行ってもらえたら、お宅の馭者にもあなたにも、料金の二倍をさしあげますので」

第37章

ファーンディーンの領主館《マナーハウス》は深く森に埋もれていた。かなり古めかしく、大きさも普通で、建築として特にすばらしいというわけでもなかった。この屋敷のことは前に聞いたことがあった。ロチェスター様がよく話題にし、ときどき訪れてもいたからだ。狩猟の獲物の隠れ場が多そうだというので父上がこの地所を買い、屋敷は人に貸すつもりだったが、不便で健康にもよくない場所のため借り手がつかないという話だった。そのためここは家具や備品もない無人の屋敷だったが、狩猟の季節に領主が訪れるときのため、二、三の部屋だけは滞在できるように整えてあった。

わたしがここに着いたのは、夕方、それも暗くなる直前のことだった。空は灰色で、冷たい風が強く、身にしみこむような雨が降っていた。一マイル手前で馬車を降り、約束通り倍額の料金を馭者《ぎょしゃ》に払って帰したあと、残りの道を歩いて行った。屋敷にずいぶん近づいても、何も見えなかった。まわりの暗い森の木々が鬱蒼《うっそう》と茂っていたのだ。花《か》崗岩《こうがん》の門柱の間に鉄の扉があって入り口とわかり、そこを入ると木々にとり囲まれた薄暗がりだった。アーチのような大枝の下、瘤《こぶ》だらけの老木の間を、草の生えた一本の小道が延びている。すぐに屋敷に着くものとばかり思ってその道を歩いて行ったが、道はどこまでも曲がりくねって続いて行き、家も庭も見えてこなかった。

道を間違えて迷ってしまったのかと思った。樹木の作る影が夕闇に加わって、あたりの暗さがわたしを包んだ。別の道はないかとまわりを見回したが、他に道は見えなかった。からみ合う枝、柱のように並ぶ幹、濃く茂る夏の葉があるばかりで、開けているところはどこにもなかった。

先へ進んで行くと、ようやく行く手が開けた。木立がややまばらになり、まもなく柵が、そして建物が見えてきた。ほの暗い中で何とか見分けがつくありさまだったのは、古びた壁が暗い緑色だったからだ。掛け金一つしかない門を入ると、半円形に木を切り払った敷地の真ん中に出た。花壇も花もなく、草地をとり巻く広い砂利道《じゃりみち》があるだけで、それが森という重厚な額縁におさまっているようだった。建物の正面にはとがった切妻が二つあり、窓は幅が細く、格子がついていた。玄関のドアもやはり幅が細く、地面から一段上がって入るようになっていた。ロチェスター・アームズの主人が言ったように、全体の様子は「とても寂しいところ」だった。平日の教会のように静かで、あたりに聞こえるのは森の木の葉にパタパタと落ちる雨音だけだった。

「こんなところに人がいるのかしら?」とわたしは思った。

いるのだ――その気配がする。何か動く音がする。玄関の細いドアを開けて屋敷から出ようとする人の気配があった。

ドアはゆっくりと開いた。人影がひとつ夕闇の中に姿を現し、段の上に立った。帽子はかぶっていない。片手を伸ばして、雨が降っているかどうかをたしかめているようだった。薄暗かったが、わたしにはわかった――主《あるじ》、エドワード・フェアファクス・ロチェスターその人に間違いなかった。

わたしは足を止め、ほとんど息をも止めて立ちつくしたままで、その人をじっと見守った。わたしの姿は見られないようにしながら――といっても、ああ、その目にわたしは見えないのだけれど。思いがけない形の出会いだったが、有頂天《うちょうてん》になる気持ちは心の痛みで抑えられた。大声を上げたり駆け寄ったりする衝動を抑えるのにも苦労はいらなかった。

ロチェスター様の姿は以前と変わらず強くたくましく見えた。姿勢もよく、髪は依然として黒々としていた。顔立ちにも変わりはなく、頬のこけた様子もなかった。悲しみはあっても、たくましい力やさかんな血気が一年間で衰えることはなかったと見える。けれども表情には変化があることにわたしは気づいた。絶望に打ちひしがれ、ふさぎこんだ表情――虐待され、鎖につながれ、陰鬱な怒りと悲しみに満ちていて、近づくのも危険な野生の獣か野禽《やきん》を思わせる表情だった。金色の縁《ふち》どりのある目を残酷な手で奪われ、籠に閉じ込められたワシは、あの盲目のサムソンのように見えたかもしれない。目が見えなくなり凶暴そうなロチェスター様をわたしが恐れたと、読者の皆さんは思われるだろうか？　もしもそう思うようなら、わたしをよくおわかりではない。あの岩のような額《ひたい》に、そしてその下の、しっかり閉じた瞼《まぶた》に、もうすぐ思いきってキスできるという静かな希望が、悲しみに混じっていた。しかしそれはまだだ――声をかけるのはもう少し待とう、とわたしは思った。

ロチェスター様は一段だけある段を下り、探るようにして草地のほうへとゆっくり進んだ。あの恐れを知らぬ足どりはどこに行ってしまったのか。それから、どちらにむければよいのかわからないかのように立ち止まった。頭を上げて瞼を開き、空を、そして半円を描いて並ぶ木々のほうを懸命に、だがむなしく見つめた。その目には、すべてが空虚な闇なのだとわかった。右手を伸ばし（切断されたほうの左腕は、胸に隠されたままだった）、まわりに何があるのか、触れてたしかめたいと思っているようだった。だが、木までは数ヤード離れていて、手は空《くう》を切るだけだった。ロチェスター様はあきらめて腕を組み、無言でじっと立っていた――本降りになった雨に、帽子のない頭を打たれながら。するとジョンがどこからか出てきた。

「わたしの腕をお取りください。雨がひどくなりそうです。中に入られたほうがよろしいのでは？」

「放っておいてくれ」という返事だった。

ジョンはわたしに気づかずに立ち去った。ロチェスター様は歩き回ろうとしたが、うまくいかなかった。すべてが頼りなさそうだった。手探りで戻って中に入り、ドアを閉めた。

わたしは近づいてノックした。ジョンの妻がドアを開けた。「メアリ、こんにちは」とわたしは言った。

メアリがまるで亡霊でも見たかのように驚いて、まじまじと見つめるので、わたしですよ、と言って安心させた。「まあ、本当に先生ですか？　こんな寂しいところまで、こんな時間においでとは」そう早口で言うメアリの手を取って、それに応えた。あとについて台所に行くと、暖かい火のそばにジョンが座っていた。わたしは二人にむかって、ソーンフィールドを出て以来の出来事を聞いたこと、そしてロチェスター様に会いに来たのだということを手短に話し、馬車を降りたところにある通行料徴収所にトランクを預けてきたので、取りに行ってもらえないかとジョンに頼んだ。帽子とショールをはずしながら、このお屋敷に今晩泊まることはできるかとメアリに聞いた。何とかいたします、という返事だったので、では泊めてくださいね、と言った。ちょうどそのとき、居間の呼び鈴が鳴った。

「お部屋に行ったら、旦那様にお会いしたいという人が来ています、と伝えてくださいな――わたしの名前は言わないで」

「お会いになるとは思えません。どなたともお会いにならないのですよ」とメアリは言った。

メアリが戻ってくると、どんなお返事でしたか、と訊ねた。

「名前と用件を伝えるようにとのことでした」メアリはそう答え、コップに水をそそいで、ろうそくとともにそれを盆に載せた。

「呼び鈴は、それを持ってくるようにというご用だったの？」とわたしは聞いた。

「はい、暗くなるといつもろうそくを、とおっしゃいます。目はお見えにならないんですけど」

「そのお盆を貸して。わたしがあちらにお持ちするわ」

盆を受け取ったわたしに、メアリは居間のドアを指し示した。盆を持つ手が震えて、コップの水がこぼれた。心臓が肋骨にぶつかるほど激しくどきどきした。メアリがドアを開けてわたしを通し、閉めてくれた。

居間は薄暗かった。捨て置かれたようなひとつかみの火が、火格子の上に小さく燃えていた。高い古風なマントルピースで頭を支えるようにして、その火の上にかがみこんでいるのは、目の不自由なこの部屋の主だった。老犬パイロットがその脇にいたが、うっかり踏まれないためにとでもいうのか、邪魔にならないように丸くなっていた。わたしが入って行くと、パイロットは耳をぴんと立てた。そして一声鋭く鳴くと、鼻を鳴らしながら跳ねるようにわたしのほうにやって来た。犬の身体がぶつかって、わたしはもう少しで盆を落としそうになった。テーブルに盆を置き、パイロットを撫《な》でてやって、「伏せ！」と優しく言った。ロチェスター様は何の騒ぎか見ようとして無意識に振り返ったが、何も見ることはできずにもとの姿勢に戻ってため息をついた。

「水をくれないか、メアリ」とロチェスター様は言った。

水が半分になってしまったコップを持って、わたしはロチェスター様に近づいた。パイロットはまだ興奮して、あとについてきた。

「どうしたんだ？」ロチェスター様が訊ねた。

「パイロット、伏せ！」わたしはもう一度言った。ロチェスター様は口にコップを運びかけた手を止め、耳を澄ませているようだった。水を飲むとコップを置いて「おまえだね、メアリ、そうだろう？」と言った。

「メアリは台所です」わたしは答えた。

ロチェスター様はさっと手を伸ばした。けれどもわたしのいる場所は見えず、手は届かなかった。「誰だ？　誰なんだ？」視力のない目で何とか見ようとしている様子は、むなしく痛ましかった。「返事をするんだ！　もう一度口をきいてみろ！」ロチェスター様は大声で命令した。

「もう少し召し上がりますか？　コップにあったお水を、半分こぼしてしまいましたから」とわたしは言った。

「いったい誰だ？　何者だ？　しゃべっているのは誰なんだ？」

「パイロットはわたくしを知っております。ここにわたくしがいるのを、ジョンとメアリも知っております。夕方着いたばかりなのです」

「何ということだ！　何という妄想――何と甘い狂気にとりつかれたことか！」

「妄想でも狂気でもありません。妄想など寄せつけない強さと、錯乱などありえない健康をお持ちですもの」

「それで声の主はどこだ？　声だけなのか？　ああ、どうしても見ることはできないが、触れてみなければ。さもないと心臓が止まり、頭が破裂してしまう。おまえが何者でもいい、誰でもいい――指で触れさせてくれ。さもなければ生きていられない！」

ロチェスター様は手探りをした。わたしはさまようその手を取り、両手でしっかりとつかんだ。

「これはまさしくあの人の指！　ほっそりした、小さなあの指だ！　だとすれば、指以外にもあるはず」

たくましい手は、握っていたわたしの手を振りほどいた。腕がつかまれ、肩、首、腰――わたしはからめとられ、引き寄せられた。

「ジェインなのか？　いったいこれは何なんだ？　たしかにあの人の姿、あの人の背格好だが――」

「そしてあの人の声、ですわね。そっくりここにおりますのよ――心もともに。ああ、ありがたいこと！　またおそばに戻ってこられて嬉しいです」

「ジェイン・エア！　ジェイン・エア！」彼はただそう言うだけだった。

「大事なご主人様、わたくしはジェイン・エアです。あなたを探し当てて、戻ってまいりました」

「それは本当なのか？　本物の？　生きているジェイン・エアなのか？」

「指で触れて、しっかり抱いてたしかめてください。亡骸《なきがら》のように冷たくないし、空気のようにからっぽでもありませんでしょう？」

「生きているわたしのジェインだ！　この手も目鼻立ちも、ジェインに間違いない。しかし、あの苦難にあったわたしに、これほどの幸せが授かるはずはない。これは夢だ。夜の夢の中で、今のようにあの人をもう一度胸に抱きしめ、このようにキスをし、あの人がわたしを愛していると感じ、わたしを置いて去って行くことはないと信じたものだったが」

「今日からは、決しておそばを離れません」

「幻のくせに、決してなどと言うのか？　いつも目を覚まして、そんなものは口先だけの言葉だとわかるのだ。わたしは見捨てられた孤独な者、人生は暗く、寂しく、希望はない。わたしの魂は、渇いているのに飲むことを許されない。心は飢えているのに、満たすものはない。親切で優しい夢よ、今はわたしの腕の中におさまっているが、これまでの夢がみな逃げたようにおまえも飛び去って行くのだろう。行く前にもう一度キスを。抱きしめておくれ、ジェイン」

「ほら！　こうして。このように」

かつては輝いていた、そして今は光を失った目に、わたしは唇を押しつけた。額にかかる髪を払って、そこにもキスをした。ロチェスター様は、突然はっとする様子を見せた。これはすべて現実なのだ、と確信したのだ。

「君なんだね、ジェイン、本当に？　帰ってきてくれたんだね？」

「はい」

「どこかの溝かどこかの川の底で、死んで横たわっているのではなく？　見知らぬ人々の間をやつれ果ててさまよっているのではなく？」

「大丈夫です。わたくしは今では、自立した女です」

「自立した！　どういう意味なのかね、ジェイン？」

「マデイラの叔父が亡くなって、わたくしに五千ポンド遺してくれましたので」

「ああ、これは実際的な話だ。現実的だ。夢ではこんなことはあるまい。それにあの人独特の声――優しいだけでなく、きびきびしていて活気がある。わたしの衰えた心を元気づけ、命を吹き込んでくれる声だ。それで、ジャネット、君は自立した女だって？金持ちになったのかい？」

「けっこうなお金持ちです。もしわたくしと一緒に暮らすのはいやだとおっしゃったら、わたくしはここのお隣に自分の家を建てることだってできます。そしてお相手がほしいとお思いの晩には、わたくしの家の居間にいらしてくださいね」

「しかし、ジェイン、もし金持ちになったのなら、友達がたくさんいるだろう――君のことを気にかけ、目も身体も不自由なわたしの世話などを、黙って君にさせてはおかない友達が」

「お金持ちであるだけでなく、自立した女だと申しましたでしょう。自分の思う通りに行動できるのです」

「そのうえで、わたしのそばにいることにすると？」

「その通りです――あなたがいやだとおっしゃらなければ。あなたの隣人になり、看護婦になり、家政婦になりましょう。お寂しそうですから、あなたに付き添って、本を読んでお聞かせしたり、一緒にお散歩をしたり、そばに座ったりしてお仕えいたしましょう。あなたの目となり、手となりましょう。そんなに憂鬱そうなお顔はやめてください。わたくしが生きている限り、おひとりにはいたしませんから」

　ロチェスター様の答えはなかった。深刻な面持ちで、何か考え事をしているようだった。ため息をつき、何か言いたそうに唇を開きかけてまた閉じてしまった。わたしは少し当惑した。世話をするという申し出は、ひょっとしたら出すぎたことだったかもしれない。あまりに性急に慣習を飛び越してしまったのかもしれない。そしてセント・ジョンのようにロチェスター様も、わたしのそんな無分別を穏やかならぬものと思ったのかもしれない。ロチェスター様がわたしを妻に望んでいると思い、そう言ってくれると思っていたから、あんな申し出をしたのだ。その言葉はまだなくとも、きっとすぐに求婚されるだろうという期待がわたしの背中を押していた。けれどもロチェスター様からはそのような言葉は出ず、むしろ表情が次第に曇るのを見て、わたしは急にはっとした──わたしの行動は間違っていたのかもしれない、自分でも気づかないうちにばかなまねをしていたのかもしれない。そしてロチェスター様の腕からそっと逃れようとしたが、彼はいっそうしっかりとわたしを抱き寄せた。

「いや、いや、ジェイン、離れてはだめだよ。君に触れて、声を聞き、そばにいてくれる喜びを──君の優しい慰めを味わった今では、もうそれを手放すことはできない。ほとんど何も残されていないわたしだが、君が必要だ。世間は笑い、わたしを愚かで自分勝手な人間だと言うかもしれないが、そんなことはかまわない。わたしの魂が君を求めているのだ。それを満たしてやらなければ、魂が身体に致命的な復讐をするだろう」

「ええ、ずっとおそばにおります。申し上げた通りです」

「ああ。だがそばにいてくれると言っても、君の考えていることとわたしの考えていることとは別だろう。君はひょっとしたら、わたしの手となり支えとなって、優しい看護婦として世話をしてくれる気持ちを固めているかもしれない──同情する相手のためなら犠牲を厭《いと》わない、愛情細やかな心と寛容な精神の持ち主だからね。そしてそれでわたしには十分なはず──君に対して、父親のような気持ちを持つべきなのだろう。君もそう思うだろうか？　どうか言ってほしい」

「あなたのお考えの通りに考えます。あなたの看護婦でいるだけで満足いたします――もしそのほうがよいとお思いなら」

「しかし、ジャネット、君はずっといつまでもわたしの看護婦でいるわけにはいかない。若いのだから、いずれ結婚しなくてはならない」

「結婚など考えていません」

「考えるべきなのだよ、ジャネット。昔のわたしなら、考えてもらえるように頑張るところだが――しかし――目も見えず、木切れのような今では！」

ロチェスター様の顔は再び曇った。けれども逆にわたしのほうは、新たな希望が湧いて元気が出た。最後の言葉を聞いて、どこに問題があるか理解できたからだ。そしてそれはわたしにとってまったく問題にはならない事柄だったので、先ほどの困惑は消え、より明るく会話を続けられるようになった。

「誰かが、あなたをもう一度人間らしくしなくてはなりませんね」わたしは長く伸びた豊かな髪をかき分けながら言った。「だって、ライオンか何かに変身なさったみたいに見えますもの。野に追われたネブカドネツァル王（「ダニエル書」四章三十節）みたいです。そのワシの羽のような髪――爪が鳥の鉤爪《かぎづめ》になったかどうかは存じませんけれど」

「こちらの腕には手も爪もないのだよ」ロチェスター様は切断された手を胸元から出してわたしに見せた。「ただの切り株同然――ぞっとする。そう思わないかい、ジェイン？」

「見ると心が痛みます。あなたの目も、額の火傷《やけど》の跡も。でも一番恐れているのは、そういうあなたを愛しすぎる危険、あまりに大事に思いすぎる危険にさらされていることです」

「ジェイン、君がこの腕や傷跡の残る顔を見たら、きっとぞっとすると思っていたんだよ」

「そうなのですか？　でももうおっしゃらないでくださいね。さもないと、そんなことをお考えになるなんて、とあなたをけなすようなことを言ってしまうかもしれません。さあ、ちょっと腕を離していただけますか。火をかき立てて、炉辺をきれいにさせますから。火がよく燃えているとき、それがおわかりになりますか？」

「ああ、右の目に輝きが見える――ぼんやりと赤く」

「ろうそくの火は？」

「かすかに――一つ一つが明るく光る雲のように」

「わたくしは見えますか？」

「いいや、わたしの妖精ジェイン。けれども、声を聞けて手で触れることができる――それだけでありがたく思うばかりだよ」

「お夕食はいつ召し上がるのですか?」

「夕食はとらない」

「でも、今夜は少し召し上がっていただきましょう。わたくしはおなかがぺこぺこですし、たぶんあなたも同じだと思いますわ――忘れていらっしゃるだけで」

メアリを呼び、部屋を明るく整えさせた。そしておいしい食事を彼の分も支度した。わたしの心ははずんで、食事の間もそのあとにも、くつろいで楽しく話しかけた。ロチェスター様と一緒にいると、嬉しさや陽気な気分を遠慮して抑えるような気苦労はいらなかった。お互いに気持ちが通い合っているのがわかっているので、心からくつろいでいられた。わたしの言うこと、することのすべてが彼を慰め、元気づけているように思われた――何とすばらしいことか！　そのため、ロチェスター様の前ではわたしの本来の性質すべてが明るく生き生きと活気づき、完全なわたしがよみがえった。ロチェスター様もわたしの前で生き返った。目は見えなくとも、顔に微笑が浮かび、額が喜びで晴れやかになった。表情が温かく和らいだ。

食事がすむと、ロチェスター様はわたしにたくさんの質問をした――どこにいたのか、何をしていたのか、どうやって自分を探し当てたのか。しかしわたしは答えの一部しか話さなかった。詳しい話をするには時間が遅すぎたからだ。それに加えて、そのときのわたしはロチェスター様を元気づけることだけ考えていて、その心の琴線に触れて新たな深い感情を引き起こしたりしたくなかった。すでに述べたようにロチェスター様は元気になったが、まだそれは途切れがちで、会話が一瞬途絶えると不安そうになってわたしに触れ、「ジェイン」と言うのだった。

「ジェイン、君はほんとうに人間だろうね？　たしかにそうだと言える？」

「たしかにそうです、ロチェスター様」

「だが、こんなに憂鬱な暗い晩に、この寂しい炉辺に、どうやって突然姿を現すことができたの？　使用人から水のコップを受け取ろうと手を伸ばしたら、君が渡してくれたんだからね。ジョンのおかみさんにむかって聞いたつもりだったことに、君の声で答えが返ってきたんだからね」

「それは、メアリの代わりにわたしがお盆を持ってきたからです」

「こうして君と過ごしていると、魔法にかかっているようだ。この数か月間、わたしがどんなに暗くわびしく絶望的な生活を送ってきたか、誰にもわからないだろう。何もせず、何も期待せず、夜と昼の区別もつけず、放っておいた暖炉の火が消えてしまうと寒さを感じ、食べるのを忘れて空腹を感じるだけ――絶えることのない悲しみ、そしてときどき、もう一度ジェインを見たい、という狂ったような願いに襲われる。そうだ、ジェインを取り戻したいという思いは、失った視力への思いよりもずっと強かったのだよ。そのジェインがそばにいて、愛していると言ってくれる――そんなことがありえるだろうか。現れたときのように、また突然姿を消してしまうのでは？　明日はもういなくなっているのでは？」

こんな動揺した考えから離れた、平凡で日常的な言葉こそ、その心を落ち着かせる最良のものだとわたしは確信した。そこでロチェスター様の眉を指でなぞり、炎で焦げたのですね、もとのように黒々と太い眉になるように何か塗ってあげましょう、と言った。

「わたしに親切にしてくれて何になるというんだ、慈悲深い妖精ジェイン。宿命のときが来れば、わたしを置いてまたどこかに――どこへどうやって去るのかわたしにはわからないが――影のように消えて、そのあとはいっさい行方をくらましてしまうのだろう？」

「櫛《くし》を持っていらっしゃいますか？」

「どうして、ジェイン？」

「このぼさぼさの黒いたてがみのような髪を梳《と》かすためです。近くでよく見ると、何だか怖いくらいです。わたくしを妖精とおっしゃいますけれど、あなたはスコットランドの伝説の鬼ブラウニーみたいですよ」

「そんなにひどいかな、ジェイン?」

「ええ、もっとも、前からそうでしたけど」

「ふん、今までどこにいたか知らないが、口の悪さはそのままだね」

「良い人たちのところにいました。あなたよりずっと良い人——百倍も良い人たちです。あなたの心には浮かんだことのないような考えや計画を持つ、洗練された高尚な人たちでした」

「いったいどんなやつらなんだ?」

「そんなふうに身体をねじったら、櫛で髪が抜けてしまいます。そうなれば、わたくしが実在することをやっと信用していただけると思いますけれど」

「誰のところにいたんだ、ジェイン?」

「今夜はお話しいたしません。明日までお待ちください。お話を途中にしておけば、続きを最後までお聞かせするために、朝食の席にわたくしがまた現れるという保証になりますでしょう。ちなみに、今度炉辺に現れるときにはお水一杯だけでなく、せめて卵の一つくらい、それにもちろん、温めたハムも一緒にお持ちするように気をつけますね」

「人をばかにする、小さな取り替え子《チェンジリング》め！　妖精に生まれて人間として育ったというわけだね。わたしがこの一年間感じなかった気持ちにしてくれる。もしもサウルがダビデの代わりに君をそばにおいていたら、竪琴の助けを借りなくても悪霊を追い払えただろう（「サムエル記上」十六章二十三節）」

「ほうら、髪も整って、きちんとしました。これで引きとらせていただきます。三日間の旅で疲れました。お休みなさい」

「ひと言だけ聞かせておくれ、ジェイン。君がいた家の住人は女だけだったかどうか」

わたしは笑い声を上げて逃げ出し、階段を上がるときにもまだ笑いが止まらなかった。「いいことを思いついたわ」大喜びでそう思っていたのだ。「やきもきさせるという手段――これでしばらくは、憂鬱を払いのけてあげられる」

翌日の朝早く、ロチェスター様が起き出して、部屋から部屋へと歩き回るのが聞こえた。メアリが降りてくるとすぐに「ミス・エアは屋敷にいるか？」と訊ねる声が、そして「どの部屋にお泊めした？　その部屋は湿っていなかったか？　もう起きたか？　何か要るものがないか、そして何時に降りてくるのか聞いてきなさい」という声がした。

わたしは、朝食の支度ができる頃合を見計らって降りて行った。そっと部屋に入り、ロチェスター様に気づかれる前にその姿を見た。たくましい精神が身体の苦難に屈服している様子は、本当に悲しいものだった。椅子にじっと座っているが休息してはおらず、何かを待っているのが明らかだった。今では消えることがなくなった悲しみが、その強い顔立ちに皺《しわ》になって刻まれている。光が消されて、再びともされるのを待つランプを思わせた。だが悲しいことに、生き生きとした表情という光をともすには自分自身ではなく、誰かの手を借りなくてはならないのだ！　わたしは明るく自然にふるまうつもりだったが、強い人が力を失った様子を見てひどく胸が痛んだ。それでもできるだけ快活に声をかけた。

「よく晴れて明るい朝ですね。雨はやみて去りぬ、です。そのあとにこの穏やかな日ざし――もうすぐお散歩に参りましょう」

これが輝きを呼び覚まし、ロチェスター様の表情が明るくなった。

「ああ、いるんだね、わたしのヒバリ、ジェイン！　わたしのそばへ。どこへも行かなかった、消えなかったんだね？　一時間ほど前に、君の仲間のヒバリが森の上空で歌っているのが聞こえたよ。でも、わたしには美しい調べに聞こえなかった――昇る太陽が光と思えないのと同じに。地上の旋律は、すべてジェインの舌に集められてわたしの耳に届く。君が生まれつき無口でなくてよかったよ。そして、ジェインのいるところでだけ太陽の光が感じられるのだ」

他人に頼らなくてはならない境遇を自分ではっきりと認めているのを聞くと、涙が浮かんできた。まるで止まり木に鎖でつながれた堂々たるワシが、スズメにむかって餌を運んできてくれるようにと懇願しなければならない姿を見るように思われた。しかし、涙ぐんでいるわけにはいかない。塩辛い涙を振り払い、わたしは朝食の支度に忙しく立ち働いた。

午前中のほとんどを戸外で過ごした。木々の茂った湿気の多い森の中から、明るい草地へとロチェスター様を連れ出し、まわりの緑の鮮やかさ、花や生垣のみずみずしさ、輝くような空の青さなどを言葉で描写した。あまり人目につかない魅力的な場所に、ロチェスター様が腰掛けるのにちょうどよいところを——乾いた切り株を見つけた。そしてそこに座った彼が、わたしを膝にのせようとしたときもそれを拒まなかった。離れているよりそばにいるほうがお互いに幸せなのだから、拒む理由はなかった。パイロットもそばにいた。あたりは静かだった。わたしを両腕で抱きしめながら、ロチェスター様は急に言い出した。

「何と残酷な逃亡者だ！　ああ、ジェイン、わたしがどんな気持ちだったか——君がソーンフィールドから逃げ出したと知ったとき、君がどこにも見つからなかったとき、そして君の部屋を調べてみて、金も、金目のものもいっさい持たずに出て行ったのがわかったときに！　君に贈った真珠の首飾りも小箱におさまったままだったし、トランクも新婚旅行に出かけるために鍵をかけ、紐を掛けたまま残されていた。何も持たない一文無しの身で、大事なジェインはいったいどうするのだ、と思ったのだよ。それで実際どうしたの？　聞かせておくれ」

そう促《うなが》されたので、わたしはこの一年間の経験を話しはじめた。飢えてさまよった三日間のことはかなり控えめに話した。すべてを話してしまったら、余計な苦痛を与えることになるだろうと思ったからだ。実際、わずかに話したことでさえ、彼の誠実な心を思ったよりも深く傷つけることになった。

生きる手立ても持たずにあんなふうに去ってはいけなかったよ、とロチェスター様は言った。意図を話してくれればよかった――わたしに打ち明けてくれれば、無理に愛人にしようなどとは絶対にしなかったよ。自暴自棄になって荒れていたように思えたかもしれないが、君を本当に深く愛していたから、暴君にはなれなかった。広い世間に身寄りもなく飛び出されるくらいなら、財産の半分を譲っていただろう――キス一つ求めないで。君はいま打ち明けてくれたよりずっと大変な目にあったに違いない――そう言うのだった。

「ともかく、どんな苦労であったにしても、それは短い間でした」わたしはそう言って、その後どんなふうにムーア・ハウスに迎えられ、学校教師の仕事に就《つ》くようになったかを話した。説明は遺産の相続、身内の発見へと続き、その間には当然セント・ジョンの名前が頻繁に出てきた。話が終わると、すぐにその名前が質問に取り上げられた。

「それでそのセント・ジョンというのは、君のいとこなんだね？」

「はい」

「話の中で、名前がよく出てきた。好きだったのかい？」

「とても良い人でした。好きにならずにはいられませんでした」

「良い人？　それは品行方正で尊敬すべき五十前後の男という意味だろうか。それとも何か別の意味が？」

「セント・ジョンはまだ二十九歳でした」

「フランス語で「まだ若い《ジュンヌ・アンコール》」というわけだね。背が低くて無気力で、平凡な人間かい？　美徳に富むというより悪徳のなさに長所があるというタイプの？」

「セント・ジョンはたゆまず行動する人です。偉大で高尚なことを成し遂げるのが生きがいです」

「だが頭はどうだ？　たぶん鈍いのだろう？　殊勝なことを言っていても、しゃべるのを聞くと肩をすくめたくなるような?」

「無口ですが、言うことは要点をついています。頭脳は第一級だと思います。感じやすくはありません。精力的です」

「では、有能な男なのだね?」

「とても有能です」

「教育も十分に受けているのかい?」

「学識のある、立派な学者です」

「そいつの態度だが——君の好みに合わないと、さっき聞いたような気がするな。堅苦しくて牧師くさい?」

「態度についてわたくしは何も言っておりません。でも、よほどわたくしの趣味が悪くない限り、満足のいくものです。洗練されていて、穏やかで紳士的です」

「見た目は? 見た目を君がどう説明したか、忘れてしまった。未熟な副牧師で、白い首巻《ネッククロス》で首をきつく締め上げ、底の厚い編み上げ靴で、背を高く見せているんじゃないかい、そうだろう?」

「セント・ジョンはきちんとした服装をしています。ハンサムで背が高く、金髪に青い目、ギリシア彫刻のような横顔です」

（脇をむいて）「ちくしょう！」――（わたしにむかって）「好きだったんだね？」

「はい、ロチェスター様、好きでした。でもそのことなら、さっきもお訊ねになりましたよ」

もちろんわたしには、彼の心の動きが見てとれた。嫉妬にとらえられて苦しんでいたのだ。でもそれは役に立つ痛みだった。憂鬱の牙の絶え間ない攻撃を、少しの間逃れることができる。だからわたしは、嫉妬という蛇をすぐにはなだめないでおくつもりだった。

「ひょっとしたら、もうわたしの膝にはのっていたくないかもしれないね、ミス・エア」ロチェスター様は、少々意外なことを言った。

「なぜでしょうか、ロチェスター様？」

「君がいま描いた絵は、あまりに対照的だからね。君の言葉は優雅なアポロを見事に描き出した。君の頭にはそいつがいる――長身で金髪に青い目、ギリシア彫刻のような横顔。そして目の前にいるのは火と鍛冶《かじ》の神ウルカヌスだ。褐色の顔、広い肩幅、鍛冶屋そのままだ。おまけに目が見えず、足も不自由ときている」

「考えたこともありませんでしたが、たしかにウルカヌスに似ていますね」

「では、もうわたしを置いて行くといい。でもその前に」ロチェスター様はいっそうしっかりとわたしを抱きしめながら「一つ二つ、質問にぜひ答えてもらいたい」と言って、黙った。

「どんな質問でしょうか、ロチェスター様？」

そこで出たのが、次のような追求だった。

「セント・ジョンは、いとこだとわかる前に、君をモートンの先生にしたんだね？」

「はい」

「よく会っていたのかい？　ときには学校に訪ねてきたりした？」

「毎日です」

「セント・ジョンは君のやり方にすべて賛成したのだろうね、ジェイン。君には才能があるから、きっとうまくできていたに違いない」

「はい、賛成してくれました」

「思いもよらない素質を、君の中にたくさん発見しただろうね？　君の持っている才能の中には、とても優れたものがあるから」

「それはわかりません」

「学校のそばに小さな住まいがあったという話だが、そこを訪ねてくることもあったのかい？」

「ときどき」

「夜には？」

「一、二度」

沈黙があった。

「いとこだとわかってから、三人と一緒に暮らしたのはどのくらい？」

「五か月です」

「リヴァーズが君たち三人と過ごす時間は長かったの？」

「はい、奥の居間はセント・ジョンの書斎で、わたくしたちの書斎でもありました。セント・ジョンは窓のそばに、わたくしたちはテーブルに座っていました」

「やつは熱心に学問を？」

「ええ、とても」

「何の研究を？」

「ヒンドスタニー語です」

「で、その間、君は？」

「最初、ドイツ語を習いました」

「やつに習っていたのかい？」

「ドイツ語はできない人でした」

「君に何も教えなかったのかい？」

「ヒンドスタニー語を少し」

「リヴァーズは、君にヒンドスタニー語を教えた？」

「はい、そうです」

「妹たちにも？」

「いいえ」

「君だけに？」

「わたくしだけにです」

「教えてほしいと頼んだの？」

「いいえ」

「教えたいと、向こうから言ったのかい？」

「はい」

ここで二度目の沈黙があった。

「どうして教えたいと思ったのだろうか？　ヒンドスタニー語が、君にいったい何の役に立つのだ？」

「わたくしを一緒にインドに連れて行きたいと思っていました」

「ああ！　やっと核心にきた。やつは君と結婚したいと思っていたんだね？」

「結婚してくれと言われました」

「そんなのは作り話だ。わたしを苦しめるための生意気な作り事だ」

「恐れ入りますが、これはまったくの事実ですのよ。一度ならず言われました。しかも、あなたと同じくらい強情に、あの人は自分の意向を主張しました」

「繰り返すが、ミス・エア、君は立ち去っていいのだよ。同じことを何度言わせるのかい？　立ち去っていいと言うのに、なぜいつまでも膝に座っているんだい？」

「だって、ここが落ち着くのですもの」

「いいや、ジェイン、落ち着くはずはない。心がわたしのところにないのだからね。君の心はいとこのセント・ジョンのところだ。ああ、今この瞬間まで、可愛いジェインはすべてわたしのものだと思っていたのに！　わたしを置いて出て行ったときでさえ、わたしを愛していると信じていた――それが悲嘆の中の、ほんの小さな一粒の甘い慰めだったのに。長いこと離れ離れで、熱い涙を流していたが、わたしが嘆いている間に、そのジェインが別の人を愛していたとは思ってもみなかった。しかし、嘆いても仕方がない。ジェイン、行きなさい。行ってリヴァーズと結婚しなさい」

「では、わたくしを払いのけてください。押しのけてください。自分からおそばを離れるつもりはありません」

「ジェイン、君の声が好きだ。今も希望をよみがえらせてくれる、誠実な声だ。君の声を聞くと、一年前に戻るよ。君がもう新しい絆を結んだことも忘れてしまう。だが、わたしはばかではない。行きなさい」

「どこへ行けばよいのでしょう?」

「自分の道を――君が選んだ夫とともに」

「それは誰のことでしょうか?」

「そのセント・ジョン・リヴァーズに決まっている」

「夫ではありませんし、これからも夫になることはありません。セント・ジョンはわたくしを愛していませんし、わたくしもあの人を愛してはいません。あの人が愛しているのは(愛することはできるのです。あなたとは違う愛し方ですが)ロザモンドという若くて美しいお嬢さんです。わたくしとの結婚を望んだのは、宣教師の妻に適していると思ったからにすぎません。ロザモンドではその点が無理だったのです。セント・ジョンは立派な良い人ですが、厳しくて、わたくしには氷山のように冷たいのです。あなたとは違います。セント・ジョンのそばにいても、一緒にいても幸せではありません。寛大でないし、優しさもありません。わたくしには何も魅力を認めてくれません。若ささえあの人には魅力になりません。ただわたくしのいくつかの、役に立つ精神的な特質を認めているだけです。それでもわたくしはあなたのもとを去って、セント・ジョンのところに行かなくてはなりませんか？」

わたしは思わず身震いした。そして目の見えない、しかし愛する人に身を寄せた。ロチェスター様は微笑した。

「何だって、ジェイン！　それは本当なのかい？　リヴァーズとの関係は、本当にそういうことなのかい？」

「もちろんです。ああ、嫉妬はご無用ですわ。悲しみを和らげることができればと、少しからかいたかっただけです。悲しみより怒りのほうがましかと思ったのです。でも、もしわたくしに愛してほしいとお望みでしたら、わたくしが実際どんなに愛しているかわかっていただくだけで、誇りに思い、満足なさるはず。わたくしの心はすべてあなたのもの、あなたに属し、あなたのそばにとどまるでしょう――たとえ運命が永遠にわたくしをあなたから遠ざけたとしても」

ロチェスター様はわたしにキスをしたが、苦しい思いが再び表情を曇らせた。

「焼けて失われた視力！　損なわれた力！」悔しそうなつぶやきが漏れた。

慰めたいと思って、わたしはロチェスター様を撫でた。何を考えているかわかったので、代わりに言おうと思ったが、言えなかった。顔を一瞬背《そむ》けたとき、閉じた瞼《まぶた》から一滴の涙がこぼれて、男らしい頬を流れ落ちていくのが見えた。わたしの胸はいっぱいになった。

「ソーンフィールドの果樹園の、雷に打たれたあのマロニエの老木のようなものだ」と彼はまもなく言った。「そんな朽木に何の権利があって、芽を出しかけたばかりのスイカズラに、その若々しい葉で衰えた身体を覆えと命令できようか？」

「あなたは雷に打たれた木でも朽木でもありません。元気いっぱいの緑の木です。あなたが命じなくてもその根のまわりには、豊かな影を喜ぶ植物が育つでしょう。そして育つにつれてあなたに寄りかかり、巻きつくでしょう。力強い幹が頼れる支えになってくれますから」

ロチェスター様は再び微笑した。わたしは慰めを与えることができたのだ。

「友人のことを言っているんだね、ジェイン？」

「そうです、友人のことを」とわたしは、少しためらいがちに答えた。友人以上のことを考えていたのだが、他の言葉が見つからなかったのだ。ロチェスター様が助けてくれた。

「ああ、ジェイン、わたしは妻がほしいのだ」

「本当に？」

「そうだ。初めて聞く話かい？」

「もちろんです。何もおっしゃいませんでしたもの」

「君には嬉しくない話だろうか？」

「事情によります――誰を選ばれるかという点に」

「それは君に任せるよ、ジェイン。君の決めたことに従おう」

「それではお選びください――あなたを一番愛している者を」

「ともかくわたしが選べるのは、自分の一番愛する人だ。ジェイン、わたしと結婚してくれないか？」

「はい」

「手を引いて歩かねばならない、目の不自由な男だよ」

「はい」

「二十も年上で、世話をせねばならない、身体の不自由な男だよ」

「はい」

「本当に、ジェイン？」

「本当です」

「ああ、愛しいジェイン、君に神さまの祝福とご褒美がありますように！」

「ロチェスター様、これまでの人生で、わたくしがもし何か良い行いをしたとするなら――もし良いことを考え、真心からの清らかな祈りを捧げ、正しいことを願ったとしたら、今そのご褒美をいただきました。あなたの妻になれるのは、この地上で何より幸せなことです」

「君は喜んで犠牲になる人だからね」

「犠牲！　何を犠牲にするというのです？　餓えに食べ物が、期待に満足が与えられたこと？　大事な人を腕に抱き、愛する人にキスをし、信頼する人に安心して頼る――こんな特権を持つのが犠牲でしょうか？　もしそうなら、わたくしは喜んで犠牲になりますとも」

「わたしの弱さに耐えることもあるよ、ジェイン。わたしに欠けているものに目をつぶることも」

「そんなことは何でもありません。昔、あなたが誰にも頼らず誇り高く、人に与え、人を保護する立場でいる他は歯牙《しが》にもかけなかった頃より、今のほうが――わたくしが本当にお役に立てる今のほうが、ずっとあなたを愛しています」

「これまでのわたしは、人に助けられ、人に導かれることがいやだったが、これからはいやでなくなりそうだ。使用人に手を預けるのは嫌いだったが、ジェインの可愛い手がこの手を取ってくれるかと思うと楽しい。召使たちにいつもそばで世話を焼かれるより、まったく一人でいるほうがよかった。しかし、ジェインの優しい助けを得るのは果てしない喜びだ。ジェインはわたしにぴったりだが、わたしはジェインにふさわしいだろうか？」

「わたくしの天性のすみずみまで」

「そういうことなら、もう何も待つ必要はない。すぐに結婚しよう」

表情にも口調にも熱があった。以前の性急さが戻ってきていた。

「ジェイン、わたしたちはもう一刻も無駄にせず、一心同体の夫婦にならなくてはいけない。許可書をとって——そして結婚しよう」

「ロチェスター様、いま気がつきましたが、太陽がもう傾きはじめています。パイロットだってご飯を食べに帰ってしまいましたよ。時計を見せてください」

「ジャネット、時計は飾り帯につけて、これからは君が持っているといい。わたしはいらないから」

「四時近くになりました。おなかがすきませんか？」

「今日から三日目を結婚の日にしよう、ジェイン。仰々しい衣装や宝石なんか、もうどうでもいい。何の価値もないものだから」

「太陽の光で雨のしずくがすっかり乾きました。風がやんで、暑いですね」

「ジェイン、知っているかい、君の真珠のネックレスを、今もこのスカーフの下、青銅色の首にかけているんだよ。たった一つの宝物を失った日から、君の思い出にずっとかけているんだ」

「森を通って帰りましょう。木陰が多い道ですから」

ロチェスター様はわたしの言葉にかまわず、自分の考えを追っていた。

「ジェイン！　君はわたしのことをひどい不信心者と思っているだろうね。だが、今わたしの心は、恵み深い神への感謝の気持ちでいっぱいなのだよ。神は人間のようにではなく、はるかにはっきり見通す目でごらんになる。人間のようにではなく、はるかに賢く判断をなさる。わたしは間違っていた。わたしの清純な花に罪を吹きかけて、清らかさを汚すところだった。それで全能の神は、わたしから花を取り上げられたのだ。わたしは傲慢にそれに抵抗し、神の定めを呪わんばかりだった。神意に従う代わりに公然と反抗したのだ。神の正義は行われ、わたしは次々と不幸に見舞われて、「死の陰の谷」（「詩編」二十三編四節）を歩まなくてはならなかった。神の懲らしめは厳しく、わたしは永久に謙虚にされた。自分の力を誇っていたわたしが、子どものように人に頼らなくてはならない。ようやく今頃になって――ジェイン、わたしは今頃になって、自分の運命に神の手を見、認めるようになったのだ。自責と悔悛ということを知り、神との和解を願う気持ちになった。ときには祈るようにもなった。とても短いが、心をこめた祈りだ。

何日か前――いや、日を数えると四日前になる――あれは月曜日の夜のことで、わたしは不思議な気持ちに襲われた。狂乱が悲嘆に、不機嫌が悲哀に変わった。君がどこにも見つからないからには死んでしまったに違いないと、それまでずっと思っていた。その夜遅く――十一時と十二時の間くらいだったかもしれない――わびしい眠りにつく前に神に祈願した。もし御心《みこころ》にかなうことならば、この命を早く召されて、ジェインに再び会う望みのある来るべき世にお連れくださいさい、と。

自分の部屋の窓のそばに座っていた。窓は開いていて、かぐわしい夜気で気持ちが和らいだ。星は見えなかったが、ぼんやりと光るもやが見え、月が出ているのがわかった。君が恋しかったよ、ジャネット！　ああ、魂と肉体の両方を持つ君に会いたかった！　苦悶し、謙虚になりながら、神に問うた――見捨てられ、苦しみ、悩む日々をわたしはもう十分長く過ごしてきたのではないでしょうか、至福と平安を再び味わうことはできないでしょうか、と。もうこれ以上は耐えられません、と神に訴えた。心の求めるもののすべてが、言葉になって無意識に唇から飛び出した――「ジェイン！　ジェイン！　ジェイン！」と」

「声に出してそうおっしゃったのですか？」

「そうだよ、ジェイン。聞いている人がいたら、気が狂ったと思っただろうね。狂おしい力をこめて言葉にしたから」

「それで、それはこの前の月曜日の、真夜中近くのことだったのですね？」

「そうだ、しかし時間は大した問題ではない。次に起きたことが不思議なのだ。迷信深いと思われるかもしれない。たしかに迷信にこだわる血は流れているし、昔からそうだが、とにかくこれは事実だ。少なくとも、これから話す声をこの耳で聞いたのはたしかな事実なのだ。

「ジェイン！　ジェイン！　ジェイン！」とわたしが言うと、答える声が聞こえた。どこから聞こえたのかはわからないが、誰の声だったかはわかっている。「いま参ります。お待ちください」声はそう言い、すぐあとに風に乗って「どこにいらっしゃるの？」というささやきが聞こえた。

できることなら、この言葉でわたしの心に広がった印象、イメージを話したいところだが、表現するのは難しい。ファーンディーンはこの通り、深い森に埋もれているので、音は鈍くぐもって反響することなく消えていく。ところが「どこにいらっしゃるの？」という言葉は、山の中で発せられたように思われた。丘がはね返すこだまがそれを繰り返すのが聞こえたからだ。その瞬間、風がひんやりとさわやかさを増して、わたしの額に吹き寄せるのを感じた気がした。どこか荒涼とした寂しい場所で、わたしとジェインが会っている、と思えた。二人の魂が出会っていたに違いないと思う。あの時刻にはきっと君はぐっすり眠っていただろうから、君の魂が身体から抜け出して、わたしを慰めに来てくれたのかもしれない。だって、あれは君の口調だったからね。間違いないよ」

読者よ、わたしがあの不思議な呼び声を聞いたのも月曜日の晩、真夜中近くだった。そしてたしかにその通りに答えたのだ。だが、ロチェスター様の話を聞いても、こちらの話はしなかった。この不思議な一致があまりに恐ろしく不可解だったので、伝えて語り合う気持ちになれなかった。もし話せばロチェスター様の心を深く揺り動かしたに違いなく、これまでの苦難で暗く沈みがちなその心を、超自然的な現象でさらに暗くすることはないとわたしは思った。それで、自分の心におさめて思いめぐらすことにしたのである。

「昨夜、突然わたしの前に君が姿を現したとき、それがただの声や幻ではなく本物だということ——真夜中のささやきが山のこだまとともに消えたように、再びひっそりと消えてしまうものではないということを、わたしが容易には信じられなかったわけも、これで納得してもらえただろうね。神にいま感謝する！　幻ではなかった。そう、神に感謝する！」

ロチェスター様はわたしを膝からおろして立ち上がった。うやうやしく帽子を取って、見えない目を伏せ、無言で祈りを捧げた。その最後の言葉だけが聞こえた。

「裁きの中でも慈悲をお与えくださった神に感謝します。救い主に謹んでお願いいたします。これからさらに清い生き方ができますよう、力をお授けください」

そしてロチェスター様は、片手を差し出して導きを求めた。わたしはその愛しい手を取り、唇に一瞬押しあててから自分の肩に回した。ずっと背の低いわたしが、こうして支えとなり、導き手となったのだ。わたしたちは森を抜けて家路をたどった。

第38章

読者よ、わたしは彼と結婚した。静かな結婚式で、式に臨んだのは彼とわたし、教区牧師と書記だけだった。二人で教会から屋敷に戻り、わたしが台所に行くと、メアリは昼食の支度をしており、ジョンはナイフを磨いていた。

「メアリ、わたしは今朝、ロチェスター様と結婚しました」二人とも冷静で礼儀正しい人たちだったので、驚くべき知らせを伝えても、耳をつんざくような叫び声を上げられたり、それに続くとどまることを知らないおしゃべりに唖然とさせられたりする心配はなかった。メアリのほうは、顔を上げてじっとわたしを見つめ、あぶっている二羽のチキンに汁をかけていた杓子《しゃくし》が三分ほど宙で止まっていた。その同じ時間だけ、ジョンのナイフ磨きも中断した。メアリはそれが過ぎると、また肉の上にかがんで「そうですか、まあ、それはどうも」とだけ言った。

少ししてからメアリは、「旦那様と一緒に出て行かれるのは見ましたけど、結婚式を挙げに教会にいらしたとは知りませんでした」と言って、肉に汁をかけ続けた。ジョンのほうを振りむくと、ジョンは両耳に届くほど口をにんまりさせていた。

「こうなるだろうって、メアリに言っておりましたです。エドワード様のことはわかっておりますです。(ジョンは昔からお屋敷にいて、ロチェスター様の若いときから知っているので、このようにエドワードという洗礼名でよく呼んでいた。)エドワード様のなさることはわかっておりますし、ぐずぐずなさらんに決まっとるとも思っておりましたです。そして正しいことをなさった。おめでとうございます!」ジョンはそう言って、帽子の代わりに自分の前髪を引っ張って挨拶した。

「ありがとう、ジョン。これをあなたとメアリにあげるようにとロチェスター様がおっしゃったの」わたしはそう言って、五ポンド札をジョンの手に押し込んだ。そしてそれ以上の言葉を待たずに台所を出た。しばらくたってから台所のドアの前を通ると、中からこんな言葉が聞こえた。

「貴婦人方よりあの人のほうが、ずっと旦那様に尽くされるに違いねえ。とびきりの器量よしじゃないだろうけどさ、頭が悪いわけじゃなし、性格がいい人だよ。それに、旦那様の目にゃ、美人に見えてるに決まっとる」

ムーア・ハウスとケンブリッジにさっそく手紙を書いて結婚したことを知らせ、なぜそのような行動をとったかについて詳しく説明した。ダイアナとメアリは心から喜んでくれ、ダイアナからは、新婚一か月は遠慮させていただくけれど蜜月《ハネムーン》がすんだらお訪ねしたいわ、という手紙が来た。

その手紙を読んで聞かせると、ロチェスター様は言った。「そんなに待たないほうがいいとダイアナに言いたいな。蜜月が終わるまでなどと言っていたら、遅すぎることになるよ。だって、わたしたちの蜜月は一生続くんだから。その輝きは、君かわたし、どちらかの墓を照らすまで薄れることはないのだからね」

セント・ジョンが結婚の知らせをどう受け取ったのかはわからない。返事がなかったからだ。六か月後に届いた手紙でも、ロチェスター様の名前にも結婚のことにもまったく触れられていなかった。冷静で、とても真面目で親切な手紙だった。それ以来、頻繁にではないが途切れずに手紙をくれている。わたしが幸せであるように願う、神を忘れてこの世のことしか考えない生き方をしていないと信じる、といった内容だ。

読者の皆さんは小さなアデルのことをお忘れではないと思う。わたしは忘れていなかった。まもなくロチェスター様からお許しをもらって、学校に会いに行った。わたしを見て狂喜する様子には胸を打たれた。やせて顔色もよくなく、ここでは幸せじゃないの、と言う。アデルの年頃の子どもには学校の規則が厳しすぎ、勉強の内容も難しすぎることがわかったので、わたしはアデルを屋敷に連れ帰った。また家庭教師をしようと思ったのだ。だが、それは無理なことだとすぐにわかった。わたしの時間も労力も、今ではすべて別の人が――夫が必要としていたからだ。そこでわたしは、もう少し自由な方針の学校で、わたしがたびたび訪れたり、ときどき屋敷に連れ帰ったりできるようなところを探し出した。そして、そこで快適に過ごすために必要なものは何でもそろうように気を配ったので、アデルはまもなく新しい学校で落ち着いてとても幸せそうになり、勉強にもかなりの進歩を見せた。成長とともに、健全なイギリスの教育がフランス的な短所をかなり矯正したようで、卒業する頃には感じがよく親切な話し相手になっていた。素直で気立てもよく、道義をわきまえた娘で、わたしとわたしの家族に寄せてくれる思いやりは、かつてわたしが与えたささやかな好意に十分に報いてくれている。

　わたしの物語も、そろそろ終わりが近い。最後にわたしの結婚生活と、物語にしばしば登場した人たちのその後について、それぞれ簡単に述べることにしよう。

　わたしは結婚して十年になる。この世で最愛の人のために生き、その人とともに暮らすことの意味を、今のわたしは知っている。自分はこのうえなく幸せ――どんな言葉でも言い表せないほど幸せだと思う。夫はわたしの命であり、わたしは夫の命であるからだ。わたしほど伴侶の近くで生きる女性はいないだろう。まさしく彼の「骨の骨、肉の肉」（「創世記」二章二十三節）なのだ。エドワードとともにいて飽きることはなく、エドワードもわたしとともにいて飽きることがない。それぞれの胸の心臓の鼓動に飽きることがないように。だからわたしたちは、いつも一緒にいる。わたしたちにとってともにいるということは、一人でいるときと同じように自由で、大勢の人といるときのように楽しいことだ。一日中二人で語り合っているが、それは考えをより活発なものにして、耳に聞こえるようにすることなのだ。わたしは全幅の信頼を彼に寄せ、彼も全幅の信頼を寄せてくれる。性格が完全に一致しているから、その結果として完全な調和が生まれた。

結婚して初めの二年間、ロチェスター様は目が見えないままだった。ひょっとしたら、その境遇がわたしたちをあれほど引き寄せ、しっかりと結び合わせたのかもしれない。わたしは今も彼の右腕だが、その頃のわたしは彼の目であった。そして文字通り（よく彼はそう言ったものだが）まさに目の中の瞳――とても大事な「掌中の珠《たま》」だった。わたしを通じて、彼は自然を眺め、本を読んだ。草地、木、町、川、雲、日の光など、目の前の風景や天候を彼に代わって眺め、それを言葉にすること――光が彼の目に刻みつけることができなくなったものを、声によって彼の耳に刻みつけることに、わたしは励んだ。本を読み聞かせ、行きたいと望むところに連れて行き、頼まれたことを懸命にした。こうした仕事は悲しくはあったが、すばらしく満ち足りた喜びを感じることができた。彼が恥や屈辱を感じることなくわたしの奉仕を求めてくれたからだ。わたしを心から愛していたので、世話をされるのをいやがらなかった。わたしが心から愛しているのを知っていたので、世話を受けるのはわたしの優しい願いを満たすことでもあると承知していたのだ。

結婚して二年が過ぎようとしていた、ある朝のことだった。手紙の口述筆記をしていると、彼が近くに来てわたしの上にかがみこんで訊ねた。

「ジェイン、今、首のまわりに何かきらきらする飾りをつけている?」

わたしは懐中時計の金の鎖をかけていたので、「ええ」と答えた。

「そして、淡い青色の服?」

その通りだった。片方の目をかすませていたもやが、しばらく前から薄くなってきた気がしていたが、たしかにそうらしい、と言うのだった。

わたしたちは二人でロンドンに行った。高名な眼科医の診察を受けて、その目の視力が回復した。はっきりとは見えないし、読んだり書いたりすることもそれほどできないが、歩くのに手を引いてもらう必要はなくなった。空はもう空白ではなくなり、地上ももう空虚ではなくなったのだ。初めての子どもを腕に抱いたとき、息子がかつての自分の目——大きくて輝く黒い目を受け継いでいるのを見ることができた。そのときにも彼は、神が裁きを慈悲深く和らげてくださったことに心から感謝した。

エドワードとわたしはこうして幸せに暮らしているが、わたしたちの深く愛する人たちも幸福なので、いっそう幸せである。ダイアナとメアリは二人とも結婚した。年に一度、交代で訪ねてきてくれ、わたしたちも訪問する。ダイアナの夫は海軍大佐で、雄々《おお》しい将校であり、よい人だ。メアリの夫は牧師で兄の大学時代の友人、学識も信条もメアリにふさわしい相手である。フィッツジェイムズ大佐とウォートン牧師、二人ともそれぞれの妻を深く愛し、また愛されている。

セント・ジョン・リヴァーズは、イギリスを離れてインドに行った。自分のめざしていた道に入り、今もその道を歩んでいる。困難と危険の中にあって、これほど意志の固い不屈の開拓者は、かつていなかっただろう。強く誠実で献身的で、人類のために精力、熱意、真心を持って働く。人類の向上のために苦難の道を切り開き、行く手を阻む信仰や階級制度の偏見を巨人のようになぎ倒す。彼は厳格かもしれない。苛酷かもしれない。さらにまた、野心的かもしれない。しかしセント・ジョンの厳格さは、底なし穴の魔王アポルオンの猛攻撃から巡礼たちを守る、戦士グレートハートの厳格さである。またその苛酷さは、「わたしの後に従いたい者は、自分を捨て、自分の十字架を背負って、わたしに従いなさい」（「マルコによる福音書」八章三十四節）とキリストに代わって説く、使徒の苛酷さだ。そしてその野心は、地上から贖《あがな》われた人々――とがめられることなく神の座の前に立ち、神の子の最後の偉大な勝利をともにする人々、召され、選ばれた信仰あつい人々の中で一番高い列に位置を占めようという、高潔な精神の野心なのだ。

セント・ジョンは今も独身で、これからも結婚はしないだろう。一人で労苦に耐えてきたが、それも終わりに近づいている。彼の輝く太陽は急いで沈もうとしているのだ。一番最近の手紙を読んだとき、わたしの目には人間としての涙があふれたが、心は神をたたえる喜びで満たされた。セント・ジョンは、朽ちることのない冠という確実な報いを確信していたのだ。次に届く手紙は、おそらく他人の筆跡で、「善良で忠実なしもべは、ついに主《しゅ》のよろこびに入った」と書かれていることだろう。その知らせにどうして泣く必要があるだろうか。セント・ジョンの最期の時に、死の恐怖が暗い影を落とすことはないだろう。その心は晴れやかで、ひるむことはないだろう。たしかな希望とゆるぎない信仰があるからだ。セント・ジョン自身の言葉が、それをはっきり示している。

「主はすでにわたしにお告げになりました。日ましにはっきりとお告げになります。「然《しか》り、わたしはすぐに来る」、そしてわたしは、熱意をもってそれに答えます――「アーメン、主イエスよ、来てください」と」(「ヨハネの黙示録」二十二章二十節)

解　説

本書はシャーロット・ブロンテ作『ジェイン・エア』*Jane Eyre*（一八四七）の全訳である。作者自身が目を通すことのできた最終の版で、ペンギンクラシックスにも採用されている第三版（一八四八）を底本として用いた。

『ジェイン・エア』は、孤児である主人公ジェインが自身の子ども時代から十代の終わりまでを振り返って語る一人称小説で、世界文学として最も有名な作品の一つである。孤独で惨《みじ》めな境遇に置かれたヒロインの生い立ちと成長を時間に沿ってたどり、いくつもの出会いや試練を経て幸せな結婚で終わるという、ごく単純にさえ見える物語——それが発表当時から現在まで多くの読者に長く読みつがれ、小説としてロングセラーであるのはもちろんのこと、映画や演劇、テレビドラマにも繰り返しとりあげられてきた最大の理由は、何と言ってもヒロインであるジェインがひたむきに生きる姿の魅力にあるだろう。

ジェインの語り口は、その真摯《しんし》な人柄を反映してとても率直である。映画でこの物語を知った人も多いはずだが、原作を手に取って読むとき、この一人称の語りは小説最大の魅力としてあらためて発見されるに違いない。それに加えて、ときどき挿入される「長い時がたった今なら、それがよくわかる」という意味の一節が、過去を振り返って語るジェインの冷静さを示すため、読者は安心して物語を読み進んでゆける。結婚十年後の回想である点は最終章まで明かされないのだが、それでもときに激しい感情を隠さないジェインを見つめて描写する、もう一人のジェインの存在が、小説に客観性と安定感を与えている。

容姿には恵まれないが、強い自尊心とみずみずしい感性を持ち、誠実な生き方を貫くジェイン。雇い主で気難しい、年上のロチェスターにむかっても臆することなく、「今わたくしは、慣習やしきたりを介してお話ししているのではありません。肉体さえ介していません。魂が、あなたの魂に呼びかけているのです――ちょうど、二人が墓所を経て神さまの前に立ったときのように対等に」と述べ、また「わたくしは小鳥ではありません。どんな網でもわたくしを捕らえることはできません。自分の意志を持つ、自由な人間です。その意志によって、あなたのもとを去ろうとしているのです」と述べるシーン(第二十三章)は印象的で、よく引用される箇所の一つである。また、そういうジェインに惹《ひ》かれたロチェスターをして「これほど華奢《きゃしゃ》でありながら頑固なものはどこにもいない。こうして手の中にいると、まるでか弱い葦《あし》のようだ」(第二十七章)と言わせるほど、強さを内に秘めた女性でもある。当時としては型破りなヒロインだったため、小説『ジェイン・エア』は発表されてすぐに人気を博す一方、保守的な人々を中心に「女らしくない」とする批判も招いた。

当時の規範に挑戦するような姿勢と、まっすぐなまなざしをヒロインに託した作者シャーロット・ブロンテとは、どんな生い立ちの女性だったのだろうか。

シャーロット・ブロンテは一八一六年四月二十一日、イギリス北部ヨークシャーのソーントンに生まれた。父パトリック・ブロンテはアイルランドの出身で、英国国教会の牧師となった人である。母マリアはシャーロット五歳の年に亡くなり、その後子どもたちは伯母の世話を受けてハワースの牧師館で育った。六人の子供のうち成人したのはシャーロット、弟ブランウェル、妹エミリー、アンの四人である。四人とも豊かな想像力の持ち主で、不思議な想像の世界を共同で作り出し、それに没頭して物語を作って遊んでいた。

二十代でシャーロットは一時、住み込みの家庭教師の職に就《つ》くが、自活の道として私塾開設を計画、妹のエミリーとともにベルギーのブリュッセルに学ぶ。帰国後に三姉妹の共著として、それぞれカラー・ベル、エリス・ベル、アクトン・ベルという男性のようなペンネームを使って『詩集』(一八四六)を出版するが、反響はほとんどなかった。シャーロットが次に書いた小説『教授』は出版社に受け取ってもらえなかったが、返送の際に添えられた「もっと波瀾に富む物語を」というコメントがきっかけとなって『ジェイン・エア』が生まれることになる。

『ジェイン・エア』初版は、原稿が出版社に受け取られてから約六週間後という異例の速さで出版され、瞬《またた》く間《ま》に三版を重ねるほどの好評を得た。シャーロットの尊敬する小説家ウィリアム・サッカレーからも賞賛される。この小説が成功したおかげでシャーロットは有名になったばかりか、しばしば『ジェイン・エア』と並び称される妹エミリー作の『嵐が丘』、またアン作の『アグネス・グレイ』も世に出ることができた。ようやく成功をおさめたシャーロットだが、二年のうちに相次いでブランウェル、エミリー、アンを亡くし、父と二人で牧師館に残されることになる。

その後シャーロットは『シャーリー』(一八四九)、『ヴィレット』(一八五三)を発表、副牧師アーサー・ベル・ニコルズと一八五四年六月に結婚するが、半年後の一八五五年三月三十一日、三九歳の誕生日を前にして死去する。最初の小説『教授』は翌年一八五六年に出版された。

『ジェイン・エア』には副題として *An Autobiography*「自伝」という言葉が添えられ

ている。小説に含まれるとされる自伝的要素としては、寄宿学校生活とそこで病を得て連れ戻された姉二人の早世、麻薬と酒におぼれた弟の堕落、家庭教師の経験、ブリュッセルの塾のエジェ氏への思慕、などが挙げられるが、それにしてもあまり豊富とはいえない現実の体験をもとにして、シャーロットはこの豊かなロマンス一編を書き上げたのである。激しい感情の渦巻く物語『嵐が丘』の作者エミリーと比較してシャーロットは想像力に乏しい、あるいは創造性に欠ける、と言われることもあるが、シャーロットには彼女独自の、大空にはばたくことを夢見るような想像力があり、そこから生まれた最高のヒロインがジェイン・エアである。

その運命は不思議な糸に操られているが、歩き出す方向を決めるのは常にジェイン自身である。伯母の屋敷ゲイツヘッドからローウッド校へ、そこからソーンフィールド邸へ、さらにマーシュ・エンド(ムーア・ハウス)、そしてロチェスターのマナーハウスのあるファーンディーンに至るまで、大きく五つの場所が物語の舞台になるが、すべての移動をジェインが自分の意志で決めていることには注目すべきだろう。

物語の冒頭でジェインは、両親を早くに亡くした十歳の少女である。預けられて暮らしていた伯母の屋敷ではほとんど誰からも愛されず、家族の団欒からものけ者にされていたが、たまたま訪れてそれを察したお屋敷出入りの薬剤師ロイド氏に訊ねられるままに、学校に行ってみたい、と答えたひと言がきっかけとなってローウッドという寄宿学校に入ることになる。その新天地で友人や教師に恵まれてようやく自分の居場所を見出し、努力が実って教員となるが、慕っていた先生の退職を機に、より広い未知の世界へと出て行く。「自由がほしい、どうしてもほしい、自由を与えてください、とわたしは祈りを捧げた」(第十章)という一節は、ジェインの切実な気持ちをよく表している。当時の中流女性が自立できる唯一の職、家庭教師の道を思いつくのは、きわめて自然なことだった。

みずから出した広告に返事があり、雇われたソーンフィールド邸で家庭教師としての順調な毎日を送りながらも、ジェインはまだ見ぬ世界へのあこがれを述べる。「人間は平穏に満足すべきだ、などといっても意味がない。人間は行動せずにはいられない。もし行動できないときには、自分で作り出すことになるだろう」、そして「一般的に女性は穏やかだと思われているが、女にも男と同じ感情がある。能力を発揮し、努力の成果を生かす場を、男性同様に必要としている。あまりに厳しい束縛やあまりに動かぬ沈滞には、男性同様に苦しむのだ。女は家に閉じこもって、プディングを作ったり、靴下を編んだり、ピアノを弾いたり、布袋に刺繡《ししゅう》をしたりしているのが当然だなどというのは、より多くの特権を享受している男性側の偏狭な考えだ」とまで言いきっている（第十二章）。

ロチェスターとの出会い、惹かれ合うがゆえの葛藤と、思いもよらない求婚、しかし衝撃的な経緯によって結婚式はその最中《さなか》で中止となる。ロチェスターの言葉に従って彼を愛していると言い、彼のものになると答えたところでかまわないではないか、誰が自分を気にかけているか、自分の行動で誰か傷つく者がいるか、と自問したとき、「このわたしが、自分のことを気にかけています。孤独であればあるほど、友人も支えも少なければ少ないほど、わたしは自分を大事にします。神さまが定め、人間が認めた法を守るつもりです」（第二十七章）と答える、真率なジェインの言葉は読者の胸を打つ。ロチェスターを愛し、許しながらも、ジェインは自分の意志で屋敷を去るという道を選ぶのである。

荒野をさまよった挙句、助けられたマーシュ・エンドで新たな生活に出会い、またしても意外な求婚、その説得に屈する寸前にかなたから不思議な呼び声が聞こえる——あらすじのみを記せばいかにもドラマティックな展開に思えよう。しかしそれを支える抑制された語りに真実性があり、読者を物語の最後までしっかりととらえて離さない。その見事な筆力には、読むたびに感嘆するほかはない。シャーロット・ブロンテは文学史的にはロマン主義とリアリズムの過渡的存在とされるが、『ジェイン・エア』は、ロマンスに徹したストーリーと、堅実なジェインの性格描写とが見事に融合した作品である。

もちろんジェインだけでなく、周辺の人物たちも生き生きと多彩に描き分けられている。まず、伯母であるリード夫人とその三人の子どもたち、召使たち――特に快活なベッシーは、リード家でジェインに温かく接してくれる唯一の味方である。孤独な子どもならではのジェインの観察眼は鋭く、ゲイツヘッドは物語のスタート地点として多くの興味深い要素を含んでいる。伯母や成長したいとこたち、それにベッシーとは後に再会のシーンも用意され、ジェインが過去と向き合い乗り越える様子には静かな迫力がある。

次にローウッド校の教員と生徒たち、中でもテンプル先生と親友ヘレン・バーンズはジェインに深い影響を与える存在で、ジェインの眼前に新しい価値観を広げて見せてくれた。薄幸だが賢いヘレンが神への絶対の信頼を述べる言葉、賢明で優しいテンプル先生の言葉などが、読者にも忘れがたい、深く清らかな場面を生んでいる。シャーロット自身の学校生活の記憶を反映した具体的な描写に迫真性がある。

ソーンフィールド邸でジェインを待っていたのは、親切な家政婦フェアファクス夫人とおしゃまなフランス娘アデル、謎の女グレイス・プール、そして訪問客の中には屋敷の主人ロチェスターの求愛相手とされる高慢な令嬢ブランシュ・イングラムがいる。ここでジェインは、さらに広い世界に触れることになる。

ジェインが屋敷を出て放浪の末に出会う若い牧師セント・ジョンと二人の妹――三人がいとことわかり、共通の叔父から遺産が贈られるくだりは偶然が重なりすぎる気がしないでもない。だが、天涯孤独の身だったジェインが親類と財産とを同時に得、ロチェスターとはまったく別のタイプの異性セント・ジョンに出会う、ここでの生活がなければ、物語の結末にはたどり着けない。先に述べた五つの場面の中で、もしかすると読者の記憶に印象が比較的薄いのはマーシュ・エンドかもしれないが、強い個性を持つセント・ジョンの人物像を含めて、丁寧に読むべき箇所であろう。

言うまでもなく、重い過去を背負ったエドワード・ロチェスターは作中で最も複雑な人物である。謎めいた雇い主として登場するが、実は出会いの当初からジェインに心惹かれていたことが、後の告白でわかる。ロチェスターも容貌には恵まれていないという記述があるが、恋を知ったジェインの目に彼がどんなに魅力的に映ったか、作者はその点もきちんと述べることを忘れていない。身分の違いを超えて、人間としてお互いに惹かれ合う気持ちを表す言葉からは二人の魂の声が響いてくるようだ。

強い意志と誇り、そして自由な精神をもって相手と対等な立場に立ち、自分が愛しているからという理由で結婚に至る――『ジェイン・エア』は、ヴィクトリア朝の小説でありながら、近代的な女性の自己主張に通じるものを具えている。「読者よ、わたしは彼と結婚した」という最終章の冒頭の一文に、拍手を送る読者は多いことだろう。

身分差についての意識や男性観、女性観、精神を病む人への見方などには時代的な制約が色濃く残るが、先入観や他者の意見によるのではなく、自分の信念と感じ方で行動するジェインの魅力がそれらすべてを超越した力で読者を惹きつける。人間として当然の権利をはっきりと主張し、愛情を持つ人と結ばれたいという自然な望みを宣言し、実行するジェインの生き方には、現代の読者もきっと共感せずにはいられないことだろう。

批評の数においてブロンテ作品を超えるのはシェイクスピアだけだと述べた研究家もいるほど、『ジェイン・エア』に関しては、発表から百六十年以上を経た現在に至るまで、膨大な数の研究や批評が生み出されている。そこでここでは、評価の変遷を整理して紹介し、ごく簡潔に要点のみを記すことにしたい。

シャーロットの没後間《ま》もない一八五七年、交際のあった作家エリザベス・ギャスケルの著作『シャーロット・ブロンテの生涯』が発表されると、ブロンテ姉妹への関心が高まった。この本は小説にむけられた保守派からの批判を意識し、家庭における女性としてのシャーロットを賞賛したもので、感動的な傑作として高い評価を受けた。けれども同時に、これによってキリスト教信仰にあつい孝行娘としてのイメージが広まり、その結果、作品よりもその人物像に世の興味が移った感は否めない。伝記的な興味をそそる批評、エッセイの類《たぐい》は他にも出され、ブロンテ姉妹は他の作家に比べて伝記的言及が多い作家となったのである。しかしギャスケルの著作の評価も、二十世紀後半には下降することになった。

二十世紀に入っても伝記的側面からの研究・解釈は続き、作品を論じる場合にも三姉妹の作品のどれが偉大か、傑作かを比較する評論が目立つ。一九一六年から二十年にかけて、ブロンテ姉妹生誕百年記念に多数発表された著作でも、依然として伝記的解説が主流だった。

英米以外の国々でもブロンテ作品が広く読まれるようになったのは第二次大戦後である。世界文学への歩みとともに、比較文学的な研究もさかんに行われるようになった。二十世紀後半に見られたさまざまの文学理論——新批評、モダニズム、ポスト・モダニズム、ポスト・コロニアリズム、精神分析的手法などによる著書、論文は数えきれない。

ロチェスターの妻でクレオール出身のバーサを語り手としたジーン・リースの小説『サルガッソーの広い海』(一九六六)は、人種、ジェンダー、弾圧などの議論を含むポスト・コロニアリズム批評の視点を内在している。その後、バーサに着目したフェミニズム批評である、サンドラ・ギルバート、スーザン・クーパーの共著『屋根裏の狂女』(一九七九)が発表されて反響を呼んだ。またフェミニズム批評と並んで小説の結末についての論議もさかんになり、男女平等を謳《うた》ったジェインが結末では献身的にロチェスターを支える妻の役割に満足するのはなぜか、セント・ジョンの存在意義はどこにあるのかなどについて、さまざまな解釈が出されている。

いかなる文学作品の場合でも、その評価はそれぞれの時代の価値観を反映する。『ジェイン・エア』はこれほど多様な読み方を生み出し、受け入れる魅力を持つ作品であるだけに、今後もさらに新しい解釈と評価が展開されることと思われる。

本書の翻訳にあたっては、これまでに出された多くの訳書を参考にさせていただき、それでも解釈に迷う箇所については恩師の行方昭夫先生はじめ先輩方に教えを乞うことができて幸いであった。

岩波文庫編集部の村松真理さんには訳文を読みやすくするための数々の貴重な助言をいただき、ありがたく思っている。

訳注については、小説を読む面白さをそぐことのないよう、必要最小限にとどめた。また本文中の聖書からの引用は、日本聖書協会『聖書 新共同訳』に拠った。

ちなみに上巻のカバーはチャールズ・ウェスト・コープ（一八一一―九〇）による「黒板をもつ少女」、下巻のカバーはジョン・エヴァレット・ミレイ（一八二九―九六）による「露にぬれたハリエニシダ」である。どちらもイギリスのヴィクトリア朝時代に活躍した画家で、時代もブロンテとあまり遠くない。一方は黒板を脇に挟んだ横顔がジェインを思わせる少女、一方は詩的で神秘的な森の風景――両者相まって『ジェイン・エア』の世界を表しているように思える。

本書ができ上がるまでにお力を貸していただいたすべての方々に、心からお礼申し上げる。

河島弘美

二〇一三年八月

ジェイン・エア（下）〔全2冊〕
シャーロット・ブロンテ作

2013年10月16日　第1刷発行
2023年5月15日　第5刷発行

訳　者　河島弘美《かわしまひろみ》

発行者　坂本政謙

発行所　株式会社 岩波書店
〒101-8002 東京都千代田区一ツ橋2-5-5

案内 03-5210-4000　営業部 03-5210-4111
文庫編集部 03-5210-4051
https://www.iwanami.co.jp/

印刷・精興社　製本・中永製本

ISBN 978-4-00-357003-6　　Printed in Japan

読書子に寄す

——岩波文庫発刊に際して——

岩波茂雄

真理は万人によって求められることを自ら欲し、芸術は万人によって愛されることを自ら望む。かつては民を愚昧ならしめるために学芸が最も狭き堂宇に閉鎖されたことがあった。今や知識と美とを特権階級の独占より奪い返すことはつねに進取的なる民衆の切実なる要求である。岩波文庫はこの要求に応じそれに励まされて生まれた。それは生命ある不朽の書を少数者の書斎と研究室とより解放して街頭にくまなく立たしめ民衆に伍せしめるであろう。近時大量生産予約出版の流行を見る。その広告宣伝の狂態はしばらくおくも、後代にのこすと誇称する全集がその編集に万全の用意をなしたるか。千古の典籍の翻訳企図に敬虔の態度を欠かざりしか。さらに分売を許さず読者を繋縛して数十冊を強うるがごとき、はたしてその揚言する学芸解放のゆえんなりや。吾人は天下の名士の声に和してこれを推挙するに躊躇するものである。このときにあたって、岩波書店は自己の責務のいよいよ重大なるを思い、従来の方針の徹底を期するため、すでに十数年以前より志して来た計画を慎重審議この際断然実行することにした。吾人は範をかのレクラム文庫にとり、古今東西にわたって文芸・哲学・社会科学・自然科学等種類のいかんを問わず、いやしくも万人の必読すべき真に古典的価値ある書をきわめて簡易なる形式において逐次刊行し、あらゆる人間に須要なる生活向上の資料、生活批判の原理を提供せんと欲する。この文庫は予約出版の方法を排したるがゆえに、読者は自己の欲する時に自己の欲する書物を各個に自由に選択することができる。携帯に便にして価格の低きを最主とするがゆえに、外観を顧みざるも内容に至っては厳選最も力を尽くし、従来の岩波出版物の特色をますます発揮せしめようとする。この計画たるや世間の一時の投機的なるものと異なり、永遠の事業として吾人は微力を傾倒し、あらゆる犠牲を忍んで今後永久に継続発展せしめ、もって文庫の使命を遺憾なく果たさしめることを期する。芸術を愛し知識を求むる士の自ら進んでこの挙に参加し、希望と忠言とを寄せられることは吾人の熱望するところである。その性質上経済的には最も困難多きこの事業にあえて当たらんとする吾人の志を諒として、その達成のため世の読書子とのうるわしき共同を期待する。

昭和二年七月

《イギリス文学》〔赤〕

ユートピア　トマス・モア　平井正穂訳
完訳カンタベリー物語　全三冊　チョーサー　桝井迪夫訳
ヴェニスの商人　シェイクスピア　中野好夫訳
十二夜　シェイクスピア　小津次郎訳
ハムレット　シェイクスピア　野島秀勝訳
オセロウ　シェイクスピア　菅泰男訳
リア王　シェイクスピア　野島秀勝訳
マクベス　シェイクスピア　木下順二訳
ソネット集　シェイクスピア　高松雄一訳
ロミオとジューリエット　シェイクスピア　平井正穂訳
リチャード三世　シェイクスピア　木下順二訳
対訳シェイクスピア詩集―イギリス詩人選(1)　柴田稔彦編
から騒ぎ　シェイクスピア　喜志哲雄訳
言論・出版の自由　他一篇―アレオパジティカ　ミルトン　原田純訳
失楽園　全二冊　ミルトン　平井正穂訳
ロビンソン・クルーソー　全二冊　デフォー　平井正穂訳

奴婢訓　他一篇　スウィフト　深町弘三訳
ガリヴァー旅行記　スウィフト　平井正穂訳
ジョウゼフ・アンドルーズ　全二冊　フィールディング　朱牟田夏雄訳
トリストラム・シャンディ　全三冊　ロレンス・スターン　朱牟田夏雄訳
ウェイクフィールドの牧師―むだばなし　ゴールドスミス　小野寺健訳
幸福の探求―アビシニアの王子ラセラスの物語　サミュエル・ジョンソン　朱牟田夏雄訳
対訳ブレイク詩集―イギリス詩人選(4)　松島正一編
対訳ワーズワス詩集―イギリス詩人選(3)　山内久明編
湖の麗人　スコット　入江直祐訳
キプリング短篇集　橋本槙矩編訳
高慢と偏見　全二冊　ジェーン・オースティン　富田彬訳
ジェイン・オースティンの手紙　新井潤美編訳
マンスフィールド・パーク　全二冊　ジェイン・オースティン　新井潤美・宮丸裕二訳
シェイクスピア物語　全二冊　チャールズ・ラム　メアリー・ラム　安藤貞雄訳
デイヴィッド・コパフィールド　全五冊　ディケンズ　石塚裕子訳
炉辺のこほろぎ　ディケンズ　本多顕彰訳
ボズのスケッチ　短篇小説篇　全二冊　ディケンズ　藤岡啓介訳

アメリカ紀行　全二冊　ディケンズ　伊藤弘之・下笠徳次・隈元貞広訳
イタリアのおもかげ　ディケンズ　伊藤弘之・下笠徳次・隈元貞広訳
大いなる遺産　全二冊　ディケンズ　石塚裕子訳
荒涼館　全四冊　ディケンズ　佐々木徹訳
鎖を解かれたプロメテウス　シェリー　石川重俊訳
ジェイン・エア　全二冊　シャーロット・ブロンテ　河島弘美訳
嵐が丘　全二冊　エミリー・ブロンテ　河島弘美訳
アルプス登攀記　全二冊　ウィンパー　浦松佐美太郎訳
アンデス登攀記　全二冊　ウィンパー　大貫良夫訳
ハーディテス　全二冊　井上宗次・石田英二訳
緑の木蔭―和蘭派田園画　トマス・ハーディ　阿部知二訳
ジーキル博士とハイド氏　スティーヴンスン　海保眞夫訳
南海千一夜物語　スティーヴンスン　中村徳三郎訳
若い人々のために　他十一篇　スティーヴンスン　岩田良吉訳
怪談―不思議なことの物語と研究　ラフカディオ・ハーン　平井呈一訳
ドリアン・グレイの肖像　オスカー・ワイルド　富士川義之訳
サロメ　ワイルド　福田恆存訳

嘘から出た誠	ワイルド　岸本一郎訳
童話集 幸福な王子 他八篇	オスカー・ワイルド　富士川義之訳
分らぬもんですよ	バァナード・ショウ　市川又彦訳
ヘンリ・ライクロフトの私記	ギッシング　平井正穂訳
南イタリア周遊記	ギッシング　小池滋訳
闇の奥	コンラッド　中野好夫訳
密偵	コンラッド　土岐恒二訳
対訳 イエイツ詩集	高松雄一編
月と六ペンス	モーム　行方昭夫訳
人間の絆 全三冊	モーム　行方昭夫訳
サミング・アップ	モーム　行方昭夫訳
モーム短篇選 全二冊	行方昭夫編訳
アシェンデン —英国情報部員のファイル	モーム　中島賢二・岡田久雄訳
お菓子とビール	モーム　行方昭夫訳
ダブリンの市民	ジョイス　結城英雄訳
荒地	T・S・エリオット　岩崎宗治訳
悪口学校	シェリダン　菅泰男訳

オーウェル評論集	小野寺健編訳
パリ・ロンドン放浪記	ジョージ・オーウェル　小野寺健訳
動物農場 —おとぎばなし	ジョージ・オーウェル　川端康雄訳
対訳 キーツ詩集 —イギリス詩人選(10)	宮崎雄行編
キーツ詩集	中村健二訳
阿片常用者の告白	ド・クインシー　野島秀勝訳
オルノーコ 美しい浮気女	アフラ・ベイン　土井治訳
イギリス名詩選	平井正穂編
タイム・マシン 他九篇	H・G・ウエルズ　橋本槇矩訳
解放された世界	H・G・ウェルズ　浜野輝訳
大転落	イヴリン・ウォー　富山太佳夫訳
回想のブライズヘッド 全二冊	イーヴリン・ウォー　小野寺健訳
愛されたもの	イーヴリン・ウォー　中村健二・出淵博訳
対訳 ジョン・ダン詩集 —イギリス詩人選(2)	湯浅信之編
フォースター評論集	小野寺健編訳
白衣の女 全三冊	ウィルキー・コリンズ　中島賢二訳
アイルランド短篇選	橋本槇矩編訳

対訳 ブラウニング詩集 —イギリス詩人選(6)	富士川義之編
灯台へ	ヴァージニア・ウルフ　御輿哲也訳
船出 全二冊	ヴァージニア・ウルフ　川西進訳
フランク・オコナー短篇集	阿部公彦訳
たいした問題じゃないが —イギリス・コラム傑作選	行方昭夫編訳
英国ルネサンス恋愛ソネット集	岩崎宗治編訳
文学とは何か —現代批評理論への招待 全二冊	テリー・イーグルトン　大橋洋一訳
D・G・ロセッティ作品集	南條竹則・松村伸一編訳
真夜中の子供たち 全二冊	サルマン・ラシュディ　寺門泰彦訳

《アメリカ文学》〔赤〕

- ギリシア・ローマ神話 付インド・北欧神話 ／ ブルフィンチ 野上弥生子訳
- 中世騎士物語 ／ ブルフィンチ 野上弥生子訳
- フランクリン自伝 ／ 松本慎一 西川正身 訳
- フランクリンの手紙 ／ 蕗沢忠枝編訳
- スケッチ・ブック 全二冊 ／ アーヴィング 齊藤昇訳
- アルハンブラ物語 全二冊 ／ アーヴィング 平沼孝之訳
- ウォルター・スコット邸訪問記 ／ アーヴィング 齊藤昇訳
- エマソン論文集 全二冊 ／ 酒本雅之訳
- 完訳 緋文字 ／ ホーソーン 八木敏雄訳
- 哀詩 エヴァンジェリン ／ ロングフェロー 斎藤悦子訳
- 黒猫・モルグ街の殺人事件 他五篇 ／ ポオ 中野好夫訳
- 対訳 ポー詩集 —アメリカ詩人選(1) ／ 加島祥造編
- ユリイカ ／ ポオ 八木敏雄訳
- ポオ評論集 ／ 八木敏雄編訳
- 森の生活 (ウォールデン) 全二冊 ／ ソロー 飯田実訳
- 市民の反抗 他五篇 ／ H・D・ソロー 飯田実訳

- 白鯨 全三冊 ／ メルヴィル 八木敏雄訳
- ビリー・バッド ／ メルヴィル 坂下昇訳
- ホイットマン自選日記 全二冊 ／ 杉木喬訳
- 対訳 ホイットマン詩集 —アメリカ詩人選(2) ／ 木島始編
- 対訳 ディキンソン詩集 —アメリカ詩人選(3) ／ 亀井俊介編
- 不思議な少年 ／ マーク・トウェイン 中野好夫訳
- 王子と乞食 ／ マーク・トウェーン 村岡花子訳
- 人間とは何か ／ マーク・トウェイン 中野好夫訳
- ハックルベリー・フィンの冒険 全二冊 ／ マーク・トウェイン 西田実訳
- いのちの半ばに ／ ビアス 西川正身訳
- 新編 悪魔の辞典 ／ ビアス 西川正身編訳
- ねじの回転 デイジー・ミラー ／ ヘンリー・ジェイムズ 行方昭夫訳
- あしながおじさん ／ ジーン・ウェブスター 遠藤寿子訳
- 荒野の呼び声 ／ ジャック・ロンドン 海保眞夫訳
- ノリス 死の谷 マクティーグ 全二冊 ／ 石田英二 井上宗次 訳
- 響きと怒り 全二冊 ／ フォークナー 平石貴樹 新納卓也 訳
- アブサロム、アブサロム！ 全二冊 ／ フォークナー 藤平育子訳

- 八月の光 全二冊 ／ フォークナー 諏訪部浩一訳
- 武器よさらば 全二冊 ／ ヘミングウェイ 谷口陸男訳
- オー・ヘンリー傑作選 ／ 大津栄一郎訳
- 黒人のたましい ／ W・E・B・デュボイス 木島始 鮫島重俊 黄寅秀 訳
- フィッツジェラルド短篇集 ／ 佐伯泰樹編訳
- アメリカ名詩選 ／ 亀井俊介 川本皓嗣 編
- 青白い炎 ／ ナボコフ 富士川義之訳
- 風と共に去りぬ 全六冊 ／ マーガレット・ミッチェル 荒このみ訳
- 対訳 フロスト詩集 —アメリカ詩人選(4) ／ 川本皓嗣編
- とんがりモミの木の郷 他五篇 ／ セアラ・オーン・ジュエット 河島弘美訳

《ドイツ文学》〔赤〕

ニーベルンゲンの歌 全二冊　相良守峯訳
若きウェルテルの悩み　ゲーテ　竹山道雄訳
ヴィルヘルム・マイスターの修業時代 全三冊　ゲーテ　山崎章甫訳
イタリア紀行 全三冊　ゲーテ　相良守峯訳
ファウスト 全二冊　ゲーテ　相良守峯訳
ゲーテとの対話 全三冊　エッカーマン　山下肇訳
スペインの太子 ドン・カルロス　シルレル　佐藤通次訳
改訳 オルレアンの少女　シルレル　佐藤通次訳
ヒュペーリオン ―希臘の世捨人　ヘルデルリーン　渡辺格司訳
青い花　ノヴァーリス　青山隆夫訳
夜の讃歌・サイスの弟子たち 他一篇　ノヴァーリス　今泉文子訳
完訳 グリム童話集 全五冊　金田鬼一訳
黄金の壺　ホフマン　神品芳夫訳
ホフマン短篇集　池内紀編訳
O侯爵夫人 他六篇　クライスト　相良守峯訳
影をなくした男　シャミッソー　池内紀訳

流刑の神々・精霊物語　ハイネ　小沢俊夫訳
冬物語 ―ドイツ　ハイネ　井汲越次訳
芸術と革命 他四篇　ワーグナー　北村義男訳
ブリギッタ・森の泉 他一篇　シュティフター　宇多五郎　高安国世訳
みずうみ 他四篇　シュトルム　関泰祐訳
村のロメオとユリア　ケラー　草間平作訳
沈鐘　ハウプトマン　阿部六郎訳
地霊・パンドラの箱 ルル二部作　F・ヴェデキント　岩淵達治訳
春のめざめ　F・ヴェデキント　酒寄進一訳
花・死人に口なし 他七篇　シュニッツラー　番匠谷英一　山本有三訳
ゲオルゲ詩集　手塚富雄訳
リルケ詩集　高安国世訳
ドゥイノの悲歌　リルケ　手塚富雄訳
ブッデンブローク家の人びと 全三冊　トーマス・マン　望月市恵訳
トオマス・マン短篇集　実吉捷郎訳
魔の山 全二冊　トーマス・マン　関泰祐　望月市恵訳
トニオ・クレエゲル　トオマス・マン　実吉捷郎訳

ヴェニスに死す　トオマス・マン　実吉捷郎訳
車輪の下　ヘルマン・ヘッセ　実吉捷郎訳
青春はうるわし 他三篇　ヘッセ　関泰祐訳
漂泊の魂 クヌルプ　ヘルマン・ヘッセ　相良守峯訳
デミアン　ヘルマン・ヘッセ　実吉捷郎訳
シッダルタ　ヘッセ　手塚富雄訳
ルーマニア日記　カロッサ　高橋健二訳
幼年時代　カロッサ　斎藤栄治訳
指導と信従　カロッサ　国松孝二訳
ジョゼフ・フーシェ ―ある政治的人間の肖像　シュテファン・ツワイク　高橋禎二　秋山英夫訳
変身・断食芸人　カフカ　山下肇　山下萬里訳
審判　カフカ　辻瑆訳
カフカ短篇集　池内紀編訳
カフカ寓話集　池内紀編訳
三文オペラ　ブレヒト　岩淵達治訳
ドイツ炉辺ばなし集 ―カレンダーゲシヒテン　ヘーベル　木下康光編訳
悪童物語　ルウドヰヒ・トオマ　実吉捷郎訳

- ウィーン世紀末文学選　池内紀編訳
- ティル・オイレンシュピーゲルの愉快ないたずら　阿部謹也訳
- チャンドス卿の手紙 他十篇　ホフマンスタール　檜山哲彦訳
- ホフマンスタール詩集　川村二郎訳
- インド紀行 全二冊　ボンゼルス　実吉捷郎訳
- ドイツ名詩選　生野幸吉・檜山哲彦編
- 聖なる酔っぱらいの伝説 他四篇　ヨーゼフ・ロート　池内紀訳
- ラデツキー行進曲 全二冊　ヨーゼフ・ロート　平田達治訳
- 暴力批判論 他十篇 —ベンヤミンの仕事1　ベンヤミン　野村修編訳
- ボードレール 他五篇 —ベンヤミンの仕事2　ベンヤミン　野村修編訳
- パサージュ論 全五冊　ヴァルター・ベンヤミン　今村仁司・三島憲一・大貫敦子・高橋順一・塚原史・細見和之・村岡晋一・山本尤・横張誠・與謝野文子・吉村和明訳
- ジャクリーヌと日本人　ヤーコプ　相良守峯訳
- ヴォイツェク ダントンの死 レンツ　ビューヒナー　岩淵達治訳
- 人生処方詩集　エーリヒ・ケストナー　小松太郎訳
- 第七の十字架 全二冊　アンナ・ゼーガース　山下肇・新村浩訳

《フランス文学》〔赤〕

- ラブレー第一之書 ガルガンチュワ物語　渡辺一夫訳
- ラブレー第二之書 パンタグリュエル物語　渡辺一夫訳
- ラブレー第三之書 パンタグリュエル物語　渡辺一夫訳
- ラブレー第四之書 パンタグリュエル物語　渡辺一夫訳
- ラブレー第五之書 パンタグリュエル物語　渡辺一夫訳
- ピエール・パトラン先生　渡辺一夫訳
- ロンサール詩集　ロンサール　井上究一郎訳
- エセー 全六冊　モンテーニュ　原二郎訳
- ラ・ロシュフコー箴言集　二宮フサ訳
- ブリタニキュス ベレニス　ラシーヌ　渡辺守章訳
- ドン・ジュアン —石像の宴　モリエール　鈴木力衛訳
- いやいやながら医者にされ　モリエール　鈴木力衛訳
- 守銭奴　モリエール　鈴木力衛訳
- 完訳 ペロー童話集　新倉朗子訳
- ラ・フォンテーヌ寓話 全二冊　ラ・フォンテーヌ　今野一雄訳
- カンディード 他五篇　ヴォルテール　植田祐次訳
- ルイ十四世の世紀 全四冊　ヴォルテール　丸山熊雄訳
- 美味礼讃 全二冊　ブリア-サヴァラン　関根秀雄・戸部松実訳
- アドルフ　コンスタン　大塚幸男訳
- 近代人の自由と古代人の自由・征服の精神と簒奪 他一篇　コンスタン　堤林剣・堤林恵訳
- 恋愛論 全二冊　スタンダール　杉本圭子訳
- 赤と黒 全二冊　スタンダール　桑原武夫・生島遼一訳
- ゴプセック・毬打つ猫の店　バルザック　芳川泰久訳
- 艶笑滑稽譚 全三冊　バルザック　石井晴一訳
- レ・ミゼラブル 全四冊　ユーゴー　豊島与志雄訳
- ライン河幻想紀行　ユーゴー　榊原晃三編訳
- ノートル＝ダム・ド・パリ 全二冊　ユーゴー　辻昶・松下和則訳
- モンテ・クリスト伯 全七冊　アレクサンドル・デュマ　山内義雄訳
- 三銃士 全二冊　デュマ　生島遼一訳
- エトルリヤの壺 他五篇　メリメ　杉捷夫訳
- カルメン　メリメ　杉捷夫訳
- 愛の妖精（プチット・ファデット）　ジョルジュ・サンド　宮崎嶺雄訳
- ボオドレール 悪の華　鈴木信太郎訳

ボヴァリー夫人 全二冊　フローベール　伊吹武彦訳
感情教育 全二冊　フローベール　生島遼一訳
紋切型辞典　フローベール　小倉孝誠訳
サラムボー 全二冊　フローベール　中條屋進訳
未来のイヴ 全二冊　ヴィリエ・ド・リラダン　渡辺一夫訳
風車小屋だより　ドーデー　桜田佐訳
パリ風俗 サフォ　ドーデー　朝倉季雄訳
プチ・ショーズ ―ある少年の物語　ドーデー　原千代海訳
少年少女　アナトール・フランス　三好達治訳
テレーズ・ラカン 全二冊　エミール・ゾラ　小林正訳
ジェルミナール 全三冊　エミール・ゾラ　安士正夫訳
獣人 全二冊　エミール・ゾラ　川口篤訳
氷島の漁夫　ピエール・ロチ　吉氷清訳
マラルメ詩集　渡辺守章訳
脂肪のかたまり　モーパッサン　高山鉄男訳
メゾンテリエ 他三篇　モーパッサン　河盛好蔵訳
モーパッサン短篇選　高山鉄男編訳

わたしたちの心　モーパッサン　笠間直穂子訳
地獄の季節　ランボオ　小林秀雄訳
対訳ランボー詩集 ―フランス詩人選(1)　中地義和編
にんじん　ルナアル　岸田国士訳
ぶどう畑のぶどう作り　ルナアル　岸田国士訳
ジャン・クリストフ 全四冊　ロマン・ローラン　豊島与志雄訳
トルストイの生涯　ロマン・ロラン　蛯原徳夫訳
ベートーヴェンの生涯　ロマン・ロラン　片山敏彦訳
フランシス・ジャム詩集　手塚伸一訳
三人の乙女たち　フランシス・ジャム　手塚伸一訳
狭き門　アンドレ・ジイド　川口篤訳
法王庁の抜け穴　アンドレ・ジイド　石川淳訳
精神の危機 他十五篇　ポール・ヴァレリー　恒川邦夫訳
ドガ ダンス デッサン　ポール・ヴァレリー　塚本昌則訳
シラノ・ド・ベルジュラック　ロスタン　辰野隆・鈴木信太郎訳
地底旅行　ジュール・ヴェルヌ　朝比奈弘治訳
八十日間世界一周　ジュール・ヴェルヌ　鈴木啓二訳

海底二万里 全二冊　ジュール・ヴェルヌ　朝比奈美知子訳
死霊の恋・ポンペイ夜話 他三篇　ゴーチエ　田辺貞之助訳
火の娘たち　ネルヴァル　野崎歓訳
パリの夜 ―革命下の民衆　レチフ・ド・ラ・ブルトンヌ　植田祐次編訳
牝猫(めすねこ)　コレット　工藤庸子訳
シェリ　コレット　工藤庸子訳
シェリの最後　コレット　工藤庸子訳
生きている過去　レニエ　窪田般彌訳
ノディエ幻想短篇集　ノディエ　篠田知和基編訳
フランス短篇傑作選　山田稔編訳
シュルレアリスム宣言・溶ける魚　アンドレ・ブルトン　巖谷國士訳
ナジャ　アンドレ・ブルトン　巖谷國士訳
ジュスチーヌまたは美徳の不幸　サド　植田祐次訳
とどめの一撃　ユルスナール　岩崎力訳
フランス名詩選　安藤元雄・入沢康夫・渋沢孝輔編
繻子の靴 全二冊　ポール・クローデル　渡辺守章訳
A・O・バルナブース全集 全二冊　ヴァレリー・ラルボー　岩崎力訳

心変わり　ミシェル・ビュトール　清水徹訳
悪魔祓い　ル・クレジオ　高山鉄男訳
楽しみと日々　プルースト　岩崎力訳
失われた時を求めて　全十四冊　プルースト　吉川一義訳
子ども　全二冊　ジュール・ヴァレス　朝比奈弘治訳
シルトの岸辺　ジュリアン・グラック　安藤元雄訳
星の王子さま　サン＝テグジュペリ　内藤濯訳
プレヴェール詩集　小笠原豊樹訳
ペスト　カミュ　三野博司訳

《別冊》

増補 フランス文学案内　渡辺一夫　鈴木力衛
増補 ドイツ文学案内　手塚富雄　神品芳夫
ことばの花束 ―岩波文庫の名句365―　岩波文庫編集部編
ことばの贈物 ―岩波文庫の名句365　岩波文庫編集部編
愛のことば ―岩波文庫から―　岩波文庫編集部編
世界文学のすすめ　大岡信　奥本大三郎　川村二郎　小池滋　沼野充義　編

近代日本文学のすすめ　大岡信　加賀乙彦　菅野昭正　曾根博義　十川信介　編
近代日本思想案内　鹿野政直
近代日本文学案内　十川信介
ポケットアンソロジー この愛のゆくえ　中村邦生編
スペイン文学案内　佐竹謙一
一日一文 英知のことば　木田元編
声でたのしむ 美しい日本の詩　大岡信　谷川俊太郎　編

《東洋文学》〔赤〕

楚辞　小南一郎訳注
杜甫詩選　黒川洋一編
李白詩選　松浦友久編訳
唐詩選　全三冊　前野直彬注解
完訳 三国志　全八冊　小川環樹・金田純一郎訳
西遊記　全十冊　中野美代子訳
菜根譚　洪自誠　今井宇三郎訳注
浮生六記 —浮生夢のごとし　沈復　松枝茂夫訳
阿Q正伝・狂人日記 他十二篇（吶喊）　魯迅　竹内好訳
魯迅評論集　竹内好編訳
家　全二冊　巴金　飯塚朗訳
新編 中国名詩選　全三冊　川合康三編訳
遊仙窟　張文成　今村与志雄訳
唐宋伝奇集　全二冊　今村与志雄訳
聊斎志異　全二冊　蒲松齢　立間祥介編訳
白楽天詩選　全二冊　川合康三訳注
文選　全六冊　川合康三・富永一登・釜谷武志・和田英信・浅見洋二・緑川英樹訳注
曹操・曹丕・曹植詩文選　川合康三編訳
ケサル王物語 —チベットの英雄叙事詩　アレクサンドラ・ダヴィッド＝ネール　アプル・ユンテン　富樫瓔子訳
バガヴァッド・ギーター　上村勝彦訳
朝鮮民謡選　金素雲訳編
尹東柱詩集 空と風と星と詩　金時鐘編訳
アイヌ神謡集　知里幸惠編訳
アイヌ民譚集 付 えぞおばけ列伝　知里真志保編訳

《ギリシア・ラテン文学》〔赤〕

ホメロス イリアス　全二冊　松平千秋訳
ホメロス オデュッセイア　全二冊　松平千秋訳
イソップ寓話集　中務哲郎訳
アイスキュロス アガメムノーン　久保正彰訳
アイスキュロス 縛られたプロメーテウス　呉茂一訳
アンティゴネー　ソポクレース　中務哲郎訳
ソポクレス オイディプス王　藤沢令夫訳
ソポクレス コロノスのオイディプス　ソポクレス　高津春繁訳
バッカイ —バッコスに憑かれた女たち　エウリーピデース　逸身喜一郎訳
ヘシオドス 神統記　廣川洋一訳
ヘーシオドス 仕事と日　松平千秋訳
女の議会　アリストパネース　村川堅太郎訳
アポロドーロス ギリシア神話　高津春繁訳
ギリシア・ローマ抒情詩選 —花冠　呉茂一訳
黄金の驢馬　アープレーイユス　呉茂一・国原吉之助訳
オウィディウス 変身物語　全二冊　中村善也訳
ギリシア・ローマ神話 付 インド・北欧神話　ブルフィンチ　野上弥生子訳
ギリシア・ローマ名言集　柳沼重剛編
ローマ諷刺詩集　ペルシウス　ユウェナーリス　国原吉之助訳

《南北ヨーロッパ他文学》〔赤〕

ダンテ 新生 山川丙三郎訳
珈琲店・恋人たち ゴルドーニ 平川祐弘訳
夢のなかの夢 タブッキ 和田忠彦訳
カヴァレリーア・ルスティカーナ 他十一篇 G・ヴェルガ 河島英昭訳
カルヴィーノ イタリア民話集 全二冊 河島英昭編訳
むずかしい愛 カルヴィーノ 和田忠彦訳
パロマー カルヴィーノ 和田忠彦訳
カルヴィーノ アメリカ講義 ―新たな千年紀のための六つのメモ 米川良夫・和田忠彦訳
まっぷたつの子爵 カルヴィーノ 河島英昭訳
魔法の庭・空を見上げる部族 他十四篇 カルヴィーノ 和田忠彦訳
ペトラルカ ルネサンス書簡集 近藤恒一編訳
ペトラルカ 無知について 近藤恒一訳
美しい夏 パヴェーゼ 河島英昭訳
流刑 パヴェーゼ 河島英昭訳
祭の夜 パヴェーゼ 河島英昭訳
月と篝火 パヴェーゼ 河島英昭訳

休戦 プリーモ・レーヴィ 竹山博英訳
ウンベルト・エーコ 小説の森散策 和田忠彦訳
バウドリーノ 全二冊 ウンベルト・エーコ 堤康徳訳
タタール人の砂漠 ブッツァーティ 脇功訳
七人の使者・神を見た犬 他十三篇 ブッツァーティ 脇功訳
ラサリーリョ・デ・トルメスの生涯 会田由訳
ドン・キホーテ 前篇 全三冊 セルバンテス 牛島信明訳
ドン・キホーテ 後篇 全三冊 セルバンテス 牛島信明訳
娘たちの空返事 他一篇 モラティン 佐竹謙一訳
プラテーロとわたし J・R・ヒメーネス 長南実訳
オルメードの騎士 ロペ・デ・ベガ 長南実訳
セビーリャの色事師と石の招客 他一篇 ティルソ・デ・モリーナ 佐竹謙一訳
ティラン・ロ・ブラン 全四冊 J・マルトゥレイ M・J・ダ・ガルバ 田澤耕訳
ダイヤモンド広場 マルセー・ルドゥレダ 田澤耕訳
完訳 アンデルセン童話集 全七冊 大畑末吉訳
即興詩人 全二冊 アンデルセン 大畑末吉訳
アンデルセン自伝 大畑末吉訳

ここに薔薇ありせば 他五篇 ヤコブセン 矢崎源九郎訳
フィンランド叙事詩 カレワラ 全二冊 リョンロット編 小泉保訳
王の没落 イェンセン 長島要一訳
イプセン 人形の家 原千代海訳
イプセン 野鴨 原千代海訳
令嬢ユリェ ストリントベルク 茅野蕭々訳
ポルトガリヤの皇帝さん ラーゲルレーヴ イシガオサム訳
アミエルの日記 全四冊 河野与一訳
クオ・ワディス 全三冊 シェンキェーヴィチ 木村彰一訳
山椒魚戦争 カレル・チャペック 栗栖継訳
ロボット (R・U・R) チャペック 千野栄一訳
白い病 カレル・チャペック 阿部賢一訳
灰とダイヤモンド 全二冊 アンジェイェフスキ 川上洸訳
牛乳屋テヴィエ ショレム・アレイヘム 西成彦訳
完訳 千一夜物語 全十三冊 豊島与志雄・渡辺一夫・佐藤正彰・岡部正孝訳
ルバイヤート オマル・ハイヤーム 小川亮作訳
ゴレスターン サアディー 沢英三訳

アブー・ヌワース　アラブ飲酒詩選　塙治夫編訳
王書　—古代ペルシャの神話・伝説　フェルドウスィー　岡田恵美子訳
中世騎士物語　ブルフィンチ　野上弥生子訳
コルタサル短篇集　悪魔の涎・追い求める男 他八篇　木村榮一訳
遊戯の終わり　コルタサル　木村榮一訳
秘密の武器　コルタサル　木村榮一訳
ペドロ・パラモ　ファン・ルルフォ　杉山晃・増田義郎訳
燃える平原　ファン・ルルフォ　杉山晃訳
伝奇集　J・L・ボルヘス　鼓直訳
創造者　J・L・ボルヘス　鼓直訳
続審問　J・L・ボルヘス　中村健二訳
七つの夜　J・L・ボルヘス　野谷文昭訳
詩という仕事について　J・L・ボルヘス　鼓直訳
汚辱の世界史　J・L・ボルヘス　中村健二訳
ブロディーの報告書　J・L・ボルヘス　鼓直訳
アレフ　J・L・ボルヘス　鼓直訳
語るボルヘス　—書物・不死性・時間ほか　J・L・ボルヘス　木村榮一訳

20世紀ラテンアメリカ短篇選　野谷文昭編訳
フエンテス短篇集　アウラ・純な魂 他四篇　木村榮一訳
アルテミオ・クルスの死　フエンテス　木村榮一訳
グアテマラ伝説集　M・A・アストゥリアス　牛島信明訳
緑の家 全二冊　バルガス＝リョサ　木村榮一訳
密林の語り部　バルガス＝リョサ　西村英一郎訳
ラ・カテドラルでの対話　バルガス＝リョサ　旦敬介訳
弓と竪琴　オクタビオ・パス　牛島信明訳
失われた足跡　カルペンティエル　牛島信明訳
ラテンアメリカ民話集　三原幸久編訳
やし酒飲み　エイモス・チュツオーラ　土屋哲訳
薬草まじない　エイモス・チュツオーラ　土屋哲訳
マイケル・K　J・M・クッツェー　くぼたのぞみ訳
ミゲル・ストリート　V・S・ナイポール　小沢自然・小野正嗣訳
キリストはエボリで止まった　カルロ・レーヴィ　竹山博英訳
クァジーモド全詩集　河島英昭訳
ウンガレッティ全詩集　河島英昭訳

クオーレ　デ・アミーチス　和田忠彦訳
ゼーノの意識 全二冊　ズヴェーヴォ　堤康徳訳
冗談　ミラン・クンデラ　西永良成訳
小説の技法　ミラン・クンデラ　西永良成訳
世界イディッシュ短篇選　西成彦編訳

《ロシア文学》〔赤〕

オネーギン　プーシキン　池田健太郎訳
スペードの女王・ベールキン物語　プーシキン　神西清訳
外套・鼻　ゴーゴリ　平井肇訳
日本渡航記 ―フレガート「パルラダ」号より　ゴンチャロフ　井上満訳
ルージン　ツルゲーネフ　中村融訳
貧しき人々　ドストイエフスキイ　原久一郎訳
二重人格　ドストエフスキー　小沼文彦訳
罪と罰 全三冊　ドストエフスキー　江川卓訳
白痴 全二冊　ドストエーフスキイ　米川正夫訳
カラマーゾフの兄弟 全四冊　ドストエーフスキイ　米川正夫訳
アンナ・カレーニナ 全三冊　トルストイ　中村融訳
幼年時代　トルストイ　藤沼貴訳
戦争と平和 全六冊　トルストイ　藤沼貴訳
トルストイ民話集 人はなんで生きるか 他四篇　中村白葉訳
トルストイ民話集 イワンのばか 他八篇　中村白葉訳
イワン・イリッチの死　トルストイ　米川正夫訳

復活 全二冊　トルストイ　藤沼貴訳
人生論　トルストイ　中村融訳
かもめ　チェーホフ　浦雅春訳
ワーニャおじさん　チェーホフ　小野理子訳
桜の園　チェーホフ　小野理子訳
チェーホフ 妻への手紙 全二冊　湯浅芳子訳
ゴーリキー短篇集　上田進・横田瑞穂訳編
どん底　ゴーリキイ　中村白葉訳
かくれんぼ・毒の園 他五篇　ソログープ　中山省三郎・昇曙夢訳
アファナーシエフ ロシア民話集 全二冊　中村喜和編訳
われら　ザミャーチン　川端香男里訳
悪魔物語・運命の卵　ブルガーコフ　水野忠夫訳
巨匠とマルガリータ 全二冊　ブルガーコフ　水野忠夫訳

《歴史・地理》〔青〕

新訂 魏志倭人伝・後漢書倭伝・宋書倭国伝・隋書倭国伝 —中国正史日本伝1　石原道博編訳
ヘロドトス 歴史 全三冊　松平千秋訳
トゥーキュディデース 戦史 全三冊　久保正彰訳
ガリア戦記　カエサル　近山金次訳
タキトゥス ゲルマーニア　泉井久之助訳註
タキトゥス 年代記 —ティベリウス帝からネロ帝へ 全二冊　国原吉之助訳
ランケ 世界史概観 —近世史の諸時代　鈴木成高・相原信作訳
ランケ自伝　林健太郎訳
歴史とは何ぞや　ベルンハイム　坂口昂・小野鉄二訳
歴史における個人の役割　プレハーノフ　木原正雄訳
古代への情熱 —シュリーマン自伝　シュリーマン　村田数之亮訳
大君の都 —幕末日本滞在記 全三冊　オールコック　山口光朔訳
アーネスト・サトウ 一外交官の見た明治維新 全二冊　坂田精一訳
ベルツの日記 全二冊　トク・ベルツ編　菅沼竜太郎訳
武家の女性　山川菊栄
インディアスの破壊についての簡潔な報告　ラス・カサス　染田秀藤訳

ラス・カサス インディアス史 全七冊　長南実訳　石原保徳編
コロンブス 全航海の報告　林屋永吉訳
戊辰物語　東京日日新聞社会部編
大森貝塚 —付 関連史料　E・S・モース　近藤義郎・佐原真編訳
ナポレオン言行録　オクターヴ・オブリ編　大塚幸男訳
中世的世界の形成　石母田正
日本の古代国家　石母田正
クリオの顔 —歴史随想集　E・H・ノーマン　大窪愿二編訳
日本における近代国家の成立　E・H・ノーマン　大窪愿二訳
旧事諮問録 —江戸幕府役人の証言 全二冊　旧事諮問会編　進士慶幹校注
朝鮮・琉球航海記 —一八一六年アマースト使節団とともに　ベイジル・ホール　春名徹訳
ローマ皇帝伝 全二冊　スエトニウス　国原吉之助訳
アリランの歌 —ある朝鮮人革命家の生涯　ニム・ウェールズ　キム・サン　松平いを子訳
ヒュースケン 日本日記 —1855〜61　青木枝朗訳
さまよえる湖 全二冊　ヘディン　福田宏年訳
老松堂日本行録 —朝鮮使節の見た中世日本　宋希環　村井章介校注
十八世紀パリ生活誌 —タブロー・ド・パリ 全二冊　メルシエ　原宏編訳

北槎聞略 —大黒屋光太夫ロシア漂流記　桂川甫周　亀井高孝校訂
ヨーロッパ文化と日本文化　ルイス・フロイス　岡田章雄訳注
ギリシア案内記 全二冊　パウサニアス　馬場恵二訳
西遊草　清河八郎　小山松勝一郎校注
オデュッセウスの世界　フィンリー　下田立行訳
東京に暮す —一九二八〜一九三六　キャサリン・サンソム　大久保美春訳
ミカド —日本の内なる力　W・E・グリフィス　亀井俊介訳
増補 幕末百話　篠田鉱造
明治百話 全二冊　篠田鉱造
幕末明治 女百話 全二冊　篠田鉱造
トゥバ紀行　メンヒェン=ヘルフェン　田中克彦訳
徳川時代の宗教　R・N・ベラー　池田昭訳
ある出稼石工の回想　マルタン・ナド　喜安朗訳
植物巡礼 —プラント・ハンターの回想　F・キングドン－ウォード　塚谷裕一訳
モンゴルの歴史と文化　ハイシッヒ　田中克彦訳
ローマ建国史 全三冊(既刊上巻)　リーウィウス　鈴木一州訳
元治夢物語 —幕末同時代史　馬場文英　徳田武校注

岩波文庫の最新刊

幸徳秋水著／梅森直之校注
兆民先生 他八篇
幸徳秋水（一八七一―一九一一）は、中江兆民（一八四七―一九〇一）に師事して、その死を看取った。秋水による兆民の回想録は明治文学の名作である。「兆民先生行状記」など八篇を併載。〔青一二五―四〕 定価七七〇円

グレゴリー・ベイトソン著／佐藤良明訳
精神の生態学へ（上）
ベイトソンの生涯の知的探究をたどる。上巻はメタローグ・人類学篇。頭をほぐす父娘の対話から、類比を信頼する思考法、分裂生成とプラトーの概念まで。（全三冊）〔青N六〇四―二〕 定価一一五五円

カール・ポパー著／小河原誠訳
開かれた社会とその敵 第一巻 プラトンの呪縛(下)
プラトンの哲学を全体主義として徹底的に批判し、こう述べる。「人間でありつづけようと欲するならば、開かれた社会への道しか存在しない。」（全四冊） 〔青N六〇七―二〕 定価一四三〇円

佐々木徹編訳
英国古典推理小説集
ディケンズ『バーナビー・ラッジ』とポーによるその書評、英国最初の長篇推理小説と言える本邦初訳『ノッティング・ヒルの謎』を含む、古典的傑作八篇。 〔赤N二〇七―一〕 定価一四三〇円

……今月の重版再開……

ガーネット作／安藤貞雄訳
狐になった奥様
定価六二七円 〔赤二九七―一〕

アンドレ・ジイド著／渡辺一夫訳
モンテーニュ論
定価四八四円 〔赤五五九―一〕